mtb

NICOLE BÖHM

ONE LAST SONG

ROMAN

mtb

MIRA® TASCHENBUCH

FSC
MIX
Papier
FSC® C014496

1. Auflage: November 2020
Originalausgabe

Umschlaggestaltung: Alexander Kopainski
Umschlagabbildung: Aneta_Gu, Bokeh Blur, Equalizer: K Derina, SWEviL,
tomertu, Saibarakova Ilona, sersupervector / Shutterstock,
4 PM production, J. Helgason / Shutterstock
Satz: GGP Media GmbH, Pößneck
Printed in Germany
Dieses Buch wurde auf FSC®-zertifiziertem Papier gedruckt.
ISBN 978-3-7457-0122-7

www.mira-taschenbuch.de

Werden Sie Fan von MIRA Taschenbuch auf Facebook!

Für New York City
Danke für alles.

PLAYLIST ONE LAST SONG

One More Light – Linkin Park
Chasing Cars – Snow Patrol
Wonderwall – Oasis
This Is The Moment – Anthony Warlow
Out Here On My Own – Irene Cara
On My Own – Frances Ruffelle
Mr. Cellophane – Barney Martin
Send In The Clowns – Judy Collins
Let It Go – Caissie Levy
Defying Gravity – Kristin Chenoweth, Idina Menzel
Man Of La Mancha – Linda Eder
And I Am Telling You I'm Not Going – Jennifer Holliday
Home – Shanice Williams
City Lights – The Manhattan Singers
One Last Song – Denis Riffel
Every Inch, Every Bone – Floriana Maddalena Maiello
When Love Was King – Denis Riffel
I Could Stay – Floriana Maddalena Maiello, Denis Riffel
Hard Work – Floriana Maddalena Maiello
Crystal Clear – Sarah Reiter

RILEY

1.

»Komm sofort zurück, Riley Maddock, oder du bist gefeuert!«

»Ach, leck mich doch!«, blaffte ich, auch wenn es wohl eine schlechte Idee war, Ike derart über den Mund zu fahren. Immerhin finanzierte ich mit seinem Hungerlohn einen Teil meines Lebensunterhalts. Oder hatte das zumindest bisher getan.

Ich knallte die Stahltür hinter mir zu und trat in den viel zu frühen Morgen hinaus. Die Straßen waren nass und schmierig vom sommerlichen Platzregen, der vor einer Stunde heruntergekommen war, die Luft war schwüler als zuvor. Wie in einer Dampfsauna auf Hochbetrieb.

Ich rieb mir über den schweißnassen Nacken, schob die Brille auf meiner Nase zurecht und band die Haare zu einem Zopf. Mein Shirt klebte an mir, der Geruch nach Alkohol und Frittenfett schien förmlich aus meinen Poren zu quellen. Die Nachtschicht war hart gewesen. Heute waren viele Touristen gekommen, die letzten erst vor einer Stunde gegangen, obwohl wir um vier Sperrstunde ausgerufen hatten.

Ich zog die Schürze aus und pfefferte sie in eine der großen Mülltonnen neben der Tür. Ike hatte mich vorige Woche bereits abgemahnt, heute hatte ich es auf die Spitze getrieben. Aber was konnte ich dafür, wenn dieser eine Kerl seine Hände nicht bei sich lassen wollte? Abgesehen davon war es nicht meine Aufgabe, mich um die betrunkenen Gäste zu kümmern, auch nicht, wenn sie auf dem Klo schliefen. Als ich den Typen geweckt hatte, ging er mir gleich an die Wäsche, was ich mit einer Ohrfeige quittierte. Dumm nur, dass er nicht irgendein Gast gewesen war, sondern Ikes Bruder, der natürlich einen Riesenaufstand gemacht hatte.

Das rot und grün leuchtende Neonlicht von Ike's Bar & Grill fiel auf mein Gesicht, als ich die Hände in die Hüften stemmte und meinem Arbeitsplatz einen letzten Blick zuwarf. Meinem *ehemaligen* Arbeitsplatz wohl eher … aber ich empfand nicht einmal Frust deshalb, obwohl das der dritte Job in vier Monaten war, den ich verlor. Es würde sich ein neuer finden. Irgendeine andere Spelunke, die ihre Leute unterbezahlte. In New York gab es weiß Gott genügend davon, und in fünf Monaten war sowieso alles vorüber.

Ich schloss die Augen, drängte den Gedanken beiseite, dass meine Zeit hier fast zu Ende war, und lauschte den Geräuschen. Autos fuhren vorbei, hupten, lärmten, eine Sirene schrillte in der Ferne. Es war erst halb sieben Uhr morgens, und dennoch gab es keine Ruhe. Nicht umsonst nannte man New York die Stadt, die niemals schlief.

Ich schulterte meine Tasche und ging davon, ohne mich noch einmal umzudrehen.

Es war nicht weit zur U-Bahn-Station, aber ich würde die Meile bis nach Hause zu Fuß gehen. Vielleicht half es, meinen Kopf frei zu bekommen und mir Gedanken über einen neuen Job zu machen. Außerdem konnte ich nach einer Nachtschicht sowieso nicht gleich schlafen.

Ich bog um eine Ecke auf den Times Square ab. Normalerweise mied ich die Gegend, wie jeder echte New Yorker, aber heute brauchte ich das bunte Treiben, auch wenn es noch verhältnismäßig ruhig war. Im Gehen kramte ich nach einem Kaugummi, damit ich den schalen Geschmack der Nacht loswerden konnte, und checkte mein Handy. Ajden hatte vor zwei Stunden angerufen. Ich drückte sofort auf Wiederwahl, denn eigentlich rief er um die Uhrzeit nicht an, sondern beachtete die Zeitverschiebung. Er war zurzeit in Indien, wo er in einem Bergdorf half, ein neues Bewässerungssystem anzulegen, das er mit seiner Freundin Liz entworfen hatte. Nach dem zweiten Klingeln hob er ab.

»Hey, Schwesterherz, schön, dass du zurückrufst und sorry, weil es so früh war. Mir ist der Zeitunterschied erst eingefallen, als ich schon gewählt hatte. Ich habe dich hoffentlich nicht geweckt.«

»Nein, hast du nicht. Wie geht es dir?«

»Großartig. Wir haben den ersten Brunnen zum Laufen gebracht!«

»Das ist fantastisch!«

»Ja. Du solltest die Kinder sehen. Sie rennen schon den ganzen Morgen herum und spritzen sich mit Wasser nass. Außerdem haben wir den neuen Impfstoff zum ersten Mal einsetzen können. Ich denke, er wird vielen hier helfen.«

Ich lächelte und bekam Gänsehaut. Es war unglaublich, was Ajden und Liz leisteten. Sie arbeiteten seit einem halben Jahr an diesem Projekt, bauten nicht nur Brunnen, sondern boten auch medizinische Hilfe für Menschen, die es sich nicht leisten konnten, zum Arzt zu gehen. *Etwas zurückgeben von den Chancen, die ich in meinem Leben bekommen habe*, nannte Ajden das.

»Dad platzt sicherlich vor Stolz.«

»Du bist die Erste, der ich es erzähle, aber ja, er wird zufrieden mit mir sein.«

Ein Gefühl, dass ich bei ihm nicht hervorrufen konnte.

»Wie lief das Vorsingen gestern?«, fragte Ajden.

Vorsingen, welches Vorsi… Ach Gott, stimmte! Er hatte mir vor zwei Wochen eine Liste von aktuellen Shows herausgesucht, die online Castings ausschrieben. Gestern hatte eines für die Tour von *Wicked* stattgefunden.

»Ich … Ich … nicht gut. Sie haben mich nach dem ersten Song aussortiert. Ich bin zu klein.« Bei der Lüge zog es mir das Herz zusammen, denn ich war gar nicht auf die Audition gegangen. Die Show war viel zu groß für mich, aber das wollte Ajden nicht einsehen. Daher war es leichter, es meinem Bruder auf diese Art beizubringen. Schlimm genug, dass er seine spärliche freie Zeit für mich aufbrachte.

»Ach, verdammt. Ich hab dich schon als Elphaba gesehen.«

Ich konnte das Schnauben nur mit Mühe unterdrücken. Sicher war ich nicht die schlechteste Sängerin, aber eine Rolle wie die der Elphaba war den Göttinnen vorbehalten. Ajdens Hilfe war lieb gemeint, doch er wusste nichts von diesem Geschäft.

»Die Castingfuzzies haben echt keine Ahnung«, sagte er.

»Dafür haben sie die Rollen, für die ich vorspreche.«

»Lass dich nicht entmutigen, ja?«

Ich versuche es.

»Heute steht dann das Casting für *Waitress* an?«

»Ich weiß noch nicht. Für die Rollen von Jenna und Dawn bin ich eigentlich zu jung und auch zu unerfahren. Im Ensemble suchen sie im Moment Tänzerinnen. Du weißt, wie schwer ich mich damit tue.«

»Wie laufen denn die Tanzstunden?«

»Geht so.« Würden besser laufen, wenn ich welche nehmen würde, aber sie waren so unfassbar teuer.

»Und der Gesangsunterricht?«

Ich rieb mir über die Stirn, denn den nahm ich ebenfalls nur sporadisch. Dads monatliche Überweisung reichte nur für die Miete, nicht für den Rest. »Ganz gut, meine Lehrerin ist zufrieden.«

Sie sagte aber auch, dass ich mir noch ein Jahr Zeit geben sollte und es besser wäre, wenn ich jede Woche zu ihr käme. Bedauerlicherweise hatte ich kein Jahr mehr in der Stadt.

»Ist alles klar bei dir? Du klingst gestresst«, fragte Ajden, und ich sah im Geiste, wie sich seine Stirn in Falten legte, als würde er über ein kompliziertes Rätsel nachdenken.

»Könnte daran liegen, dass ich die ganze Nacht gearbeitet habe.«

»Seit wann musst du denn bei Olivias Garden Nachtschichten schieben?«

Oh, verdammt. Ich hatte ihm gar nicht erzählt, dass ich den Job dort schon vor vier Wochen verloren hatte. »Ich … muss ich eigentlich nicht, aber wir hatten einen … einen Wasserrohrbruch, und alle haben geholfen, sauber zu machen.«

»Verarsch mich nicht, Riley.«

Ich seufzte und umklammerte das Handy fester. »Ich hab den Job nicht mehr. Stattdessen arbeite ich bei einem Grill, der die ganze Nacht offen hat.« *Oder habe ich, bis heute Morgen.* »Die zahlen besser.«

»Aber hast du so auch Zeit für alles andere? Die Castings sind wichtig.«

»Das ist Geldverdienen auch. Hast du eine Ahnung, wie teuer diese Stadt ist?«

»Natürlich hab ich das.«

»'tschuldigung, ich wollte dich nicht anpatzen. Du sitzt in einem der ärmsten Länder der Welt und tust alles, damit es den Menschen dort ein bisschen besser geht, und ich bin so dämlich … gestresst.« Von diesem ganzen Mist, den ich mir selbst aufgebürdet hatte. Mit Ajden zu sprechen machte mir jedes Mal bewusst, wie klein meine Probleme waren. »Ich bin nur müde. Heute Nacht war viel los.«

»Ich schick dir Geld, damit du nicht so schuften musst.«

»Das kommt überhaupt nicht infrage! Du brauchst es für wichtigere Dinge!«

»Ich komm klar, mach dir keine Sorgen.«

»Ich will aber keine Almosen. Es reicht, dass Dad mir unter die Arme greift.«

»Sei doch nicht so stur.«

»Ich bin nicht stur. Lass es mich bitte selbst machen, ja?«

»Okay.«

»Okay?!«

»JA! Mann, du bist echt unausstehlich, wenn du Schlafmangel hast.«

»Und Koffeinmangel. Ich muss auflegen, ich geh gleich runter in die Subway. Dort zu telefonieren ist ätzend.« Manchmal erschreckte es mich, wie leicht mir solche spontanen Lügen mittlerweile über die Lippen kamen. Was war nur aus mir geworden?

»Gut, aber wenn ich was für dich tun kann, rufst du sofort an, klar?«

»Natürlich. Hab dich lieb. Sag Liz schöne Grüße.«

»Mach ich, hab dich auch lieb. Wir quatschen in ein paar Tagen.«

Ich legte auf und sah auf das Bild auf dem Display. Es zeigte Ajden in seinem Heimatdorf in der Nähe von Mumbai, wo er letzten Sommer zu Besuch gewesen war. Seine Eltern, Großeltern und seine kleine Schwester waren dort vor zweiundzwanzig Jahren bei einer heftigen Überschwemmung ums Leben gekommen, zusammen mit unzähligen anderen Menschen. Ajden war erst vier gewesen. Es war ein Wunder gewesen, dass er überlebt hatte. Dad war zu der Zeit mit einer Hilfsorganisation vor Ort gewesen und hatte Ajden kurzerhand adoptiert. Trotz seiner schlimmen Erinnerungen an den Ort wirkte mein Bruder glücklich auf dem Foto. Er hatte seinen Frieden gefunden, dieser beneidenswerte, wundervolle Mensch.

Ich steckte das Handy zurück in die Tasche, sah einen Moment nicht auf die Straße, und da geschah es: Ich rasselte mit jemandem zusammen.

Vor Schreck schrie ich auf. Die junge Frau, mit der ich zusammengeprallt war, ebenso. Ein Ordner mit zig Papieren segelte zu Boden, die Blätter breiteten sich auf dem noch nassen Asphalt aus.

»Oje, tut mir leid!«, rief sie, bückte sich und sammelte hektisch alles zusammen.

»War auch meine Schuld.« Das passierte mir echt selten. Obwohl New York voller Leute war, liefen die wenigsten ineinander.

Es schien, als hätte die Stadt einen eigenen Rhythmus, dem man automatisch folgte, sobald man sich durch die Straßen bewegte. Wie ein Vogelschwarm, der genau wusste, in welche Richtung er fliegen wollte.

»Nein, nein, nein! Was für eine Sauerei«, jammerte die Frau.

Ich hockte mich neben sie und half, die Sachen einzusammeln. Mein Blick fiel auf einen der Zettel. Es war ein Anmeldebogen für die New York Music & Stage Academy. Heute war anscheinend einer ihrer heiß begehrten Vorsprechtage.

Der Neid kochte in mir hoch, denn ich würde sonst was drum geben, an der Schule studieren zu können. Leider waren die Gebühren derart horrend, dass ich sie mir nur leisten könnte, wenn ich vier Jobs gleichzeitig hätte und auf Essen, Kleidung und alle anderen Ausgaben verzichten würde.

Ich drückte der Frau den Bogen und die anderen Papiere in die Hand. Sie nahm alles dankbar entgegen und stopfte es zurück in ihren Ordner.

»Ich hätte besser auf die Straße achten müssen«, sagte sie und sah an sich hinab, vermutlich um zu checken, ob ihr blaues Sommerkleid Dreckspritzer abbekommen hatte, was nicht der Fall war. »Die Stadt verwirrt mich noch.«

»Ich habe auch nicht aufgepasst, ist nicht nur deine Schuld. Zum ersten Mal hier?«

»Ja.« Sie fuhr sich durch die blonden Haare, versuchte, ihren Zopf in Ordnung zu bringen, und richtete sich auf. Ihr Blick huschte unruhig hin und her, und sie erinnerte mich an mich selbst, als ich das erste Mal in diese Stadt gekommen war. Vollkommen überfordert und verloren. New York konnte einen bei lebendigem Leibe verschlingen, wenn man nicht aufpasste.

»Ich hab ein Vorsprechen«, sagte sie.

»So früh fangen die an? Es ist Samstag.«

»Die Auditions sind immer an Wochenenden. Es beginnt erst um zehn. Aber ich konnte sowieso nicht mehr schlafen, also dachte ich, ich fahr schon mal her, sehe mir alles in Ruhe an und akklimatisiere mich.«

»Ist das Vorsprechen direkt in der Schule?«

»Ja.« Sie kramte in ihren Unterlagen und zog einen zerknitterten Zettel hervor. »221 West 61st Street Upper West Side.«

»Da kommst du am einfachsten mit der Linie 1 oder 2 hin, die nächste Haltestelle ist drüben an der 50th und 7th Ave. Also in die Richtung.« Ich zeigte Uptown und nach links. »Oder du gehst wieder in die Station, aus der du eben gekommen bist, und nimmst einen N-, Q-, R- oder W-Zug Richtung Central Park. Dann musst du aber noch ein gutes Stück laufen.«

»Oookay. Ich glaube, ich gehe einfach zu Fuß. Das hilft mir sicherlich gleich den Stress abzubauen.« Sie stopfte den Ordner in ihre Tasche und holte stattdessen ihr Handy heraus, wo sie eine App zur Navigation aufrief. »New York ist ja eigentlich übersichtlich, aber ich bin dennoch verwirrt.« Sie orientierte sich kurz, an welcher Kreuzung wir standen. »Ich komme dauernd durcheinander, wo es nach Uptown oder Downtown geht.«

»Das findest du mit der Zeit raus, wenn du die Gebäude besser kennst.«

»Falls ich das Glück habe und sie mich nehmen, werde ich ja eine Weile hier sein.«

»Ich drücke die Daumen.«

Sie lächelte, tippte auf ihrem Handy herum und brabbelte etwas Unverständliches, dann machte sie kehrt und lief in die andere Richtung davon. Ich stand einen Moment lang unschlüssig da und sah ihr wehmütig nach.

Irgendetwas an ihr drängte mich, ihr nachzulaufen.

Vielleicht, weil sie ihre Träume anpackte.

Vielleicht, weil sie auf den ersten Blick nett wirkte.

Vielleicht, weil sie zur NYMSA durfte und spannende Dinge lernen würde.

Vielleicht auch, weil sie in die falsche Richtung ging.

»Nein, warte!«, rief ich und schloss zu ihr auf. »Da rüber.«

Sie sah auf das Handy, auf die Straße und klatschte sich an die Stirn. »Ach, klar. Der Pfeil zeigt ja gar nicht nach rechts. Wie gut, dass ich noch so viel Zeit habe!«

»Du solltest dir ein Taxi rufen.«

»Nein, schon gut. Ist so ein Ding von mir, ich muss mir alles in Ruhe ansehen und mich mit einem Ort verbinden. Das klingt schräg, aber es beruhigt mich. Ich dachte, am Times Square kann ich die Broadway-Vibes spüren und so vielleicht nachher besser auftreten. Immerhin ist das einer der Gründe, weshalb ich auf die NYMSA will – um hier eines Tages zu spielen.«

»Das verstehe ich gut.«

»Ah, also auch ein Bühnenmensch?«

»Nicht wirklich, aber ja. Ich liebe das Theater.«

»Wo hast du gelernt?«

»Zu Hause. In Denver. Nichts Großes oder so.«

»Und wo spielst du?«

»Nirgendwo. Ich … Ich bin noch auf der Suche.« Gott, war mir elend. Ich presste die Lippen zusammen und hätte am liebsten losgeheult, dabei war ich keine dieser emotionalen Tussis, die sofort rumflennten. Klar, die Nachtschicht hatte mich geschafft, das Gespräch mit Ajden ebenso und die Tatsache, dass die Uhr für mich tickte. Jetzt traf ich auch noch jemanden, der genau das machte, was ich tun wollte. Ich räusperte mich, nahm kurz die Brille ab und wischte mir über die Augen, ehe es auffiel.

»Hey, alles klar?«, fragte sie rasch. »Bin ich dir zu nahegetreten?«

»Nein, Quatsch. Ich habe nur 'ne lange Nacht hinter mir, und manchmal ist die Stadt so unglaublich frustrierend.«

»Oh, das versteh ich. Deshalb will ich auch auf die Schule und mich so gut es geht vorbereiten.«

»Sehr vernünftig. Wirklich. Du wirst es so viel leichter haben. Bei allem: Agentensuche, Auditions, du wirst bessere Termine zum Vorsprechen bekommen und so weiter.«

»Wirklich?«

»Ja, sie hören immer erst die an, die über Agenten kommen, danach dürfen alle anderen vorsprechen oder vorsingen.«

»Wie hoch sind da noch die Chancen?«

»Keine Ahnung. Eins zu achthundert?«

»Es kommen achthundert Leute auf eine Audition? An einem Tag?«

»Manchmal auch mehr. Ich habe schon fünf Stunden gewartet, durfte dann zwanzig Sekunden vorsingen und wieder gehen, oder, auch ganz nett: Ich darf erst gar nicht auftreten und werde vorher aussortiert, weil ich zu klein bin. Oder eine Brille trage, wobei ich die ja jederzeit abnehmen kann, oh Wunder.«

»Das ist gruselig.«

»Wem sagst du das!«

»Ich wusste, dass es hart in New York ist, aber so …«

»Es gibt einfach zu viele, die auf die Bühne wollen.« Warum jemanden mit blauen Augen casten, wenn die Rolle braune erforderte und hundert Braunäugige vorsprachen, die mindestens genauso gut waren wie man selbst. Die Regisseure mussten keine Kompromisse eingehen, dafür hatten sie genügend Auswahl.

»Keine Sorge«, versuchte ich sie zu beruhigen, als mir ihr schockierter Gesichtsausdruck auffiel. »Die NYMSA genießt einen fantastischen Ruf. Wenn du einen Abschluss von dort hast, ist das die beste Eintrittskarte für jedes Casting. Eine Freundin von mir hat letztes Jahr dort studiert, und nun spielt sie Anya in der Tournee von Anastasia.«

Sie kaute nachdenklich auf ihrer Unterlippe. »Danke. Für deine Worte und die Wegbeschreibung. Ich hoffe, ich finde es jetzt.«

»Wie wäre es, wenn ich dich begleite?« Die Frage sprudelte aus meinem Mund, ehe ich sie aufhalten konnte.

»Du hast bestimmt Besseres zu tun.«

Ja, nach Hause gehen und eine Runde im Selbstmitleid baden. Sehr motivierend. »Ich hab eben Feierabend gemacht und nichts weiter vor. Ich helfe dir gern. Du sollst es ja zu deinem Vorsprechen schaffen.«

»Sicher?« Sie runzelte die Stirn, aber in ihrer erwartungsvollen Miene konnte ich lesen, dass sie sich über meine Begleitung freuen würde.

»Absolut. Ich heiße übrigens Riley.«

»Allyson, nein: Ally. Das mag ich lieber. Ich weiß nicht, wie ich dir danken soll.«

»Keine Ursache.« Ich deutete in die richtige Richtung, und wir setzten uns in Bewegung. Langsam füllte sich die Stadt, die ersten Touristen machten sich auf den Weg zu ihrer Sightseeingtour.

»Können wir kurz bei dem Coffeeshop da vorne halten?«, fragte Ally. »Ich brauche noch etwas zu essen.«

»Klar.«

Ally bestellte drei Bagels, ein Croissant und einen großen Caffè Latte mit Walnussaroma. Sie wartete erst gar nicht, bis wir draußen waren, sondern biss sofort in ihren ersten Bagel und verzog genießerisch den Mund. Verlegen tupfte sie sich die Krümel vom Kinn. »Ich muss immer futtern, wenn ich nervös bin, ganz schrecklich.«

»Sieht man dir überhaupt nicht an.« Ally war ein Stückchen größer als ich und bestimmt zehn Kilo leichter. Vermutlich zählte sie zu den Menschen, die essen konnten, was sie wollten, ohne je zuzunehmen. Ich war zwar auch ganz zufrieden mit meiner Figur, aber einen Hauch weniger auf den Hüften würde nicht schaden.

Wir setzten unseren Weg fort, und kamen an einer gigantischen digitalen Reklametafel vorbei, auf der für ein Konzert von *Beyond Sanity* im Madison Square Garden in zehn Wochen geworben wurde. Der Frontmann war auf dem Plakat zu sehen. Er hatte einen Arm in die Höhe gestreckt, mit der anderen Hand hielt er das Mikrofon fest. Nebel und Scheinwerfer hüllten seine Gestalt ein.

»Ethan Cooper ist so heiß!«, sagte Ally.

»Das ist er.«

»Kennst du schon ihren neuen Song?«

»Es ist fast unmöglich, ihn nicht zu kennen, er läuft ja ständig überall.«

»Ich habe *Beyond Sanity* zwar erst diesen Frühling entdeckt, aber ich liebe ihre Musik. Gehst du auf das Konzert?«

»Nein.« Viel zu teuer.

»Hach, ich würde sonst was drum geben, es mir anzusehen, doch es ist seit einem halben Jahr ausverkauft. Am liebsten würde ich Ethan fragen, ob sich was machen lässt, aber wir dürfen nicht mit der Jury über solche Dinge reden.«

»Wie meinst du das?«

»Ethan übernimmt eine Masterclass an der NYMSA in der Sparte Rock & Pop. Heute wird er in der Schule sein, um die Studenten dafür auszuwählen.«

Ich blieb stehen und starrte sie an. »Im Ernst?«

»Ja, cool, oder?« Ally klatschte vor Begeisterung in die Hände und quietschte leise. »Ich bewerbe mich allerdings für die Sparte Schauspiel, nicht Rock.«

»Von den Masterclasses hab ich gehört, aber mich nicht weiter damit beschäftigt.« Denn die waren noch teurer als die regulären Studiengänge.

»Sie dauern sechs Wochen, und das Auswahlverfahren ist sehr hart. Es zieht sich jetzt schon über ein halbes Jahr.«

»Heftig, was haben sie denn dafür verlangt?«

»Na ja, ich musste Videos von mir einschicken, in denen ich Monologe vortrage, natürlich meinen Lebenslauf einreichen und gefühlt tausend Fragen beantworten. Warum ich Schauspielerin werden möchte, was meine Träume und Wünsche sind, was ich mir von der Masterclass verspreche, so Sachen eben. Ich wollte eigentlich schon letzten Sommer kommen, da war Robert de Niro da, doch leider habe ich die Anmeldung verpasst.«

»Wer ist es dieses Jahr?«

»Isabel Roberts.«

»Wow.«

»Ich weiß! Hoffentlich erklärt sie uns, wie man es schafft, einen Oscar zu gewinnen. Hast du *Look up to the Moon* gesehen?«

»Oh ja! Großartiger Film.«

»Fand ich auch! Ich hab Rotz und Wasser geheult bei der Szene, als sie Stanley von ihren Träumen erzählt hat.«

Jetzt wurde ich noch wehmütiger, weil ich nie die Möglichkeit haben würde, von solchen Leuten zu lernen. Ally und ich plauderten weiter, und ich merkte, wie ähnlich wir uns waren. Sie brannte genauso für ihren Traum wie ich für meinen, aber im Gegensatz zu mir hatte sie die volle Unterstützung ihrer Eltern.

»Und dein Dad hat dir echt eine Frist gesetzt?«, fragte Ally und verputzte ihren zweiten Bagel.

»Ja. Er unterstützt mich für zwei Jahre. Wenn ich es in der Zeit nicht schaffe, eine bezahlte Rolle zu bekommen, muss ich zurück nach Denver und entweder mein Medizinstudium wieder aufnehmen, das ich im dritten Semester abgebrochen habe, oder etwas Ähnliches machen, bei dem ich Menschen helfen kann. So wie mein Bruder Ajden. Er hatte auch erst studiert, dann aber aufgehört, weil er lieber vor Ort ist und mit anpackt.« Mir graute bei dem Gedanken daran, mich erneut in Fachbüchern zu vergraben und seitenweise Fakten auswendig zu lernen, für die ich mich kein Stück interessierte. Nicht, dass ich Dads Arbeit nicht schätzte – sie war wichtig und half unendlich vielen Leuten –, aber sie war nichts für mich. Ich konnte die Welt auf eine andere Art verbessern, doch das kapierte er nicht.

»Kein Druck und so«, sagte Ally und schüttelte den Kopf.

»Mein Dad ist ein wundervoller Mensch, der mit sehr viel Elend konfrontiert wird. Im Grunde will er nur das Beste für mich, aber seine Vorstellung und meine gehen in der Hinsicht einfach auseinander. Abgesehen davon ist es vielleicht ganz gut, dass ich nicht alle Zeit der Welt habe. Ich bin einundzwanzig Jahre alt. In dieser Branche kann ich es nicht ewig versuchen.«

»Ja, schon, aber es ist trotzdem hart. Und was bedeutet überhaupt: bezahlte Rolle? Verlangt er ein Engagement am Broadway, oder gilt auch eine kleine Produktion?«

»Dad weiß, dass ich nicht sofort bei einer Broadwayproduktion angestellt werde, aber er will sehen, dass ich mir etwas aufbaue. Also Rollen, die mir Türen öffnen und mich voranbringen.«

»Verstehe. Trotzdem hart. Hast du denn etwas in Aussicht?«

»Ich habe letzten Winter in einem kleineren Musical mitgespielt. Das lief aber nur vier Wochen und war leider nicht gut bezahlt. Bei einigen Auditions hab ich es in die Callbacks geschafft, aber der richtig gute Fang blieb bisher aus.« Hätte ich nicht wenigstens diese kleinen Erfolgserlebnisse gehabt, hätte ich längst die Flinte ins Korn geworfen.

»Wenn ich dich irgendwie unterstützen kann, sag Bescheid. Selbst, wenn ich es heute nicht schaffe, genommen zu werden, müssen wir in Kontakt bleiben!«

Ich lächelte und nickte. Obwohl ich Ally erst seit knapp einer Stunde kannte, fühlte es sich an, als wären wir schon seit langer Zeit Freundinnen.

»Da vorne ist es übrigens«, sagte ich und deutete auf den nächsten Häuserblock.

»Oh, mein Gott. Ich hab mir schon gedacht, dass hier viel los sein wird, aber das ist ja der Wahnsinn.« Ally blieb mit offenem Mund stehen.

Ich verharrte ebenfalls. In New York kam es öfter vor, dass Straßen belagert wurden, weil irgendwelche Stars erkannt worden waren oder Interviews gaben oder ein YouTuber seine neue Modekollektion vorstellte. Meistens scherte es mich nicht, aber heute schon. Das hier war meine Welt. Das hier war die Musik, das Theater, das Schauspiel. Hier wurden die Dinge vereint, die ich über alles liebte und deretwegen ich meine Heimatstadt verlassen hatte.

Die Meute wartete auf der linken Straßenseite hinter metallenen Absperrungen, die von Sicherheitsmännern überwacht wurden.

Einige Fans hielten selbst gemalte Plakate oder laminierte Poster bereit, um sie vermutlich gleich kreischend in die Höhe zu reißen. Manche waren nur mit Smartphones ausgerüstet, andere hatten richtige Spiegelreflexkameras mit riesigen Objektiven dabei.

»Äh, wir müssen irgendwie da rüber«, sagte ich und zeigte auf das große hellgraue Gebäude.

Die NYMSA war von außen recht unscheinbar. Das Haus war eine alte Fabrik, die umgebaut und erneuert worden war. Der Unterricht fand auf vier Stockwerken in Tanz- und Schauspielräumen statt. Angeblich gab es sogar ein eigenes kleines Theater und ein Musikstudio, wo die Schüler ihre Songs aufnehmen konnten. Was würde ich darum geben, ein paar Stunden dort zu verbringen und mir alles in Ruhe anzusehen. Sie veranstalteten zwar regelmäßig einen Tag der offenen Tür, aber die Plätze waren jedes Mal schnell weg.

Ally atmete nervös ein und aus. Ich griff nach ihrer Hand und zog sie über die Straße zum Gebäude. Der Zugang war jedoch mit Security verstellt, wir kamen nicht mal in die Nähe des Eingangs.

»Moment«, sagte Ally und kramte in ihrer Tasche eine Karte heraus, die sie dem nächststehenden Sicherheitsmann gab. »Ich bin angemeldet.«

Er studierte die Karte kurz und nickte dann seinem Kollegen zu, der die Absperrung für Ally öffnete. Als ich mitkommen wollte, hielt mich der Mann zurück.

»Sie ist meine Begleitung«, sagte Ally.

»Hat sie auch eine Karte?«, fragte der Mann.

»Nein.«

»Die braucht sie. Du hättest sie bei der Anmeldung angeben müssen.«

»Aber da kannte ich sie noch nicht.«

Er runzelte die Stirn und musterte mich. Ich verschränkte die Arme vor der Brust, damit er hoffentlich die Fettflecken auf meiner Bluse nicht sah.

»Können wir nicht eine Ausnahme machen?«, fragte Ally und setzte ein charmantes Lächeln auf.

»Siehst du die ganzen Leute da drüben?« Er zeigte auf die Menschenmenge, die geduldig am Straßenrand wartete, nur um einen Blick auf einen der Stars zu erhaschen. »Die wollen auch eine Ausnahme.«

»Ich weiß, aber sie hat mir geholfen. Ich hätte mich ohne sie verirrt.«

Er schüttelte den Kopf. »Und wenn sie dir das Leben gerettet hätte – tut mir leid.«

»Schon gut«, sagte ich. »Ich drücke dir von hier die Daumen.«

»Die Audition ist erst in zwei Stunden, du kannst doch nicht so lange draußen hocken.«

»Gib mir dein Handy.«

Sie holte es heraus, entriegelte den Sperrbildschirm und reichte es mir. Ich tippte meinen Namen und meine Nummer ein und rief mich selbst an, damit ich ihre hatte.

»Schreib mir. Okay? Wenn du fertig bist, können wir uns treffen und etwas essen gehen. Und ich will natürlich wissen, ob du es geschafft hast.«

»Ich wünschte, du könntest mitkommen.«

»Ich auch, aber ich sag mal: Toi, toi, toi.«

Sie nickte nur, denn es brachte Unglück, sich dafür zu bedanken. Ally schenkte mir eine dicke Umarmung, ohne sich daran zu stören, dass ich nach Frittenfett stank. »Ich bin so froh, dich getroffen zu haben.«

»Ich auch.« Ich ließ sie los und deutete mit einem Kopfnicken auf das Gebäude. »Rein mit dir. Nimm die Vibes auf, bereite dich vor, und hau sie um.«

Sie atmete noch mal tief ein und aus, strich über ihr Kleid und nickte. »Bis nachher.«

Ich blickte ihr hinterher, wie sie die Absperrung passierte und auf das Gebäude zulief. Sie musste am Eingang erneut ihre Karte vorzeigen. Ehe sie eintrat, drehte sie sich um und winkte mir zu. Ich erwiderte die Geste und wünschte ihr innerlich noch mal viel Glück.

Mein Blick schweifte wieder über die Menge. Es waren überwiegend junge Frauen, die warteten. In der ersten Reihe saßen sie auf Luftmatratzen oder Schlafsäcken.

»Haben die etwa hier übernachtet?«, sprach ich den Securitymann noch mal an.

»Ja«, antwortete er. »Jede Minute kommen Ethan Cooper und Isabel Roberts an. Die Stars nehmen sich in der Regel Zeit und verteilen Autogramme.«

»Aber bei der Schlange schaffen sie doch niemals alle.« Es war Irrsinn, dass so viele warteten, nur um ein Foto zu ergattern oder einen raschen Blick auf die beiden zu werfen.

»Sorry, aber ich muss mich auf die Arbeit konzentrieren«, sagte der Typ, was so viel heißen sollte wie: Quatsch mich nicht länger zu!

Also schulterte ich meine Tasche und wandte mich ab. Auf der einen Seite war ich todmüde von der langen Nacht, auf der anderen völlig überdreht. Ich hatte keine Lust, nach Hause zu gehen. Es kam mir plötzlich so nichtssagend vor, auf meiner Couch zu sitzen und mir neue Auditions rauszusuchen, bei denen ich eh wenig Chancen hatte.

Auf einmal erklang ein Hupen, und die Leute fingen an zu jubeln. Die Mädels schrien Ethans und Isabels Namen und rasteten völlig aus. Zwei schwarze Limousinen fuhren die Straße herunter, die Security öffnete den Zugang für die Autos und ließ sie passieren. Ich suchte mir einen Weg an den Absperrungen entlang, um vielleicht auch ein Foto schießen zu können, doch mir wurde rasch klar, dass das fast unmöglich war. Ich wurde weiter zur Seite gedrängt und kam eher vom Eingang weg, als dass ich mich darauf zubewegte. Nun verstand ich auch, warum manche hier übernachtet hatten, um sich die besten Plätze zu ergattern.

Die Hintertür des ersten Wagens wurde geöffnet. Zwei schlanke Beine schälten sich vom Rücksitz, kurz darauf stieg Isabel Roberts aus. Sie sah umwerfend aus. Ihre langen rotblonden Haare fielen ihr glatt und seidig über die Schultern. Sie hatte eine knallenge schwarze Lederhose an und ein locker sitzendes weißes T-Shirt mit einem funkelnden Herzen vorne drauf, dazu High Heels, die ebenso in der Sonne glitzerten. Isabel hob eine Hand, an der unzählige Ketten und Armreife baumelten, und winkte der Menge zu. Diese Frau verströmte pure Eleganz. Sie bewegte sich selbstsicher und grazil und lächelte, als Unmengen von Handys in ihre Richtung gehalten wurden und jeder ein Bild von ihr machte. Isabel lief um den Wagen herum auf die Fans zu. Sie wurde freudig begrüßt, Zettel und Bücher wurden ihr entgegengestreckt, und sie fing an, Autogramme zu geben und Selfies mit den Wartenden zu schießen.

Auch bei der zweiten Limo wurde die hintere Tür geöffnet. Ich reckte den Kopf, um besser sehen zu können. Es dauerte einen Moment länger, ehe Ethan ausstieg, dafür tat er es mit mehr Schwung. Er stürzte fast auf den Bordstein, konnte gerade so einen Fall verhindern.

Seine Jeans hatten große Löcher an den Knien und zeigten mehr von seinem Bein, als sie verdeckten. Er trug zwei unterschiedliche Schuhe, eine schwarze Lederjacke und darunter ein Shirt, das aus der Entfernung fleckig wirkte. Seine Augen waren hinter einer riesigen Sonnenbrille verborgen. Er hob sein kantiges Kinn und fuhr sich durch die kurzen dunkelblonden Locken. Kein Zweifel, der Mann sah extrem gut aus, selbst in dieser merkwürdigen Aufmachung. Als er sich nun den Fans zuwandte und die Hand zum Gruß hob, schwankte er allerdings bedrohlich.

War er etwa betrunken? Um diese Uhrzeit?

Die andere Hintertür des Autos öffnete sich, und ein zweiter Mann stieg aus. Er hielt ein Handy ans Ohr gepresst und gestikulierte aufgeregt, während er um den Wagen auf Ethan zulief. Ich reckte wieder den Hals, versuchte zu erkennen, wer der Typ war. Er hatte braune Haare, die etwas länger waren als die von Ethan. Ein dunkler Bartschatten zierte sein Kinn. Er wirkte müde, aber dennoch konzentriert auf das, was um ihn herum passierte. Er trug schwarze Jeans und ein T-Shirt in der gleichen Farbe.

Moment mal, war das nicht der andere Typ aus der Band? Der Gitarrist? Wie hieß der gleich?

»Oh, mein Gott, das ist Julian!«, rief jemand vor mir und warf die Hände in die Höhe.

Genau! Julian Sloan. Während ich ihn betrachtete, überkam mich ein Schauer. Er verströmte diese geheimnisvolle Aura eines Stars, den man nicht richtig einordnen konnte. Verwegen und unerreichbar. Die Fans schrien ebenfalls seinen Namen und wollten auch von ihm Autogramme, aber Julians Aufmerksamkeit galt eher Ethan als der Menge. Nur zögerlich näherte er sich der Absperrung, um den Wünschen der Leute nachzukommen. Dabei schweifte sein Blick ständig zu Ethan, als machte er sich Sorgen, dass dieser jeden Moment zusammenbrechen könnte.

Nicht ohne Grund. Ethan schwankte auf eine Gruppe Fans zu. Seine Hände zitterten, aber einer der Securitymänner blieb dicht hinter ihm. Auch Julian kam näher.

»Schön, dass ihr da seid!«, brüllte Ethan und warf sich beinahe in die Menge. Die Absperrungen wankten, doch sie hielten dem Andrang stand. Die Sicherheitskräfte hatten alle Hände voll zu tun, denn Ethan war wesentlich kontaktfreudiger als Isabel. Er wollte zu seinen Fans klettern, aber Julian bremste ihn.

Ethan murrte, nahm das Handy eines jungen Mädchens und machte damit allerlei Selfies. Zum Schluss hielt er es in den Bund seiner Jeans und fotografierte sein bestes Stück.

Du meine Güte.

Die Fans brüllten vor Freude, viele streckten ihm ihr Smartphone hin, vermutlich in der Hoffnung auf einen ähnlichen Schnappschuss.

»Mr. Sloan«, rief einer der Securitymänner, und Julian drehte sich zu ihm um. »Wenn Sie fertig sind, kommen Sie bitte hier entlang.« Er zeigte ihm den Weg zum Gebäude und wirkte, als würde er Ethan lieber jetzt als gleich nach drinnen befördern.

Auch Julian nickte dankbar und wollte Ethan auffordern, mit ihm zu kommen, doch der bedeutete ihm, noch etwas Geduld zu haben. Auf einmal hielt er sich den Magen, wandte sich von den Fans ab und übergab sich mitten auf die Straße. Julian konnte gerade so ausweichen, bekam aber trotzdem etwas ab. Zur Freude der Menge, die alles filmte oder fotografierte.

In mir zog es sich zusammen. Ich hatte in den Bars oft mit Betrunkenen zu tun. Die meisten hatten Kummer, Depressionen, Angst, was auch immer. Alle hatten irgendeine Geschichte, die sie in den Alkohol trieb. Ich fragte mich, was jemand wie Ethan Cooper, dem die Welt zu Füßen lag, auf diese Weise betäuben wollte.

Julian und zwei Securityleute packten Ethan und zerrten ihn in die Schule. Die Menge buhte, doch die drei ließen sich nicht aufhalten.

Ich schüttelte den Kopf, wich weiter von dem Geschehen zurück, denn mir dröhnte auf einmal der Schädel. Dieser Lärm, die Sensationsgier der Leute – gehörte das wirklich alles zum Leben auf der Bühne dazu? Musste es so sein?

Mir blieb nur ein Fluchtweg aus dem Ganzen, weiter nach rechts und so auf die Rückseite zur Schule hin, wo es deutlich ruhiger wurde. Ich schob die letzten Fans aus dem Weg, boxte mich mehr oder weniger frei und kam endlich an eine Stelle, an der es stiller wurde. Erschöpft lehnte ich mich neben einem Müllcontainer gegen die Hauswand und atmete durch.

Was für ein verrückter Morgen.

JULIAN 2.

»Verdammt noch mal, reiß dich zusammen, Ethan!« Ich hatte ihn fest am Ellbogen gepackt und bugsierte ihn gemeinsam mit Markus, der zum Sicherheitsdienst gehörte, zum Haupteingang.

»Das tue ich doch«, gab er zurück. »Ich war übrigens noch nicht fertig mit Signieren.«

»Doch, das warst du.« Ich schob Ethan in die Schule hinein. Das Gegröle der Menge wurde endlich leiser, als sich die Türen hinter uns schlossen und den Trubel aussperrten.

Der Eingangsbereich war auf Hochglanz poliert worden. Ein roter Teppich war ausgerollt worden, führte über die Stufen nach oben und rüber in das hauseigene Theater, wo die Audition stattfinden sollte. Leider konnte ich heute die Schönheit dieses Ortes nicht genießen, obwohl ich das Flair meiner alten Schule liebte.

Ich zeigte zu den Aufzügen zur Linken und zog Ethan durchs Foyer.

»Du wirst schnell duschen, und ich muss mich umziehen.«

»Das nächste Mal ziele ich besser«, sagte Ethan. »Tut mir leid.«

»Sorge einfach dafür, dass es kein nächstes Mal gibt, und wir reden nie mehr drüber.«

Wir mussten um eine Leiter herumlaufen, die mitten im Weg aufgebaut war. Der Hausmeister stand oben und wechselte eine Birne an dem gigantischen Kristallkronleuchter aus, was sicherlich nicht für heute geplant gewesen war. Anscheinend lief nicht nur bei uns einiges schief.

»Gill rastet bestimmt gerade aus«, sagte Ethan. »Ich sollte sie trösten.«

»Du lässt deine Finger und deinen Schwanz, wo sie sind, verstanden?«

»Du bist ganz schön prüde, weißt du das?«

Ich warf Markus einen Blick zu, der aber netterweise so tat, als ob er uns nicht hörte. »Schlimm genug, dass das eben gleich durch alle Social-Media-Kanäle schwirrt. Daniel bekommt noch graue Haare deinetwegen.«

»Wenn er das nicht abkann, sollten wir uns einen neuen Manager suchen.«

»Ich organisiere dir Ersatzkleidung«, sagte ich, als wir die Fahrstühle erreichten. Die Duschen waren im obersten Stock neben den Tanzstudios.

Ich zückte das Handy, ignorierte die zwanzig Nachrichten von Daniel und tippte auf Bradleys Kontakt, doch es war nicht nötig, ihn anzurufen.

»Hey, Julian«, rief er quer durch das Foyer. Ich sah mich nach ihm um. Er trabte vom Bistro zu uns rüber, warf dem Hausmeister auf der Leiter einen schrägen Blick zu und blieb vor uns stehen. »Wie geht's euch?«

»Spitzenmäßig, was denkst du?« Ich wollte nicht pampig klingen, aber dieser elende Morgen wurde mit jeder verstreichenden Minute grausiger.

»Er ist untervögelt, nimm ihn nicht ernst«, sagte Ethan, ehe ich mich entschuldigen konnte.

»Ich bin nicht …«

Bradley winkte ab und lächelte mich an. »Gill ist viel schlimmer drauf.«

Ethan klatschte in die Hände. »Sag ich doch! Sie braucht mich. Ihre Libido vertrocknet.«

»Ignoriere ihn einfach«, sagte ich zu Bradley. »Siehst toll aus.« Bradley war die gute Seele in diesem Haus, der Mann, der immer Ruhe bewahrte, egal wie hektisch es wurde. Er war nur ein Jahr älter als ich und hatte mit mir bei der NYMSA angefangen. Ich als Schüler, er als Assistent von Preston, der damals noch fest das Ruder in der Hand gehalten hatte. »Der Chris-Hemsworth-Look steht dir.«

»Ja?« Er fasste an den Zopf an seinem Hinterkopf. »Seit den Avengers ist das in.«

»Deshalb auch der Bart?«

»Nein, den wollte ich schon immer haben. Hab gehört, dass Frauen drauf abfahren.«

Ich lächelte. »Wo steckt denn Gillian?«

»In der Küche, sie telefoniert mit dem Caterer. Nicht nur, dass uns heute die Glühbirnen durchbrennen, wir haben auch Probleme mit dem Personal. Es wurde zwar Essen geschickt, aber nicht genügend Leute, die es servieren. Und dann hat auch noch letzte Woche Sibill im Bistro gekündigt, weil sie eine Rolle in L. A. bekommen hat.«

»Klingt chaotisch.«

»Der übliche Wahnsinn eben, aber zurück zu euch.« Bradley musterte Ethan kurz, dann zückte er sein Handy, tippte eine Nummer und hielt es sich ans Ohr. »Ich bin es. Bring Handtücher und frische Klamotten für Ethan nach oben, außerdem ’ne Zahnbürste, Mundwasser, Aspirin und eine frische Jeans für Julian und Schuhe in Größe 42.«

»Das weißt du noch?«, fragte ich ihn.

Bradley zwinkerte mir zu, was so viel heißen sollte wie: Ist mein Job, das zu wissen. Dann setzte er sein Gespräch fort: »Du kannst es aus dem Fundus nehmen, klar. Bis gleich.« Er legte auf und musterte Ethan. »Sobald alles mit dem Caterer geklärt ist, lass ich dir etwas Leichtes zusammenstellen, was nicht auf den Magen schlägt.«

»Ich hab keinen Hunger«, erwiderte Ethan und machte sich von mir und Markus los. Er schwankte zwar, aber er konnte wieder allein stehen. Träge lehnte er sich gegen die Wand neben dem Fahrstuhl, der endlich ankam und seine Türen öffnete.

»Danke, Bradley«, sagte ich. »Bring trotzdem was, bis nachher hat er den bestimmt.« Sobald Ethan versorgt war, musste ich mir einen Kaffee im Bistro machen. Ich hatte noch keinen gehabt heute, und wenn dieser Tag so weiterging, brauchte ich ihn bald intravenös.

Ich schob Ethan in den Fahrstuhl und dankte Markus für die Hilfe. »Wir schaffen den Rest alleine.«

»Gut, ich gehe wieder raus.« Markus nickte uns zu, drückte den Stecker in sein Ohr, durch den er mit den anderen verbunden war, und gab weiter, dass mit Ethan alles in Ordnung war.

»Du kennst dich ja aus«, sagte Bradley, dessen Handy schon wieder klingelte.

»Ja, wir kommen zurecht. Danke dir!«

Bradley nahm den Anruf entgegen und wandte sich ab. »Was gibt's? … Wieso ist das Klavier verstimmt, wir haben doch gestern alles gecheckt? … Ja, mir ist klar, dass es heute schwüler ist, trotzdem kann doch nicht …«

Der Rest ging unter, als sich die Fahrstuhltüren schlossen und ich und Ethan alleine waren. Er stöhnte leise und ließ sich auf den Boden der Kabine sinken. »Hast du 'ne Kippe?«

»Du weißt genau, dass ich nicht rauche.«

»Ich meine ja auch nicht für dich, sondern für mich.«

Ich biss die Zähne aufeinander und zählte innerlich bis fünf. »Warum heute, Ethan? Musste das sein?«

Er zuckte mit den Achseln und verschränkte die Arme vor der Brust. »Ich hab halt ein bisschen gefeiert, sei kein Spielverderber.«

Ich schnaubte. »Ein bisschen feiern, ist klar.« So ging das immer. Er feierte *ein bisschen*, nahm *ein bisschen* Koks, schoss *ein bisschen* übers Ziel hinaus. In Ethans Welt herrschten andere Maßstäbe.

Der Fahrstuhl kam oben an, ich half Ethan wieder auf die Füße und bog nach links ab. Der Geruch nach altem Schweiß und Gummi hing in der Luft. Normalerweise herrschte hier reger Trubel, und aus den Tanzstudios rechts und links klangen die unterschiedlichsten Geräusche, vom Klacken der Steppschuhe bis zum rhythmischen Pochen vieler Füße, die sich im Takt der Musik bewegten.

Heute war es ruhig. Niemand probte, niemand bekam einen Nervenzusammenbruch, weil die Schritte nicht klappen wollten.

Ich holte mein Handy wieder heraus. Daniel hatte weitere fünf Mal angerufen. Ich rollte mit den Augen und öffnete den YouTube-Kanal von Joan Langdon. Natürlich hatte sie von Ethans Kübelaktion Wind bekommen. Vermutlich hatte sie extra für heute Leute abgestellt, die alles gefilmt hatten. Ethan war in Großaufnahme und Zeitlupe zu sehen. Die Klickzahlen lagen bereits bei über fünftausend in weniger als zehn Minuten. Joan feierte sicherlich schon.

Ethan kicherte, als er über meine Schulter blickte und sich selbst sah. Sein bitterer Mundgeruch schlug mir ins Gesicht und auf den Magen. Ich steckte das Handy weg und öffnete eine Tür zur Linken, die zu den Duschen führte. »Schaffst du das?«

»Wieso, willst du mir zur Hand gehen?«

»Klar. Das ist Bestandteil meiner feuchten Träume.«

Ethan kicherte erneut, und griff in seine hintere Hosentasche. Er holte eine Kippe hervor und steckte sie zwischen die Lippen.

»Du hast mich eben gefragt, ob ich …«

Ethan nahm auch ein Feuerzeug aus seiner Jeans und zündete die Zigarette an. Er inhalierte tief und stieß den Rauch mit einem genüsslichen Stöhnen aus.

»Ist das …? Scheiße, Ethan. Rauchst du etwa Gras?«

»Natürlich tue ich das, Mom.« Er trat zurück, kickte gegen die Tür, die zur Dusche führte, und lief rückwärts in den Raum.

»Ethan!«

Er war schneller als ich, schlug die Tür vor meiner Nase zu und verriegelte sie von innen. Ich hämmerte dagegen, rüttelte am Knauf, doch alles, was ich hörte, war Ethans Gelächter.

»Du Vollidiot!«, brüllte ich.

Kurz darauf erklang Wasserrauschen. Ich schlug noch mal gegen die Tür und stieß einen Fluch aus. »Ich hasse dich, Mann.«

»Quatsch! Du liebst mich!«

Ja. Vielleicht. Aber nicht an Tagen wie diesen!

Ethan grölte lautstark unseren neuesten Hit *Midnight Drunk*. Er stammte aus meiner Feder und war etwas melodischer als unsere üblichen Songs, aber er passte gut zu Ethans rauer Stimme. Ich lehnte den Kopf gegen die Tür und fragte mich von Neuem, warum zum Henker ich heute Morgen aufgestanden war.

RILEY 3.

Ich presste meine Stirn gegen die kühle Hauswand und schloss für einen Moment die Augen. In meinem Schädel pochte es dumpf, und langsam spürte ich die Müdigkeit in den Gliedern. Ich gähnte herzhaft und ließ meinen steifen Nacken kreisen. Das Geschrei war auch auf der Rückseite der Schule zu hören, aber bei Weitem nicht mehr so penetrant. Vermutlich würde sich die Menge bald auflösen, sobald Isabel ihre Autogramme gegeben hatte.

Kurz überlegte ich, ob ich nach Hause fahren und mich hinlegen sollte, aber wenn ich das tat, stünde ich erst am Abend wieder auf, und ich wollte wirklich gerne wissen, wie Ally sich schlug. Zur Not könnte ich in den Central Park und mich dort auf eine Wiese legen.

Ich zückte mein Handy und wollte gerade googeln, ob schon irgendwas über diesen Morgen im Netz zu finden war, als die Tür neben mir aufflog. Instinktiv drückte ich mich hinter den Müllcontainer, da ich keine Ahnung hatte, ob ich hier überhaupt stehen durfte. Eine junge blonde Frau schoss heraus. Sie trug ein Kostüm mit kurzem Rock, eine schicke Bluse und High Heels, in denen ich umkommen würde.

»Das kann doch nicht wahr sein!«, blaffte sie in ihr Telefon. »Ich habe das Haus voll mit Gästen und angehenden Schülern, die Audition startet in zwei Stunden, unser Star kotzt, und mir fehlen drei Kellner fürs Catering!« Sie stapfte auf dem Gehsteig hin und her, ohne mich zu beachten. »Das ist mir egal, ob bei dir die Magen-Darm-Grippe umgeht. Ich brauche Personal, verdammt noch mal!«

Die war ganz schön geladen. Als sie sich in meine Richtung drehte, erkannte ich sie auch. Das war Gillian Blair! Die Tochter des Schuldirektors. Sie hatte letztes Jahr gemeinsam mit James Corden die Tony Awards moderiert. Und sie sah in natura noch tausendmal besser aus als im Fernsehen! Gillian war nicht viel älter als ich, hatte aber schon so unglaublich viel erlebt. Nicht nur als Host der Tonys, sie trat auch regelmäßig bei broadway.com auf und stellte die neuesten Shows vor. Sie war genauso wenig vom Broadway wegzudenken wie die Leuchtreklamen.

»Nein, ich will keinen beschissenen Discount, ich brauche Leute, und da du mir die offenbar nicht schicken kannst, war es das! Am Montag bekommst du die Kündigung, ich suche mir ein anderes Restaurant.«

Sie legte auf, stieß einen verzweifelten Laut aus und raufte sich die Haare.

Ich blickte zu dem Truck, der an der Straßenseite parkte. Das Logo von Gibson's Place, einem teuren Restaurant am Lincoln Square, war an der Seite angebracht. Ich rollte mit den Augen, denn dort hatte ich mich damals beworben, als ich neu in der Stadt gewesen war. Sie hatten mich nicht genommen, weil ich nicht genügend Erfahrung gehabt hatte.

Ha! Die Geschichte meines Lebens. Zu dem Zeitpunkt hatte ich noch keine Ahnung gehabt, dass dieser Absagegrund sich bald wie ein roter Faden durch meinen Alltag ziehen würde.

Gillian zückte erneut das Handy und tippte darauf herum, während sie etwas Unverständliches vor sich hin brabbelte. Mich übersah sie weiterhin. »Hier ist Gillian Blair, ich möchte bitte mit Mr. Adams sprechen … Ja, ich weiß, dass heute Samstag ist und er eine Veranstaltung im Garden vorbereitet, es ist dringend! Nein, ich kann nicht bis morgen warten!«, sagte Gillian. »Ich brauche … Ja. Ja. Schön, dass Pink heute spielt, aber ich bin wirklich … Ach, verdammt noch mal!« Gillian legte erneut auf und kickte einen Stein vom Gehsteig. Sie gab sich einen Moment, in dem sie wohl ihren Frust innerlich verarbeitete, dann tippte sie wieder auf ihrem Handy herum und klingelte beim Nächsten durch.

Bei dem Ruf, den die Schule genoss, wurde sie bestimmt bald fündig, doch hier ließ sie nach einer halben Minute das Telefon sinken und stieß ein weiteres wütendes Schnauben aus. Anscheinend war dieser Ansprechpartner ebenfalls nicht erreichbar.

Okay, ich hatte zwei Möglichkeiten: mich unauffällig verdrücken und diesen Morgen bei einer zweiten Tasse Kaffee verdauen, oder etwas wagen … Etwas Riskantes und Verrücktes, was ganz bestimmt auffliegen würde.

Ich schloss die Augen, sammelte meinen Mut und dachte daran, dass ich kaum was zu verlieren hatte.

»Gillian Blair?« Ich räusperte mich und machte so auf mich aufmerksam. Sie fuhr herum, funkelte mich an. Ihre geballte Wut richtete sich auf mich.

Ich zog mein Shirt glatt und verdeckte mit einer Hand Ikes Logo. »Ich … Hi, ich bin Riley Maddock. Ich soll mich hier melden? Ich … Ich komme von Gibson's Place.« Ich deutete auf den Truck am Straßenrand.

»Was?« Sie musterte mein Outfit, das vermutlich überhaupt nicht zu den Standards des Restaurants passte.

»Er … Er hat mich sofort losgeschickt, nachdem Sie aufgelegt haben. Tut mir leid, wie ich aussehe, aber ich arbeite normalerweise in der Küche und hatte die Frühschicht.« Gott, ich wusste gar nicht, ob die um diese Uhrzeit schon offen hatten. »Er hat mich quasi von der Spüle weggeholt und hergeschickt.« Das Restaurant lag ein paar Straßen weiter nördlich, es wäre zwar sportlich in der kurzen Zeit herzukommen, seit Gillian aufgelegt hatte, aber mit einem Taxi durchaus machbar. »Bin so schnell gekommen, wie ich konnte.«

Sie kniff die Augen zusammen. Keine Ahnung, ob sie mir das abnahm. Wenn nicht, würde ich es gleich merken.

»Ich reiße Gibson den Kopf ab«, sagte sie.

»Das meinte er auch. Er will den Job wirklich behalten. Die Magen-Darm-Grippe ist echt heftig. Er ist seit gestern unterbesetzt.« Jetzt würde ich also für jemanden einspringen, der mir einen Job verweigert hatte. Heute Morgen sammelte ich ganz schön Punkte auf meinem Karma-Konto. »Wenn ich unpassend bin, kann ich gerne wieder gehen …«

»Nein! Nein, um Gottes willen. Rein da.« Sie zückte eine Keycard, die sie an ihrem dünnen Gürtel befestigt hatte, und entriegelte die Tür. Mit der freien Hand wählte sie eine Nummer auf ihrem Smartphone. »Bradley, ich bin es. Wir haben eine Kellnerin, ich bring sie rauf ins Bistro. Leg eine Schürze raus, ein saubere Bluse, Größe …« Sie musterte mich. »M und schwarze Jeans … Ja, wir sind gleich da.«

Mein Gott, was tat ich hier nur? Ich konnte mich doch nicht einfach in diese Schule schleichen. Und wozu, vor allen Dingen? Gewiss würden sie mich nicht vorsingen lassen, mir ein Stipendium anbieten und mich als neue Schülerin willkommen heißen. So was passierte in Filmen oder Büchern, aber nie im realen Leben.

Ehe ich mir weiter darüber Gedanken machen konnte, war ich schon im Inneren des Gebäudes. In der Schule aller Schulen. An dem Ort, an dem die Stars von morgen geformt wurden.

Mir wurde schwindelig. Zum Glück musste ich nichts tun, als Gillian durch den dunklen Korridor zu folgen. Sie lief zielstrebig voraus und gab dabei Anweisungen an Bradley.

»Wie sieht es mit Ethan aus?«, fragte sie. »Gut. Wird er zur

Audition da sein? Ja. Er kann alles haben, was er braucht. Kaffee. Aspirin. Energydrinks, Hauptsache, er hält durch und benimmt sich!«

Sie öffnete die nächste Tür, es ging ein paar Stufen hoch. Ich hörte Gemurmel und kam mir vor, als wäre ich Backstage auf dem Weg zur Bühne, wo mein großer Auftritt wartete. Falls ich Ally begegnete, musste ich ihr unbedingt verständlich machen, dass sie mich nicht auffliegen lassen durfte.

»Ja, Jules ist der Beste«, sagte Gillian. »Er bekommt das hin.« Sie legte auf, führte mich in einen weiteren Flur, von dem drei Türen abgingen. Wir nahmen die letzte und fanden uns in einer Küche wieder. Sie war nicht sonderlich groß, dafür voll. Auf den Tresen stapelten sich die Kanapees, die noch ausgepackt und hergerichtet werden mussten. Ein junger Mann goss Sekt in passende Gläser, ein anderer trug zwei Sixpacks mit Wasser, eine Frau fluchte, weil ihr ein Teller heruntergefallen war. Gillian zuckte zusammen, ballte die Hände und ging weiter, ohne die drei zu beachten.

Ich folgte ihr stumm, wie ein treudoofer Hund seiner Herrin. Wir durchquerten die Küche, die in ein Bistro führte, das urgemütlich eingerichtet war. Alles war in dunklen erdigen Tönen gehalten, es gab eine Bar auf der linken Seite, mit einer Kaffeemaschine und einer Auslage für Essen. An den Wänden hingen Fotos von Studenten und Stars, die die Schule besucht hatten. Ausschnitte aus Playbills, Magazinen, Kinoplakaten … Überall waren Namen an die Wand geschrieben; Unterschriften von den Sternchen, die hier geboren worden waren.

»Hier sind die Regeln«, sagte Gillian. »Keine Fotos, niemanden anquatschen. Mach einfach deine Arbeit. Bradley stellt dir später deinen Scheck aus.«

»Alles klar. Danke schön.«

»Du kannst ja nichts dafür, dass Gibson ein unorganisierter Volltrottel ist. Bradley?«

Ein Mann reckte den Kopf hinter der Theke hervor. Er lächelte, als er uns sah, und trat herum. In seiner Hand hielt er eine kleine Tasche. Vermutlich mit den Klamotten, die ich anziehen sollte.

»Hi, ich bin Bradley. Hier ist alles für dich«, sagte er und blieb vor uns stehen. Irgendwie hätte ich eine ältere Person erwartet. Keine Ahnung, warum, aber ich hatte an einen Mann mit grauem Bart und vertrauensseligem Blick gedacht, der nicht nur den Laden in Schuss hielt, sondern auch ein Seelsorger für die Schüler war. Bradley war schätzungsweise Mitte zwanzig, blonde Haare, braun gebrannt mit stechend blauen Augen … und er war riesig. Gut, das war neben mir fast jeder, aber ich musste den Kopf in den Nacken legen, um ihn anzuschauen. Er trug einen sehr gut sitzenden dunkelgrauen Anzug, hatte aber die ersten Knöpfe des Hemdes offen gelassen, was das Ganze etwas legerer machte.

»Danke, das ist Riley«, sagte Gillian. »Gibs hat sie geschickt.«

»Hat er das.« Bradley warf einen Blick auf mein Shirt, und ich verschränkte rasch die Arme vor der Brust, in der Hoffnung, dass er Ikes Logo nicht bemerkte, doch er hatte es gewiss gesehen. »Nun, dann freut es mich, dich kennenzulernen, Riley.«

»Mich auch.« Ich spürte, wie mir Hitze in die Wangen stieg. Wenn ich mir einredete, dass das hier nur eine Rolle war, die ich spielte, würde es vielleicht nicht so schlimm. Ich konnte mir ja vorstellen, in einer Realityshow mitzumachen.

Bradley reichte mir die Tasche, die ich dankend annahm, bevor ich einen Blick hineinwarf. Wie von Gillian angeordnet, waren alle Klamotten da.

»Wenn dieser Tag vorbei ist, werde ich um Jahre gealtert sein«, sagte sie mit einem Seufzen. »Wurden die Glühbirnen ausgetauscht?«

»Ja, und das Klavier ist auch frisch gestimmt.«

»Was?«

»Nicht so dramatisch.«

»Gut, dann begrüße ich mal Isabel und hoffentlich auch gleich Ethan.«

»Gutes Gelingen. Ich werde …«

Es schepperte erneut in der Küche, und eine Frau stieß einen derben Fluch aus.

»… nachsehen, ob jemand umgekommen ist«, sagte Bradley.

»Das kommt davon, wenn Personal fehlt und man seine Studenten fragt.«

»Alles wird gut, Gill. Atme einfach, und mach deinen Job.«

Sie schnaubte und steuerte die Vordertür des Bistros an.

»Riley«, wandte sich Bradley an mich. »Du kannst dich auf der Toilette da drüben umziehen. Die ist zwar heute nur für Gäste, aber es geht ja noch nicht los. Wenn du fertig bist, treffen wir uns in der Küche, da erkläre ich dir alles.«

Er zeigte auf einen Durchgang auf der linken Seite des Bistros. Ich nickte ihm zu, wollte mich auch bei Gillian bedanken, aber sie war schon draußen.

Ich trollte mich nach hinten zu den Toiletten, die genauso künstlerisch gestaltet waren wie das Bistro. Als Deckenbeleuchtung waren Scheinwerfer aus dem Theater aufgehängt, Vorhänge waren rechts und links an den Spiegeln drapiert, und in der Mitte des Raumes stand ein rundes rotes Sofa, wie sie oft in Foyers zu finden waren. Ich nahm eine der drei Kabinen, nutzte gleich die Toilette und wechselte die Hose. Auf der Innenseite der Tür war der Songtext aus *Frozens Let it Go* aufgeschrieben. Sehr witzig.

Als ich fertig war, trat ich im BH ans Waschbecken und wusch mir rasch den Schweiß der Nacht weg, ehe ich die neue Bluse überzog, dann nahm ich die Brille ab, reinigte auch sie und setzte sie wieder auf. In meiner Tasche kramte ich nach meinem Deo, frischte meine Wimperntusche auf und bürstete mir die Haare. Ich war seit zweiundzwanzig Stunden wach und fit wie nie. Erstaunlich, was so ein bisschen Adrenalin ausmachte.

Meine Wangen waren nach wie vor gerötet, ich stand unter Hochspannung. Genau wie meine Seele. Das hier war so aufregend und so überwältigend. Nun verstand ich, was Ally vorhin gemeint hatte, als sie sagte, sie müsse sich mit den Vibes des Ortes verbinden. Diese Schule schrie förmlich »Theater! Kunst! Musik!«. Sie rief nach den Menschen, die sich dazu berufen fühlten, auf die Bühne zu gehen und anderen eine gute Zeit zu schenken. Sie rief nach denen, die nicht anders konnten, als sich in der Magie des Theaters zu verlieren.

Ich blickte mir im Spiegel in die Augen und sprach mir innerlich Mut zu. Ich konnte das schaffen. Ich tat dies nicht, um mich selbst zu profilieren, sondern weil diese Menschen Hilfe brauchten, die ich ihnen geben konnte. Das redete ich mir zumindest ein, denn es klang eindeutig besser als *Ich habe mich mit einer Lüge in die teuerste Schule der Stadt geschlichen.*

Entschlossen wandte ich mich ab und ging zurück ins Bistro. Bradley war wohl bereits in die Küche gegangen, dennoch war ich nicht allein.

»Oh«, sagte ich und spürte, wie mir erneut die Hitze in die Wange schoss.

Julian Sloan stand hinter dem Tresen und suchte nach dem Einschaltknopf der Kaffeemaschine.

Verdammt.

Mir schoss die Hitze in die Wangen, und mein Puls erhöhte sich augenblicklich. In der Theorie war ich nicht die Frau, die beim Anblick eines Stars in Ohnmacht fiel, aber ich hatte auch noch nie einem so direkt gegenübergestanden. Er sah kurz auf, als er mich hereinkommen hörte, und gab ein leises »Hi« von sich, ehe er sich wieder dem Gerät zuwandte. Da er etwas angespannt und gestresst wirkte, murmelte ich nur ein leises Hallo zurück und lief zur Küche, wo ich ja Bradley treffen sollte. Im Gehen strich ich meine Bluse glatt, die mir leider einen Tick zu eng war.

»Komm schon«, murmelte Julian. Er hatte die Maschine anbekommen und nestelte am Siebträger herum.

Ich lief weiter, versuchte ihn zu ignorieren, doch es fiel mir schwer, denn ich wusste aus eigener Erfahrung, dass diese Geräte nicht selbsterklärend waren, wenn man noch nie damit einen Kaffee zubereitet hatte.

»Verdammt! Warum stellt Gillian diesen dämlichen Apparat hier hin, wenn man ihn nicht bedienen kann?«, erklang es hinter mir.

»Weil er super Kaffee macht«, erwiderte ich und hielt gegen besseres Wissen vor der Küchentür inne.

»Was?«

»Kein Vollautomat kommt je an eine gute Siebträgermaschine ran. Einmal an die perfekte Crema gewöhnt – und du willst nie mehr was anderes.«

»Ob mit oder ohne Crema ist mir im Moment ziemlich egal. Ich will einfach nur ’nen Kaffee. Früher stand hier ein banaler Automat, bei dem man nur ein paar Knöpfchen drücken musste.«

Ich schmunzelte. Meine Hand lag auf der Türklinke, und Gillians Worte hallten in meinen Ohren nach. *Keine Fotos, niemanden anquatschen. Mach einfach deine Arbeit …* Aber zählte das hier nicht dazu? Ich sollte die Gäste bedienen, und Julian brauchte offenbar jemanden, der ihm half.

Ich drehte um und ging zu ihm hinter den Tresen. Er richtete sich auf, als ich mich näherte, und ließ seinen Blick kurz über meine zu enge Bluse wandern. Ich krümmte die Schultern, damit es ein bisschen weniger danach aussah, als würde mein Busen gleich die Knöpfe sprengen.

Auf diesem engen Raum wirkte Julian viel größer und imposanter als vorhin auf der Straße. Nicht wegen seiner Körpermasse, sondern wegen seiner Ausstrahlung. Sie war zu intensiv für diese Wände. Es kam mir vor, als würde seine Aura alles vereinnahmen.

»Darf ich?«, fragte ich und klang gelassener, als ich mich fühlte. Ich zeigte auf die Maschine.

Julian trat einen Schritt zur Seite. Hinter dem Tresen war gerade so Platz für zwei Personen. Ich hielt den Atem an, weil mich seine plötzliche Nähe leicht überforderte.

»Stinke ich doch noch?«, fragte er völlig unvermittelt.

»Bitte?«

»Du hältst die Luft an. Ist es so heftig? Bradley meinte, ich würde nicht mehr müffeln.«

»Du … Was?« Ihm war aufgefallen, dass ich die Luft anhielt? »Nein, überhaupt nicht.«

»Wenn doch, darfst du mir das sagen.«

»Keine Sorge. Ich rieche wirklich nichts.« Zumindest nichts, was mich abturnen würde.

»Auch nicht das Pot?«

»Das …«

Er hob die Hände. »Nicht von mir.«

Ich lehnte mich ein Stück nach vorne und atmete extratief ein.

Ganz schlechte Idee, Riley. Dieser Mann duftete wie die pure Sünde. Mir lief ein eiskalter Schauer den Rücken hinunter, während Julian nur schmunzelte. Sein herber männlicher Duft stieg mir in die Nase, und mir wurde schwindelig. Julian roch nach Wildheit und Erfolg. Ich hielt inne und sah ihn an. Seine dunkelgrünen Augen fanden meine, und für einen kurzen Moment flackerte etwas darin auf, was ich nicht einordnen konnte. Julian sah mich an, als gäbe es sonst nichts anderes auf dieser Welt. Als wäre das Einzige, was er heute noch vorhatte, auf meine Antwort zu warten. Er verharrte geduldig, bis ich wieder einen Schritt nach hinten trat.

»Ich rieche auch kein Gras«, brachte ich hervor.

»Sehr gut«, antwortete er.

Mit einem dumpfen Pochen im Bauch wandte ich mich wieder der Maschine zu. Es war das gleiche Modell wie die in dem Restaurant, in dem ich vor vier Monaten gearbeitet hatte. Das sollte ein Klacks werden. Ich bückte mich, um in den untersten Schrank zu schauen. Es dauerte einen Moment, bis ich die Kaffeebohnen und eine Mühle gefunden hatte.

»Ah, hier ist alles.« Ich stapelte die Sachen auf dem Tresen neben der Maschine und machte mich an die Zubereitung. »Brauchst du Milch?«

»Einen Schuss nur.«

Ich suchte nach einem Kühlschrank, fand ihn aber nicht auf Anhieb, dafür wusste Julian Bescheid. Er drehte sich um und holte einen Beutel Hafermilch hervor. Er öffnete ihn und roch daran, aber sie schien frisch zu sein.

»Vegane Barista-Edition, die ist lecker«, sagte ich und suchte nach dem Gefäß, um sie aufzuschäumen.

»Kann ich dir irgendwie helfen?«, fragte er.

»Nein, dauert nicht lange. Die Maschine ist gleich heiß.«

Da kaum Platz war und ich den Weg für Julian blockierte, zog er sich auf den Tresen hinauf und ließ die Beine baumeln. Ich versuchte zu ignorieren, wie sich sein Trizeps spannte, als er sich nach oben stemmte, und mahlte brav die Bohnen.

Kaum dass er saß, massierte er sich den Nacken und stöhnte leise.

»Harter Morgen?«, fragte ich.

»Du machst dir keine Vorstellung.«

»Hoffentlich geht es Ethan bald besser.«

»Oh, *dem* geht es großartig, keine Bange. Er ist vermutlich der Einzige, der bei der ganzen Sache Spaß hat.«

»Vergiss nicht seine Fans.«

Julian schnaubte. »Ja, die auch.« Etwas vibrierte in seiner Tasche. Er zog sein Handy heraus und stöhnte. »Der geht mir echt auf die Nerven.« Julian atmete einmal tief durch, ließ seine Nackenwirbel knacken und nahm ab. »Daniel, ich weiß, dass Ethan schon auf Joans Kanal gelandet ist.«

Ich suchte nach einer passenden Tasse, wartete allerdings mit dem Zubereiten, bis Julian sein Gespräch beendet hatte, sonst würde er gleich nichts mehr verstehen bei dem Lärm.

»Ethan war schon zugedröhnt, als ich ihn heute Morgen abgeholt habe«, sprach er weiter ins Telefon.

Ich polierte die Tasse mit einem Tuch, das neben der Maschine lag und gab mir Mühe, desinteressiert zu wirken. Es ging mich nichts an, was bei ihnen passierte.

»Wie um alles in der Welt hätte ich das verhindern sollen? Ethan macht, was er will, du kennst ihn doch.« Er lehnte sich zurück. Aus dem Augenwinkel sah ich, dass sein Shirt ein Stück nach oben rutschte und seinen flachen Bauch preisgab. »Ja, ich weiß, dass das alles ungünstig ist. Denkst du, ich habe ihn dazu angestiftet, auf die Straße zu kübeln? … Natürlich behalte ich ihn im Auge, dazu darfst du mich aber auch nicht ständig anrufen. Lass uns hier machen, wir bekommen das schon hin. Irgendwie. Ich muss auflegen.« Er drückte das Gespräch weg, auch wenn es nicht so klang, als wäre sein Gegenüber fertig gewesen, und steckte das Handy wieder ein.

Ich wandte mich der Maschine zu, brühte den Kaffee und schäumte kurz die Milch auf, mit der ich ein Palmenmuster als Deko in die Crema zog. Aus dem Augenwinkel bemerkte ich Julians Blick, aber ich war mir nicht sicher, ob er mich wirklich ansah oder nur ins Leere starrte. Als ich fertig war, reichte ich ihm die Tasse mit dem kunstvoll drapierten Schaum.

»Danke«, sagte er und wirkte auf einmal, als hätte ihm jemand sämtliche Energie aus dem Körper gezogen.

»Ich hätte dir noch einen Keks dazugelegt, aber ich habe keine Ahnung, wo die sind.«

»Ich schon. Warte.« Er stellte die Tasse neben sich ab, sprang vom Tresen und fasste um mich herum. Augenblicklich gefror ich, denn ich hatte nicht damit gerechnet, dass er mir so nahe kommen würde. Seine Muskeln spannten sich, und obwohl er mich kaum berührte, bekam ich eine Gänsehaut. Julian zog die Schublade neben mir auf und fischte zwei Schokoladenstücke heraus. Eins reichte er mir, das andere nahm er.

»Danke für deine Hilfe. Du bist meine Rettung heute Morgen.« Er schob sich zurück auf seinen Platz und griff nach seinem Kaffee.

»Jederzeit gerne.«

»Ich bin Julian.«

»Ich weiß.«

Er schmunzelte, hob die Augenbrauen und sah mich fragend an. Ich brauchte einen Moment, bis der Groschen fiel.

»Oh, ich … ich heiße Riley. Riley Maddock.« *Shit.* Warum sagte ich ihm meinen Nachnamen? Nur berühmte Leute wurden mit Vor- und Zunamen angesprochen. Ein Umstand, den ich schon immer merkwürdig fand.

»Na gut, Riley Maddock. Es freut mich sehr, dich und deine Kaffeekünste kennenzulernen.«

Er trank einen Schluck und gab einen tiefen kehligen Laut von sich, der bis in meine Zehen nachvibrierte und einen wohligen Schauer mein Rückgrat hinuntertrieb. *Gott, Riley. Was soll das denn?* Ich war natürlich nicht immun gegen gut aussehende Typen, aber normalerweise reagierte ich nicht so intensiv. Oder lag es daran, dass ich seit zwei Jahren keinen Sex mehr gehabt hatte?

»Das ist der beste Kaffee, den ich je getrunken habe.«

»Dein erster heute? Der ist grundsätzlich der beste.«

»Vielleicht liegt es auch an dir. Du solltest dein Licht nicht unter den Scheffel stellen.«

»Das meint mein Bruder auch immer.«

»Dann ist er ein kluger Mann.« Julian trank noch einen Schluck und aß seine Schokolade. Meine schmolz in meinen Fingern, weil mir so verdammt warm wurde. Ich legte sie möglichst unauffällig beiseite, schaltete die Maschine aus und reinigte sie rasch. Julian bot mir erneut seine Hilfe an, doch ich wiegelte ab, denn es war nicht viel Arbeit.

Als ich fertig war, nickte ich Julian zu und wandte mich zum Gehen, aber dann fiel mir etwas ein, und ich drehte mich noch einmal zu ihm um. »Könntest du mir möglicherweise einen Gefallen tun?«

»Es wird schwer mit den Karten, aber ich sehe, was sich machen lässt.«

»Was?«

Er schnappte sich auch mein Stück Schokolade, das ich neben der Maschine hatten liegen lassen, und verputzte das ebenfalls. »Das Konzert. Im Madison Square Garden. Jeder fragt mich nach Karten.«

»Nein! Das ist nicht, was ich wollte, aber, äh, danke für das Angebot.« Darauf wäre ich ja im Leben nicht gekommen. »Ich wollte dich eigentlich bitten, Gillian nicht zu verraten, dass ich mit dir gesprochen habe.«

Er hielt im Kauen inne und starrte mich an.

»Sie hat mir verboten, mit euch zu reden«, sagte ich.

»Mit uns?«

»Ja, mit den … den Stars. Du weißt schon.«

»Aha.«

»Vermutlich will sie nicht, dass ihr euch belästigt fühlt.«

»Mach dir keine Sorgen, Riley Maddock, ich fühle mich in keiner Weise von dir belästigt.«

Wieder spürte ich die Hitze in meinen Wangen und lächelte leicht. »Sie ist nun mal der Boss, und ich möchte meinen Job gut machen.«

»Den machst du besser als gut.« Er trank einen weiteren Schluck Kaffee und wiederholte den Laut von eben, der seine Wirkung auf mich auch beim zweiten Mal nicht verfehlte. Zum Kribbeln in meinem Rücken gesellte sich nun noch eine angenehme Wärme zwischen meinen Beinen. Wie machte der Typ das nur? »Abgesehen davon darfst du mich jederzeit ansprechen. Wer so einen Kaffee kocht, dürfte mir sogar seinen gesamten Lebenslauf vortragen.«

»Der ist nicht sehr spannend.«

»Das weiß ich erst, wenn ich ihn gehört habe.« Er trank die Tasse leer und stellte sie in die Spülmaschine unter dem Tresen. »Aber natürlich werde ich deiner Bitte nachkommen und behaupten, dass du mich mustergültig in Ruhe gelassen hast.«

Wie er das so sagte, klang meine Bitte in der Tat albern. Julian schien ein ganz normaler Mann zu sein. Na gut: ein sehr gut aussehender, erfolgreicher und berühmter normaler Mann. Aber er zeigte weder irgendwelche Allüren noch wirkte er unnahbar. Er war nur ein Kerl, der einen guten Kaffee zu schätzen wusste.

Ich nickte ihm ein letztes Mal zu und machte mich auf den Weg in die Küche, wo ich vermutlich schon längst erwartet wurde.

»Dieser Morgen ist wirklich sehr bizarr«, murmelte ich vor mich hin. Hätte mir gestern jemand gesagt, dass ich noch vor dem Frühstück meinen Job verlieren und kurz darauf im NYMSA-Bistro Julian Sloan bedienen würde, hätte ich ihn für verrückt gehalten.

»Da stimme ich dir voll und ganz zu«, hörte ich ihn sagen, ehe die Tür hinter mir zufiel.

JULIAN 4.

Ich blickte Riley einen Moment lang nach und sackte in mich zusammen, sobald sie das Bistro verlassen hatte. Ihr Duft hing mir, gemischt mit dem frischen Kaffeearoma, in der Nase. In meinem Bauch hatte sich eine angenehme Wärme ausgebreitet, die nicht nur vom Kaffee gekommen war. Ich konnte nicht genau deuten, was Riley an sich gehabt hatte, aber aus irgendeinem Grund hatte mich ihre Anwesenheit geerdet. Vielleicht hatte es an ihrer ruhigen und pragmatischen Art gelegen. Vielleicht, weil sie eine der wenigen Personen heute Morgen war, auf die ich weder aufpassen noch mir Sorgen um sie machen oder mit ihr herumdiskutieren musste wie mit Daniel – der schon wieder anrief, wenn ich das Vibrieren in meiner Hosentasche richtig deutete.

Ich zückte kurz mein Handy und warf einen raschen Blick aufs Display. Tatsächlich sprang mir sein Name entgegen, aber ich ignorierte es und schob das Telefon wieder zurück. Ich brauchte nur kurz Ruhe und die Möglichkeit, in der Stille dieses Ortes zu schwelgen.

Fünf Minuten.

Ich atmete tief die wohlige Atmosphäre der NYMSA ein und dachte an meine Studienzeit. Fünf Jahre war es schon her, und dennoch kam es mir vor, als wäre es erst gestern gewesen. Wie oft hatte ich da drüben in der Ecke gesessen, meine Texte und Lieder gelernt, komponiert, überlegt, recherchiert, Noten geschrieben, Noten gestrichen, gedacht, ich wäre der größte Künstler aller Zeiten, nur um am nächsten Tag völlig deprimiert zu sein, weil ich glaubte, es nie zu schaffen.

Und heute?

Hatte ich es wohl geschafft. Zumindest, wenn man der Presse und all den Fans da draußen glauben wollte. Aber was bedeutete das wirklich? Ab wann war der Erfolg groß genug? Das Leben perfekt? Und gab es das überhaupt? Oder wartete auf uns diese Leere, die eintrat, wenn man seinen Traum erfüllt hatte, und vor der Ethan so viel Angst hatte? Was tat man, wenn man auf dem Gipfel stand?

»Runterspringen.« Ich schnappte mir ein weiteres Stück Schokolade aus der Schublade und zog erneut mein Handy hervor, um zu checken, was Daniel von mir wollte. Er hatte mir eine Nachricht geschrieben: *Geh ans Telefon!*

Ich riss das Papier der Schokolade mit den Zähnen auf und aß sie aus der Verpackung, während ich seine Nummer wählte. »Was ist denn los?«

»Limitless hat eben angerufen.«

»Gibt es Probleme wegen des Konzerts?« Wenn die Agentur jetzt ausflippte, weil Ethan sich so hatte gehen lassen, würde ich ihm den Kopf abreißen!

»*Cut off the Noise* wird sich trennen. Es ist noch nicht offiziell, aber ohne die Band haben wir keinen Supporting Act für den Garden.«

»Scheiße.«

»Shane will mit uns besprechen, wer als Ersatz einspringen könnte. Das muss jetzt schnell gehen. Ich werde hinfahren, aber ihr solltet auch da sein.«

Der Gig war wichtig für uns. Bald wurden die Nominierungen für die Grammys bekannt gegeben. Wenn wir eine Chance haben wollten, mussten wir den Abend rocken. Wir schrieben seit Wochen an einem neuen Song dafür.

»Wann ist der Termin?«

»Um zwei.«

»Ethan wird noch nicht fertig sein bis dahin.«

»Ich weiß, damit müssen wir leben.«

»Ich versuche in einer Stunde durch zu sein und komme zu dir.«

»Gut. Bis dann.«

Ich legte auf und starrte einen Moment auf das Display. Limitless war eine der angesagtesten Agenturen im Business. Sie organisierten unter anderem Konzerte für Stars wie Adele oder Beyoncé. Dass sie uns für den Garden geholt hatten, war eine große Nummer. Ich atmete kurz durch, ehe ich mein Handy entsperrte und die anderen ungelesenen Nachrichten checkte. Zwei waren von meiner Mutter, eine von Breeze, der mich fragte, wo ich Zahnseide hatte. Er hatte heute bei mir übernachtet, weil Casey irgendeinen Typen über Nacht abgeschleppt hatte und Breeze es hasste, ihr beim Sex zuzuhören. Die letzte Nachricht war von einer unbekannten Nummer. Sie fing mit *Hallo, Julian, hier ist Tracey …* an.

Tracey?

Ich tippte darauf und las den Rest des Textes.

Der Abend mit dir war wundervoll. Ich würde dich gerne wiedersehen. Hast du Lust auf einen Kaffee? Auf der Party war es ja ein wenig hektisch, und du warst so schnell weg, nachdem wir fertig waren. Ich dachte, wir könnten vielleicht …

Tracey Ashwell!

Klar! Jung, rothaarig, singt und tanzt und vollbringt schöne Dinge mit ihrem Mund.

Ethan und ich waren auf einer Cocktailparty gewesen, die so langweilig war, dass wir uns beide am liebsten aus dem Fenster gestürzt hätten. Tracey war eine nette Abwechslung gewesen, wobei ich mich nicht daran erinnern konnte, ihr meine Nummer gegeben zu haben. Die hatten eigentlich nur das Management und meine Freunde, aber es war schon öfter vorgekommen, dass sie in Umlauf geriet und ich sie ändern musste.

Ich löschte die Nachricht, ohne ihr zu antworten, denn mir war vollkommen klar, dass Tracey mir nur schrieb, um auf meinen Erfolgszug aufzuspringen. Es gab genau zwei Typen Frauen in meinem Leben: die, die nur ihren Spaß mit mir haben wollten, weil sie es heiß fanden, einen Rockstar zu vögeln, und die, die sich durch mich ein Leben im Rampenlicht erträumten. Schauspielerinnen, Models, oft Sängerinnen, so wie Tracey, und meistens standen sie am Anfang ihrer Karriere und erhofften sich durch mich einen Push, so wie ihn einst Summer erhalten hatte.

»Sorry, Tracey, daraus wird nichts.« Ich steckte das Handy in die Hosentasche und trat aus dem Bistro zurück ins Foyer, das bis auf fünf Sicherheitskräfte leer war. Ethan hatte mir versprochen, herunterzukommen, sobald er fertig war. Mal sehen, ob er das einhalten würde.

Ich lief quer durch die Halle nach links und folgte dem langen Flur, der zum schuleigenen Theater führte. Der Weg zur Hölle, der Gang nach Canossa, der Walk of Shame. Die Studenten hatten viele Bezeichnungen für diese zwanzig Meter, denn im Theater fanden alle Zwischen- und Abschlussprüfungen statt. Dort wurde über die Zukunft eines jeden Einzelnen entschieden, und nicht wenige flogen nach dem ersten Semester wieder raus.

Ich trat durch die beiden offenen Schwingtüren und blickte mich um. In den Zuschauerrängen war ein Tisch aufgestellt worden, an dem Isabel Roberts Platz genommen hatte. Sie unterhielt sich mit ihrer Managerin, einer aschblonden, sympathisch wirkenden Frau, die eine Reihe hinter ihr saß.

»Hallo, Julian. Schön, dich mal wieder zu sehen«, rief Rupert, der bereits an seinem Flügel auf der Bühne Platz genommen hatte und sich locker einspielte. Er würde die Studenten begleiten, die vorsingen wollten. Rupert war mit Gillian und ihrem Vater damals von Kalifornien hierhergezogen, als die Schule gegründet wurde. Er war ein Urgestein und hatte das Gehör des Teufels. Ein schiefer Laut, und man durfte von vorne anfangen. »Hab dich neulich auf dem Konzert gehört. Solltest mal wieder Unterricht nehmen, Junge.«

Ich presste die Lippen zusammen, denn er hatte bedauerlicherweise recht. Meine Stimme war nicht auf der Höhe. »Ich werde sehen, was sich machen lässt.«

»Ach, ihr jungen Leute. Habt nie Zeit für die wichtigen Dinge.« Er zuckte mit den Schultern und spielte gelassen weiter. Seine sanfte Begleitmusik brachte eine angenehme Ruhe in den Raum und in meine Seele.

Ich suchte das Theater nach Ethan ab, fand ihn aber nicht, was mich nur wenig überraschte. Mir wurde schlagartig heiß und kalt zugleich. Wenn der Mistkerl uns erneut hängen ließ, würde ich …

Jemand haute mir fest auf den Rücken, sodass ich einige Schritte nach vorne taumelte.

»Hast du dir gerade in die Hosen gemacht, weil du dachtest, ich würde nicht kommen?«, fragte Ethan mit träger Stimme.

Ich wandte mich zu ihm um. Ein sanftes Lächeln lag auf seinen Lippen, seine Haare waren feucht von der Dusche und seine Pupillen erweitert.

»Wie viel Pot hast du geraucht?« Ich beugte mich zu ihm und schnupperte an ihm, aber zum Glück fiel der schwere Geruch nur auf, wenn man ihm sehr nah kam. Und da ihn vermutlich niemand küssen wollte, sollte es keiner bemerken.

»Nicht genug, Jules, nicht genug.« Ethan sah sich im Theater um und seufzte leise. Ich kannte das Geräusch. Es drückte all den Frust und den Stress aus, den er meistens hinter der Fassade des aufgeputschten Superstars verbarg. Ethan grinste schief und schwankte die wenigen Treppenstufen hoch zu Isabel. Sie warf ihm einen schnellen Blick über die Schulter zu und verzog das Gesicht. Ich konnte Isabel nicht einschätzen, hatte nur vorhin in der Hotellobby kurz mit ihr gesprochen. Sie wirkte kühl, aber nett.

»Oh, dem Himmel sei Dank«, hörte ich Gillian hinter mir murmeln. »Er ist da!«

Ich drehte mich zu ihr um und warf ihr ein schicksalsergebenes Lächeln zu. »Ja, live und in Farbe, wenn auch leider noch nicht ganz nüchtern.«

»Egal.« Gillian umarmte mich, und ein intensiver Geruch nach Nelken und Rosen stieg mir in die Nase.

»Warst du in einem Blumenladen?«, fragte ich sie und löste mich von ihr.

»So ähnlich. Hab die ganzen Sträuße entgegennehmen müssen, die wir den Anwärtern heute geben. Denkst du, Ethan hält durch und kann die richtigen Entscheidungen treffen?«

»Klar.«

Ethan ließ sich geräuschvoll auf den Stuhl neben Isabel fallen, nahm eine Wasserflasche und setzte sie an die Lippen, ohne sich die Mühe zu machen, das dafür bereitgestellte Glas zu benutzen. Als er fertig war, rülpste er lautstark, wischte sich den Mund mit dem Arm ab und lehnte sich zurück.

Gillian wimmerte leise und beobachtete Ethan weiter, dem Isabel gerade die Unterlagen der Bewerber reichte. Er wollte nach ihnen greifen, stieß dabei aber seine Wasserflasche um, und der Inhalt ergoss sich quer über den Tisch. Isabel schrie spitz und wich zurück, doch sie war nicht schnell genug. Auf ihrem Schoß breitete sich ein großer Fleck aus. Zum Glück war es nur Wasser.

Gillian stöhnte frustriert auf, dann griff sie plötzlich nach meiner Hand und zog mich mit sich.

»Was wird das?«, fragte ich.

»Du musst mit an den Tisch.«

»Wieso?«

»Weil du Ethan unterstützen wirst.«

»Was?! Nein! Ich hab keine Zeit.«

»Er braucht deine Hilfe.«

»Gillian …« Ich machte mich von ihr los und blieb stehen.

Sie zeigte auf Ethan. »Sieh ihn dir an. Ich weiß nicht mal, ob er überhaupt mitbekommt, wer gleich welches Stück vorträgt. Wie soll er eine vernünftige Auswahl treffen?«

»Er macht das schon. Du weißt nicht, wozu Ethan alles in der Lage ist. Außerdem ist er nicht mehr so voll, und ich kann wirklich nicht. Ich muss auf ein Treffen mit Limitless.«

»Oha, haben sie euch unter Vertrag?«

»Sie organisieren das Konzert im Garden. Wir müssen einiges besprechen.«

Sie drückte meine Finger fester. »Wann ist der Termin?«

»Um zwei, aber Daniel will uns vorher noch sehen.«

»Okay, bis dahin sind noch fast vier Stunden Zeit. Es würde mir schon reichen, wenn du den Vormittag über bleibst, damit wir sehen, wie er sich schlägt. Die Masterclass muss sitzen, wir können uns keine Patzer mehr erlauben.«

Ich kniff die Augen zusammen. »Wie meinst du das? Welche Patzer habt ihr euch denn erlaubt?«

»Ich …« Gillian öffnete den Mund und schloss ihn wieder. »Ich kann dir das nicht erklären, aber wir brauchen das hier.« Sie machte eine ausladende Handbewegung und meinte damit wohl die Masterclasses. »Wirklich.«

»Ihr seid doch so erfolgreich.«

»Manchmal trügt der Schein. Das kennst du ja.« Sie deutete mit einem Kopfnicken auf Ethan, der lässig die Hände hinter dem Kopf verschränkte und die Augen geschlossen hatte, als wäre das eben gar nicht passiert. Hoffentlich schlief er nicht ein.

»Jules?« Gillians Tonfall hatte diese ganz bestimmte flehende Unternote angenommen, von der sie wusste, dass sie mir ans Herz ging. »Bitte?«, schob sie in der gleichen Intensität nach.

Ich knirschte mit den Zähnen. »Ja. Ist gut.«

Sie schloss die Augen, murmelte ein leises Danke und zog mich mit sich die Stufen hinauf. Ethan sah nur kurz zu mir, während Gillian mich bat, Platz zu nehmen.

»Ist alles in Ordnung?«, fragte sie Isabel, die sich noch abtrocknete.

»Ja, nicht weiter schlimm.«

»Gut. Tut mir leid.«

Isabel winkte ab und lächelte mitfühlend.

»Hier sind alle Unterlagen«, sagte Gillian und schob die Stapel aus Papieren vor mich. Ich sah auf das oberste Blatt. Das Resümee eines Mädchens, mit passendem Bild und einem Kurzinterview, warum sie sich hier bewarb. Weiter unten waren die Stücke aufgezählt, aus denen sie heute vortragen wollte.

»Danke. Ich schulde dir was.«

»Und wie du das tust!«

Gillian gab mir einen Kuss auf die Wange und verschwand. Diese Frau war wie ein Orkan: unausweichlich und kraftvoll. Und ich war der Trottel, der sich mitten hinein gestellt hatte und hoffte, er würde nicht davongeweht.

RILEY 5.

Bradley redete wie ein Maschinengewehr auf mich ein und erklärte mir alles im Schnelldurchlauf. Vor einem Jahr wäre ich völlig überfordert von seinen Anweisungen gewesen, doch nun blieb ich gelassen. Durch meine vielen Jobwechsel hatte ich mich daran gewöhnt, mich rasch auf neue Dinge einzustellen, und abgesehen davon war Kellnern keine Raketenwissenschaft.

»Hast du alles verstanden?«, fragte er, als er fertig war.

»Getränke nicht leer werden lassen, nicht in den Raum gehen oder ihn verlassen, wenn ein Bewerber gerade sein Stück vorträgt, leise sein und keine Insights weitergeben, die ich eventuell von der Jury mitbekommen könnte. Im Grunde bin ich Mr. Cellophane. Nicht schwer.«

Bradley schmunzelte. Diesen Witz konnte man nur bei Leuten bringen, die *Chicago* kannten. Natürlich hatte ich eine Vertraulichkeitserklärung unterschreiben müssen. Ich durfte keine Bilder machen und nicht mit den Stars sprechen, was Gillian mir schon erklärt hatte. Ich sagte Bradley nicht, dass es dafür bereits zu spät war.

»Du kannst die ersten Sachen ins Theater rübertragen. Sollte was leer werden, gib sofort Bescheid, wir kümmern uns drum. Um eins kommt das Mittagessen, du stehst eine Viertelstunde vorher bereit und hilfst dabei, alles herzurichten. Wir servieren im Bistro. Isabel ist Veganerin, und Ethan gibst du bitte keinen Alkohol, auch wenn er welchen will.«

»Okay.«

»Falls er sich darüber aufregen sollte, sag mir Bescheid.«

»Mach ich.«

»Wenn du auf die Toilette musst, nimm die hinten im Flur, wo Gillian dich reingeführt hat. Ist direkt gegenüber der Küche.«

»Geht klar.«

Bradley klatschte in die Hände, um die Aufmerksamkeit der drei Studenten zu bekommen, die mit dem Anrichten des Essens und der Getränke beschäftigt waren. »Leute, das ist Riley. Seid nett zu ihr, sie entlastet euch heute.«

»Wir sind immer nett«, erwiderte der Junge, der die Wassergläser anordnete.

»Riley, das sind Maggie, Connor und Steven, die sich spontan und völlig freiwillig bereit erklärt haben, heute zu helfen.«

»Genau«, sagte Steven und stützte sich mit den Ellbogen auf dem Küchentresen ab. »Wir haben ja auch nichts Besseres an unseren freien Samstagen zu tun, als hier abzuhängen, nachdem wir die Woche in der Tanzhölle hinter uns haben.«

»Stellt euch nicht so an!«, sagte Bradley. »Ich hatte Wartelisten mit Helfern für diesen Tag.«

»Warum ist dann niemand von denen da?«, fragte Maggie.

»Weil die sich nur melden, um Isabel und Ethan zu sehen, und da ihr euch nicht gemeldet habt, geht es euch offenbar am Arsch vorbei.«

»Das heißt, beim nächsten Mal schreib ich mich einfach ein, und dann muss ich nicht helfen?«, fragte Steven.

»Vielleicht drehe ich die Regel beim nächsten Mal wieder um, wer weiß das schon?«, antwortete Bradley. »Seid froh, dass Riley da ist, sonst hättet ihr noch mehr Arbeit. Und Maggie: Wir haben nur eine begrenzte Anzahl an Tellern, also halte dich bitte ab jetzt etwas zurück, ja?«

Sie schnaubte und öffnete einen der Schränke, um mehr Geschirr herauszuholen. Bradley lächelte mich an, nickte noch einmal aufmunternd und verließ die Küche.

Sobald er zur Tür hinaus war, machte ich mich daran, einige Häppchen aus dem Kühlschrank auf die Tabletts zu sortieren. Maggie kümmerte sich mehr um ihre Fingernägel als um ihre Arbeit, Steven durchsuchte die Schränke nach etwas Essbarem, und Connor brachte zwei neue Flaschen Wasser und stapelte Gläser aufeinander. »Ich bringe das in den Aufenthaltsraum zu den Bewerbern, soll ich dir zeigen, wie man ins Theater kommt? Es liegt auf dem Weg.«

»Das wäre großartig!« Bradley hatte mir zwar erklärt, wohin ich musste, aber ich wollte auf Nummer sicher gehen.

Mit meinem Tablett bewaffnet folgte ich Connor aus der Küche und in den Flur zurück, durch den Gillian mich geleitet hatte. Connor drückte eine weitere Tür auf, die ins Foyer führte. Er lächelte mir zu, hielt sie für mich offen, bis ich durch war, und lief dann leise summend neben mir den Flur entlang.

»Wie ist es, hier zu lernen?«, fragte ich. Die Gelegenheit, einen Studenten über diesen Ort auszuquetschen, konnte ich mir nicht entgehen lassen.

»Genial. Ich mache eine Musicalausbildung, also das volle Programm, mit Tanzen, Singen, Schauspielern. Bin im letzten Semester.«

Wahnsinn! »Warst du auch in einer Masterclass? Sind die offen für alle Studenten? Oder muss man dafür von einem anderen Lehrer vorgeschlagen werden?« Connor grinste, weil ich meine Fragen schneller raushaute, als ich Luft holen konnte, und ich ruderte ein wenig zurück. »Sorry, ich will nicht so neugierig sein. Geht mich ja auch nichts an.«

»Schon gut. Für die meisten ist es aufregend, hier zu sein. Solltest mal all die Fragen meiner Freunde zu Hause hören. Aber ja, ich hatte auch eine Masterclass. Meine war mit Hugh Jackman.«

»Wie genial.«

»Er ist der netteste Typ überhaupt, hab viel gelernt.«

»Das glaub ich dir.«

»Die Schule ist wirklich ein Traum, und ich bin froh, dass ich hier lernen darf.«

Ich seufzte nur als Antwort.

»Die Masterclasses sind offen für alle, aber Schüler haben es etwas leichter. Wir müssen keine langen Bewerbungsschreiben einreichen oder extra vorsprechen. Alles sehr angenehm.« Wir bogen um eine Ecke, und ich sah den Eingang schon von Weitem. »Und da sind wir schon. Ich gehe da lang …« Er deutete mit einem Kopfnicken auf eine Tür wenige Meter vor uns. »… und du musst hier rein.«

Ich drehte mich nach rechts und fand mich unweit des Theatereingangs.

Mir wurden tatsächlich die Knie weich, und ich fing leicht an zu zittern. »Danke für die Führung.«

»Jederzeit gerne.« Connor wandte sich ab. Ich atmete ein paarmal tief ein und aus, und war drauf und dran, durch die Tür zu gehen, als mich ein spitzer Schrei innehalten ließ.

»Riley!«, rief Ally hinter mir. Ich fuhr herum und hätte fast die Häppchen vom Tablett gefegt. Ihre Augen strahlten. »Was machst du denn hier?«

»Psst!«, zischte ich, und sah mich im Flur um, um sicherzugehen, dass uns niemand hörte oder sah. Connor war zum Glück schon verschwunden.

»Und wie siehst du aus?« Sie deutete auf mein Oberteil. »Ist das nicht ein wenig eng?«

»Ja. Egal. Ich … Hör zu, ich bin als Kellnerin hier.«

»Was? Aber du …«

»Sie haben Hilfe gebraucht, ich habe sie angeboten.« Ich erklärte ihr rasch, wie es dazu gekommen war. Mein Gespräch mit Julian behielt ich dabei für mich.

Ally schlug die Hand vor den Mund und quiekte vor Aufregung. »Das ist unfassbar! Ich hätte mich das nie getraut. Darf ich?« Sie deutete auf das Essen auf meinem Teller und war kurz davor, sich eins der Häppchen zu klauen.

»Finger, weg, die sind für die Jury.«

Ally verzog das Gesicht, aber sie gehorchte.

»Wie geht es dir denn?«

»Ich war schon dreimal auf dem Klo vor Aufregung und habe eine ganze Tüte Chips gefuttert, aber ich werde es aushalten. Die anderen sind auch supernervös. Das ist so spannend.«

»Ich werde dir aus der Ferne die Daumen drücken. Und vielleicht bekomme ich ja sogar mit, wie es bei dir läuft.«

»Danke!« Sie schielte wieder auf mein Tablett, aber ich drehte mich ein Stück von ihr weg, sodass es außer Reichweite war. Ally kniff die Augen zusammen. »Na, gut. Dann bereite ich mich eben weiter vor.«

»Klingt perfekt. Ich muss sowieso an die Arbeit.« Ich lächelte sie an und wünschte ihr innerlich viel Glück.

Ally drehte sich um und ging zurück in den Aufenthaltsraum, während ich die Tür zum Theater aufstieß und die Sachen hineintrug.

Ich orientierte mich kurz und stellte zu meiner Überraschung fest, dass nicht nur Ethan und Isabel am Jurytisch saßen, sondern auch Julian. Auf der Bühne war ein Flügel aufgebaut, an dem ein älterer Mann mit Strickjacke saß. Er spielte *Out here on my own* aus *Fame*, was ja für viele Bewerber stimmte. Die Bühne konnte der erfüllendste und gleichzeitig einsamste Platz der Welt sein.

Ich lief die wenigen Stufen hoch, um zur Jury zu gelangen. Das Theater war ebenso schön wie der Rest der Schule. Die Sitze waren mit rotem Samt bezogen, die Wände in warmen Farbtönen gehalten. Es gab ungefähr fünfzig Sitzreihen und zwei Logen rechts und links. Die Bühne war nicht riesig, aber sicher ausreichend für kleinere Ensembles.

Die Jury war in die Unterlagen vertieft. Ich bemühte mich, keinen Blick auf die Bewerber zu werfen, aber es fiel mir schwer. Manche Resümees waren eine ganze Seite lang, voll mit Rollen, die der- oder diejenige schon gespielt hatte. Rasch stellte ich die Getränke ab und nahm die leeren Flaschen mit. Julian blickte auf und lächelte mir zu, als er mich erkannte.

»Darf ich sonst noch was bringen?«, fragte ich in die Runde. »Tee?« Ich sah zu Julian und konnte mir ein kleines Grinsen nicht verkneifen. »Kaffee?«

»Gerne«, antwortete er, und sein Lächeln wurde auch eine Spur breiter. »Aber nur, wenn er eine gute Crema hat. Hab gehört, dass das wichtig ist.«

»Kein Problem«, erwiderte ich.

»Whiskey, bitte«, sagte Ethan. »Ohne Eis natürlich.«

Ich nickte, auch wenn ich ihm keinen bringen würde. Isabel und eine blonde Frau, die hinter ihr saß, schüttelten nur die Köpfe. Mit den leeren Flaschen lief ich zurück nach unten und hätte schwören können, dass ich Julians Blick in meinem Rücken spürte.

Als ich das Theater verließ, fühlte ich mich auf einmal großartig. Zwar gehörte ich nicht zu den Glücklichen, die dort auf der Bühne stehen durften, aber allein schon hier zu sein, tat mir gut. Ich hatte das Gefühl, dazuzugehören, auch wenn ich nur Essen und Getränke hin und her trug.

RILEY 6.

Der Rest des Vormittags verlief ruhig. Die Bewerber kamen im Zehn-Minuten-Takt. Die meisten erlebte ich nicht mit, denn ich war überwiegend in der Küche oder musste vor dem Theater warten. Als Ally an der Reihe war, schaffte ich es immerhin, ihr zuzuwinken. Sie lächelte mich kurz an, war aber ansonsten völlig konzentriert auf ihren kommenden Auftritt. Die nächsten Minuten waren auch für mich recht nervenaufreibend, und als sich endlich die Tür vom Theater öffnete und Ally mit roten Wangen heraustrat, eilte ich gleich zu ihr.

»Wie ist es gelaufen?« Ich blickte nach rechts und links, ob uns keiner sah, denn ich wollte nicht beim Tuscheln erwischt werden.

»Großartig«, sagte sie und legte die Hände aufs Herz. »Ich war erst mega aufgeregt, doch als ich angefangen habe, fiel alles von mir ab, und ich hab mich ganz auf meinen Text konzentriert. Isabel wollte wissen, bei wem ich bisher Schauspielunterricht gehabt habe.«

»Und Ethan?«

»War still, ich wusste gar nicht, ob er mir überhaupt zugehört hat, aber als ich gehen wollte, hat er mich gebeten zu bleiben und mir auf einmal Fragen zu meinem Monolog gestellt. Warum ich mich für diesen traurigen entschieden habe, was ich dabei gefühlt habe und so Sachen eben. Wir hatten ein richtig nettes Gespräch … das hätte ich ewig fortsetzen können. Dieser Mann ist einfach so … spannend. Lieber Himmel! Ich habe wirklich mit Ethan Cooper geredet, und das, obwohl er gar nicht für meine Masterclass zuständig ist!« Ihre roten Wangen schienen noch ein wenig dunkler zu werden.

»Wie geht es jetzt weiter? Wann erfährst du, ob du genommen wirst?«

»Schon Mitte nächster Woche!« Sie klatschte aufgeregt in die Hände. »Dieser eine Schüler Connor sagte mir, dass die Auswahlen für die Masterclasses immer schnell gehen, weil die Stars enge Zeitpläne haben. Ich würde ja sagen, wir können zum Brunch, aber das wird kaum möglich sein bei dir, oder?«

Ich blickte an mir hinab und schüttelte den Kopf. »Ich werde den ganzen Tag arbeiten.« Und ich war noch immer nicht müde. Vermutlich holte mich das erst später ein, und ich würde am Abend völlig erschossen in die Kissen fallen.

»Dann bleibe ich auch noch. Ich habe mich schon mit ein paar Mitbewerbern angefreundet, wir wollen abhängen und gemeinsam bibbern.«

Der nächste Bewerber lief an uns vorbei und verschwand mit blassem Gesicht im Theater. Ich nutzte die Gelegenheit und spähte ebenfalls in den Raum. Die Gläser waren allerdings alle noch gefüllt.

»Ich will dich nicht vom Arbeiten abhalten«, sagte Ally. »Wir müssen nachher alles ausführlich besprechen.«

»Auf alle Fälle.«

Sie umarmte mich rasch, dann eilte sie zurück in den Aufenthaltsbereich, in dem die Bewerber warten mussten. Ich sah ihr hinterher, ehe ich mich wieder an die Arbeit machte – die für die nächsten zwei Stunden aus Hin- und Herlaufen zwischen der Küche und dem Theater, Warten und Aufräumen bestanden. Connor und Steven kümmerten sich um die Bewerber und hielten dort alles in Schuss, Maggie blieb in der Küche, während ich nur auf die Jury achten musste. Isabel bestellte zwei Tees, Julian noch einen Kaffee, und Ethan schwieg, nachdem er kapiert hatte, dass ich ihm keinen Whiskey servieren würde.

Die erste Pause machten wir um halb eins, in der auch die Jury verschnaufen durfte und rüber ins Bistro ging, um dort zu entspannen. Ich war gerade dabei, das Theater aufzuräumen und alle Gläser auszutauschen, als Bradley mich rief.

»Geh lieber rüber ins Bistro, und schau, was du da tun kannst. Ich erledige das.«

»Wirklich?«

»Ja. Das Essen könnt ihr auch früher servieren, wenn Isabel und die Jungs Hunger haben.«

»Ich frage nach.«

»Danke für deine unermüdliche Hilfe, du machst das toll.«

»Gerne, ist bisher mit der coolste Job, den ich je hatte.«

Bradley erwiderte nichts darauf, vermutlich, weil es recht verzweifelt klang. Ich verließ das Theater und wollte rüber ins Bistro, aber der Flur wurde von Julian und Gillian versperrt. Ich drückte mich rasch an die Tür. Sie hatten mich nicht bemerkt.

»Ich kann nicht viel länger bleiben, ich muss zu Limitless«, sagte Julian.

»Ich weiß. Könntest du noch warten, bis Ethan wieder drin ist? Damit wäre mir sehr geholfen.«

Julian murrte, sah auf sein Handy und nickte schließlich. »Aber nicht länger. Ich sage Daniel Bescheid, dass ich direkt zu Limitless fahre. So spare ich Zeit, auch wenn es ihm nicht gefallen wird.«

»Danke!« Gillian umarmte Julian rasch und verschwand dann ins Foyer. Ich wartete einen Moment ab, um zu sehen, in welche

Richtung Julian wollte, denn es sollte nicht so aussehen, als hätte ich gelauscht.

Er zückte sein Handy und wandte sich ab, um zu telefonieren. Ich verharrte, bis er außer Sichtweite war, dann ging ich zurück in die Küche, wo Maggie damit beschäftigt war, alles auf Tellern anzurichten, aber sie veranstaltete mehr Chaos als Ordnung. Ich bat sie, mich das machen zu lassen, was sie mit einem Schnauben quittierte und die Küche kurz darauf verließ. Egal, sollte sie schmollen. Ich räumte das Geschirr in die Spülmaschine, packte die Häppchen ein, die noch essbar waren, und warf den Rest in den Müll. Die Tür hinter mir öffnete sich, und Bradley steckte den Kopf herein.

»Hey, Riley, hast du Ethan gesehen?«

»Nein.«

»Mist.«

»Toilette vielleicht?«

»Nein, aber wir sehen noch oben nach. Danke.«

»Klar.« Ich räumte weiter die Sachen zusammen. Auch Gillian kam vorbei und fragte mich nach Ethan. Doch ich konnte ihr nicht mehr sagen als Bradley.

Danach brachte ich Isabel und ihrer Managerin das Essen ins Bistro und schaute mich nach weiteren Aufgaben um, aber solange Ethan nicht auftauchte, war nichts zu tun. Alles war vorbereitet für die nächste Runde am Mittag.

Das war die perfekte Gelegenheit, selbst eine kurze Pause zu machen und auf die Toilette zu gehen. Das erste Mal seit heute früh. Ich kehrte zurück in die Küche, holte meine Tasche und nahm die hintere Tür, durch die mich Gillian am Morgen geführt hatte. Nach einem Kaugummi kramend durchquerte ich den Flur und betrat die Toilette.

»Fuck!«, schrie Maggie auf einmal.

»Schon dabei!«, antwortete Ethan, der mit heruntergelassener Hose hinter ihr stand und sie über dem Waschtisch vögelte.

Ich machte einen Satz zur Seite, schloss die Augen und versuchte verzweifelt das Bild auszublenden, aber es hatte sich auf meiner Netzhaut eingebrannt.

Maggie fluchte, und als ich die Augen wieder ein wenig öffnete, drückte sie gerade Ethan von sich, der eine Mischung aus Protest und Lachen von sich gab. Hastig zog sich Maggie die Hose über die Hüften, richtete ihre Klamotten und kam auf mich zu. »Wenn du jemandem davon erzählst, mach ich dich fertig!«

Ich schüttelte nur den Kopf, wich ihr aus, damit sie aus der Toilette konnte, und sah ihr nach, wie sie den Flur hinunterstampfte. Ethan entsorgte derweil immer noch lachend das Kondom im Papierkorb und schloss seine Hose.

»Sie … Sie suchen dich übrigens«, sagte ich und griff nach der Klinke. Ich hätte mich jetzt wirklich gerne in Luft aufgelöst.

»Das denk ich mir«, sagte er, stemmte die Hände rechts und links auf das Waschbecken und sah sich selbst im Spiegel an. »Sie suchen alle nach mir.« Er zog die Nase geräuschvoll hoch und wischte sich darüber. Als er die Finger wegnahm, war Blut daran.

Hatte er etwa gekokst? Ich sah mich um und fand tatsächlich die pulvernen Überreste zweier Lines auf der Ablage. Ich schloss die Augen. Das mit dem In-Luft-Auflösen kam mir immer verlockender vor.

»Willst du auch?«, fragte Ethan, der wohl meinen Blick bemerkt hatte.

»Was? Nein!«

»Ich teile gerne.«

»Nein! Gott, ich … Ich arbeite.«

»Das tut die da auch, aber ich werde dich natürlich nicht überreden.«

Wow, er wusste nicht mal ihren Namen.

Ethan drehte den Hahn auf und ließ sich Wasser über die Hände laufen, trank ein paar Schlucke und wusch sich das Gesicht. Er hustete trocken und gab einen röchelnden Laut von sich.

»Ist alles in Ordnung?«, fragte ich. Das Nasenbluten hatte noch nicht aufgehört, und sein Shirt wies Schweißflecken auf, aber er hatte sich eben ja auch verausgabt.

»Ja, brauch nur einen Moment. Keine Sorge.«

»Sie … Die anderen wollen gerne weitermachen.«

»Sag Jules, ich bin gleich da, ja?«

»Natürlich.« Ich öffnete die Tür, trat rückwärts hinaus und ließ sie mit einem Seufzen hinter mir zufallen. Sobald Ethan weg war, würde ich die Überreste des Kokses, oder was auch immer sie da geschnupft hatten, beseitigen.

Oder sollte ich es Bradley erzählen? Und dann?

Was hätte ich davon, außer dass ich Ethan Ärger einhandelte, genau wie Maggie. Es ging mich nichts an, mit wem sie was trieb, und ich hatte nicht gesehen, dass sie Drogen genommen hatte. Es konnte gut sein, dass nur Ethan was intus hatte oder keiner der beiden. Vielleicht täuschte ich mich, und es waren keine Drogen.

Genau, sie wollten einen Kuchen auf der Toilette backen, und Ethan hat seinen Kochlöffel rausgeholt. Haha.

Frustriert stöhnte ich auf und fuhr mir durchs Gesicht. Aus der Toilette kam erneut ein röchelndes Husten von Ethan, es klang schlimmer als eben. Ich wandte mich der Tür zu, unsicher, ob ich ihm noch mal Hilfe anbieten sollte, als es auf einmal rumpelte.

Ich stockte, lauschte und hörte, wie Ethan heftig würgte.

Ach, verdammt. Ich riss die Tür auf und fand ihn zuckend auf dem Boden. Er hatte sich übergeben und japste nach Luft.

»Hey!«, rief ich und eilte zu ihm. Ethan wurde blass, ich packte ihn an den Schultern und rüttelte ihn, aber er verdrehte nur die Augen. »Ethan!«

Nichts.

Ich checkte seinen Atem, der immer flacher kam, auch sein Puls wurde schwächer, außerdem hatte er sich eingenässt.

Nein, nein, nein!

Ich griff in seinen Mund, holte die Überreste des Erbrochenen raus, um seine Atemwege frei zu bekommen. Leider half es nicht. Seine Haut nahm eine unnatürliche Farbe an, und kalter Schweiß stand auf seiner Stirn.

Kurz hielt ich inne, dachte darüber nach, was ich tun musste. Er hatte Drogen genommen, vermutlich viel zu viel und durcheinander. Es könnte eine Hypoventilation sein, eine Atemdepression. Wir hatten das im Medizinstudium durchgenommen. Nicht untypisch bei diesem Befund.

»Komm schon«, rief ich, aber Ethan wurde apathischer. Ich packte seinen Kopf, senkte mein Ohr an seine Lippen und fühlte gleichzeitig seinen Puls, der ebenfalls kaum zu spüren war.

»Hilfe! Ich brauche Hilfe!«, schrie ich Richtung Tür und hoffte, dass mich jemand hörte.

Ethan brauchte Sauerstoff. Ich blickte mich rasch in der Toilette nach einem Erste-Hilfe-Kasten um. Da keiner da war, musste ich ihn mit dem Mund beatmen. Meine Finger kribbelten. Natürlich würde ich ihn nicht ersticken lassen, aber ich war nicht scharf darauf, Teile seines Erbrochenen abzubekommen. Ich griff an den Saum meiner Bluse und zog sie mir über den Kopf. Auch etwas, was wir im Studium gelernt hatten: Wenn man keine Atemmaske für die Mund-zu-Mund-Beatmung hatte, ging ein Stück Stoff. Ich spannte die Bluse über Ethans Mund, setzte meine Lippen auf seine und begann mit der Beatmung. Erneut fühlte ich nach seinem Puls, doch er war nicht zu spüren.

»Bitte mach mir keinen Kummer!« Ich suchte die passende Stelle auf seiner Brust, setzte meine Hände auf und begann mit der Herzmassage.

»Hilfe!«, schrie ich erneut, ehe ich mich wieder der Beatmung widmete.

Ich hätte erst den Notarzt verständigen sollen, ehe ich hiermit anfing, verdammt!

Ich rief weiter nach Hilfe, gab Ethan Sauerstoff und pumpte ihn dann mit meinen Händen durch seinen Körper. Meine Tasche lag zwei Meter von mir entfernt. Wenn ich an mein Handy käme, könnte ich 911 rufen!

Ich massierte Ethans Herz ein weiteres Mal, gab ihm noch mal Sauerstoff und angelte mit einem Fuß nach meiner Tasche. Ich bekam die Schlaufe zu fassen, zog sie an mich heran und machte mich wieder an die Herzmassage.

»Hilfe!«, brüllte ich, so laut ich konnte, denn ich wollte nicht aufhören, ihn wiederzubeleben. Ich zerrte meine Tasche zu mir, wollte gerade hineingreifen, als die Tür aufflog und Julian hereinkam.

Er starrte mich einen Moment lang an, wie ich nur im BH vor seinem Freund hockte und ihm das Herz massierte.

»Ruf den Notarzt!«, brüllte ich.

»Verflucht«, sagte er und zückte sein Handy.

Er schilderte den Notfall, während ich verzweifelt versuchte, Ethan am Leben zu halten. Kaum hatte Julian aufgelegt, war er schon bei mir.

»Was muss ich tun?«

»Kannst du Herzmassage?«

»Ja.«

»Dann übernimm das.« Er musste halb über mich drüberklettern, weil Ethan zwischen Waschbecken und Toiletten lag. Ich machte Julian, so gut es ging, Platz und setzte die Beatmung fort. Mir stand der Schweiß auf der Stirn, und mir war leicht schwindelig, aber mit Julians Hilfe ging es deutlich leichter.

Ich musste ihn nur einmal korrigieren, weil er die Finger zu weit oben angelegt hatte, doch als er die Stelle fand, funktionierte es sehr gut. Wir passten uns einander an, kamen in einen gleichbleibenden Rhythmus und gaben alles.

Während ich beatmete, holte Julian erneut sein Handy heraus, stellte den Freisprecher an und tippte eine Nummer.

»Ich habe Ethan immer noch nicht …«, setzte Bradley an.

»Er ist hinter der Küche auf der Toilette. Riley und ich müssen ihn wiederbeleben! Der Arzt ist schon alarmiert, führ ihn sofort her, sobald er da ist.«

Bradley fluchte, dann legte er auf.

Julian massierte Ethan von Neuem. »Scheiße, Mann, wenn du mir hier wegstirbst, werd ich dich töten!«

»Ganz ruhig«, sagte ich. »Wir schaffen das. Er hat sofort Hilfe bekommen. Ich war innerhalb weniger Sekunden da.«

Julian wischte sich die Stirn an der Schulter ab, während er Ethan von Neuem massierte. Ich verschnaufte kurz, wartete, bis Julian fertig war, um dann ebenfalls wieder anzusetzen.

»Du machst das super«, sagte ich, als ich beatmet hatte. »Sollen wir tauschen?«

Julian schüttelte nur den Kopf und pumpte erneut verzweifelt auf Ethans Körper ein.

Nach einer gefühlten Ewigkeit ging endlich die Tür auf, und Bradley stürmte mit dem Notarzt herein. Ich blickte über meine Schulter. Da die Toilette viel zu eng für alle war, blieb Bradley an der Tür, der Arzt und ein Assistent kamen zu mir. Ich beatmete Ethan ein letztes Mal, dann überließ ich den beiden das Feld.

»Was können Sie uns sagen?«, fragte der Arzt, untersuchte Ethan auf die Schnelle und schloss das Beatmungsgerät an.

»Er hat vermutlich eine Überdosis«, sagte ich. »Er war betrunken und hat das da drüben genommen.« Ich zeigte auf die Pulverreste auf dem Waschbecken. Während ich den beiden alles erklärte, wich ich in eine der Toilettenkabinen aus, damit sie mehr Platz hatten. Der Arzt legte bereits eine Infusion.

»Scheiße«, sagte Julian, der hinten an der Wand stand und sich mit den Händen auf den Oberschenkeln abstützte. Sein Shirt war durchgeschwitzt. »Er hat auch Gras geraucht. Schauen Sie in seinen Taschen nach.«

Der Assistent nickte und tat genau das. Er holte ein kleines Pillendöschen heraus und las die Aufschrift. »Ketamin.«

Ketamin war ein Teufelszeug. Es war ein Narkosemittel, das abhängig machte und als Partydroge Special K im Umlauf war. Vermutlich hatte Ethan es zerbröselt und geschnupft. Ich rieb mir über den Mund und spuckte in die Toilette aus. Meine Bluse hatte zwar den Großteil von Ethans Erbrochenem ferngehalten, aber ich hatte dennoch einen sauren Geschmack auf der Zunge.

»Wird er es schaffen?«, fragte Julian.

»Sieht gut aus. Wir haben wieder einen Puls«, sagte der Notarzt. »Wir bringen ihn ins NYP, Sie können gerne nachkommen.«

Der Arzt gab seinem Assistenten weitere Anweisungen und nickte einem dritten Sanitäter zu, der an der Tür gewartet hatte. Sie bugsierten Ethan auf eine Trage und brachten ihn aus der Toilette.

»Ich bringe Sie raus«, sagte Bradley, und die Truppe verschwand.

»Ich sollte mitfahren«, sagte Julian. »Ich sollte bei ihm bleiben.«

»Klar«, erwiderte ich und lehnte mich gegen die Kabine. Meine Arme brannten von der ungewohnten Belastung durch die Herzmassage.

Julian stieß sich von der Wand ab, blieb auf meiner Höhe stehen und sah mich an. »Du hast …«

»Ich war nur zufällig da. Es war Glück.« Vielleicht war es doch nicht so übel, das Medizinstudium angefangen zu haben.

Er zog die Augenbrauen zusammen, öffnete den Mund, schloss ihn wieder. Julian suchte nach Worten, wo es nichts zu sagen gab. Er suchte nach Antworten, die vermutlich nie gefunden werden konnten.

»Geh ruhig. Kümmer dich um deinen Freund«, sagte ich.

»Ja, ich …« Julian fuhr sich durch die Haare, fluchte erneut, drehte sich noch mal zu mir. »Brauchst du was?«

»Ich komm klar.«

Er holte Luft. Ich sah ihm an, wie er um Fassung rang. »Danke«, sagte er leise.

Ich nickte nur und verschränkte die Arme vor meinem halb nackten Oberkörper.

Hier stand ich, nur im BH bekleidet, vor einem echten Rockstar, in der Toilette einer der renommiertesten Schulen in New York City mit Ethan Coopers Kotze an meinen Händen.

»Dieser Tag ist wirklich sehr bizarr«, wiederholte Julian meine Worte von heute früh.

»Da stimme ich dir voll und ganz zu«, sagte ich.

JULIAN 7.

Ich stand am Fenster von Ethans Zimmer, starrte auf die Stadt und hielt das Handy ans Ohr. Daniel hatte vor ein paar Minuten angerufen, um mir mitzuteilen, dass jemand gefilmt hatte, wie Ethan vom Rettungswagen abgeholt worden war, und natürlich hatte es Joan Langdon sofort online gestellt. Die Presse kochte bereits über, und die ersten Reporter belagerten das Krankenhaus. Das Ganze war erst vier Stunden her, und schon herrschte Aufruhr.

»Ich bin gleich da und werde mich der Meute stellen«, sagte Daniel und klang gelassener, als er vermutlich war. Er hatte die außergewöhnliche Gabe, in Krisensituationen so zu wirken, als ginge ihm alles am Arsch vorbei. Sicher eine gute Eigenschaft als Manager, wenn man nicht den Verstand verlieren wollte. »Breeze und Casey sind auch bei mir, obwohl ich ihnen davon abgeraten habe.«

»Ach, sei still«, hörte ich Breeze im Hintergrund. »Wir lassen Ethan nicht hängen.«

Wärme flutete meinen Brustkorb. Ich liebte diese Band mehr, als ich es je in Worte fassen konnte. Sie waren für mich in der schwersten Zeit meines Lebens da gewesen, und nun taten sie das Gleiche für Ethan. Wir hielten zusammen; manchmal war es das Einzige, was uns übrig blieb in dieser verrückten Welt.

»Warst du eigentlich bei Limitless?«, fragte ich. Den Termin hatte ich um den Schock um Ethan völlig verschwitzt.

»Das soll jetzt nicht dein Problem sein, erhol dich erst mal.«

»Sag mir, was los ist. Es lenkt mich ab, wenn wir übers Geschäft reden.«

Daniel seufzte. »Ich war kurz bei Shane, der natürlich mitbekommen hat, dass Ethan im Krankenhaus ist. Er meinte, wir sollen uns keine Sorgen machen und dass er einige Eisen im Feuer hätte, die er als Supporting Act einsetzen könne. Nächste Woche will er mir Aufnahmen zukommen lassen.«

Ich warf einen Blick über die Schulter. Ethan hatte sich auf die Seite gerollt und mir den Rücken zugewandt. Sein Atem kam ruhig und gleichmäßig. Der Sanitäter im Rettungswagen hatte mir nochmals bestätigt, dass es Rileys schnellem Eingreifen zu verdanken war, dass er noch lebte. Mit einem Schaudern dachte ich an diesen Moment zurück. Riley war unglaublich gewesen. Sie hatte souverän und entschlossen gewirkt, obwohl sie das Ganze vermutlich genauso erschreckt hatte wie mich.

»Kannst du mir noch einen Gefallen tun und Riley Maddocks Nummer für mich herausfinden?«, fragte ich Daniel. »Ich will ihr persönlich danken. Ich geh davon aus, dass Gillian ihre Daten hat.«

»Samantha wird das erledigen, ich texte ihr gleich.«

»Danke.«

»Ich muss Schluss machen, wir sind jetzt beim Krankenhaus angekommen und … Scheiße.«

»So schlimm?«

»Verflucht!«, hörte ich Breeze im Hintergrund rufen. »Fans. Presse. Hier ist die Hölle los.«

»Ich hab doch gesagt, ihr sollt nicht mitkommen«, sagte Daniel. »Wir sehen uns gleich, Jules.«

»Viel Glück.«

Daniel legte auf und hinterließ eine nagende Leere in mir. Trubel waren wir zur Genüge gewöhnt. Wir mochten noch keine Superstars wie die *Foo Fighters* oder damals *Linkin Park* sein, aber wir waren auf dem besten Weg auf den Rock-Olymp. Sobald wir irgendwo auftauchten, flippten die Leute aus und verloren jegliches Schamgefühl. Ich hatte schon alles Mögliche erlebt: Frauen, die sich mir an den Hals warfen, sich auf mein Hotelzimmer schlichen, mir ihre Slips, Handynummern oder ihre Adressen zusteckten. Ich konnte jederzeit und überall Sex haben, falls ich das wollte. Dreier, Vierer, in der Öffentlichkeit, privat, es spielte keine Rolle. Dann gab es noch die Fans, die die ganze Nacht vor unseren Konzerthallen campten, nur um den besten Platz zu ergattern, die ihr gesamtes Erspartes für ein Ticket zusammenkratzten, die Fanclubs gründeten, sich auf Internetportalen trafen, uns rührende Briefe schrieben, welche wir eh nie beantworten konnten.

Unser Leben war anstrengend, manchmal oberflächlich, aber auch sehr prickelnd. Ich liebte es, Musik zu machen und mich auf diese Art auszuleben, wie ich es mir stets erträumt habe. Den Trubel um meine Person liebte ich weniger.

Das Läuten meines Handys riss mich ein weiteres Mal aus den Gedanken. Ich blickte aufs Display. Es war Breeze.

»Casey und ich sind durch einen Nebeneingang reingekommen. In welchem Zimmer liegt Ethan?«

»1010.«

»Danke.«

Er legte ohne ein weiteres Wort auf, aber das war nicht weiter ungewöhnlich. Breeze schaltete in Stresssituationen wie dieser in eine Art Sparmodus. Er konzentrierte sich nur noch auf das Wesentliche, zog sich in sich zurück und sprach kaum ein Wort. Viele hielten ihn deshalb für arrogant, vor allem auch wegen seines Aussehens. Er hatte zahlreiche Tattoos, lange Haare und einen finsteren Gesichtsausdruck, aber Breeze war der bescheidenste Mensch, den ich je kennengelernt hatte.

Ich wollte das Handy zurück in die Hosentasche schieben, als es erneut klingelte.

»Das ist im zehnten Stock«, sagte ich statt einer Begrüßung. In seinem Sparmodus musste man Breeze meist die einfachsten Dinge erklären.

»Hallo, Julian«, erklang eine weibliche Stimme.

Wer zum Teufel?

»Hier ist Tracey.«

Sofort zuckte mein Finger und schob sich über die Taste zum Auflegen. *Was will die denn jetzt?*

»Ist mit Ethan alles klar? Ich hab es online gesehen.«

»Ich habe gerade keine Zeit, Tracey.«

»Aber du hattest Zeit, meine Nachricht zu lesen.«

»Ja.«

»Ich … also, ich möchte dich wirklich gerne wiedersehen.«

»Das hab ich verstanden, aber daraus wird nichts. Und bitte ruf mich nicht mehr an.«

»Oh.« Es raschelte in der Leitung. »Aber du hast doch … wir haben …«

»Wir haben gar nichts, außer etwas Spaß gehabt. Ich hab dir von Anfang an gesagt, dass daraus nicht mehr wird.« Das war eines meiner Prinzipien. Ich zog sofort klare Grenzen. Keine sollte denken, aus einem One-Night-Stand könnte mehr entstehen.

»Ja, ich weiß, ich dachte trotzdem, dass wir uns noch mal sehen könnten und …«

»Nein, das können wir nicht.«

»Du bist so ein Arschloch.«

Ich schloss die Augen und schüttelte den Kopf. »Ja. Klar doch.«

»Ich hätte mir denken können, dass du so drauf bist, nach dem was mit Summer Richmond passiert ist!«

Ich holte zischend Luft. »Du lehnst dich sehr weit aus dem Fenster, Tracey.«

»Ich werde …«

Ich tippte auf Auflegen, ehe sie den Satz vervollständigen konnte. Keine Ahnung, was sie tun würde, und es war mir egal. Sollte sie meinetwegen öffentlich Dampf ablassen. Joan Langdon würde sie mit Freuden empfangen.

»Was geht denn bei dir ab?«, hörte ich eine raue Stimme hinter mir.

Ich drehte mich um. Ethan setzte sich auf und schwang die Beine über die Bettkante.

»Nichts weiter. Wie fühlst du dich?«

»Wie sehe ich denn aus?«

»Beschissen, blass und viel zu dünn.« In diesem Krankenhaushemd wurde nur deutlicher, wie viel er in den letzten Wochen abgenommen hatte. »Leg dich wieder hin.«

Natürlich tat er das nicht, sondern stemmte sich vom Bett auf und kam mit wackeligen Knien auf mich zu.

»Ethan!«

»Ja, schon gut.« Er trat neben mich, stellte sich ans Fenster und blickte hinaus. »Wie schlimm ist es?«

»Daniel kümmert sich.«

Er gab ein Murren von sich und legte eine Hand an die Scheibe, als wollte er sie wegwünschen und davonfliegen.

»Ethan, du …«

»Ich will mich nicht umbringen, keine Angst.«

»Das wollte ich nicht sagen. Ich möchte dich bitten, damit aufzuhören.«

»Ich weiß. Ich würde gerne.«

»Wenn du es nicht schaffst, musst du in einen Entzug. Das kann so nicht weitergehen.«

Er spannte die Schultern an. »Dieses Mädchen, das mich gerettet hat …«

»Riley Maddock.«

»Hast du Kontakt zu ihr?«

»Noch nicht.«

»Ich will sie sprechen. Persönlich.«

»Da bist du nicht der Einzige. Ich leite es in die Wege.«

Ethan legte auch die andere Hand an die Scheibe. »Es war knapp, oder?«

Ich antworte nicht. Er wusste es selbst.

»Scheiße«, sagte er und atmete tief durch.

Stille senkte sich auf uns, die nur vom leisen Rauschen der Lüftung und den Schritten draußen auf dem Flur unterbrochen wurde. Ethan hatte mich einst genauso gerettet wie ich ihn. Wir waren unser gegenseitiger Halt in dieser bodenlosen Welt.

»Die Masterclasses …«, setzte er nun an.

»Sollen nicht dein Problem sein. Ich regle es mit Gillian, wir verschieben sie.«

»Nein. Ich … ich will sie gerne machen, aber ich brauche noch ein paar Tage.«

»Du kannst sie im nächsten Jahr halten.«

»Es waren aber gute Leute da. Sie haben ihre Chance verdient und freuen sich. Eine hat sogar ihre Möbel verkauft, um sich den Flug von Italien nach New York leisten zu können. Sie wollen von mir lernen. Ich …« Er fuhr sich durch die Haare und wirkte auf einmal so nervös wie vor unserem allerersten Auftritt mit zehntausend Menschen.

Ich wollte ihm erklären, dass er sich um sich selbst kümmern musste, aber als er sich zu mir umdrehte und mich anblickte, war mir klar, dass er genau das tat. Zum ersten Mal sah ich wieder dieses Funkeln in seinen Augen. Er hatte Spaß beim Vorsprechen gehabt, und ihm gefiel die Vorstellung, anderen etwas beizubringen.

»Ich möchte ihnen wirklich diese Chance geben.«

»Na, gut. Ich rede mit Gillian, wie wir das am besten regeln«, sagte ich.

»Danke.«

»Nur, wenn du versprichst, dich zu …« Mein Handy vibrierte schon wieder. Ich sah die eingehende Nachricht auf dem Display.

Sie war von Sam, die mir Rileys Nummer sandte. Ich schickte ihr ein Danke und speicherte sie sofort ein. Ethan beobachtete mich, als könnte er es selbst kaum erwarten, mit Riley zu sprechen, aber auf einmal hatte ich das Bedürfnis, das allein zu erledigen.

Ohne ihn.

Es fühlte sich albern an, denn ich kannte diese Frau genauso wenig wie er, dennoch wollte ich meine Privatsphäre mit ihr. »Ich muss kurz … raus.«

»Klar.«

»Breeze und Casey sollten auch gleich hier sein.«

»Du kannst mich ruhig alleine lassen, ich habe keine Drogen unterm Bett, die ich mir reinziehen werde.«

»Dir ist alles zuzutrauen.«

Ethan zuckte mit den Achseln und grinste breit. Ein müder Versuch, sein altes Ich hervorzuholen, das das Leben locker nahm und stets zu Scherzen aufgelegt war.

Ich deutete mit dem Finger auf ihn und wich zur Tür zurück. »Wir behalten dich im Auge, mein Freund.«

Er winkte nur ab, und ich trat hinaus auf den Flur, wo ich um eine Ecke bog, damit ich nicht Breeze oder Casey begegnete. Ich brauchte diesen Moment der Stille, um mich auf Riley zu konzentrieren. Das hatte sie verdient.

Vor einem Fenster am Ende des Flurs blieb ich stehen, lehnte mich mit dem Rücken gegen die Wand und überkreuzte die Füße. Mein Herz begann schneller zu schlagen, als ich mir die kurze Begegnung am Morgen wieder in Erinnerung rief. Erneut flutete mich dieses warme Gefühl im Bauch, das heute früh schon da gewesen war. Es fühlte sich gut an. Noch immer erdend, genau wie bei unserem Treffen.

Ich lächelte und rief die Nachrichtenapp auf. Was schrieb ich ihr?

Danke, dass du meinem besten Freund das Leben gerettet hast.

Zu banal.

Danke für deinen Einsatz heute. Du kannst dir nicht vorstellen, was du geleistet hast und wie unendlich dankbar ich und der Rest der Band dir sind. Wenn ich irgendwas für dich tun kann, lass es mich wissen. Egal was! VIP-Karten, eine neue Kaffeemaschine für deine Wohnung …

Auch nicht gut genug.

Ich löschte alles.

Danke für heute. Du und deine fast nackten Brüste haben Ethan das Leben gerettet.

Was? Julian! Mann!

Ich schüttelte den Kopf und löschte auch diese Nachricht umgehend. Langsam drehte ich durch!

Ich probierte fünf weitere Texte, aber mir fehlten einfach die Worte, um zu verdeutlichen, was Riley heute geleistet hatte.

Ethan und ich kannten uns seit knapp vier Jahren. Er war in der schwersten Zeit meines Lebens mein Fels in der Brandung gewesen. Er hatte zu mir gehalten, als sich die Öffentlichkeit gegen mich gewandt hatte. Er hatte mich in die Band zurückgeholt, als ich alles hinschmeißen wollte. Er war wie der Bruder, den ich leider nie gehabt hatte. Wäre er heute gest…

Ich schloss die Augen und durfte nicht einmal daran denken, was das bedeutet hätte. Ein eiskalter Schauer lief mir das Rückgrat hinunter, denn mir wurde schlagartig klar, dass dies ein weiteres Mal mein Leben völlig aus den Fugen gerissen hätte. Eine Welt ohne Ethan Cooper war schlichtweg unvorstellbar.

Ich atmete ein paarmal tief durch, bis ich ruhiger wurde, dann öffnete ich die Augen, verfasste einen weiteren Text und schickte die Nachricht ab, ohne weiter darüber nachzudenken.

Hoffentlich war das gut genug.

RILEY

8.

Als ich gegen acht Uhr endlich zu Hause ankam und die Tür zu meinem Apartment öffnete, fühlte ich mich leer und ausgelaugt. Mit letzter Kraft streifte ich die Schuhe ab und ließ mich auf mein Bett plumpsen.

Mein Reich bestand aus knapp dreißig Quadratmetern Wohnfläche, mit einer kleinen Küchennische, dem Bett, einem Minibad und zwei Fenstern, die auf die Straße zeigten. Dahinter befand sich eine Feuerleiter, die ich ab und zu als Balkon nutzte. Die Wand an der Kopfseite meines Bettes bestand aus rotem Backstein. Ich hatte das Glück, dass die Wohnung erst vor drei Jahren renoviert worden war. Sie war nicht spektakulär, aber sie lag in Hell's Kitchen in einer guten Nachbarschaft, und ich durfte alleine leben, anstatt mir mit drei anderen eine Bude zu teilen.

Mir war ein wenig übel von den Ereignissen und vermutlich auch vom Schlafmangel, denn ich war nun seit über dreißig Stunden wach, und langsam merkte ich, wie es an mir zehrte. Dazu kam die Aufregung um Ethan. Gillian hatte mir sofort danach freigestellt, zu gehen, weil ich doch ziemlich durch den Wind war, aber ich hatte abgelehnt und mich ein weiteres Mal in die Arbeit gestürzt. Ich war so voller Adrenalin gewesen, dass ich sowieso nicht hätte schlafen können, und zu Hause hätte ich nur die ganze Zeit gegrübelt, ob ich alles richtig gemacht hatte oder mich hätte anders verhalten müssen. Zudem wollte ich unbedingt wissen, ob Ethan über den Berg war. Abends kam dann die Entwarnung, und wir atmeten alle erleichtert auf. Kurz darauf war ich nach Hause gefahren.

Eigentlich sollte ich jetzt duschen, was essen, mich umziehen, aber ich konnte nicht. Mein Körper war nicht mehr in der Lage, sich von der Stelle zu bewegen. Mir fielen die Augen zu, mein Atem wurde schon schwerer, und meine Glieder sanken in die Matratze. Ich hatte das Gefühl, mit dem Bett zu verschmelzen.

Gott, wie herrlich.

Ich würde mich nur kurz ausruhen, ehe ich noch mal aufstand und mich umzog.

Nur fünf Minuten …

Ein Klingeln riss mich aus dem Schlaf. Ich schreckte hoch und wusste im ersten Moment nicht genau, wo ich war.

Müde rieb ich mir übers Gesicht und fischte nach meinem Handy, das irgendwo unter meinem Körper begraben lag. Mit einem Ächzen rollte ich mich auf den Rücken und sah auf das Display. Unbekannte Nummer. Im ersten Moment war ich versucht, das Gespräch wegzudrücken, aber ich hatte noch einige Rückmeldungen meiner letzten Vorsingen offen.

»Hallo?«, sagte ich mit rauer Stimme.

»Riley, hier ist Gillian Blair von der Schule. Hab ich dich geweckt?«

Oh, ich hatte ganz vergessen, dass ich ihr vorhin meine Nummer gegeben hatte. Sie hatte darauf bestanden, um sich noch mal nach mir zu erkundigen.

»Ich … äh.« Wie spät war es denn eigentlich? Ich sah auf die Uhr und stellte fest, dass ich nur eine Stunde geschlafen hatte.

»Tut mir leid, du hast deine Ruhe verdient. Ist alles klar bei dir?«

»Ja, danke. Hab den Schreck verdaut.«

»Gut, das ist gut. Ich wollte dich fragen, ob es dir möglich wäre, auch morgen und übermorgen noch mal hier zu arbeiten. Mir fehlt nach wie vor Personal, und du warst eine große Hilfe heute. Natürlich nur, wenn Gibson dich erneut weglässt. Ich will nicht, dass du Schwierigkeiten mit deinem Arbeitgeber bekommst, aber ich hab das Gefühl, dass dies nicht der Fall sein wird, oder?«

Der Unterton in ihrer Stimme verriet, dass sie meine Lüge sehr wohl durchschaut hatte.

»Ich …«

»Ich kann ihn natürlich auch gerne anrufen und ihm Dampf machen, dass er dich gehen lässt, falls dir das lieber ist«, fügte sie an.

»Was? Nein! Ich … also ich denke, das lässt sich regeln.« Erst jetzt wurde mir bewusst, was sie mir da anbot: Ich durfte ein weiteres Mal in die Schule kommen! Erneut rieb ich mir übers Gesicht und wischte mir den Schlaf aus den Augen. »Ich komme sehr gerne.«

»Gut. Melde dich bei der Security, ich kündige dich an.«

»Geht klar.«

»Danke. Für alles heute.«

»Natürlich.«

Auf einmal schwieg Gillian, und ich war mir nicht sicher, ob das Gespräch beendet war, aber ich hörte es noch in der Leitung knacken. »Es ist mir unangenehm, das zu fragen, aber kann ich auf dein absolutes Stillschweigen zählen über das, was heute passiert ist?«

Ernsthaft?

»Die Sache ist öffentlich geworden, weil irgendein Trottel gefilmt hat, wie Ethan abtransportiert wurde. Wir können es noch eindämmen, aber nur, wenn alle an einem Strang ziehen«, fuhr Gillian fort. »Ich bin offen und ehrlich zu dir: Dass Ethan in unserer Schule

Drogen genommen hat, ist eine Katastrophe. Nicht alle Schüler sind volljährig, und mir ist vollkommen klar, dass du mit Leichtigkeit Profit daraus …«

»Ich habe kein Interesse daran, es breitzutreten. Was auf der Toilette passiert ist, geht niemanden etwas an.« Es kränkte mich etwas, dass sie das von mir denken könnte, aber sie kannte mich ja auch kaum.

Gillian atmete erleichtert aus. »Danke.«

»Gibt es denn Neuigkeiten von Ethan?«

»Sein Zustand bleibt stabil. Er sollte bald wieder fit sein.«

»Zum Glück.«

»Ich muss leider los und mir eine Pressemitteilung ausdenken.«

»Ich drück die Daumen, dass die Meute bald Ruhe gibt.«

»Ich fürchte, das war erst der Anfang, aber danke.«

Gillian legte auf, und ich speicherte mir ihre Nummer ein. Da ich eh schon wach war, nutzte ich die Gelegenheit, rollte mich vom Bett und war drauf und dran, ins Bad zu gehen, als ich die ungelesene Textnachricht entdeckte. Sie war vor einer halben Stunde eingegangen, ich hatte es gar nicht gehört.

Ich zog die Augenbrauen hoch, weil auch die von einer unbekannten Nummer kam, und rief sie auf.

Danke für heute. Du bist eine Lebensretterin, und das nicht nur für Kaffeesüchtige. Jules.

Hitze schoss durch meinen Körper. Ein Kribbeln wanderte von meinem Nacken aus mein Rückgrat hinunter und kroch bis in die Zehenspitzen.

Julian Sloan, der Superstar, schrieb mir eine Nachricht …

Ehe ich das zu sehr zerdenken konnte, drückte ich auf Antworten.

Ich wünsche Ethan von Herzen, dass er gesund wird und die Hilfe bekommt, die er benötigt. Meine Gedanken sind bei euch. Kaffee mache ich wieder morgen früh um neun in der Schule, falls du eine weitere Dosis Lebensrettung benötigst. Riley.

Ich schickte die Nachricht ab und überlegte, ob ich einen Schritt zu weit gegangen war, aber jetzt war es sowieso zu spät. Es dauerte nur eine halbe Minute, ehe der Haken für *empfangen* und *gelesen* kam, also wartete ich einen Moment auf eine Antwort, doch es geschah nichts.

Mein Finger zuckte, und ich war versucht, mehr zu schreiben, aber mir fiel beim besten Willen nichts ein.

Ich hatte geholfen, er hatte sich bedankt. Fertig.

Dennoch schien es, als würde etwas Unausgesprochenes zwischen uns stehen.

Ein paar Sekunden starrte ich noch aufs Display, aber als sich nichts mehr tat, sperrte ich es, warf das Handy zurück aufs Bett und ging nun endlich ins Bad, um die längste und heißeste Dusche meines Lebens zu nehmen.

Es war nötig.

RILEY 9.

Neun Tage waren mittlerweile vergangen, seit ich das erste Mal einen Fuß über die Schwelle der NYMSA gesetzt hatte. Die Auditions für die Masterclasses wurden nach Ethans Zusammenbruch im Rekordtempo durchgezogen. An seiner Stelle hatten Breeze und Casey, die beiden anderen Bandmitglieder von *Beyond Sanity*, in der Jury gesessen und die restlichen Bewerber ausgewählt. Breeze und Casey waren Geschwister, was man ihnen aber nicht ansah. Er war groß und breit gebaut mit zutätowierten Armen und langen schwarzen Haaren, und sie war zierlich, blass und hatte sich die Haare silberblau gefärbt. Julian hatte ich leider gar nicht gesehen. Erst hatte ich befürchtet, dass Breeze und Casey etwas eingebildet sein könnten, denn sie hatten mich nur kurz gegrüßt, als ich Getränke brachte, doch in der ersten Pause hatten sie mich im Bistro mit einem gigantischen Blumenstrauß und einem Carepaket quasi überfallen. Der Korb war gefüllt mit bestem Wein und Leckereien, sodass ich für die nächsten zwei Wochen mehr als genug zu essen haben würde.

Auch der Manager der Band Daniel Carnegie saß mir im Nacken, weil er unbedingt einen Termin mit Ethan und mir vereinbaren wollte, damit dieser sich persönlich bei mir bedanken konnte. Aber im Moment prasselte so viel auf mich ein, dass ich kaum hinterherkam.

Nachdem die restlichen Auditions für die Masterclasses glatt über die Bühne gegangen waren, hatte Gillian mich gefragt, ob ich fest im Bistro arbeiten wollte. Anscheinend fehlte ihr jemand für die Stelle, und ich hatte sie wohl nicht nur mit meinen Erste-Hilfe-Fähigkeiten überzeugt. Natürlich hatte ich sofort zugesagt und nun nicht nur ein geregeltes und gutes Einkommen, sondern auch einen wundervollen Arbeitsplatz. Dabei hatte sie auch ihre Vermutung ausgesprochen, dass ich niemals für Gibson gearbeitet hatte, was ich kleinlaut zugab, aber Gillian hatte mir die Lüge nicht übel genommen. Meine eigenen Castings musste ich künftig auf den Abend verlegen, aber das würde ich schon irgendwie hinbekommen, sobald sich der Trubel etwas gelegt hatte.

Da die Masterclasses offiziell übermorgen starten sollten, waren alle weiterhin in heller Aufruhr. Viele der regulären Studenten, die momentan wegen der Ferien eigentlich keinen Unterricht hatten, hingen trotzdem in der Schule herum – vermutlich, weil sie sich erhofften, den Stars in die Arme zu laufen. Gillian und Bradley hatten alle Hände voll zu tun, diesen Zirkus im Griff zu behalten, und auch ich konnte mich im Bistro nicht über zu wenig Arbeit beklagen. Meine Vorgängerin hatte die Organisation sehr schleifen lassen, und so war ich erst mal damit beschäftigt, neue Lebensmittel zu bestellen, Getränkelieferungen zu überprüfen und angeschlagenes Geschirr zu ersetzen. Bradley hatte mir freie Hand bei allem gelassen und gemeint, ich könne auch umdekorieren.

Ich war gerade dabei, die Kaffeemaschine vorzubereiten, als die Tür aufschwang und Ally mit drei Mitschülerinnen hereinkam. Allesamt junge schöne Frauen, in deren Augen die pure Lebendigkeit und Leidenschaft leuchteten. Mein Magen zog sich zusammen, denn diese Mädels sahen so aus, als wären sie dafür gemacht, auf der Bühne oder vor einer Kamera zu stehen. Gegen diesen Typ verlor ich meist in den Auditions.

Ally war natürlich bei der Masterclass angenommen worden, und heute stand der erste Vorbereitungstag an.

»Oh, Mädels! Ich habe gestern Julian Sloan gesehen!«, sagte die Blonde. Ich versuchte sie gedanklich zuzuordnen. Ally hatte mir ein wenig von ihren Mitschülern erzählt, zumal sie sich mit zwei von ihnen ein Zimmer teilen musste. Die Blonde musste eigentlich Sue sein.

»Er saß draußen im Auto und hat auf jemanden gewartet.«

Warum ist er denn nicht reingekommen?

Die anderen quiekten kollektiv auf, eine fächelte sich sogar Luft zu. Ich rollte mit den Augen.

»Gott, der ist so heiß!«, fuhr Sue fort und kramte ihr Handy heraus. »Er hat diesen anderen Typen aus der Band abgeholt. Den mit den langen Haaren und den Tattoos.«

»Breeze Palmer«, kam es von ihrer Freundin, die zum Getränkeautomaten ging und etwas aussuchte.

»Ich würde weder den einen noch den anderen von der Bettkante schubsen«, sagte die Dritte im Bunde.

»Dazu noch Ethan, und mein Leben wäre perfekt«, erwiderte Sue. »Mel, bring mir eine Limo mit, ja?«

Ah, dann war das am Automaten wohl Melissa, und die, die jetzt zu mir an den Tresen kam, musste Kristen sein.

»Habt ihr mitbekommen, wie Julian neulich auf einer Party mit dieser Rothaarigen gesehen wurde?«, fragte Sue, legte ein Sandwich hin, das sie aus der Auslage genommen hatte, und studierte die Karte an der Wand hinter mir.

»Tracey irgendwas«, sagte Kristen.

»Ja! Sie hat gestern Abend Joan Langdon ein Interview gegeben und erzählt, dass er auf ziemlich harten Sex steht und es ihr zu viel wurde, weshalb sie sich nicht mehr mit ihm treffen will«, sagte Sue und tippte weiter auf ihrem Handy herum.

Ich spülte ein paar Gläser ab und warf Ally einen Blick zu, die jedoch etwas abseits blieb und die Donuts musterte.

»Auf Langdons Kanal werden nur Fake News verbreitet«, sagte Melissa und kam mit drei Flaschen zurück. »Die haben damals das mit Summer schon so hochgeputscht. Der darfst du kein Wort glauben.«

»Aber Tracey hat es doch selbst gesagt!«, beharrte Sue.

Ich bemühte mich, konzentriert bei meiner Arbeit zu bleiben. Was Julian mit wem wo und wie trieb, ging mich nichts an. Außerdem hasste ich Gossip. Die Mädels sollten lieber ihre Aufmerksamkeit auf die Ausbildung bei Isabel Roberts richten, statt sich mit so einem Müll zu beschäftigen.

»Mh, und bestimmt jede Menge Kohle dafür kassiert«, sagte Melissa und stellte die Sachen bei mir ab. Ich wartete, ob sie einen Kaffee wollte, aber sie zückte schon ihre Karte, um zu bezahlen.

»Ich weiß nicht, sie klang glaubhaft«, meinte Sue.

»Würde ich auch, wenn man mir tausend Dollar gibt und ich dafür auch noch Publicity auf einem YouTube-Kanal mit über zehn Millionen Abonnenten bekomme.«

»Tausend Dollar?«

»Ja, Langdons Management hat letztes Jahr bei meiner Freundin nach einem Interview gefragt, weil sie kurz mit Christian Patterson zusammen war. Aber sie hat abgelehnt.«

»Sie war was?!«, fragte Sue und ließ tatsächlich mal das Handy sinken. »Der war ein heißer Kandidat für den neuen Marvel-Film.«

»Ich weiß.«

»Erzähl mir alles!«

Und so schnell wechselten sie das Thema von Julian auf Christian. Ich schüttelte den Kopf und spülte die Kaffeemaschine durch.

»Hey, Riley«, sagte Ally und kam nun auch zu mir.

»Aufgeregt?«, fragte ich.

Ally ließ sich auf den Hocker vor der Theke sinken. »Und wie! Isabel hat angekündigt, dass sie ein straffes Tempo fahren wird, damit wir möglichst viel lernen können. Allein ihre Buchliste ist meterlang.«

»Ally? Willst du Thunfisch oder ein Käsesandwich?«, rief Sue.

»Ich habe auch vegane Sandwiches gemacht, falls dir das lieber ist«, sagte ich und griff nach dem Teller, auf dem das Essen zwar vorbereitet, aber noch nicht ausgelegt war.

Ally und ich hatten die letzten Abende zusammen verbracht. Obwohl wir uns erst seit Kurzem kannten, fühlte ich mich so verbunden mit ihr, als wären wir ein Leben lang Freundinnen. Ich hatte ihr sogar einen Schlüssel zu meinem Apartment gegeben. Sobald der Unterricht losging, brauchte sie einen Rückzugsort. Zudem hatte mir Ally in den letzten Tagen geholfen, die ganzen Lebensmittel von Breeze und Casey zu verdrücken.

Ich reichte ihr das vegane Sandwich, und sie klatschte vor Freude in die Hände. Sue rümpfte die Nase, schnappte sich eins der Thunfischsandwiches und bezahlte stumm mit ihrer Karte.

»Hast du dir das Buch von Ivana Chubbuck schon angesehen?«, wandte sich Ally an sie, während sie ihr Essen verstaute. »Ich lag bis vier Uhr wach und hab mich reingelesen. Allein die ersten fünfzig Seiten sind der Hammer.«

»Ich hab kurz reingeschaut, ja. Ich nehme einen Latte mit Kokosmilch und einem Schuss Mandelsirup.«

Der letzte Satz war an mich gerichtet. Ich nickte und bereitete ihren Kaffee zu.

»Ich freu mich so auf den Unterricht und was Isabel uns beibringen wird«, fuhr Ally fort. »Isabel wird mit uns sogar zum Filmset gehen, damit wir live dabei sein können, wenn der nächste Blockbuster gedreht wird.«

»Oh, Gott, ja! Das wird der Wahnsinn, wenn wir bei den großen Stars abhängen können. Vielleicht sehen wir sogar Zac Efron!«

»Ryan Gosling wäre mir lieber gewesen, aber der Film ist ja schon im Kasten«, sagte Kristen, die mit ihren Sachen wartete. »Bin mal gespannt, ob sie uns zur Premiere einlädt.«

Ally verzog das Gesicht und versuchte das Thema zurück auf den Lehrstoff zu lenken, aber ich hörte nicht mehr weiter zu, denn mit einem Schlag erfasste mich eine tiefe Woge aus purem Neid. Nicht, weil die Mädels große Stars trafen oder ich ihnen den Erfolg nicht gönnte, aber ich kam mir plötzlich klein und schäbig ihnen gegenüber vor. Da waren diese wunderschönen, erfolgreichen jungen Frauen, die hart für ihren Traum kämpften und auch Erfolg hatten. Ich kämpfte nicht minder hart, und dennoch bekam ich nichts auf die Reihe. Zumindest nicht das, was ich eigentlich wollte.

Die Mädels schwärmten weiter von dem tollen Programm der kommenden Wochen, während sich in mir alles zusammenzog. Ally sah mich an und schien meine Unruhe zu spüren, aber ich winkte rasch ab.

»Kommt schon. Wir müssen zum Unterricht!«, rief Melissa.

Ally warf mir einen letzten skeptischen Blick zu, dann folgte sie ihren Mitschülerinnen und ließ das Bistro in einer merkwürdigen Stille zurück. Ich schnappte mir ein paar schmutzige Teller und verdrückte mich in die Küche.

Als sich die Tür hinter mir schloss, fühlte ich mich undankbar und egoistisch. Ich arbeitete an einem wundervollen Ort, bekam gutes Gehalt, alle waren nett zu mir, und dennoch breitete sich eine nagende Leere in mir aus. Was machte ich mir eigentlich vor? Dieser Job war eine Ausflucht, mehr nicht. Ich sollte da draußen sein, auf mehr Auditions gehen, es härter versuchen, aber jetzt im Sommer gab es weniger Castings als sonst. Letzte Woche hatte ich nur eine besuchen können, und auch die nächsten Tage sah es eher mau aus. Wenn mir nicht bald etwas einfiel, wie ich die Bedingungen meines Vaters erfüllte, könnte ich meine Koffer packen und zurückreisen … Es klirrte, als eine Tasse zu Boden fiel und in zig Scherben zerbrach. Ich zuckte zusammen und starrte auf die Bruchstücke, die ich zu verantworten hatte.

»Ach, verdammt.« Ich sah mich um, sammelte rasch die größten Scherben ein und warf sie in den Müll. Wäre ich ein Mensch, der gerne in solche Situationen etwas hineininterpretierte, würde ich sagen, das war bezeichnend für mein Leben, aber ich gab nichts auf diesen Firlefanz.

Ich fegte die Splitter zusammen und warf alles weg, als die Tür zum Flur hinter mir klickte. »Es tut mir leid, Bradley. Ich weiß, dass wir nicht mehr viel Geschirr haben. Kommt nicht wieder vor und …«

»Eigentlich wollte ich dich fragen, ob dein Angebot mit dem Kaffee noch gilt, auch wenn es eine Weile zurückliegt. Aber ich könnte wirklich einen brauchen.«

Als ich Julians Stimme erkannte, zuckte ich zusammen und hielt in der Bewegung inne. Wieder überkam mich dieser angenehme Schauer, genau wie an dem Abend, als er mir die Nachricht geschrieben hatte. Er lehnte am Türrahmen und beobachtete mich. Die dunkelblaue Jeans saß locker auf seinen Hüften, und das ausgewaschene Shirt mit dem Logo des Les-Misérables-Konzerts vorne drauf untermalte nur seine Lässigkeit. Er verschränkte die Arme vor der Brust, wodurch sich die Bizepse leicht nach vorne wölbten. Julian war nicht der Bodybuildertyp, der seine prallen Muskeln zur Schau stellte, aber es war offensichtlich, dass er trainierte. Musste er vermutlich auch, wenn er ein zweistündiges Konzert durchstehen wollte.

Er legte den Kopf leicht schräg und sah mich fragend an. »Hast du dich geschnitten? Brauchst du was?«

Erst da fiel mir auf, dass ich ihn immer noch anstarrte. Ich räusperte mich und zog meine Bluse zurecht – die ich mir mittlerweile selbst gekauft hatte und die darum richtig saß. Rasch strich ich mir durch die Haare. Heute Morgen waren sie besonders wirr gewesen, weil ich sie gestern vor dem Zubettgehen nicht mehr geföhnt hatte. »Nein, alles gut.« Ich deutete auf das Les-Mis-Zeichen auf seinem Shirt. »Ich liebe ja nach wie vor die Originalaufnahme aus den Achtzigern, aber die Tenth Anniversary ist auch nicht zu verachten.«

Er blickte an sich hinab und ließ die Arme sinken. »Lea Salonga hat es nun mal drauf, wobei Frances Ruffelle auch ziemlich Power hatte.«

»Ich glaub, ich hab kein Lied so oft gesungen wie *On My Own*.«

»Du singst?«

Oh.

Sofort schoss mir die Hitze in die Wangen, denn das hatte ich eigentlich nicht sagen wollen. Nicht, dass ich mich dafür schämte, aber es tat auch nichts zur Sache. »Ich … ja. Schon.«

»Musical?«

»Hauptsächlich. Genau wie gefühlt jeder Zweite in dieser Stadt.« Ich schob mir die Brille auf der Nase zurecht, obwohl sie gar nicht verrutscht war. Julian verlagerte sein Gewicht von einem Fuß auf den anderen und steckte die Hände in die Hosentaschen. Wirkte er angespannter als eben noch?

»Da bist du ja an der richtigen Stelle.« Er deutete um sich.

»Na ja, ich studiere nicht hier … Ich versuche, einfach so Fuß zu fassen.«

Er hob eine Augenbraue, als hätte ich ihm erzählt, dass ich ohne Atemgerät den Mount Everest besteigen wollte. Machbar, aber grausam.

»Ich wünschte, es ginge anders, aber so ist es eben«, fügte ich an. »Ich will auf die Bühne. Mehr als alles andere.«

»Verstehe.«

»Und du wolltest einen Kaffee?«, fragte ich rasch, um dieses elendige Thema zu wechseln.

»Wenn es dir keine Umstände macht. Ich war eben schon im Bistro, als ich das Scheppern hörte.«

»Ja, das war dumm von mir.« Ich lächelte ihn zaghaft an und folgte ihm durch die Tür zur Kaffeemaschine. Julian blieb dieses Mal vor der Theke stehen, während ich nach hinten ging und eine Tasse für ihn suchte. Er trommelte mit den Fingern auf den Tisch vor sich. Der Rhythmus war schnell und abgehackt.

»Wie geht es Ethan?«, fragte ich.

»Besser. Er ist seit ein paar Tagen aus dem Krankenhaus, muss sich aber noch schonen. Er würde dich gern sehen. Wie ich hörte, versucht Daniel einen Termin mit dir abzustimmen.«

»Ja. Ich … ich hab es bisher nicht geschafft. Klingt verrückt, ich weiß. Jede andere würde sich wohl ein Bein ausreißen, um Ethan Cooper zu treffen.«

»Du bist eben nicht jede andere, und ich versteh das mit den Terminen. Ich wollte eigentlich auch schon früher hier sein und mich noch mal persönlich bei dir bedanken.« Er blickte mich einen Moment lang zu intensiv an. Mein Mund wurde trocken, ich schluckte, wandte mich von ihm ab. »Es ist alles sehr hektisch geworden.«

»Was ist mit der Presse? Habt ihr sie im Griff?«

»Die hat niemand im Griff, aber wir tun so als ob.«

»Ich finde das so schlimm. Ihr müsst täglich mit der Sensationsgier der Menschen leben.«

»Man gewöhnt sich dran.«

Tat er das? Er wirkte eher ein wenig unsicher und angespannt, aber vielleicht lag es an diesem komischen Interview, das diese Frau gegeben hatte. Ich hatte schon wieder ihren Namen vergessen, und ich wollte auch gar nicht darüber nachdenken, denn Julian musterte mich so eindringlich, dass mir heiß wurde. Ich wandte mich rasch der Maschine zu, dankbar, dass meine Finger etwas zu tun hatten. Routiniert schäumte ich die Milch für ihn auf, zog wieder ein Muster hinein, und natürlich legte ich ihm ein Stück Schokolade dazu. Mittlerweile kannte ich mich im Bistro besser aus als in meiner eigenen Küche.

»Wie geht es eigentlich mit Ethans Masterclass weiter? Das Casting ist ja durch.« Ich stellte ihm die Tasse hin.

Er griff als Erstes nach der Süßigkeit und stopfte sie sich in den Mund.

»Wenn ich das fragen darf.«

Julian spielte mit dem Stück Papier, das von der Schokolade übrig war, schwieg aber einen Moment zu lange. Die Luft zwischen uns lud sich auf. Julian wirkte auf der einen Seite verkrampft, auf der anderen zierte ein ganz leichtes Lächeln sein Gesicht, als würde er an etwas Angenehmes denken. »Ich hab dir doch schon gesagt, dass du dich mir gegenüber nicht zurückhalten musst.«

»Ich weiß. Trotzdem.«

»Bis Ethan fit ist, teilen Breeze, Casey und ich uns den Unterricht. So sollten wir das hinbekommen.«

»Daran hab ich keinen Zweifel.«

Er schmunzelte erneut und trank einen Schluck von seinem Kaffee. Ich bohrte die Fingernägel in die Handinnenflächen vor Erwartung, ob er wieder dieses eine besondere Geräusch machen würde, was mir beim letzten Mal ein angenehmes Prickeln im ganzen Körper verursacht hatte.

Tat er – und es ging mir genauso durch Mark und Bein wie vor zwei Wochen.

Gott, Riley. Das muss aufhören.

Doch Julian hatte einfach eine angenehme Stimme. Männlich und dennoch sanft. Seit ich mich intensiver mit Schauspiel und Gesang beschäftigte, wusste ich eine gute Aussprache noch viel mehr zu schätzen und erkannte die feinen Nuancen wesentlich schneller. Julian wusste genau, was er mit seiner Stimme tat.

»Da du dich so schön drückst, Ethan zu treffen …«, setzte er an.

»Ich drücke mich nicht.«

Er grinste. »Hättest du vielleicht Lust, zum Konzert im Garden zu kommen? Ich weiß, ich hab gesagt, dass es nur schwer Karten gibt, aber du hast für den Rest deines Lebens freien Eintritt zu jedem unserer Gigs.«

»Wow …«

»Heißt das: ›Ja, unbedingt‹, oder eher: ›Wie kannst du mir nur so was vorschlagen?‹ Wenn du unsere Musik nicht magst, ist das okay, ich kann vielleicht bei einem anderen Künstler …«

»Nein, ich … ich hör euch schon.« Meistens durch Zufall, wenn sie gerade im Radio liefen.

»Das klingt wie: ›Ich esse Spinat, aber nur weil er gesund für mich ist.‹«

Jetzt musste ich grinsen. »So meinte ich das nicht.«

Julian wirkte nicht überzeugt. Er legte die Stirn in Falten und trank einen weiteren Schluck, was mir etwas Zeit gab, nachzudenken.

»Ich will damit sagen, dass weder du noch Ethan mir etwas schuldig seid. Es war eine Selbstverständlichkeit zu helfen.«

Er brummte in seine Tasse, als wäre es ihm unangenehm, dass er nichts für mich tun konnte. »Also schön, Riley Maddock.« Julian stellte den Kaffee zur Seite und lehnte sich über die Theke. In seinen Augen blitzte es auf. »Womit kann ich dir sonst eine Freude machen? Irgendwelche anderen Bands, auf deren Konzert du willst? Eine Show, die du sehen magst? Ein eigenes Auto? Eine Weltreise? Nenne es, und es wird dein sein.«

»Übertreib bitte nicht. Breeze und Casey haben mich schon mit Geschenken überschüttet.«

Völlig unvermittelt griff er auf einmal nach meiner Hand und strich mit seinen rauen Fingern über meine Haut. Die Berührung brachte mich aus dem Konzept. Meine Wangen wurden heiß, obwohl kein Grund dafür bestand. Seine dunkelgrünen Augen fanden meine, hielten meinen Blick fest, und für einen Moment sah ich die gleiche Verzweiflung darin wie vor ein paar Tagen, als wir Ethan gemeinsam wiederbelebt hatten. Er hätte fast einen wichtigen Menschen verloren, und das hatte ihn nachhaltig mitgenommen.

»Ich kann gar nicht übertreiben bei dieser Sache, und ich meine es völlig ernst. Die Band und ich stehen in deiner Schuld. Für immer.«

Ich räusperte mich und sah auf seine Finger, die weiterhin sanft über meine Haut strichen. Julian zuckte zusammen, als bemerkte er erst jetzt, dass er mich noch festhielt. Er richtete sich auf und zog seine Hand zurück.

»Ich … ich liebe Musicals und gehe wahnsinnig gerne in die Shows«, sagte ich schließlich.

»Gut. Was hast du schon gesehen?«

»*Frozen. Wicked. Waitress. Dear Evan Hansen. Harry Potter. Les Mis. Cats. Hamilton* steht auf meiner Wunschliste noch ganz oben.« Für den Ticketpreis könnte ich allerdings eine Woche lang essen gehen.

Julian nickte. »*Hamilton* also.«

»Du … du musst mir keine Karten dafür kaufen.«

»Es ist ein Kinderspiel, wirklich.«

Er sagte das so beiläufig, dass ich es ihm sofort glaubte. Vermutlich musste er nur einen Anruf tätigen und bekam die Tickets umsonst, inklusive einer Backstageführung.

Ich nickte nur und gab mich geschlagen. Julians Geste war nett, und ich sollte sie annehmen. Es gab nichts Schlimmeres als Ablehnung, wenn man jemandem eine Freude machen wollte. »Dann sage ich jetzt schon mal Danke.«

Er lächelte mich an und zückte sein Handy, um auf die Uhr zu sehen. »Ich muss leider los. Gillian wartet auf mich, damit wir den Unterricht besprechen können.«

»Klar, wir sehen uns später«, sagte ich und nahm seine Tasse, um sie wegzuräumen.

»Danke noch mal für den Kaffee.« Er erhob sich vom Stuhl und lief Richtung Tür. »Ich meld mich bei dir.«

»Und das klingt jetzt wie: ›Wir rufen Sie an, rufen Sie uns nicht an.‹«

»Den Spruch hab ich mir auf den Hintern tätowieren lassen.«

»Wirklich?«

Er lachte nur, zwinkerte mir zu und verschwand durch die Tür. Mein Blick huschte automatisch zu seinem Hintern, und ich fragte mich ernsthaft, ob das eben ein Scherz gewesen war oder er es ernst meinte.

JULIAN 10.

»Den Spruch hab ich mir auf den Hintern tätowieren lassen.«

Was Besseres ist dir nicht eingefallen?

Vermutlich dachte Riley, ich hätte mir auch das Hirn mit zu vielen Drogen weggeballert. Warum nicht dem Klischee eines Rockstars entsprechen? Aber es war mir einfach so über die Lippen gekommen. Vielleicht, weil ich die Vorstellung prickelnd fand, Riley könnte sich nun Gedanken über meinen Hintern machen, vielleicht weil ich ihr zeigen wollte, dass es ihr am Arsch vorbeigehen sollte, was diese Castingfuzzis sagten.

Ich kannte diese Sprüche zur Genüge: *Wir melden uns. Danke, dass sie da waren. Da war schon viel Schönes dabei. Sie sind super, aber leider passt es nicht zur Rolle* und so weiter, und so weiter. In der Zeit, als ich die Auditions nach meiner Ausbildung abgegrast hatte, überlegte ich mir zigmal, ob es nicht doch besser wäre, Lehrer zu werden oder Taxifahrer oder Betriebswissenschaften zu studieren, egal was. Nur keinen Job, bei dem man täglich auf den Prüfstand musste. Bei dem einen fremde Leute bewerteten und sich ein Urteil bildeten, noch ehe man den Mund aufgemacht hatte.

Bei dem man Tag für Tag in den Ring mit anderen sehr talentierten Menschen stieg und versuchte, sich gegenseitig auszuknocken. Und ich gehörte keineswegs zu den Schlechten. Die NYMSA hatte mich perfekt vorbereitet, und ich hatte meinen Bachelor of Arts mit erstklassigen Noten abgeschlossen. Doch egal, wie sehr man sich bemühte oder wie gut man war, manchmal passte es einfach nicht. Das hatte selten etwas mit einem persönlich zu tun, aber das musste ich erst lernen, und der Weg bis dorthin war hart und steinig gewesen. Dass Riley es auf eigene Faust versuchte, rechnete ich ihr hoch an, wenn es auch ziemlich irre war. Aber die Frau hatte Biss. Das musste ich zugeben.

Und genau das fand ich prickelnder, als ich eigentlich sollte.

»Jules«, rief auf einmal Gillian hinter mir. Ich zuckte zusammen und drehte mich um.

»Wollte eben zu dir«, sagte ich und wartete an der Treppe, die nach oben führte.

»Hab noch schnell Nervennahrung geholt.« Sie hielt eine Büchse Cola und zwei Tafeln Schokolade hoch, die sie wohl aus dem Automaten um die Ecke gezogen hatte. »Hier.« Sie warf mir eine der Tafeln zu und deutete nach oben. »Alles klar bei dir? Siehst blass aus.«

»Bestens. Denk ich.« Ich folgte ihr die Stufen hinauf. Wir mussten in den dritten Stock, wo die Administration der Schule ihre Büros hatte. Auf dem Weg kamen wir an der Sonnenterrasse vorbei. Dort überbrückten die Studenten gern die Zeit bis zum Unterricht. Es war noch früh am Tag, aber sie war bereits gut gefüllt. Einige von ihnen erkannte ich aus den Auditions zur Masterclass wieder. Das waren Isabels Schüler.

»Guten Morgen«, begrüßte Gillian sie beim Vorbeigehen. »Schon aufgeregt?«

»Ja, sehr«, antwortete ein blondes Mädchen, doch statt Gillian anzusehen, fand ihr Blick mich. Genau wie der von fünf anderen. Ich spürte, dass sie mich gerne ansprechen wollten, aber sie hatten zu viel Respekt vor Gillian, die den Schülern sicher die gleiche Ansage gemacht hatte wie Riley.

»Dann viel Spaß«, sagte Gillian und setzte ihren Weg nach oben fort. Ich blieb an ihrer Seite und wünschte den Studenten ebenfalls viel Erfolg für heute. Sie kicherten und steckten die Köpfe zusammen.

»Ach, die Jugend«, sagte Gillian und bog um die Ecke.

»Als wärst du so viel älter.«

»Ich fühle mich aber oft so, glaub mir.« Gillian wirkte in der Tat müde und gestresst.

»Was ist bei euch los? Du hast bei der Audition angedeutet, dass es der Schule schlecht geht.«

Sie blieb vor ihrem Büro stehen, legte die Hand auf die Türklinke und seufzte lang und tief. »Weißt du, dass du meine Konstante in New York bist?«

»Ich war fast drei Jahre lang nicht hier.«

»Das spielt keine Rolle, es fühlt sich an, als wärst du immer bei mir.«

»Du weichst meiner Frage aus: Was ist mit der Schule los?«

Gillian biss sich auf die Lippe, ihre Augen wurden glasig, aber sie wischte sich rasch darüber.

»Gill.« Ich trat näher und legte meine Hand auf ihre. »Was ist los?«

»Dad geht es nicht gut. Er ist … er hat Darmkrebs.«

»Was?! Warum hast du nichts gesagt?«

»Weil er es nicht wollte, und du darfst dir ihm gegenüber nicht anmerken lassen, dass du es weißt, verstanden?«

Ich nickte nur. »Aber er war doch immer so …«

»Fit und agil? Ja. Ich kenne niemanden, der derart penibel auf seine Ernährung achtet und ausgewogenen Sport treibt. Trotzdem ist er krank.«

»Wie schlimm ist es?«

»Das wissen wir nicht genau. Die erste Chemo hat gut angeschlagen, aber er darf nicht mehr so viel arbeiten und muss sich schonen und …« Sie rieb sich über die Stirn. »Im Moment hängt alles an mir.«

»Ich verstehe.« Ich legte den Arm um sie und zog sie an mich. Gillian bebte und gab einen leisen Schluchzer von sich, der mir durch Mark und Bein schoss. Sie ließ selten eine Schwäche zu oder zeigte, wenn es ihr nicht gut ging. Gillian war eine beherrschte junge Frau, die viel zu schnell hatte erwachsen werden müssen, weil es nie eine Mutter in ihrem Leben gegeben hatte und ihr Vater als gefeierter Filmschauspieler ständig weg gewesen war.

»Kann ich irgendwas für euch tun?«, fragte ich.

»Das machst du gerade. Ich weiß gar nicht, wann ich zum letzten Mal so festgehalten wurde.«

Ich drückte sie noch enger an mich und küsste sie sachte auf die Haare.

»Danke, Jules.«

»Jederzeit.«

Sie löste sich und wischte sich noch mal über die Augen. Ihr Blick wanderte den Flur hoch und runter, als wollte sie checken, ob uns jemand gesehen hatte.

»Es ist nicht schlimm, ab und an durchzuhängen«, sagte ich.

»Ich weiß, aber nicht hier. Es ist schwer genug, weil ich so jung bin und jeder denkt, ich hätte den Job nur, weil ich die Tochter vom Rektor bin. Was ja auch irgendwie stimmt. Ich habe mich nicht gerade um die Stelle gerissen, aber ich kann die Schule auch nicht hängen lassen.« Sie öffnete ihr Büro mit der Keycard, trat ein, tippte auf den Lichtschalter und ließ die Jalousien hoch. Die Morgensonne strahlte herein und versprach einen weiteren schönen Tag in New York City. Ich trat nach ihr ein und sah mich kurz um.

Die Einrichtung war schlicht und elegant, aber auch ein wenig kühl. Mein Blick fiel auf eines der vielen Fotos auf dem Sideboard zu unserer Linken. Es zeigte Gillian und ihren Vater Preston und war offenbar noch in L. A. aufgenommen worden. Er hatte gerade einen seiner insgesamt drei Oscars gewonnen und hielt ihn stolz in die Kamera. Neben ihm stand seine Tochter.

»Wir schaffen das schon«, sagte Gillian, die bemerkt hatte, wie ich ihren Vater ansah. »Die Administration ist ein Haufen Arbeit, und ich blicke nicht wirklich durch, aber ich werde das hinkriegen.«

»Ich wünschte, ich könnte euch helfen.«

»Das tust du doch.«

Ich stellte das Foto weg und sah auf das daneben. Es zeigte Gillian mit sechs Jahren in einem Ballerinaoutfit. Sie stand an der Stange in einem Studio und strahlte übers ganze Gesicht.

»Du solltest wieder tanzen.«

»Siehst du das?« Ich drehte mich zu ihr, und sie zeigte auf den Stapel Papiere auf ihrem Schreibtisch. »Das ist mein Tanzstudio. Ich drehe Pirouetten um diese Berge an Aufgaben, die sich jeden Tag auftürmen.«

»Du sitzt an der Quelle, Gill. Das Tanzprogramm der NYMSA ist großartig. Nimm ab und an Unterricht, es wird dir nicht schaden.«

»Nein, vermutlich nicht.« Sie verzog das Gesicht, und ich spürte, wie dieses Thema sie nur weiter runterzog, also beschloss ich, es dabei zu belassen.

Ich wandte mich wieder den Bildern zu und entdeckte das nächste. »Oh, mein Gott, das hast du noch?«

»Natürlich, ihr wart die erste Abschlussklasse in New York.«

Ich schüttelte den Kopf und betrachtete die Gruppe an Jungs und Mädels, die mit mir damals studiert hatten. Einige von ihnen waren groß geworden und spielten in Serien oder Filmen mit, manche am Broadway, und andere waren komplett in der Versenkung verschwunden. »Wie jung wir alle aussehen.« Dabei war es erst fünf Jahre her.

»Ich war siebzehn auf dem Bild und total in dich verschossen.«

»Im Ernst? Ich hatte keine Ahnung!«

»Natürlich nicht! Ich wäre lieber vor Scham gestorben. Außerdem hätte Dad dich hochkant rausgeworfen, wenn du mit mir etwas angefangen hättest.«

»Wahrscheinlich schon, aber ich wusste trotzdem nicht, dass du scharf auf mich warst.«

Sie trat hinter ihren Schreibtisch und winkte ab. »Ich war ein Teenager, der von zu Hause wegzog, um sich mit seinem Dad in New York ein zweites Leben aufzubauen. Und du warst so … sexy und nett.«

»Ich *war* sexy. Schön.«

»Du bist es noch, du Affe!« Sie warf die Schokoladentafel nach mir, die ich allerdings mit einer Hand auffing. »Das mit dem ›nett‹ überlege ich mir gerade.«

»Ich fand dich allerdings auch nicht so übel«, sagte ich und stellte das Bild weg. »Aber ich hätte viel zu viel Angst vor deinem Vater gehabt und dich nie angegraben.«

»Eigentlich bin ich ganz froh drüber, dass du es nicht getan hast. Du bist wie der Bruder, den ich nie hatte.«

»Ja.« Eine Schwester wie Gill hätte mir auch sehr gefallen.

Sie öffnete die Coladose und schnappte sich ein paar Unterlagen vom Tisch. »Genug in Erinnerungen geschwelgt, wir haben Arbeit! Ich habe hier eine Aufstellung der Themen, die ich mit Ethan vorab besprochen habe.«

Ich nahm die Blätter entgegen und ließ mich auf den weichen Sessel am Fenster sinken.

»Ethan wollte im ersten Schritt ans Songwriting gehen. Was macht ein gutes Lied aus, wie finde ich den roten Faden, wie sollte es aufgebaut sein? Danach wollte er erklären, wie man eine Show überhaupt vorbereitet, angefangen mit Proben, Crew, Setlists, wie finde ich die passenden Bandmitglieder, wie ruiniere ich mir nicht die Stimme bei einem zweistündigen Rockkonzert und so weiter. Fällt dir noch mehr ein?«

Ich blätterte die detaillierten Notizen in Ethans Handschrift durch. »Wann hat er das denn geschrieben?«

»Keine Ahnung. Er hat es mir noch vor den Auditions gegeben.«

Ich runzelte die Stirn und nickte anerkennend. Ethan hatte sich mehr Gedanken darüber gemacht, als ich ihm zugetraut hätte. »Das ist richtig gut.«

»Ich weiß. Er muss so schnell wie möglich fit werden, damit er den Unterricht leiten kann.«

»Er ist auf dem Weg, aber wir dürfen nicht zu viel Druck auf ihn ausüben. Ich will nicht, dass er wieder kippt.« Wobei ich nicht mal wusste, ob er sich wirklich gefangen hatte. Mit Ethan war es ein ständiger Balanceakt.

»Denkst du, er schafft das? Das Konzert im Garden steht ja auch an.«

»Für den Gig sind wir eigentlich gut vorbereitet, wir brauchen nur noch einen Song.« Mein Handy läutete in meiner Tasche. Ich ignorierte es.

»Willst du nicht rangehen?«

»Gleich.« Ich blätterte die nächsten Seiten durch. So detailverliebt hatte ich Ethan das letzte Mal erlebt, als wir unsere erste Platte aufgenommen hatten. Hier steckte mehr von ihm drin als in seinem letzten Song.

Auf einmal klingelte Gillians Handy und *Defying Gravity* schallte durch den Raum. Sie nahm im Gegensatz zu mir gleich ab. »Hey, Daniel.«

Ich horchte auf und blickte zu ihr.

»Ja, Julian sitzt mir gegenüber, warte.« Sie grinste mich an und streckte mir das Handy hin.

Ich stand auf und nahm es entgegen. »Was gibt es?«

»Ich rufe dich nicht an, weil ich Sehnsucht nach deiner Stimme habe. Geh gefälligst ran!«

»Ich war abgelenkt. Was ist denn so wichtig?«

»Shane hat mir die Aufnahmen der Bands geschickt, die als Supporting Act infrage kommen.«

»Und?«

»Ich finde sie recht unpassend, aber Shane natürlich nicht. Jetzt geht das Tauziehen los, wer sich durchsetzen kann.«

»Kannst du Druck auf ihn ausüben?«

»Bedingt. Ich will es mir nicht mit ihm verscherzen, denn ich hätte Limitless gerne als Veranstalter der Tour im nächsten Jahr. Wenn es für euch okay ist, würde ich ihm beim Supporting Act eher freie Hand lassen, auch wenn wir jemanden bekommen, der nicht ganz passt.«

»Was sagen die anderen dazu?«

»Mit Ethan hab ich noch nicht gesprochen. Breeze ist es egal, und Casey findet es bescheuert, aber sie wird sich fügen, wenn du dich einverstanden erklärst. Kennst sie ja.«

»Solange es jemand ist, der was draufhat, könnte ich damit umgehen.« Zumal wir bei diesem Gig dem Supporting Act etwas mehr Raum geben wollten, weil wir selbst im Garden unseren ersten Hit als Vorband hatten vorstellen dürfen, mit dem wir dann durch die Decke geschossen waren. Wir wollten diesen Moment anerkennen, indem sich die Rollen getauscht hatten und wir nun der Hauptact waren, während ein anderer junger Nachwuchskünstler uns unterstützte. »Ich vertraue dir.«

»Gut. Das war Punkt eins, weshalb ich anrufe. Der zweite ist Langdon.«

Frustriert stöhnte ich auf. »Können wir gegen diese Frau endlich eine Verfügung erwirken, damit sie uns in Ruhe lässt?«

»Leider nicht. Tracey Ashwell hat ihr gestern ein Interview gegeben. Über dich und sie.«

Ich rieb mir über die Augen. »Ich kann mir denken, in welche Richtung das geht.«

»Langdon hat sie gefragt, ob du etwas von ihr verlangt hast, was sie nicht wollte, aber sie hat zum Glück Nein gesagt.«

»Lass mich raten: Langdon hat ihr weiter auf den Zahn gefühlt und gefragt, ob sie sich wirklich sicher sei.«

»So in der Art, doch Tracey meinte, dass du ein cooler Typ bist, es aber gerne hart im Bett magst. Ich denke nicht, dass sie eine Schlammschlacht startet. Sie wollte nur etwas Aufmerksamkeit.«

Hart im Bett. Klar, doch. »Wir hatten einen Quickie auf der Toilette bei dieser Cocktailparty. Sie weiß nichts von mir.«

»Dachte ich mir schon. Langdon twittert natürlich fleißig, aber ich denke nicht, dass es zu einem Shitstorm kommt. Dazu interessieren sich zu wenige Leute für Tracey. Ich kümmere mich darum.«

»Danke, und könntest du mir eine neue Handynummer besorgen? Ich glaube, es ist mal wieder Zeit zum Wechseln.«

»Ich sage Sam Bescheid. Wegen dem Supporting Act melde ich mich, sobald ich mehr weiß. Das setzt voraus, dass du ans Telefon gehst.«

»Werde ich. Versprochen.«

»Das sagst du jedes Mal.«

»Ich weiß.« Ich legte auf und gab Gillian das Handy zurück.

»Probleme?«, fragte sie und steckte es ein.

»Geht so.« Ich erklärte ihr das mit dem Act für den Garden, das mit Tracey nicht. Dazu hatte ich weder die Energie noch war es wichtig genug.

»Dad hat gute Kontakte zu Limitless. Er ist mit Shane früher oft golfen gegangen. Soll ich ihn anrufen, damit er mit ihm spricht?«

»Nein, Daniel erledigt das, aber danke fürs Angebot.«

»Jederzeit.«

»Zurück hierzu«, sagte ich und hob die Papiere an.

Gillian nickte, nahm an ihrem Schreibtisch Platz und stürzte sich mit mir in die Arbeit.

RILEY

11.

Der Rest des Tages lief wie ein Film an mir vorbei. Schüler kamen und gingen. Ich pendelte zwischen Bistro, Küche, den Automaten und der Vorratskammer. Bradley hatte zwischendurch vorbeigeschaut und mir Coupons dagelassen, die ich bei den Broadway-Shows einlösen könnte. Die Schule bekam ständig welche geschenkt, damit die Studenten nicht den vollen Preis zahlen mussten, wenn sie etwas sehen wollten. Ich hatte sie dankend eingesteckt, mich wieder an die Arbeit gemacht und mir Mühe gegeben, kein Geschirr dabei zu zertrümmern.

In meiner Pause hatte ich kurz mit Ajden telefoniert, einfach weil ich seine Stimme hören wollte. Er hatte eine Krise mit Liz, die sich in einen der Dorfbewohner verknallt hatte. Ajden war am Boden zerstört. Liz war seine erste richtige Freundin, sie hatten beide davon geträumt, die Welt zu verbessern, und nun das. Ich hatte versucht, ihn zu trösten, aber eher erfolglos.

Ich klappte die Spülmaschine zu, stellte das Programm ein und starrte auf die blinkenden Lichter, die die Zeit anzeigten. Es rumpelte leise los, als das Gerät startete.

Meine Arbeit war für heute getan. Ich blickte hoch zur Uhr an der Wand, es war schon kurz vor fünf. Normalerweise war ich gegen vier mit allem fertig und konnte dann Feierabend machen. Zumindest im Sommer. Sobald der Unterricht wieder regulär losging, müsste ich das Bistro etwas länger auflassen und weitere frische Sandwiches für die Schüler bereithalten, die bis abends trainierten oder in der hauseigenen Bibliothek saßen und lernten.

Langsam richtete ich mich auf, ignorierte meine knackenden Knie und überlegte, was ich mit meiner freien Zeit anfangen wollte. Ally hatte mir vorhin geschrieben, dass sie sich mit den anderen auf die Klasse morgen vorbereiten würde, ich mich aber gerne anschließen könne.

Das Angebot war sicher lieb gemeint, aber wenn ich denen heute zuhören müsste, was sie in den nächsten Wochen Tolles lernen und erleben würden, wäre ich nur noch deprimierter. Ich nahm die Brille ab und massierte die Stellen an meiner Nase, wo sie auflag. Dieses Gefühl der Hoffnungslosigkeit von heute Morgen war noch nicht verflogen, trotz der vielen Ablenkung. Ganz im Gegenteil. Es hatte sich eher in mir zusammengezogen, sodass es jetzt wie ein harter Klumpen in meinem Magen saß und dort rumorte.

Seufzend setzte ich meine Brille wieder auf, schnappte mir meine Tasche und verließ meinen Arbeitsplatz. Im Flur blieb ich kurz stehen und sog das Ambiente der Schule in mich auf. Es war angenehm ruhig. Außer mir war nur noch das Reinigungspersonal anwesend, das die unterrichtsfreie Zeit nutzte, um gründlich zu putzen.

Ich atmete tief ein und aus und ließ alles auf mich wirken. Es war erstaunlich, was diese Schule mit mir machte. Mein Herz dehnte sich aus, mein Innerstes krampfte nicht mehr so sehr, ich wurde insgesamt ruhiger. Die NYMSA verströmte eine Magie, die ich nicht in Worte fassen konnte, aber sie berührte mich an der Stelle in meiner Seele, wo mich stets die Musik berührte.

Sie gab mir etwas zurück, was ich nur spürte, wenn ich sang und mich darin verlor. Langsam setzte ich mich in Bewegung, horchte jedem meiner Schritte nach, suchte nach dem Zauber, der in den Wänden hing, und hoffte, dass er diesen Klumpen in mir gänzlich auflösen könnte. Ich wollte nicht neidisch sein, ich wollte mich nicht mit anderen vergleichen, aber in dieser Welt wurde man ständig miteinander verglichen. Wer war besser, schöner, erfolgreicher? Wer hatte mehr auf dem Kasten, wer konnte die längeren Töne halten, wer war engagierter? Jeden Tag ging es nur darum, wer auf dem Prüfstand besser abschnitt.

Auf einmal fand ich mich vor dem leeren Theater wieder, wo die Auditions stattgefunden hatten. Meine Beine hatten mich von ganz alleine hierher getragen. Das Theater war zu meinem Lieblingsraum geworden, denn es vereinte wie kein anderer Bereich der Schule alle Komponenten der Bühnenwelt in sich.

Ohne weiter nachzudenken, schob ich die beiden Türen auf und trat hinein. Die Luft war angenehm kühl und roch leicht nach Holzpolitur.

Bis auf die Zeichen für die Notausgänge und die kleinen Lampen an den Stuhlreihen war es dunkel im Raum. Ich suchte nach dem Schalter und knipste das vordere Licht an. Es war still hier drin. Die Wände waren gut isoliert, doch durch die hohe Decke hatte das Theater eine gute Akustik. Bedächtig ging ich weiter, atmete bewusster die Atmosphäre ein.

Die Bühne war ein heiliger Ort. Dort oben konnte man sein, was man wollte. Eine Heldin oder eine Kurtisane, eine Außenseiterin oder eine Anführerin. Dort trat die eigene Persönlichkeit in den Schatten, dort spielte es keine Rolle, wer man im echten Leben war, ob reich oder arm, beliebt oder ausgestoßen. Die Bühne fragte nicht danach, es war ihr gleichgültig, solange sie selbst respektiert wurde und man ihre Regeln beachtete.

Ich ging auf den Bühnenrand zu und steuerte die fünf Treppenstufen dort an. Sofort schlug mein Herz schneller, denn egal wie oft ich eine Bühne betrat: Es war jedes Mal ein Erlebnis. Die Anspannung fiel von mir ab, ich konnte besser atmen, meine Gedanken klärten sich. Hier oben fühlte sich ein Teil von mir zu Hause. Zumindest solange ich nicht das Gefühl hatte, meine Zukunft hing von meiner Leistung ab. Vielleicht war das das Problem mit den Auditions, vielleicht hatte ich zu viel Angst vorm Versagen.

Ich erklomm die Stufen hinauf, der dunkle Bühnenboden war frisch gewachst und poliert, doch an manchen Stellen waren noch kleine Dellen oder Risse in der Oberfläche zu erkennen. Zeugen dessen, was hier alles stattgefunden hatte. Ich wusste, dass in diesem Theater alle Schüler ihre Schlussperformance und die Zwischenprüfungen abhalten mussten. Zum Ende eines Lehrganges wurden komplett eigene Shows inszeniert mit Tanz, Schauspiel, Musik, je nach Unterrichtszweig. Ich stellte mir vor, wie es wäre, hier oben zu spielen und zu singen. Mein Blick wanderte in den leeren Zuschauersaal, der recht überschaubar, aber wunderschön war. Es gab sogar einen kleinen Regieraum am anderen Ende, von wo aus alles überblickt werden konnte. Ich lief auf den Flügel in der hinteren Bühnenecke zu, auf dem Rufus für die Auditions gespielt hatte. Er war mit einer schweren Plastikabdeckung geschützt. Ich ließ meine Finger darübergleiten, hob sie an der Stelle an, wo die Tasten lagen, und entlockte ihnen ein paar Töne. Mit fünf hatte ich mit dem Klavierspielen angefangen. Meine Eltern hatten darauf bestanden, dass Ajden und ich Musikinstrumente lernten. Wir spielten beide Gitarre und Klavier.

Anfangs hatte ich den Unterricht gehasst und wollte lieber draußen sein, aber mit der Zeit gewöhnte ich mich daran, und heute war ich mehr als dankbar dafür. Der Unterricht hatte mir ermöglicht, meine Gefühle durch die Musik auszudrücken. In meinen Teenagerzeiten hatte ich sogar meine eigenen Songs geschrieben. Ich war so voller Anspannung gewesen. In meinem Inneren hatte ständig ein Orkan getobt, dem ich nicht Herrin wurde. Musik half mir. Schon immer. Sie gab mir die Ruhe, wenn ich rastlos war, sie ließ mich atmen, wenn meine Kehle eng wurde. Sie war da, wenn es sonst niemand war.

Ich ließ mich auf den Hocker sinken und schob die Abdeckung des Flügels beiseite, sodass ich alle Tasten erreichen konnte. Das kühle Holz unter meinen Fingern beruhigte mich. Ein Flügel konnte mit nur zwei leisen Tönen Gänsehaut auslösen oder mit vielen kraftvollen Lauten einen ganzen Saal füllen. Ich legte die Hände auf und spielte einen einfachen Akkord. Eine Weile ließ ich mich treiben, klimperte irgendeine Melodie, bis das Ganze mehr Formen annahm und ich mich fallen ließ.

»Everyday I wake up and don't wanna go,
Try to lift myself up, give it one more go …«

Das Lied hatte ich ewig nicht mehr gesungen. Es war eins der letzten gewesen, die ich geschrieben hatte, ehe ich nach New York gezogen war. Es sollte mich daran erinnern, warum ich einst hergekommen war, wenn die Zeiten mal schwerer wurden.

»I feel lonely, oh so lonely
When I walk through the door, I just try to be
Something bigger or better, hide how I feel«

Tat ich das? Ich blickte auf und atmete ein weiteres Mal diese Atmosphäre ein. Sie drang in meine Lungen und erfüllte mich mit wohliger Vertrautheit. Die Bühne war mein Platz, egal wie schwer sie es mir machte, auf ihr Erfolg zu haben.

»Let it all go, let it all go …«

Meine Seele wurde mit jedem Tastenanschlag ruhiger. Ich ließ es einfach weitertreiben, gab mich diesen alten und beständigen Träumen hin, die mich hierher gebracht hatten.

»My fear is an illusion I've created in my mind
it's all up to us and how we make each day
in life define us«

JULIAN 12.

Ich rieb mir über die Augen, während ich die Treppe hinunterlief. Die letzten Stunden bei Gillian waren erstaunlich erholsam gewesen, denn wir waren gut vorangekommen. Keine Ahnung, wann sich Ethan so viele Gedanken zu dem Unterricht gemacht hatte, aber er war richtig gut vorbereitet, als hätte er sich sehr darauf gefreut. Umso unverständlicher, warum er sich am Tag der Auditions derart hatte gehen lassen.

Unten bog ich um die Ecke und wollte den Flur Richtung Ausgang nehmen, als ich Licht im Theater sah. Die Tür stand einen Spalt offen, und leise Pianomusik erklang aus dem Inneren.

Gute leise Pianomusik.

Eine Frauenstimme unterstrich die Melodie sanft.

»Everyday I wake up and don't wanna go,
Try to lift myself up, give it one more go«

Nicht schlecht. Sie klang ein wenig fest, aber sie hatte definitiv Potenzial. Und Gefühl. Sie meinte, was sie da sang.

»I feel lonely, oh, so lonely
When I walk through the door, I just try to be
Something bigger or better, hide how I feel«

Vorsichtig trat ich näher und spähte durch die kleinen runden Fenster, die in der Tür eingelassen waren. Spicklöcher hatten wir sie früher genannt. Weil wir uns immer hier versammelt hatten und durch die Öffnungen linsten, wenn jemand von uns drinnen alleine vorsingen musste.

Ich spähte hinüber zum Klavier und zuckte zusammen. Eigentlich hatte ich mit einer Schülerin gerechnet, aber es war Riley. Sie hatte die Augen geschlossen, den Kopf leicht schräg gelegt und einen konzentrierten Gesichtsausdruck angenommen.

»Let it all go, Let it all go
My fear is an illusion I've created, in my mind
it's all up to us and how we make each day in life define us.«

Ich schob die Tür ein Stück weiter auf, damit ich sie besser hören konnte, und bemühte mich, nicht auf mich aufmerksam zu machen. Ihre Stimme erfüllte das Theater und hallte sanft von den Wänden. Bei manchen Tönen brach sie etwas weg, aber ich war mir sicher, dass es nur an ihrer Atemtechnik lag. Irgendwas hielt sie in sich zurück, als würde sie sich nicht trauen, in die Vollen zu gehen.

Du hast keinen Grund, dich zu verstecken, Riley.

»I will proof to you I'll leave my mark, one day
I will proof to the world I'm worth more than they say
With every inch
With every bone
Oh, every word is set in stone
To rise now, I'll rise now.«

Ein heißes Kribbeln erfüllte mich, während ich ihr zuhörte. Rileys Worte trafen mich in meinem Inneren, was mir selten passierte, wenn ich anderen Künstlern zuhörte. Leider. Aber mein Gehör war geschult, seit ich Musik studiert hatte. Ich nahm automatisch die Fehler und Unebenheiten wahr, statt mich in die Melodie fallen zu lassen. Doch Riley sang so inbrünstig, dass sie mich damit tatsächlich berührte.

»I'm so scared to take action and lead the way
To the version of life that I dream away
Will someone listen to me?
Oh, would listen?«

Ich atmete tief ein und aus, schloss die Augen und drückte mich näher an die Tür. Und da war sie auf einmal wieder. Diese angenehme Wärme und Ruhe, die Riley in mir wachrufen konnte. Ich hatte keine Ahnung, wie sie das tat, aber sie flutete mich automatisch und unaufhaltbar.

Rileys Gesang wurde eindringlicher, sie hatte sich in ihrer eigenen Welt verloren und ließ sich genauso tragen wie ich. Heute Morgen im Bistro hatte sie mir erzählt, dass sie selbst sang, also sollte es mich nicht weiter überraschen, aber ich hätte nicht erwartet, dass so ein Talent in ihr steckte. Riley hatte viel Gefühl, aber leider auch viele Unsicherheiten. Sie vertraute ihrer Stimme nicht, hielt sich zurück, aus Angst Fehler zu machen. Ich öffnete wieder die Augen und beobachtete sie. Es war nur das vordere Bühnenlicht angeschaltet, sodass sie im Halbdunkel saß. Riley wirkte auf einer Bühne völlig anders als bei der Arbeit. Im Bistro war sie souverän und routiniert, hier hatte sie etwas Verletzliches an sich. Sie sah zierlicher aus, zerbrechlicher.

Plötzlich überkam mich der merkwürdige Drang, zu ihr zu gehen und mich neben sie zu setzen, um sie zu stärken.

Genauso hat es mit Summer angefangen.

Ich schüttelte mich, bohrte fest die Fingernägel in meine Handflächen, um mich auf den Schmerz zu konzentrieren, statt auf Rileys Stimme.

»My fear is an illusion I've created, in my mind
it's all up to us and how we make each day in life define us

Too many lies to live
Too many hearts fill
Too many roads go
Too many questions, too many questions
Too many lies to live
Too many hearts fill
Too many roads go
Too many questions, too many questions

Every inch
Every bone
Every word is set in stone
Every inch
Every bone
Every word is set in stone …«

Ein leises Brummen drang über meine Lippen. Ich sollte weitergehen, sie spielen lassen und vergessen, was ich heute gehört hatte, aber ich konnte mich nicht bewegen. Meine verdammten Füße wollten sich nicht von der Stelle rühren.

Auch genau wie mit Summer.

Gott verdammt! Ich strich mir über die Stirn, massierte den Druck dort weg, während Rileys Stimme weiter in mich drang und an Stellen berührte, an denen sie mich nicht berühren sollte, aber es fühlte sich gut an. Viel zu gut. Und es erinnerte mich daran, was ich in mir eingeschlossen hatte. Seit Summer verbot ich mir diese

Emotionen. Keine Frau war je wieder so nahe an mich herangekommen wie sie, und das sollte auch so bleiben.

Alles andere endete nie gut.

Auf einmal verstummte Riley abrupt und hielt inne.

Ich zuckte zusammen. Hatte ich irgendein Geräusch gemacht? Hatte sie mich gehört?

Sofort drückte ich mich näher an die Tür, hielt mich im Schatten auf und hoffte, dass niemand vorbeikam und mich erwischte. Mein Herz schlug schneller.

Riley nahm ihre Brille ab, wischte sich über die Augen und seufzte. Ihre Schultern sackten nach unten, sie strich mit den Fingern über die Klaviertasten, aber sie spielte nicht weiter. Für einen Moment wirkte sie unglaublich verloren dort oben auf der Bühne, als würde sie den Ort hassen und lieben zugleich. Ich verstand sie. Jeder, der je einen Fuß darauf gesetzt hatte, konnte sie verstehen. Wenn sich eine Seele danach sehnte, im Rampenlicht zu stehen und alles von sich zu zeigen, gab es kein Halten mehr. Dieser Drang war so intensiv wie das Bedürfnis zu atmen. Er ließ sich nicht abstellen, nicht zur Ruhe bringen, nicht aufhalten. Egal, wie schmerzhaft es da oben sein könnte – und das wurde es für jeden unweigerlich ab einem gewissen Punkt –, egal, was man dafür aufgeben oder entbehren musste, egal, wie oft man sich entblößte und sein Innerstes preisgab; man konnte sich diesem Bedürfnis nicht mehr entziehen. Einmal dem Bann der Bühne unterlegen, gab es kein Zurück mehr. Und so wie Riley aussah, war sie Hals über Kopf in den Ort verliebt. Sie gehörte dorthin, und genau das lastete auf ihr.

Ich verlagerte mein Gewicht nach vorne, wollte so gerne hineingehen, um sie aufzufordern, weiterzusingen, mehr von sich zu geben, alles zu zeigen, aber ich tat es nicht.

Ich durfte nicht.

Ich sollte nicht.

Was auch immer Riley umtrieb, sie musste das mit sich ausmachen oder sich Hilfe bei ihren Freunden suchen, von denen ich keiner war und auch nicht werden würde. Wenn ich das tat, würde ich eine Grenze überschreiten, von der ich mir geschworen hatte, sie nie mehr zu übertreten.

Es fiel mir schwer, mich von Riley abzuwenden, aber ich tat es dennoch.

Ich musste.

Mit steifen Schultern und einer komischen Anspannung im Bauch entfernte ich mich vom Theater und von ihr. Ich musste dringend an die frische Luft, durchatmen, zur Ruhe kommen und diesen heutigen Tag hinter mir lassen, auch wenn mir dieses Lied wohl noch den ganzen Abend im Gedächtnis bleiben würde.

RILEY 13.

Vier Tage später stand ich vor dem großen grauen Gebäude und checkte ein letztes Mal die Adresse, die mir gestern geschickt worden war. 239 North, 9th Street Brooklyn. Atelier Apartments. Hier war ich richtig. Hier wohnte also Ethan Cooper.

Keine Ahnung, ob das sein fester Wohnsitz war oder er nur so lange dort blieb, wie er mit der Band in New York war, aber er hatte sich definitiv eine gute Nachbarschaft ausgesucht. Und eine teure. Williamsburg lag zwar auf der anderen Seite des East River und somit abseits von Manhattan, doch genau das machte seinen Charme aus. Gute Anbindung an die City mit atemberaubendem Blick auf die Skyline. Dazu Ruhe und viele Künstler in der Gegend. Ich war erst zweimal hier gewesen, um den Flea Market zu besuchen, hatte es aber von Anfang an gemocht. Nicht dass ich mir je leisten könnte, hier zu wohnen.

Ich rief die Nachricht auf, die mir eine Frau namens Samantha Carnegie geschickt hatte. Sie war die Assistentin des Bandmanagers Daniel Carnegie und musste wohl entweder seine Schwester oder seine Frau sein. Dort stand, dass Ethan im obersten Stock wohnte. Ich sollte mich beim Concierge anmelden, der mir einen Aufzug freischalten und erklären würde, wie ich zu ihm kam.

Ich hatte mit fast allem gerechnet – mehr Security, schreiende Fans, Presse –, doch bis auf ein älteres Paar, das mir auf dem Weg zu den Fahrstühlen begegnete, traf ich niemanden. Ich war froh darum, denn ich hatte mir innerlich schon ausgemalt, wie es wäre, sich an der Meute vorbeizuschieben und danach womöglich Fotos von mir im Netz zu finden. Ein Grauen, denn wenn die Presse über mich berichtete, dann sollte sie das tun, weil ich eine tolle Bühnenshow abgeliefert hatte und nicht weil ich auf dem Weg zu Ethan Cooper war.

Ich betrat den Fahrstuhl und drückte auf den obersten Knopf. Nervös wippte ich mit den Füßen auf und ab. Seit ich vor wenigen Tagen all meine Emotionen am Klavier herausgelassen hatte, ging es mir zwar ein wenig besser, aber dennoch spürte ich jetzt wieder diese innere Anspannung, und ich fragte mich, ob Julian heute auch da sein würde.

Ich trat aus dem Lift, sah mich nach der Nummer von Ethans Apartment um und fand sie am Ende des Ganges. Das gesamte Gebäude strahlte Ruhe und Gemütlichkeit aus. Es war alles modern und neu, aber es hatte dennoch einen erdigen Charme. Hier könnte ich mich durchaus auch wohlfühlen. Ob Julian ebenfalls hier wohnte? Und der Rest der Band?

Ich fand Ethans Apartment, atmete ein letztes Mal durch, dann drückte ich die Klingel. Eine Kamera in der Ecke richtete sich auf mich, während ich wartete, bis mir geöffnet wurde.

Es dauerte nicht lange, und ein barfüßiger Ethan Cooper stand vor mir. Er hatte nasse Haare, und der Geruch seines Aftershaves schlug mir entgegen. Nicht unangenehm, und im Vergleich zu seinem Zustand auf der Toilette war dies definitiv eine Verbesserung. Er trug weite Jeans und ein ausgeleiertes Shirt. Seine Augen wirkten etwas glasig. Hoffentlich hatte er nichts intus.

»Hi«, sagte ich leise, weil er sich nicht von der Stelle rührte, sondern mich nur anstarrte. Ich räusperte mich, blickte kurz hinter mich, um zu sehen, ob womöglich noch jemand hinter mich getreten war, dann sah ich ihn wieder an. »Ist alles in Ordnung?« Kippte er womöglich gleich um?

Ethan hielt die Luft an, zog die Augenbrauen zusammen, und dann auf einmal lag ich in seinen Armen. Es kam so überraschend, dass ich gar nicht reagieren konnte. Er drückte mich fest gegen seinen bebenden Körper, bis mir fast die Luft wegblieb.

»Danke«, hauchte er mir ins Ohr und zitterte leicht. »Danke …«

Ich legte die Arme um seinen Rücken, strich sanft darüber und nickte. »Natürlich.«

Ethan gab einen grummelnden Laut von sich, quetschte mir noch einmal die Luft ab und ließ mich schließlich los. Ich schnaufte durch und folgte ihm ins Innere. Sein Apartment war weitläufig, wie ich es erwartet hatte. Es war schlicht eingerichtet, viel Weiß, wenig Möbel, eine Wand war dunkelgrau gestrichen mit dem Bandlogo *Beyond Sanity* aus Messing als Deko. Wir standen direkt im Wohnzimmer, das mit einer großen Glasfront einen wundervollen Ausblick auf die Dachterrasse und die dahinterliegende Skyline von Manhattan bot. Eine angenehme Brise wehte aus den geöffneten Fenstern herein.

»Möchtest du etwas trinken?«, fragte Ethan. »Tee? Wasser? Cola?«

»Sie macht hervorragenden Kaffee«, hörte ich eine Stimme aus der offenen Küche hinter mir und fuhr herum.

Ich stockte und wäre fast die wenigen Stufen hinuntergestolpert, die zum Wohnbereich führten.

Julian stand hinter der Küchentheke und sah mich an. »Ich kann mit dir bestimmt nicht konkurrieren, aber ich mach dir gerne einen.« Er deutete auf den Vollautomaten neben sich, an dem er nur Knöpfchen drücken musste. »Ich weiß, ich weiß, die Crema wird bei dem hier nicht so gut.«

Er erinnerte sich tatsächlich an meinen kleinen Vortrag über die Vorzüge einer Siebdruckmaschine.

»Ich … ich würde erst mal nur ein Wasser nehmen. Danke.«

Julian nickte, wirkte für einen Moment enttäuscht, doch er verbarg es sofort und wandte sich zum Kühlschrank, aus dem er eine Glaskaraffe nahm.

»Für mich bitte Scotch«, rief Ethan, was Julian mit einem Schnauben quittierte.

Ich folgte ihm in den Wohnbereich und ließ alles auf mich wirken. Der Boden war aus hellem Naturholz, in einer Ecke stand eine dunkel gebeizte antike Kommode. Neu mischte sich mit Alt.

»Noch gehört die Wohnung nicht mir. Ich teste sie erst«, sagte Ethan, als müsste er sich rechtfertigen.

»Sie ist wunderschön.« Aber ich konnte mich kaum auf meine Umgebung konzentrieren, denn ich hatte das Gefühl, dass sich Julians Blick in meinen Rücken bohrte.

Ethan sah einen Moment nach draußen auf die Stadt, seine Schultern waren angespannt, als wüsste er nicht so recht, was er mit sich anfangen sollte.

Hinter mir hörte ich Julian näher kommen, und meine Nackenhaare richteten sich auf.

»Bitte.« Er trat vor mich und deutete auf die Couch, ehe er mir das Glas Wasser reichte.

»Danke.« Ich nahm es entgegen, ließ mich auf den Zweisitzer sinken und trank es gleich mal zur Hälfte leer. Julian nahm auf einem der zwei Sessel Platz, und Ethan starrte weiterhin zum Fenster hinaus.

»Ethan«, sagte Julian nur.

Er zuckte zusammen und drehte sich zu uns. »Ja. Ich … tut mir leid. Normalerweise bin ich nicht so … wortkarg.« Ethan nahm einen Umschlag von der antiken Kommode und reichte ihn mir. »Ich hab gehört, dass dir das gefallen könnte.«

Ich nahm ihn zögerlich entgegen. »Ich hab es schon zu Julian gesagt: Es ist nicht nötig, mir etwas zu schenken.«

»Und ich hab dir gesagt, dass du es einfach hinnehmen sollst«, fügte Julian an.

Ich öffnete den Umschlag und spähte hinein. Natürlich waren es zwei Karten für *Hamilton*, natürlich die besten Plätze im Haus und natürlich mit exklusiver Backstageführung.

»Ich wollte eigentlich, dass Lin-Manuel dir alles zeigt, aber er ist zurzeit nicht in der Stadt«, sagte Ethan. »Die Karten sind nicht auf ein Datum festgelegt. Wenn du so weit bist, ruf einfach die Nummer an, die dabeiliegt, und du bekommst die Tickets.«

Ungläubig schüttelte ich den Kopf. »Ich danke dir.«

»Kleinigkeit«, sagte Ethan und trat nun näher zu uns heran. Anstatt sich wie jeder normale Mensch auf den freien Sessel zu setzen, stieg er über die Rückenlehne und ließ sich darauf nieder. »Erzähl mir mehr über dich, Riley Maddock. Woher kommst du? Was machst du? Wie lange bist du schon in New York? Und warum kannst du so gut Menschen retten?«

Sein Blick ruhte auf mir. Ethan hatte faszinierende goldbraune Augen, die ziemlich eindringlich wirken konnten, wenn er nüchtern war – und ich hatte mittlerweile keinen Zweifel mehr daran, dass er es war. Im Augenwinkel bemerkte ich Julians Bein auf- und abwippen. Außerdem trommelte er wieder diesen markanten Rhythmus auf seinen Knien.

Ich versuchte es zu ignorieren und nannte Ethan die Eckdaten meines bescheidenen Lebens. Dabei bemühte ich mich so oberflächlich wie möglich zu antworten, denn ich wollte nicht, dass ich so verzweifelt klang, wie ich war, weil meine Zeit in New York bald ablaufen würde. Abgesehen davon gab niemand gerne zu, dass man ein Versager war, und so fühlte ich mich meistens. Als ich kurz erwähnte, dass ich gerne sang, sprang Julian auf und ging zur Küche, um sich einen Kaffee zuzubereiten. Ethans Blick huschte von mir zu ihm, dann wieder zurück. Verpasste ich gerade was zwischen den beiden?

Ich erzählte mehr von meiner Familie und woher ich stammte. Warum ich medizinische Grundkenntnisse hatte, was mein Bruder tat und so weiter.

»Was singst du?«, fragte Ethan auf einmal, als ich gerade von Ajden und seinem Projekt in Indien berichtete.

»Ich, äh … Unterschiedliches. Am liebsten Musicals.«

»Warum studierst du nicht an der NYMSA?«

»Weil ich es mir nicht leisten kann.« Es bestand kein Grund, es schönzureden.

Ethan legte die Stirn in Falten. »Du weißt, dass das kein Problem sein muss.«

Erst verstand ich nicht, was er meinte, doch dann dämmerte es mir. Er fand gerade eine weitere Möglichkeit, mir zu danken. Er war selbst Lehrer dort, er könnte Gillian sagen, dass sie mich aufnehmen sollte. Vermutlich würde er mir sogar die Studiengebühren zahlen.

Mir klappte die Kinnlade herunter, weil ich etwas Derartiges nicht mal ansatzweise in Erwägung gezogen hatte. »Das ist … das könnte ich nie annehmen.«

»Es ist nur ein Telefonanruf für mich und eine Zukunft für dich.« Ethan ließ sich von der Rückenlehne auf den Sessel sinken und zog die Beine an.

»Das geht trotzdem nicht.«

»Warum?«

»Weil ich …«

Er sah mich eindringlich an, und ich spürte, dass er das Thema nicht loslassen würde.

»Ich kann nicht so lange in New York bleiben. Ich habe meinem Vater versprochen, zurückzukommen, wenn ich es innerhalb von zwei Jahren hier nicht auf die Bühne geschafft habe. Die Uhr tickt, mir bleiben nur wenige Monate. Außerdem will ich keine Ausbildung geschenkt haben. Nicht so zumindest. Du kennst mich nicht, du weißt nicht, ob ich gut genug dafür bin.«

»Könntest du aber sein«, kam es von Julian, der noch in der Küche stand und an seinem Kaffee nippte.

»Was?«, fragte ich und drehte mich zu ihm.

»Ich hab dich gehört. Neulich. Als du auf dem Klavier im Theater gespielt hast. Du hast Talent.«

Ich schluckte. Mir war nicht klar gewesen, dass ich einen Zuhörer gehabt hatte. Schon gar nicht jemanden wie Julian. »Ich …«

»Es war Zufall«, fügte er rasch an. »Ich war auf dem Weg nach draußen. Hast du das Lied selbst geschrieben?«

»Ja, vor Jahren, als ich noch in Denver gelebt habe.«

»Die Frist deines Vaters ist recht kurz«, sagte Ethan. »Ein Durchbruch ist in der Zeit kaum zu schaffen.«

»Darum geht es ihm nicht. Ich soll einfach etwas auf die Beine stellen und ihm zeigen, dass ich mir hier eine Zukunft aufbauen kann.«

Julian trank einen weiteren Schluck. Dabei ließ er mich nicht aus den Augen. Sein Blick war mir noch nie so intensiv vorgekommen wie in diesem Moment.

»Dann sag ihm, dass du mehr Zeit brauchst«, fuhr Ethan fort.

»Das kann ich nicht.«

»Warum nicht?«

»Ethan, lass sie mal Luft holen«, kam es von Julian.

»Aber es interessiert mich. Was kann so schwer daran sein?«

»Nicht jeder kann tun und lassen, was er will«, sagte Julian und kam zurück zu uns. »Riley wird ihre Gründe haben.«

Die hatte ich wirklich, und würden die beiden meinen Vater kennen, würden sie das auch verstehen. Dad war ein liebevoller und fürsorgender Mann. Er gab alles für seine Familie und jeden, der seine Hilfe brauchte, aber er verlangte von uns dafür genauso vollen Einsatz. Er hatte in meiner Kindheit nicht einmal sein Wort gebrochen, selbst dann nicht, als die Welt um ihn herum zusammengebrochen war und er sich trotzdem noch unermüdlich um Notfälle kümmerte. Dad hatte immer Wege gefunden, seine Versprechen zu halten, auch wenn das hieß, dass er selbst dabei zurücksteckte. So war er eben.

»Ich mach dich nervös, das tut mir leid«, sagte Ethan und riss mich damit aus meinen Gedanken.

Ich trank das Glas Wasser aus und stellte es auf den Tisch vor mich. »Ja, ein bisschen.«

»Ich bin wirklich aufdringlich, und ich will dich nicht einschüchtern.«

»Schon gut. Das ist es nicht, aber ich … ich verkehre normalerweise nicht in euren Kreisen.«

»Unsere Kreise«, spottete Ethan. »Lass dir bloß nie einreden, dass wir was Besonderes wären. Klar, uns hören ein paar Leute mehr als den Straßenmusiker an der Ecke, aber wir sind einfach nur Leute, die eine gute Zeit haben wollen und zufällig ein großes Publikum erreichen. Diese Branche ist verlogen und oberflächlich, und wenn du nicht aufpasst, frisst sie dich bei lebendigem Leibe.«

Nahm er deshalb Drogen? Wollte er diesen Schmerz betäuben oder einfach nur dem Klischee des Rockstars entsprechen?

»Ich werd es mir merken«, sagte ich.

»Gut. Sehr gut. Jules, gib dem Mädel noch ein Glas Wasser«, sagte Ethan und sprang auf einmal vom Sessel auf. »Ich muss mal pinkeln.« Er hielt inne, rieb sich über den Unterbauch und dachte kurz nach. »Oder mehr, das weiß ich noch nicht. Schickt also keinen Suchtrupp, wenn ich nicht gleich zurück bin. ich pfeife mir nix rein.«

Danke für die Info und so.

»Du musst nicht immer ankündigen, wenn du auf die Toilette gehst«, meinte Julian genervt.

»Ey, nachher sitz ich friedlich auf dem Klo, und ihr kommt mit nem Defi reingestürmt. Schlimm genug, dass ständig einer von euch bei mir rumlungert, seit ich aus dem Krankenhaus raus bin. Das muss bald aufhören. Ich will auch mal wieder ausgelassenen Sex haben und …«

»Geh einfach, Ethan. Bitte«, sagte Julian.

Ethan zuckte mit den Schultern und lief an der Küche vorbei Richtung Bad.

»Tut mir leid, er ist etwas schräg«, wandte sich Julian an mich, als die Tür klickte.

»Und sehr direkt.«

»War er schon immer. Ethan redet viel und denkt oft erst hinterher darüber nach.« Er nahm wieder die Karaffe aus dem Kühlschrank, kam damit zurück zu mir und schenkte mir nach.

»Danke.« Ich griff nach dem Glas, hielt es aber nur in den Händen, statt daraus zu trinken.

Eine komische Stille senkte sich zwischen Julian und mich, und ich wusste nicht, wie ich sie füllen sollte. Er wohl auch nicht, denn er fing schon wieder an zu trommeln.

»Du hast mich also gehört …«, setzte ich an.

Er hielt die Luft an. Ich ebenfalls. Wir blickten uns in die Augen, und mir fiel auf, was für eine schöne Farbe seine Iris in diesem Licht hatten. Dunkelgrün mit einem Schimmer Kupfer. Außerdem duftete er wieder so gut wie im Bistro. Männlich, aber nicht zu dominant. So wie er. Julian war auf den ersten Blick höflich und charmant, kein Draufgänger wie Ethan. Vermutlich bekam Ethan dadurch erst mal mehr Frauen ab, weil er der Typ war, auf den die meisten abfuhren, aber hinter Julians Fassade verbarg sich etwas anderes. Etwas Tiefgründiges und Ursprüngliches.

»Ja, ich hab dich gehört«, sagte er und senkte den Blick. »Ich wollte dich nicht stören, daher hab ich nichts gesagt.«

»Verstehe.« Ich umklammerte das Glas fester und wurde noch angespannter. Es fühlte sich an, als könnte er jeden Moment ein Urteil über mich fällen, was mir nicht gefiel. »Du … du meintest, ich *könnte* gut genug für die NYMSA sein. Gibt es einen Grund für den Konjunktiv?« Und wenn ja, wollte ich ihn hören?

Julian brummte leise und schien zu überlegen, wie er seine Antwort am besten verpacken sollte.

»Doch so schlimm?«, fragte ich und bekam eine trockene Kehle. Hatte ich mir die ganze Zeit nur etwas vorgemacht? Klappte es deshalb nicht? Weil ich einfach schlecht war und es gar nicht merkte?

»Nein, überhaupt nicht«, sagte er und erlöste mich dadurch ein wenig. »Du singst sehr gefühlvoll und ehrlich, was du dir unbedingt behalten solltest. Viele Sänger verlieren sich zu sehr in der Technik und verkopfen alles, das machst du nicht.«

»Okay.« Gleich kam das große Aber, ich spürte es.

»Und genau das fehlt dir leider noch. Die Technik und der Mut, dich darauf zu verlassen. Du bist sehr fest im Bauch und im Atem, deshalb kannst du die lauteren Töne nicht aussingen. Du hältst sie zurück, weil du Angst hast, dass deine Stimme bricht, und das wird sie, weil du sie nicht genügend stützt.«

»Das hat meine Gesangslehrerin auch schon gesagt.«

»Bei wem bist du?«

»Bei niemandem im Moment, ich kann es mir nicht mehr leisten.«

Julian zischte leise. Es klang nicht abfällig, eher verständnisvoll.

»Ich tue mich außerdem schwer, vor Leuten zu singen, die mich beurteilen.«

»Nicht die besten Voraussetzungen für Castings.«

»Wem sagst du das!« Hätte ich gewusst, dass Julian mir an dem Abend im Theater zugehört hatte, wäre meine Leistung sicherlich anders ausgefallen. »Ich arbeite daran und gehe auf so viele Vorsingen wie möglich.«

»Aber es hat dich noch keiner genommen?«

»Keine der wirklich guten Produktionen.« Plötzlich schämte ich mich. Neben mir saß ein supererfolgreicher Musiker, der auf dem Weg nach ganz oben war. Und ich?

»Hey.« Auf einmal legte er mir sanft einen Finger unters Kinn und drehte mein Gesicht in seine Richtung. Mir wurde heiß. Die Wärme sickerte von der Stelle aus, wo er mich berührte, bis in meinen Bauch.

»Das ist kein Grund, sich schlecht zu fühlen. New York ist hart, und es zerstört die besten Künstler.«

»Ich weiß, aber es ist trotzdem so frustrierend.«

»Du bist gut«, sagte er leise. Seine Stimme klang eine Nuance tiefer, fast wie bei unserer ersten Begegnung, als ich ihm den Kaffee serviert hatte. Unweigerlich fragte ich mich, ob sie sich automatisch verdunkelte, sobald er etwas genoss, und ob sie das wohl auch tat, wenn er Sex hatte.

Die Wärme sank noch tiefer und sammelte sich jetzt zwischen meinen Beinen. Julians Finger blieb auf meinem Kinn und zog kleine Kreise.

»Du brauchst nur ein wenig Führung«, sagte er und blickte auf meine Lippen. »Und Vertrauen in dich selbst. Das Gefühlvolle liegt dir bereits im Blut. Sobald du ein Fundament hast, auf dem du dich ausruhen kannst, wirst du dich richtig in die Musik fallen lassen, und nichts wird dich mehr aufhalten.«

Ich öffnete die Lippen und leckte mir instinktiv darüber. Sie fühlten sich auf einmal genauso trocken an wie meine Kehle. Julian bemerkte es und kniff die Augen zusammen. Er hielt die Luft an, zwischen uns baute sich erneut diese Spannung auf, die sich schon angekündigt hatte, als er das erste Mal nach meiner Hand gegriffen hatte. Seine Augen wirkten dunkler, sein Geruch intensiver.

»Und jetzt bitte küssen«, erklang plötzlich Ethans Stimme hinter uns.

Ich fuhr genauso erschrocken herum wie Julian. Ethan lehnte am Durchgang und musterte uns. Ich hatte die Klospülung gar nicht gehört. Er grinste uns an. Süffisant und mit diesem »Na, erwischt?«-Blick.

»Hab nicht genug Klopapier«, sagte er und lief zu einem Einbauschrank an der Wand. »Zum Glück hab ich es vorher bemerkt, sonst wäre ich mit runtergelassener Hose rausgekommen, und das hättet ihr beide nicht verkraftet.«

Julian kniff die Augen zusammen, als wolle er unter allen Umständen vermeiden, sich das vorzustellen. Er senkte die Hand. An der Stelle, an der mich sein Finger berührt hatte, kribbelte es nach.

Ethan holte sich eine Rolle Papier und schloss den Schrank. »Läuft da was zwischen euch?«

Julian räusperte sich und lehnte sich zurück.

»Hey, es freut mich, wenn mein kleiner Unfall euch zusammengebracht hat. Hat er doch, oder?«

»Musstest du nicht dringend aufs Klo?«, fragte Julian.

Ethan winkte ab und lief zurück zum Bad. »Ihr könnt gerne weitermachen, wenn ihr wollt. Kondome sind in der oberen Nachttischschublade im Schlafzimmer. Seid so laut, wie ihr mögt, ich steh drauf.«

»Langsam bereue ich die Sache mit der Wiederbelebung!«, rief Julian ihm nach.

»Bullshit. Du kannst nicht ohne mich, und das weißt du«, antwortete Ethan lapidar, ehe er die Tür schloss.

»Bedauerlicherweise«, murmelte Julian und rieb sich über die Stirn.

Ich schmunzelte, was rasch in ein leises Kichern überging. Julian schnaubte nur, stimmte dann in mein Lachen ein und seufzte tief. Erleichtert atmete ich durch, weil sich diese komische Anspannung zwischen uns auflöste und ich mich tatsächlich wohler fühlte.

»Könnte ich jetzt doch einen Kaffee bekommen?«, fragte ich.

»Nichts lieber als das.« Julian stand auf und lief zurück zur Küche.

»Wie habt ihr euch eigentlich kennengelernt?«, fragte ich und trank mein Wasserglas leer.

»Bei einem kleineren Gig, auf dem ich gesungen habe. Es war Open Mic Night. Mit solchen Auftritten hab ich versucht, mich nach oben zu arbeiten. Das war ein Jahr nach meiner Ausbildung. Damals hab ich genauso gekämpft wie du jetzt.«

»Du hast auch an der NYMSA studiert?«

Er holte eine frische Tasse aus dem Schrank. »Ja. Ich hab mit Musical angefangen und bin dann gewechselt zu Rock & Pop. Mir lag das Tanzen überhaupt nicht. Bei den Pirouetten hat es mich regelmäßig aus dem Gleichgewicht geworfen. Ich hätte mir ein Bein ausreißen müssen, um das irgendwie zu kompensieren, aber das war es mir nicht wert. Irgendwann hab ich Gillian gegenüber erwähnt, dass ich es cool fände, wenn es einen Kurs an der NYMSA gäbe, der sich mehr mit Rockgesang oder Singen im Allgemeinen beschäftigt, sodass auch dieser Bereich mehr abgedeckt wird. Sie hat mit ihrem Vater darüber geredet, und er hat mit einigen Musiklehrern die neue Sparte aus dem Boden gestampft. Ich hab noch im zweiten Jahr in den anderen Studiengang gewechselt. Am Anfang war das natürlich noch lange nicht so strukturiert wie heute. Alle Kurse sind hart auf der NYMSA. Dir wird nichts geschenkt, aber das ist auch gut so. Je weiter du kommst, umso mehr Druck bauen sie auf. Viele brechen noch im letzten Lehrjahr ab, weil sie es nicht mehr schaffen. Ich glaube, in der ganzen Zeit habe ich keine Nacht mehr als vier Stunden geschlafen, außer mal am Wochenende.«

»Heftig.« Und dafür zahlten die Studenten jede Menge Kohle.

»Und nötig. Das Business frisst dich sonst auf, du spürst es ja selbst. Entweder du schwimmst oben mit und paddelst, was das Zeug hält, oder du säufst ab. Einen anderen Weg gibt es nicht. Wie trinkst du deinen Kaffee?«

»Schwarz, bitte.«

Er drückte den Knopf und wartete, bis die Maschine aufgebrüht hatte.

»Wie viele schaffen es nicht an der NYMSA?«

»Ich schätze rund ein Drittel, aber auch die Absolventen halten nicht alle durch. Viele meiner Mitstudenten haben heute Bürojobs und singen nur noch nebenher. Die NYMSA ist kein Garant für einen Durchbruch. Die harte Arbeit geht danach weiter, für die meisten zumindest. Manche kommen auch anders durch.« Ein dunkler Schatten zog über sein Gesicht, und er kniff die Lippen zusammen.

Ich hatte das Gefühl, als steckte hinter dieser Aussage mehr, aber Julian ging nicht weiter darauf ein.

»Aber du hast dir das alles selbst aufgebaut«, sagte ich.

»Nicht alle denken so.«

Er griff nach der Tasse und kam zurück zu mir.

»Spielt es denn eine Rolle, was andere denken?«, fragte ich und nahm den Kaffee entgegen. Er duftete herrlich und wärmte meine Finger.

»Nein, eigentlich nicht. Mir ist aber schon klar, wie mein Werdegang nach außen hin aussieht. Studiert an der renommiertesten Schule New Yorks, macht ein paar Gigs, kommt in eine Band und hat seinen Durchbruch. Dass Jahre harter Arbeit dahinterstecken, sieht niemand. Keiner weiß, wie oft wir uns im Proberaum gezofft haben, verzweifelt waren, weil etwas nicht klappen wollte, eine Absage nach der anderen in Clubs kassiert haben, gebettelt und Klinken geputzt haben, bis wir irgendwann vor mehr als zwanzig Leuten auftreten durften. Bis vor drei Jahren kannte uns niemand, erst dann ging es langsam los. Wir haben auch Daniel und Sam erst später kennengelernt. Den Großteil der Marketingarbeit haben wir vorher selbst übernommen.«

»Sind die beiden eigentlich verheiratet?«

»Ja. Sie waren zu Beginn selbst noch völlig unbekannt in der Branche und krochen genauso auf der Straße wie wir. Eigentlich keine gute Konstellation. Ein großer Manager hätte uns schneller voranbringen können, aber die Chemie zwischen uns hat einfach gestimmt, und sie hatten gute erste Kontakte.«

»Letztlich seid ihr ja erfolgreich geworden. Ich hab gerade gelesen, dass ihr eine Tour durch die Südstaaten gemacht habt.«

Er warf mir einen Seitenblick zu. »Hast du doch Interesse an unserer Musik gefunden?«

Ich trank einen Schluck von meinem Kaffee und spürte, wie mir die Hitze in die Wangen stieg. »Vielleicht«, gab ich leise zurück. »Ihr klingt anders, als ich es erwartet hätte. Manchmal härter, manchmal sanfter. Ich mag die melodischen Stücke.«

»Mein Einfluss«, sagte er. »Ethan meint immer, ich hätte die Schnulze in die Band gebracht. Vielleicht hat er recht.«

»Es ist auf alle Fälle nicht zu eurem Nachteil.«

»Ich hoffe es. Erfolg ist eine unglaublich verwöhnte Mimose, die man pflegen und hegen muss. Einmal oben heißt nicht, dass wir dort auch bleiben. Wir können auch als One-Hit-Wonder sterben.«

»Das glaub ich nicht.«

»Unser zweiter Song *Midnight Drunk* war nicht ganz so erfolgreich wie *Still Waters Run Deep*, und das ist ein komisches Gefühl. Was kommt nach der Nummer eins? Wie sollen wir das noch mal toppen? Wie allen beweisen, dass wir es draufhaben? *Still Waters Run Deep* ging uns leicht von der Hand, aber *Midnight Drunk* war schon schwerer. Wir waren alle sehr verkopft beim Schreiben und hatten Angst, es zu verhauen.«

Ich versuchte mich in diese Lage hineinzuversetzen, über die ich mir zuvor nie großartig Gedanken gemacht hatte, weil ich so meilenweit vom Erfolg entfernt war wie der Mond von der Erde.

»Sorry, ich will nicht unsensibel sein und jammern, weil unser zweiter Hit nur auf Platz drei stand, statt auf der Eins.«

»Du jammerst nicht, sondern erzählst mir die Dinge, wie sie sind. Abgesehen davon höre ich dir gerne zu. Ich kann mir schon vorstellen, dass ihr viel Druck habt.«

»In uns investieren eine Menge Leute eine Menge Geld, und das soll sich auch für sie lohnen. Wenn wir nicht liefern, fegen sie uns weg vom Fenster und holen sich die nächste Band. Wir sind austauschbar.«

»Bringt euch denn die Masterclass von Ethan was? Bei dem Auflauf, der vor der Schule war, habt ihr sicherlich gute Publicity bekommen.«

»Nicht nur dadurch.« Er knirschte mit den Zähnen und tippte wieder mit dem Fuß auf. Dann schüttelte er den Kopf, als müsste er hässliche Gedanken vertreiben.

»Hat Ethan auch eine Ausbildung dort gemacht?«, fragte ich.

»Nein, er kennt Gillian von früher. Sie hatten mal was miteinander, aber das ist nicht der Grund, weshalb er an eine Masterclass gekommen ist, wie es neulich bei Twitter stand.«

»Ich hab es nicht gelesen.«

Julian runzelte die Stirn. »Du bist wirklich nicht an Klatsch interessiert.«

»Nicht im Geringsten, ich hab auch gar keine Zeit dafür.«

»Behalte dir das bei, es wird dir in Zukunft einiges ersparen. Die Schüler haben Ethan gewollt. In jedem Semester können sie Fragebögen ausfüllen und Wünsche äußern, wen sie gerne als Masterclasslehrer hätten. Ethan kommt gut an bei den jungen Leuten. Er hatte sogar mehr Stimmen als Isabel Roberts, aber sag ihm das nicht, sonst steigt er auf den nächsten Höhenflug.«

»Ich werde schweigen, keine Sorge.«

Die Klospülung ertönte, und wir blickten beide auf. Ich mochte Ethan zwar, aber irgendwie war es schade, dass ich nicht weiter alleine mit Julian plaudern konnte. Es kam mir vor, als würde er sich jetzt erst richtig öffnen, und es tat gut, mit ihm zu reden. Er strahlte eine angenehme Ruhe und Sicherheit aus, so als könne einem nichts Schlimmes passieren, wenn er in der Nähe war.

Es dauerte nicht lange, bis die Badezimmertür aufging und Ethan heraustrat. Er hatte sich die Haare etwas zerzaust und schwankte ein wenig. Für einen Moment war ich mir nicht sicher, ob er sich nicht etwas reingepfiffen hatte, auch Julian musterte ihn intensiver.

»Alles klar?«, fragte er.

»Ja, warum tanzt ihr noch nicht auf der Matratze? Soll ich noch mal verschwinden? Braucht ihr mehr Zeit fürs Vorspiel?«

»Das ist nicht nötig, ich sollte sowieso langsam los«, sagte ich und stand auf.

»Ach, verdammt, ich hab die Stimmung gekillt, oder?«, fragte Ethan.

»Das fragst du ernsthaft?«, sagte Julian.

»Keine Sorge«, antwortete ich. »Ich wollte heute noch ein paar

Erledigungen machen, die ich sonst nicht schaffe, weil meine ganze Woche dicht ist. Danke für den Kaffee und die Karten natürlich.« Ich steckte den Umschlag, den mir Ethan geschenkt hatte, in meine Handtasche. Ich würde Ally fragen, ob sie mit mir hingehen wollte, sobald ich mir überlegt hatte, wie ich begründen konnte, warum ich die Tickets besaß.

»Selbstverständlich«, sagte Ethan. »Wenn ich noch irgendwas für dich tun kann, lass es mich wissen. Oder lass es Jules wissen, er hilft dir bei allem aus.« Ethan zwinkerte mich an. »Egal wo es juckt.«

Julian stand auf und boxte ihn gegen den Arm. »Und du fragst dich ernsthaft, warum es keine Frau länger als drei Tage mit dir aushält.«

»Ich sag nur die Wahrheit.«

»Riley, danke fürs Herkommen.« Julian ignorierte ihn einfach. »Darf ich dir ein Taxi rufen?«

»Nicht nötig, ich nehme die U-Bahn.« Die nächste Station war nicht weit von hier entfernt. »Wir sehen uns in der Schule?«

»Mich auf alle Fälle«, sagte Ethan. »Bin bald wieder fit, und dann lass ich die Studentenköpfe rauchen. Jules nehm ich einfach mit, damit er dich bespaßen kann.«

»Bin ich jetzt auch noch dein Hund, dem du das Frisbee wirfst?«

»Gute Idee, lass uns das im nächsten Song einbauen.«

Julian gab ein frustriertes Stöhnen von sich.

Ich lachte nur, wünschte ihnen noch viel Spaß und trollte mich.

Als ich aus dem Apartment hinaustrat, hatte ich das Gefühl, als hätte ich soeben zwei neue Freunde gefunden. Oder vier, wenn ich Breeze und Casey mit dazurechnen wollte. Ich lächelte noch mal in mich hinein und hoffte, dass Julian nicht zu lange auf sich warten ließ, bis er sich den nächsten Kaffee bei mir im Bistro abholte.

RILEY 14.

»Danke.« Die Stimme des Jurors beendete meinen Gesang.

Vorzeitig. Ich hätte eigentlich noch vier Takte übrig gehabt.

Ich hielt die Luft an, schloss für eine Sekunde die Augen und bemühte mich, die Enttäuschung nicht zu zeigen.

Es ist nur eine weitere Absage von vielen. Das hat nichts zu bedeuten, du bist nicht ihr Typ, du bist nicht groß genug, nicht schlank genug, nicht gut genug …

Ich schluckte hart. Meine Gedanken waren an diesem Morgen besonders trüb. Seit ich mich aus dem Bett geschält hatte, hielt mich diese bleierne Schwere im Herzen fest, als hätte mir jemand eine Schraubzwinge angelegt. Mein Blick schweifte zum Pianisten, der die Noten zusammenklappte, die ich mitgebracht hatte. Die drei Juroren steckten die Köpfe zusammen und diskutierten vermutlich schon über den nächsten Bewerber. Draußen warteten schließlich rund vierhundert weitere Sänger und Sängerinnen.

Ich strich meine Bluse glatt und lief zum Pianisten, um meine Sachen zu holen. Er gehörte zu den Guten und hatte meinen kleinen Patzer am Anfang mit Leichtigkeit überspielt. Die eine oder andere Audition hatte ich schon versemmelt, weil die Klavierbegleitung miserabel gewesen war, aber heute lag es nicht an ihm. Nur an mir. Wie meistens.

Du könntest gut genug sein.

Das Treffen mit Ethan und Julian am Freitag hatte mich gedanklich lange beschäftigt, genau wie Julians Finger an meinem Kinn, den ich sogar am nächsten Tag noch spüren konnte. Es irritierte mich, denn ich hatte nicht vorgehabt, mich in New York auf einen Typen einzulassen. Dafür hatte ich keine Zeit, doch ich konnte nicht abstreiten, dass Julian etwas in mir auslöste, was ich so nicht von mir kannte. Ich hatte Beziehungen in der Vergangenheit gehabt, aber das war nie etwas Ernstes gewesen und schon bald wieder abgeflaut, ehe es richtig beginnen konnte. So prickelnd und aufregend wie mit Julian war es definitiv mit noch keinem gewesen. Leider hatte ich seit diesem Tag nichts mehr von ihm gehört. Nur Breeze war mir neulich auf dem Weg zum Unterricht begegnet.

Ich schüttelte mich, schnappte mir meine Noten und wollte gerade gehen.

»Moment noch«, sagte der Mann, der sich eben bei mir bedankt hatte. Die Jury war recht jung. Zwei Männer, eine Frau, schätzungsweise alle Ende zwanzig. Sie waren freundlich und offen gewesen, hatten sogar ein paar Fragen gestellt, was viele nicht taten, weil nicht genügend Zeit war.

»Könntest du noch ein Uptempo-Lied singen? Und kannst du belten?«

Eine der Königsdisziplinen. So ziemlich jede größere Broadwaynummer erforderte eine gute und volle Bruststimme.

»Ich … ja, n…natürlich.« Es war einige Male vorgekommen, dass ich ein zweites Lied hatte vorsingen dürfen. Wie immer schoss auch jetzt mein Puls in die Höhe, und ich wurde einen Tick nervöser. Aber ehe ich mich zu sehr reinsteigern konnte, öffnete ich meine Tasche und gab dem Pianisten die Noten von *City Lights* aus *The Act*. Das Lied war nicht so hoch, bot aber dennoch die Gelegenheit zu zeigen, was man draufhatte. Falls man was draufhatte.

Meine Handflächen wurden schwitzig, und das Blut rauschte mir in den Ohren. Die Nervosität kochte in mir hoch, aber ich bemühte mich, sie unten zu halten und mich daran zu erinnern, was Julian mir gesagt hatte. Richtig atmen, gut stützen, locker lassen. Den Spruch hatte ich natürlich auch von meiner Gesangslehrerin gehört, aber aus Julians Mund hatte es eine andere Wirkung gehabt.

Ich tippte dem Pianisten einen Takt vor, damit er wusste, wie schnell ich das Lied haben wollte, er nickte mir zu, lächelte mich kurz an, und ich trat zurück auf meinen Platz vor den Jurytisch. Belten war nicht meine Stärke, denn wie Julian erkannt hatte, fehlte mir die Unterstützung durch meinen Atem, aber was hätte ich antworten sollen? *Nein, ich bin eine Versagerin, lassen Sie mich nicht weiter vorsingen?* Ich wollte es wenigstens versuchen.

Ich hustete einmal kurz, um meinen Hals frei zu bekommen, und gab dem Pianisten das Zeichen, dass er anfangen konnte. Mein Puls raste mittlerweile, und unter meinen Achselhöhlen bildete sich der Schweiß. Der Pianist spielte die ersten Töne, und ich stimmte sofort mit ein. Bei einer Audition gab es kein Vorspiel, keine Eingewöhnung, kein Herumeiern. Ich hatte genau sechzehn Takte, um der Jury zu zeigen, was ich draufhatte. Wenn es ihr nicht gefiel, unterbrach sie mich nach der Hälfte. Ich verhaute den ersten Ton, ließ es mir nicht anmerken und machte weiter. Mein Bauch wurde fester, weil ich spürte, dass es in die falsche Richtung ging. Ich bemühte mich, zwischen dem Gesang zu atmen, zu stützen, loszulassen, so wie Julian es mir gesagt hatte, aber alles in mir zitterte. Ich hatte das Gefühl, als würde ich im Matsch feststecken, und je mehr ich mich anstrengte rauszukommen, umso mehr drehten die Reifen durch. Der Pianist gab alles für mich, spielte ein wenig leiser, als er spürte, wie ich kämpfte, damit ich nicht so gegen die Musik ansingen musste. Er hielt sich exakt an meine Vorgaben, unterstützte mich, wo er nur konnte, aber ich merkte selbst, dass es nicht reichen würde. Dass ich einfach nicht genügend Kraft hierfür aufbringen konnte. Die Jury lauschte mir stumm. Der Mann, mit dem ich gesprochen hatte, notierte sich etwas, unterbrach mich aber nicht. Mir stand der Schweiß auf der Stirn, und ich hatte das Gefühl, dass sich meine Kehle immer mehr zusammenzog.

Das Lied endete, und ich war zum ersten Mal den Tränen nahe. Normalerweise konnte ich mich beherrschen, bis ich aus dem Juryraum draußen und alleine war, aber nun fiel es mir schwer. Ich schluckte heftig, räusperte mich und schob meine Brille zurecht, während ich die Noten zurückholte. Der Pianist schenkte mir ein aufmunterndes Lächeln, das ich gerade noch so erwidern konnte, ehe ich meine Tasche schnappte und zur Jury blickte.

»Danke«, sagte der Mann noch mal.

»Einen schönen Tag noch«, brachte ich heraus und marschierte, so schnell ich konnte und so langsam ich musste, zur Tür. Meine Finger zitterten, als ich die Klinke drehte und sie öffnete. Ich wollte nur raus, mich irgendwo verkriechen und nicht mehr herauskommen, bis die Frist meines Vaters abgelaufen war und ich zurück nach Denver musste. Ich biss mir auf die Lippen, während das nächste Mädchen den Raum betrat. Ihr Veilchenduft stieg mir in die Nase, als sie mich passierte. Sie sah wunderschön aus. Jung, braune, lange seidige Haare, selbstbewusste Haltung, grandiose Haut und ein sanftes Lächeln auf den roten Lippen.

Ja, das waren die Mädchen, die sie suchten. Das waren die, die belten konnten, selbst wenn man sie nachts um drei aus dem Schlaf riss. Das waren die Anastasias und Elsas, die Grizabellas und Elphabas. Das waren die, die Rollen bekamen.

Ich schulterte meine Tasche und schob mich an den Reihen von weiteren Mädchen vorbei. Noch mehr dunkelhaarige Frauen, noch mehr Talente, noch mehr Konkurrenz, gegen die ich keine Chance hatte. Meine Schritte wurden immer schneller, während ich den Weg durch den langen Gang nach draußen suchte. Die Auditions hatten in einem Mietstudio mitten in Manhattan stattgefunden. Nichts Besonderes, die meisten Vorsprechen wurden in solchen Räumlichkeiten abgehalten. Manchmal auch in kleineren Theatern, aber das war mir erst wenige Male passiert. Ich wählte die Treppen statt des Aufzugs, um vom dritten Stock nach unten zu gelangen. Das Laufen tat mir gut und vertrieb etwas die Anspannung. Als ich unten ankam, war auch hier alles voll mit Anwärterinnen für die ausgeschriebenen Rollen. Heute wurden offensichtlich nur die Frauen gecastet, denn ich fand keinen einzigen Mann unter ihnen. Ich ignorierte sie alle, so wie sie mich ignorierten. Ab und zu hatte ich ein gutes Gespräch mit einer Mitbewerberin gehabt, aber in der Regel konzentrierten sich alle auf sich selbst und ihren großen Moment, an dem sie glänzen mussten.

Ich schob eine letzte Tür auf und trat endlich hinaus in die Abendsonne. Es war erst sieben Uhr, und die Stadt stimmte sich langsam auf das Nachtleben ein. Die Luft war warm und stickig, wie so oft seit ein paar Tagen. New York im Hochsommer war ein reiner Dampfkessel. Ich liebte es dennoch.

Für einen Moment blieb ich auf dem Gehsteig stehen und atmete die schwere Luft ein. Ich befand mich in einer ruhigen Seitengasse. Die entfernten Geräusche der Stadt legten sich über mich und zogen mich in diese Glocke aus Glamour und Dreck. Nirgendwo sonst hatte ich bisher das Gefühl gehabt, dass Gegensätze mit so viel Wucht aufeinanderprallten wie hier. New York gab alles, und es nahm alles. Wenn man nicht aufpasste, fraß es einen mit Haut und Haaren auf, aber es hatte auch Unvergleichliches zu bieten. Wer es hier schaffte, schaffte es wirklich überall.

Das Vibrieren meines Handys in meiner Tasche riss mich aus meinen Grübeleien. Ich kramte danach und sah aufs Display. Es war eine Nachricht von einer unbekannten Nummer.

Hey, hier ist Jules. Wie geht es dir?

Mein Herzschlag beschleunigte sich fast umgehend, und das nur, wenn ich seinen Namen las. *Gut*, schrieb ich rasch zurück. *Ist das eine neue Nummer, oder hast du dir ein anderes Handy geliehen?*

Neue Nummer. Ist besser so.

Verstehe. Ist bei dir alles klar?

Der Haken für *gelesen* kam genauso schnell wie eben gerade, aber seine Antwort blieb aus. Mein Daumen glitt über den Knopf zum Anrufen. Sollte ich es tun? Ich wollte ihn nicht belästigen oder drängen, aber er wirkte, als müsse er reden.

Ehe ich die Entscheidung treffen konnte, kam er mir zuvor.

Ich nahm sofort ab. »Hi.«

»Stör ich dich?«

»Nein, überhaupt nicht, ist alles in Ordnung?«

»Ja, ich … ich bin nicht so gut im Nachrichtenschreiben.«

»Kein Problem.« Es war sowieso schöner, seine Stimme zu hören.

»Was machst du gerade?«

»Ich komme von einer Audition.«

»Wofür?«

»National Tour von *Carousel*.«

»Gute Show, aber sehr tanzlastig. Wie lief es?«

»Wie immer.«

Julian brummte leise. Er wusste genau, was es bedeutete.

»Morgen ist auch wieder ein Tag«, sagte ich. Es gab immer ein Morgen und eine neue Audition. »Wie läuft es bei euch? Hab nur Breeze kurz in der Schule gesehen.«

»Ethan übernimmt ab morgen den Unterricht. Er meint, er wäre fit genug, und ansonsten proben wir für das Konzert im Garden und versuchen, einen neuen Song dafür zu schreiben.«

»Ihr versucht es?«

»Läuft gerade nicht so. Ich denke, wir sind alle etwas durch den Wind.«

»Kein Wunder.«

»Ich … ich wollte dich fragen, ob du vielleicht Lust hättest …« Er machte ein komisches Geräusch, es raschelte kurz in der Leitung, ehe er weitersprach. »Wenn wir schon kein gutes Wort für dich bei der NYMSA einlegen dürfen, kann ich dir vielleicht mit deiner Stimme helfen. Möglicherweise kann ich dir noch ein paar Tipps geben.«

Oh, das kam überraschend.

»Nur, wenn es für dich okay ist! Ich will mich nicht aufdrängen und bin auch nicht der beste Sänger der Welt, aber ich dachte, ein paar Sachen könnte ich dir zeigen.«

»Das wäre großartig!« Meine Antwort kam wie aus dem Maschinengewehr.

Julian lachte leise. »Schön. Kennst du die Pike Studios auf der Upper East Side?«

»Nein, aber ich finde sie.«

»Ich texte dir die Adresse. Wie wäre es Samstag um zehn?«

»Passt super. Danke! Ich weiß, dass du viel zu tun hast.«

»Kein Problem. Wir sehen uns übermorgen.«

»Ich freu mich. Soll ich was mitbringen oder vorbereiten?«

»Nein, nicht nötig. Lass dich überraschen.«

»Okay«, gab ich zögerlich zurück.

»Keine Angst, wir gehen es langsam an.«

»Gut.«

Er raunte ein leises Ciao, dann legte er auf. Ich steckte das Handy in die Tasche und suchte nach meiner U-Bahn-Station. Auf einmal war ich gar nicht mehr so deprimiert wegen der verpatzten Audition.

JULIAN 15.

Ich blickte auf die beiden Kaffeebecher und atmete das sanfte Aroma ein. Es war kurz vor zehn und zum ersten Mal seit Tagen nicht mehr stickig warm. Ein angenehmer Wind wehte vom Meer her durch die Stadt und vertrieb die abgehangene Luft, die sich zwischen den Häusern verfangen und einfach nicht hatte gehen wollen. Die Sonne schien, ein paar Wolken hingen träge am Himmel, die Temperaturen waren mild. Ein bisher rundum gelungener Tag, zumindest wettertechnisch.

Ich hoffte, für Riley würde er auch ein Erfolg werden. Hätte Ethan, die alte Nervensäge, mich nicht so lange bearbeitet, hätte ich sie nie eingeladen.

»Hi«, hörte ich Rileys Stimme hinter mir.

Ich drehte mich um und hielt die Luft an. Sie sah umwerfend aus. Das lockere hellblaue Sommerkleid schmiegte sich luftig um ihre schlanke Figur. Sie trug flache Sandaletten mit Riemchen, die schlichte Handtasche, die sie auch im Apartment dabeigehabt hatte, und wie immer ihre Brille, die sie sich mal wieder auf der Nase zurechtrückte. Ihre Haare hatte sie heute offen gelassen. Mir war nicht klar, dass sie nur bis zu ihren Schultern reichten. Es stand ihr sehr gut, und mich überkam das Bedürfnis, meine Finger darin zu vergraben.

»Hey«, antwortete ich und gab ihr einen Becher mit Kaffee. »Gut, dass du keine Milch nimmst.«

»Ja, so muss ich nicht darauf verzichten vor dem Singen. Danke schön.«

Ich nickte ihr zu und zeigte auf die gläserne Tür hinter mir. Das Gebäude war nur drei Stockwerke hoch. Unten befand sich ein kleiner Bürokomplex mit einem Tanzraum und oben das Musikstudio.

»Seid ihr öfter hier?«, fragte Riley.

»Erst seit wir von der Tournee zurück sind. Früher hatten wir einen festen Proberaum in Queens, aber das ist zu umständlich dorthin zu kommen. Wir haben ihn schweren Herzens aufgegeben und vorübergehend den hier bezogen. Irgendwann brauchen wir aber eine bessere Lösung. Auch was unsere Apartments angeht.«

»Ethan meinte ja, dass er die Wohnung nur testet.«

»Ja, früher hat er in der Bronx gewohnt. Als es mit der Band bergauf ging, hat er seine Wohnung gekündigt, blieb dann eine Zeit in Manhattan und jetzt eben in Williamsburg.«

»Ich war erst einmal in der Bronx, weil ich mir dort ein Apartment angeschaut habe.«

»Nicht alle Viertel sind übel, aber das von Ethan war es schon. Die Bronx braucht noch ein paar Jahre, um sich zu einem guten Wohngebiet zu mausern. Nach dir.« Ich schloss die Tür auf und öffnete für sie. Riley trat an mir vorbei, und ich atmete ihren frischen blumigen Duft ein. Der war mir schon aufgefallen, als sie Ethan und mich besucht hatte.

»Und wo wohnst du?«, fragte sie mich.

»Im Moment im Hotel. Meinen letzten festen Wohnsitz hatte ich mit sechzehn.«

»Wie kommt das?«

Ich zeigte die Treppe hoch und ließ Riley weiter vorangehen. Nicht ganz uneigennützig, denn aus der Position konnte ich wesentlich besser ihren Hintern bewundern.

Ein verdammt heißer Hintern.

»Ich … äh.« Ob sie wusste, dass sich ihr String durch den Stoff abzeichnete, wenn sie lief? »Was hast du eben gefragt?«

»Warum du keinen festen Wohnsitz hast.« Sie warf einen raschen Blick über die Schulter, und ich riss sofort den Kopf hoch, damit sie nicht merkte, dass ich ihre Kehrseite gemustert hatte.

»Na ja, meine Mom ist mit mir ständig rumgezogen und hat sich in L. A. niedergelassen, als ich vierzehn war. Wir haben dort zwei Jahre gelebt. Ich wollte schon immer Musik studieren, aber damals war ich zu jung. Als ich mitbekam, dass Preston mit Gillian in New York die NYMSA hochziehen will, hab ich alles dafür getan, um dort aufgenommen zu werden. Ich hab gejobbt und jeden Cent gespart. Mom hat mich zum Glück unterstützt, und die Schule war noch nicht so teuer wie heute. Außerdem hab ich ein kleines Stipendium erhalten.«

»Das freut mich, dass du es hingekriegt hast.«

»Als ich hierhergezogen bin, war ich ziemlich pleite und natürlich erst mal obdachlos, aber die Schule bietet ihren Studenten Zimmer an, die sie mieten können. Meistens in alten Hotels, die umgebaut werden. Nichts Besonderes, aber es reicht. Im ersten Jahr hab ich mit zwei anderen Typen auf engstem Raum gewohnt.«

»So wie meine Freundin Ally. Stell ich mir anstrengend vor.«

»War es. Irgendwann hab ich ein Einzelzimmer gekriegt. Es war mini, hatte nicht mal eine Toilette oder eine Küche. Nur ein Bett und eine Kommode. Aber es war auch irgendwie cool. Ich wohnte im vierzehnten Stock mit Blick auf den Broadway. Hätte mich also schlimmer treffen können. Dennoch war das alles nichts Festes. Nach Abschluss der Schule musste ich dann auch das Zimmer verlassen. Die meiste Zeit hab ich bei Freunden gepennt. Auf dem

Fußboden oder der Couch, und irgendwie hat sich das wie ein roter Faden weiter durch mein Leben gezogen.«

»Warum hast du dir nichts Kleines gemietet?«

»Ich weiß nicht. Ich … ich wollte nicht. Ich fühle mich wohl so.« Besser konnte ich es nicht erklären, aber dieses Nomadenleben war genau das, was ich brauchte. Es stresste mich, einen festen Wohnsitz zu haben, um den ich mich kümmern musste. Im Moment zumindest. Vielleicht sähe es anders aus, wenn da jemand wäre, mit dem ich ihn teilen könnte.

Riley blieb oben stehen und wartete, bis ich ihr den Weg zeigte.

»Ans Ende des Ganges. Die weiße Tür.« Ich schloss zu ihr auf, bis wir vor dem Musikstudio standen, und öffnete für sie. Es roch leicht nach Gummi und Holz von den Musikinstrumenten. Unsere Schritte klangen gedämpft, weil der Raum schallisoliert war. Breeze konnte hier am Schlagzeug abgehen und Dampf rauslassen, so viel er wollte.

»Nicht schlecht«, sagt Riley und drehte sich um die Achse. Der Raum war nicht sonderlich groß, aber ausreichend für eine vierköpfige Band. »Ihr habt sogar ein Klavier.«

»Ethan und ich spielen manchmal, aber er ist besser als ich.«

Riley lief hinüber und drückte ein paar Tasten, um den Klang zu hören. »Sehr schön.«

»Das Klavier gehört dem Studio und wird regelmäßig gestimmt. Falls ich mal eine eigene Bleibe habe, möchte ich einen Flügel in meinem Wohnzimmer.«

»Der Traum eines jeden Musikers.«

»Absolut. Magst du dich selbst begleiten, oder darf ich?«

Ihr schoss die Hitze in die Wangen, was sie zu verstecken versuchte, indem sie den Kopf senkte. Die Geste löste einen warmen Schauer in mir aus, wie ich ihn schon ewig nicht mehr gespürt hatte.

Wenn ich mit einer Frau flirtete oder es ans Eingemachte ging, fühlte ich in der Regel nichts Tiefgehendes. Ich hatte meinen Spaß, achtete darauf, dass sie auch auf ihre Kosten kam, und sah sie danach nie wieder. Das, was sich nun in meinem Bauch festsetzte, wenn ich bei Riley war, fühlte sich allerdings überhaupt nicht oberflächlich an. Rileys Geste berührte mich genau an der Stelle, wo Summer einen Krater aus Leere und Schmerz hinterlassen hatte.

Nicht gut. Gar nicht gut.

»Ich würde dich gerne spielen hören«, beantwortete sie meine Frage.

»Gut.« Ich lief ums Klavier herum und strich über das Holz, was ich nur tat, damit meine Finger Beschäftigung hatten. »Ich dachte, wir könnten erst ein wenig locker anfangen. Dann schauen wir, wo es am meisten bei dir hakt. Oder willst du lieber mit Tonleitern beginnen? Wie wärmst du dich normalerweise auf?«

»Ich hab zu Hause schon ein wenig gesungen und meine Stimme gelockert. Du kannst gerne mit einem Song starten.«

»Irgendwelche Wünsche?«

»Nein.«

Ich nickte und überlegte, welche Lieder ich auswendig spielen konnte. In einem der Schränke waren zwar auch Notenhefte, aber ich wollte lieber Riley im Auge behalten. Ich setzte mich hin, legte meine Finger auf die Tasten und stimmte den Refrain von *And I am telling You I'm not going* an.

Riley zog die Augenbrauen hoch und musterte mich fragend. »Zum Aufwärmen? Dein Ernst?«

»Ich liebe *Dreamgirls.*« Ich schmunzelte und sang mit, was sich ziemlich schräg anhörte, weil es überhaupt nicht in meiner Tonlage war. Riley lächelte mich an und schüttelte den Kopf.

»Hab die Show in meinem ersten Monat hier gesehen«, sagte sie und tippte mit meinem Rhythmus, ohne in das Lied einzusteigen.

Das Ding war eine fiese Nummer, und natürlich wollte ich nicht damit anfangen, aber es half mir, etwas durchzuatmen und mich an Rileys Nähe zu gewöhnen. Weder nahmen wir normalerweise jemanden mit in den Proberaum noch unterrichtete ich. Ab und an gab ich Casey oder Breeze Tipps, wenn sie uns stimmlich begleiten sollten, aber das war es auch schon.

Ich endete meine schräge Darbietung und klimperte ein paar zusammenhanglose Töne, bis ich das Gefühl hatte, meine Finger waren warm genug.

»Okay. Wie wäre es hiermit?« Ich spielte die ersten Akkorde von *Home* aus *The Wiz*. Keine Ahnung, wie groß Rileys Repertoire war, aber eigentlich sollte sie es kennen. »Ich denke, die Tonlage könnte dir passen. Wir gehen nicht bis zum Ende durch.«

»Ich kenne den Song, das bekomme ich hin.«

»Ganz ruhig und leise.« Ich begann von vorne und spielte die ersten Akkorde für sie. Riley nickte und stimmte mit ein. Und sofort kehrte die Wärme zurück, die sie mit ihrer Stimme verströmen konnte. Dorothy sang dieses Lied im Stück, kurz bevor sie die Haken dreimal aneinanderschlug, um nach Hause zurückzukehren. Es war ein Klassiker und wurde gerne auf Auditions gesungen, wobei ich es ein wenig zu abgedroschen für ein Vorsingen hielt.

Riley ging sofort voll rein in die Lyrics, was ich nicht anders erwartet hatte. Das Lied war gespickt mit Emotionen, weshalb ich es auch gewählt hatte, denn Riley hatte kein Problem, Gefühle zu vermitteln. Sie musste eher aufpassen, dass sie sich nicht darin verlor. Ich spielte weiter und begleitete sie in die zweite Strophe. Sie sollte sich erst einfinden, ehe wir an die Details gingen. Ihre Stimme klang nicht ganz so frei wie an dem Abend, als ich sie gehört hatte. Ich blickte zu ihr auf und merkte, wie sie immer wieder nervös schluckte und gleichzeitig versuchte, alles richtig zu machen. Sie sah mich nicht an, sondern starrte auf das Klavier, die Wand, den Boden. Überallhin, nur um den Kontakt mit mir zu vermeiden.

Ich hörte auf und sah sie an.

»Gott, ich bin so schlecht«, sagte sie und kniff sich in den Nasenrücken.

»Bist du überhaupt nicht.« Aber Riley verspannte sich nur noch mehr. Meine Worte prallten an ihr ab. Das musste ich definitiv anders angehen, damit sie lockerer wurde.

»Ich bin so angespannt, wenn ich weiß, dass mir jemand zuhört. Wie schräg ist das? Ich möchte auf die Bühne, wo mich Hunderte Leute hören, und gleichzeitig mach ich mir in die Hose.«

»Das ist normal, viele Sänger und Musiker kennen das.«

»Ja, aber so schlimm?«

»Es kann vorkommen. Wir hatten einen Typen in unserer Klasse, der jedes Mal Magenkrämpfe bekam und aufs Klo musste, wenn er wusste, dass er an dem Tag im Unterricht dran war. Und da ging es um nichts, außer um Anmerkungen, wie er besser werden konnte.«

»Was wurde aus ihm?«

»Er spielt die Hauptrolle in *Aladdin* und war im letzten Jahr für den Tony nominiert.«

»Oh.«

»Und er macht sich immer noch fast in die Hose vor einem Auftritt. Es geht nicht darum, das Lampenfieber abzustellen, sondern alles zu geben, auch wenn es da ist. Diese Anspannung in dir ist dein natürlicher Schutzreflex, weil du dich verletzlich machst, wenn du auf der Bühne stehst, auch wenn du denkst, du kannst dich hinter einer Rolle verstecken, aber das bist immer noch du.«

»Das macht es alles nicht leichter.«

»Ich weiß.«

»Bist du aufgeregt?«

Wenn ich ihr jetzt sagte, dass ich das noch nie war, sondern es kaum erwarten konnte, ins Scheinwerferlicht zu treten, würde sie das nur noch mehr demotivieren. Ich war keine Rampensau wie Ethan, der eine ziemliche Show abzog, aber ich genoss es, mich vor Leute zu stellen und Musik zu machen. Das war alles, was für mich zählte. Ich konnte das Publikum ausblenden und nur für mich dort oben sein. Es war ein Ort der Erholung und der Entspannung für mich. Die Musik war wie mein Schutzschild gegen alles Übel auf der Welt. »Ich …«

»Du darfst ruhig ehrlich sein. Ich hab mir vor ein paar Tagen eins eurer Konzerte auf YouTube angesehen. Ihr seid fantastisch. Mich interessiert nur, ob du vorher nervös bist.«

»Nein, aber Breeze und Casey sind es, und Ethan ist es manchmal, wenn er weiß, dass es ausgebucht ist. Breeze hatte sich vor unserem ersten großen Auftritt im Badezimmer eingesperrt und sich geweigert, nach draußen zu kommen. Wir brauchten die Security, um das Schloss zu knacken, und Casey musste all ihre Überredungskünste auffahren, damit er nicht zusammenbrach.«

»Er sieht überhaupt nicht so aus«, sagte sie.

»Er versteckt es hinter seinen Tattoos und dem markanten Äußeren, aber eigentlich ist er ein Angsthase. Jeder hat sein Päckchen zu tragen.«

»Was ist deins?«

Es heißt Summer Richmond, die mir das Herz bei lebendigem Leibe herausgerissen und mich völlig beziehungsunfähig zurückgelassen hat.

»Sorry, geht mich nichts an«, sagte Riley, als sie merkte, dass ich schwieg, und wiegelte ab.

»Lass uns weitermachen«, sagte ich.

»Natürlich.«

»Wir spielen das Gleiche noch mal.«

Riley musste sich an meine Anwesenheit gewöhnen, damit sie loslassen konnte. Sie nickte und legte von vorne los, während ich sie begleitete. Wieder tauchte sie voll in die Lyrics ein, was ein außerordentliches Talent von ihr war. Ich spürte jedes einzelne Wort, als würde es über meine Haut wandern. In der zweiten Strophe unterbrach ich sie jedoch.

»Ich weiß, ich hab wieder nicht richtig geatmet und bin bei der letzten Note weggebrochen«, sagte sie rasch, ehe ich auch nur den Mund aufmachen konnte. »Ich seh es schon kommen und konzentriere mich dann noch mehr darauf, doch das macht alles schlimmer.«

Wie konnte sie einen Text derart lebendig vermitteln und sich gleichzeitig so viele Gedanken über ihre Stimmtechnik machen? »Bei wem hattest du Schauspielunterricht?«

»Äh, ich … Ich hatte nie welchen. Nur in der Highschool mal kurz, als ich in der Theatergruppe war.«

»Du hattest nie ein Coaching?«

»Nein.« Sie sagte das zögerlich, als erwartete sie, dass ich gleich eine Keule rausholte und sie ihr über den Kopf zog, weil es absoluter Frevel war, keinen Unterricht zu nehmen.

»Du bist ein Naturtalent, Riley Maddock. Ich habe selten jemanden kennengelernt, der Lyrics so auf den Punkt bringt wie du.«

»Oh … das ist … Danke.«

»Wirst du oft zu Callbacks eingeladen?«

»Es geht, aber selbst wenn. Am Ende werde ich nicht genommen.«

»Sie wollen sehen, ob du lockerer wirst, wenn du noch mal kommst.«

»Meinst du? Keine Ahnung. Es gab nie eine Begründung für die Absage, du kennst ja die Sprüche. Du hast dir schließlich einen davon auf den Hintern tätowieren lassen.«

Ich grinste sie an und spielte zur Untermalung ein paar Akkorde. »Na schön, wir müssen unsere Taktik ändern und deinen Atem lockerer bekommen.«

»Und wie willst du das anstellen?«

Ich kniff die Augen zusammen und sah zu ihr auf. Sie lehnte am Klavier und spielte mit einem Bändchen an ihrem Kleid, das vorne den Brustbereich zusammenhielt. Liebend gerne würde ich ihr dabei zur Hand gehen und den Knoten lösen. Sie bemerkte, wie ich sie anstarrte, und ließ das Bändchen los. Ich räusperte mich und stand auf. »Warte.« Ich lief hinüber zu dem Schrank, in dem die Musikanlage verstaut war.

Riley blieb, wo sie war, aber ich spürte ihren fragenden Blick in meinem Rücken.

Ich öffnete die Türen, knipste die Lautsprecher an und koppelte mein Handy damit. Dann suchte ich eine Playlist heraus, auf der es Musicallieder als Instrumentalversion gab. »Kannst du das Lied singen, ohne an den Joker zu denken?«, fragte ich und spielte *Send in the Clowns* an.

Sie lachte leise. »Ich hab den Film nicht gesehen, also ja.«

»Keine Zeit für Spaß?«

»Kein Geld. Kino ist irre teuer.«

»Das stimmt.« Seit unserem ersten Hit, musste ich mir keine Gedanken mehr über Geld machen, aber ich wusste noch, wie es war, als ich nach New York gezogen war und mir manchmal wochenlang nur Reis und Bohnen leisten konnte. »Also gut. Das Lied ist sehr gediegen und langsam in dieser Version. Perfekt, um deinen Atem zu schulen. Ich will, dass du nur atmest, wenn ich es dir vorgebe, ja?«

»Okay.«

Ich startete das Playback und legte das Handy ab, damit ich die Hände frei hatte.

Dann mal auf in den Kampf.

RILEY 16.

Ich musterte Julian skeptisch und war mir nicht ganz sicher, was er vorhatte.

»So kann ich dich besser beobachten«, sagte er, und mein Puls beschleunigte sich sofort bei seiner Ansage. Es war vorhin schon schlimm genug, als er mich am Klavier begleitet hatte, und da hatte er mich nicht so eindringlich studiert.

»Ich möchte sehen, wo genau es bei dir hängt. Wann du wie Luft holst«, fügte er auf meinen fragenden Blick hinzu.

»Na schön«, sagte ich und schluckte ein paarmal. Julian hörte in der Zeit das Playback an und schien sich eine gedankliche Notiz zu machen.

Er stoppte nach der ersten Strophe und nickte. »Ich möchte, dass du bis zum ersten *Where are the clowns* nicht atmest.«

»Bist du irre?« Das rutschte schneller heraus, als es beabsichtigt war.

»Manchmal«, gab er trocken zurück. »Das dauert in diesem Tempo keine halbe Minute, so lange solltest du definitiv einen Ton halten können.«

»Ich bin nicht Anthony Warlow.«

»Du singst auch nicht den Showstopper aus *Jekyll & Hyde*, sondern ein Lied, das sehr gediegen und ruhig bleibt.«

»Ich hoffe, du weißt noch alles über Wiederbelebung, wenn ich gleich atemlos zusammenklappe.«

»Ethans Theatralik hat eindeutig auf dich abgefärbt, und jetzt Schluss mit den Ausreden. Leg los.« Er drückte auf Play. Zum Glück dauerte es ein paar Sekunden bis zu meinem Einsatz, sodass ich mich sammeln konnte.

Julian verschränkte die Arme vor der Brust, zog die Augenbrauen zusammen und fokussierte mich voller Konzentration. Meine Hände wurden schwitzig, und ich fühlte mich mehr auf dem Prüfstand als je zuvor, aber ich wusste, dass er mir helfen wollte, also musste ich da durch.

Ich legte los und spürte direkt, dass das nichts wurde. Da es eine kurze Pause zwischen der ersten und der zweiten Zeile gab, nutzte ich die, um Luft zu holen.

»Du schummelst«, sagte Julian und stoppte die Aufnahme.

»Wie hast du das gemerkt?«

»Supersinne.« Er tippte sich ans Auge und zwinkerte. »Noch mal.«

Ich ließ die Luft aus den Lungen, nickte aber. Julian startete von vorne, und ich versuchte ein weiteres Mal dorthin zu kommen, wo er mich haben wollte. Irgendwo auf der Hälfte der Strecke scheiterte ich und warf frustriert die Hände in die Höhe. »Das ist unmöglich.«

»Quatsch. Du holst erstens nicht genug Luft, und zweitens lässt du das bisschen, das du hast, viel zu schnell aus dem Körper. Kannst du mehr in den Bauch atmen?«

»Tue ich.«

Er runzelte die Stirn. »Bis hierhin ungefähr atmest du.« Er deutete auf seinen Solarplexus. »Du musst aber hierhin.« Er zeigte tiefer auf seinen Bauchnabel. »Erst in diesen Bereich atmen, danach füllst du die Lungen. Du stützt von unten aus so lange, bis dir die Luft ausgeht, dann erst bedienst du dich vom Rest. So wirst du genügend Reserven übrig haben und … Warum schaust du mich an, als würde ich dir gerade erklären, wie du zum Mond kommst?«

»Weil ich genau weiß, was du mir sagen willst, aber keine Ahnung habe, wie ich das umsetzen soll.«

»Also schön.« Julian steckte das Handy in die Tasche und lief um mich herum, bis er hinter mir stand. Ich wollte mich mitdrehen, aber er fasste mich an den Schultern, damit ich stehen blieb. »Darf ich es dir zeigen?«

»Klar.«

Langsam kam er näher und legte vorsichtig seine Finger an meine Hüfte, als wollte er mich zum Tanz auffordern. Sofort schoss ein angenehmes Kribbeln durch mich und wanderte einmal meinen gesamten Körper rauf und runter. Ich konnte nur mit Mühe das Schaudern unterdrücken.

»Ich weiß nicht, ob mich das lockerer machen wird«, sagte ich leise.

»Entspann dich, und vertrau mir.« Julian verstärkte den Druck seiner Finger und ließ sie langsam nach vorne gleiten. Es war mir ein wenig unangenehm, weil ich diesen Teil meines Körpers nicht unbedingt feierte, aber ich ließ ihn gewähren. »Hier. Das ist deine Stütze, die dich durch die schwierigsten Lieder bringen wird. Wenn du die im Griff hast, kannst du dich auf allen schweren Noten ausruhen. Dein Bauch ist dein Anker.«

Ich spürte seiner Berührung nach und konzentrierte mich darauf, wo seine Finger mich anfassten. Er übte nur sachten Druck aus, aber der Stoff meines Kleides war dünn, und ich war mir seiner Nähe nur allzu bewusst. Leicht lehnte ich mich nach hinten, streifte mit dem Rücken seine Brust, was ihm einen leisen Laut entlockte. Julians Körper fühlte sich fest und stark an. Ich sah nach unten und betrachtete seine sehnigen Arme, die sich um mich schlangen und die Grenze einer normalen Gesangsstunde weit überschritten.

»Atme«, sagte er leise. Seiner kitzelte in meinen Haaren. »Tief ein, dorthin, wo du meine Finger spürst.«

Ich folgte seiner Anweisung und holte Luft, bis sich seine Hände über meiner Bauchdecke anhoben.

»Das ist es«, sagte er und klang rauer als eben noch. »Genau darauf musst du dich konzentrieren.«

Es fiel mir nicht schwer, meine Aufmerksamkeit dorthin zu lenken, denn Julians Finger brannten sich förmlich durch den Stoff auf meine Haut.

»Gut«, flüsterte er und umschlang mich enger. »Verankere deine Füße im Boden. Spüre dein Zentrum. Da sitzt deine Kraft.«

Mein gesamter Körper lud sich mit prickelnder Energie auf, meine Nackenhaare schienen zu vibrieren und sich auf Julian auszurichten.

»Es gibt Momente, da willst du eher mit deiner Kopfstimme singen, aber du solltest sie dennoch mit deinem Bauch unterstützen.« Seine Hände verstärkten den Druck. Ich lehnte mich ihm entgegen, was ihm ein weiteres Keuchen entlockte. »Atme mit mir«, raunte er, und ich tat es, auch wenn es mir schwerer und schwerer fiel, wirklich tief Luft zu holen.

Eine angenehme Hitze baute sich zwischen uns auf. Julians Atem streifte über meinen Nacken. Ich lehnte den Kopf zurück und legte ihn an seiner Schulter ab. Julian beugte sich nach vorne, sodass er meinen seitlichen Hals erreichte. Er strich sanft mit der Nase darüber, schien meinen Geruch ganz tief in sich aufnehmen zu wollen. Ich spürte nicht nur seine Finger, sondern auch seinen schnellen Herzschlag, weil er die Brust fester gegen meinen Rücken drückte. Genau wie seine Hüfte und … wohin hatte er noch mal das Handy gesteckt?

Mein Puls pochte heftig, und in meiner Mitte zog sich alles angenehm zusammen. Das hier war betörend und umwerfend. Ich legte meine Hand auf seine und forderte ihn auf, mich noch näher an sich zu pressen, dabei streifte ich mit meinem Hintern über seine Mitte und war mir sicher, dass diese Beule nicht von seinem Handy stammte.

»Sing noch mal«, hauchte er gegen meinen Hals. »Atme ein, und lass es geschehen.«

Er schaltete dieses Mal keine Musik an, denn dann hätte er mich loslassen müssen. Es war okay, ich hatte die Tonart noch gut genug im Ohr. Ich hustete einmal leise, atmete in Julians Hände und hielt dort die Luft, wie er es mir erklärt hatte. Langsam und bedächtig entließ ich sie aus meinem Körper, während ich die ersten Zeilen des Liedes von mir gab.

»Das klang schon viel besser.« Seine Nase streifte jetzt mein Ohr. »Spürst du, wie voll und getragen deine Stimme klingt?«

»Ja.«

»Mach es noch mal.«

Ich holte wieder Luft, tat es genau wie eben, aber ich schaffte es dennoch nicht, in einem Atemzug an die Stelle zu gelangen, die er für mich ausgewählt hatte.

»Nicht so schnell loslassen«, sagte er und legte nun eine Hand seitlich an meine Rippen. »Baue hier Spannung auf. Die hältst du, bis du wirklich keine Luft mehr hast. Erst den Atem aus dem Bauch lassen, dann aus der Lunge.«

»O…okay.« Ich schloss die Augen und spürte Julians Berührungen dadurch noch intensiver. Er ließ seine Finger auf meinen Rippen ruhen, als wollte er darauf spielen, die andere Hand lag weiterhin auf meinem Bauch.

»Konzentriere dich aufs Luftholen. Es wird irgendwann ganz instinktiv geschehen, aber jetzt braucht es noch deine Aufmerksamkeit.«

Noch nie war ich mir meines Körpers so bewusst gewesen wie in diesem Moment. Julians Worte und seine Berührungen gaben mir ein Gefühl der Sicherheit. Er schenkte mir einen Rahmen, in dem ich mich bewegen durfte, in dem ich mich zu Hause fühlen konnte.

Ich atmete erneut ein, dachte an das Lied und ließ die Töne kommen. Meine Stimme fühlte sich an, als würde sie auf einer perfekten Welle aus purer Kraft reiten. Jetzt verstand ich, was er meinte, wenn er sagte, dass mich mein Atem tragen könne. Er war wie ein Polster, das mir genügend Halt bot, um diese Passage zu schaffen. Ich gab mich den Tönen und Julians Berührungen hin. Ließ mich in diesem Moment völlig fallen und gab ihm genau das, was er von mir verlangte. Julian hielt vollkommen still, seine Hände stützten mich, während ich meine Stimme mit der Melodie entließ. Weiter und weiter und weiter, bis ich aufhören musste, weil es wirklich nicht mehr ging.

»Perfekt«, sagte er leise und hauchte einen einzigen zarten Kuss seitlich auf meine Schläfe. »Du bist sogar weiter gekommen, als ich dir gesagt habe.«

»Bin ich das?«

Julian nickte. Eigentlich könnte er seine Hände jetzt wieder wegnehmen, aber er tat es nicht, und ich wollte mich ebenfalls nicht bewegen. Seine Wärme, seine Nähe, seine Ruhe; er war der Erste in New York, der mich auf diese Weise unterstützte und mir half. Natürlich hatte mir auch meine Gesanglehrerin Tipps gegeben, und Ally war für mich da, aber nicht so. Julian war dort, wo ich hinwollte, er hatte Erfolg, er wusste, wovon er sprach, und er bot mir sein Wissen und seine Fürsorge an. Ich konnte mich auf ihn stützen. Hier und jetzt, und er würde mich einfach nur festhalten.

»Danke«, sagte ich leise und strich mit der Hand über seinen Unterarm, der fest um meine Mitte lag.

»Mach es noch mal«, sagte er, griff nach seinem Handy und schaltete dieses Mal die Musik an.

Kaum lief die Aufnahme, schlang er wieder seine Arme um mich, hielt mich in diesem angenehmen Mantel aus Wärme und lauschte, wie ich das Lied ein weiteres Mal sang. Die ganze Zeit über konzentrierte ich mich nur auf meinen Atem und Julians Hände und hielt die Töne länger, als ich es für möglich gehalten hätte. Es war ein berauschendes und erhabenes Gefühl, in dem ich mich für immer verlieren wollte. Musik war so viel mehr als nur schöne aneinandergereihte Klänge. Sie war pure Emotion, sie war Sehnsucht, sie war Leidenschaft, sie war Intimität. Sie verband Menschen miteinander und wob unsichtbare Bänder zwischen ihnen. Julian hielt vollkommen still, bot mir nur Halt, wenn ich ihn brauchte, und stützte da, wo es nötig war. Als ich am Ende des Liedes angekommen war, fühlte ich mich berauscht. Von ihm und von der Musik. Ich wusste, dass es ihm auch so ging, nicht nur weil seine Härte nun endgültig gegen meinen Hintern drückte, sondern weil er mich weiterhin festhielt und sein rauer Atem auf meinem Hals kitzelte.

»Genau so«, sagte er leise. Seine Stimme klang viel tiefer als eben noch. »Das war perfekt.«

»Kommst du dann immer mit, wenn ich auf Auditions gehe? Mit dir an meiner Seite ist mir der Erfolg sicher.«

Er hielt den Atem an, versteifte sich. Schlagartig schien sich etwas in ihm zu verändern. Genauso schnell löste er die Finger von mir und trat einen Schritt zurück, was einen unangenehmen kühlen Luftzug an meinem Rücken hinterließ.

»Alles klar?«, fragte ich und drehte mich zu ihm.

»Ja. Du hast das toll gemacht. Üb weiter, und nein, leider kann ich nicht mit auf deine Auditions gehen.«

»Das war nur ein Scherz.«

»Ich weiß.«

Tat er das wirklich? Er nestelte an seinem Handy herum, rieb sich über die Stirn und drehte sich von mir weg. Wo er eben noch so viel Wärme ausgestrahlt hatte, zog nun die Kälte ein.

»Ich muss leider noch auf einen Termin. Wir haben nachher Probe, und ich sollte einiges erledigen bis dahin.«

»Klar, ich will dich nicht aufhalten.«

Er schaltete die Musikanlage aus und schloss den Schrank wieder. Ich schnappte mir meine Tasche und wusste nicht genau, ob er mit mir mitkommen wollte oder nicht, aber er stand länger als nötig vor dem Schrank, als wollte er Zeit schinden.

»Ich finde den Weg raus«, sagte ich schließlich, um zu sehen, ob er darauf reagierte.

»Okay. Wir sehen uns bestimmt in der Schule. Ich werde ab und an vorbeischauen, wenn Ethan Unterricht gibt.«

»Du weißt ja, wo du mich findest.«

»Ja.«

In mir zog sich alles zusammen, weil ich genau spürte, dass ich etwas falsch gemacht hatte.

»Julian …«

»Du warst toll, wirklich.«

Ich wollte nicht so gehen und das zwischen uns stehen lassen, aber ich wollte ihn nicht drängen, denn so gut kannten wir uns auch wieder nicht. Ich verlagerte mein Gewicht von einem Fuß auf den anderen und lief dann schließlich zum Ausgang.

»Bis dann«, sagte ich und trat hinaus. »Danke noch mal für die Hilfe.«

»Gern geschehen«, gab er noch von sich, ehe sich die Tür zwischen uns schloss und dieses zarte Band, was die Musik für uns gesponnen hatte, wieder durchtrennte.

JULIAN 17.

»Everyday is a chance to do it right
Everyday I keep failing, failing
So let's pretend we're giants in the sky
On our way back …«

»Ach, Scheiße.« Ich stoppte meinen Gesang, griff eine Reihe sinnloser Akkorde und hätte am liebsten die Gitarre an die nächste Wand geknallt. »Dieses Lied macht mich wahnsinnig!«

»Wir brauchen eine Pause«, entschied Casey und schnallte ihre Bassgitarre ab.

»Seit zwei Monaten arbeiten wir an einem neuen Song und bekommen nichts hin«, sagte ich und rieb mir über die pochende Stirn. Es war fast Mitternacht, wir standen hier seit sechs Stunden und probten uns die Seele aus dem Leib. Obwohl es anstrengend war, kreisten meine Gedanken nur um Riley und diesen einen Satz, den sie von sich gegeben hatte: *Mit dir an meiner Seite wäre mir der Erfolg garantiert*.

Es hatte mich so eiskalt erwischt, dass einfach alle Schranken in mir runtergegangen waren und ich dichtmachte.

»Es wird nicht schneller gehen, wenn du rumschreist und deine Gitarre quälst, Mann«, sagte Breeze und legte die Drumsticks zur Seite.

»Das weiß ich!«, gab ich zurück. Lauter als beabsichtigt. Breeze zuckte zusammen und zog die Schultern ein.

»Tut mir leid, ich wollte nicht schreien.«

Ethan griff nach seiner Tasche und holte eine selbst gerollte Zigarette heraus.

»Du rauchst aber nicht schon wieder Gras, oder?«, fragte ich ihn.

»Solltest du auch versuchen, hilft den Nerven.«

»Alter, willst du mich verarschen?! Du kommst gerade aus dem Krankenhaus und machst einfach so weiter?«

»Reg dich ab! Ich habe seit meinem Zusammensturz nichts Hartes mehr genommen. Das hier ist nur ein bisschen Pot.«

»Ein bisschen …« Ich lief zu ihm, riss ihm den Joint aus der Hand und zerbröselte ihn zwischen den Fingern. »Reiß dich gefälligst zusammen!«

»Ich glaube, ich bin nicht der Einzige, der das muss.«

Wir starrten uns an. Ethans goldbraune Augen verengten sich zu Schlitzen. Seine Pupillen waren leicht erweitert, und ich fragte mich, ob das der erste Joint heute war.

»Liefert ihr euch jetzt allen Ernstes ein Starrduell?«, fragte Breeze. »Falls ja, werde ich mir was zu essen besorgen. Beim letzten Mal hat es zwanzig Minuten gedauert, ehe einer von euch nachgegeben hat.«

Ich schnaubte nur und blickte als Erster weg. Ich hatte keine Lust, mich mit Ethan zu streiten, dazu lagen meine Nerven zu blank.

»Entweder bist du wirklich total untervögelt …«, sagte Ethan und griff noch mal in seine Tasche. Ich hob die Augenbrauen, aber dieses Mal holte er eine normale Zigarette heraus, die er mir demonstrativ vors Gesicht hielt. »… oder deine schlechte Laune hat etwas mit einer hübschen braunhaarigen Frau zu tun, die du heute Morgen treffen wolltest. Lief es nicht gut mit Riley?«

»Doch.«

Ethan ging zum Fenster, öffnete es und zündete seine Zigarette an. Er nahm einen kräftigen Zug, ehe er mir antwortete. »Und weiter?«

»Nichts weiter. Ich habe ihr ein paar Tipps gegeben und fertig.« Danach war ich joggen gegangen. Lange und ausgiebig, bis meine Beine so sehr brannten, dass ich kaum noch Treppen laufen konnte.

»Oh, ich kenne diesen Blick«, sagte Ethan. »Seht ihn euch an, ihr bemerkt es doch auch, oder?«

Casey schüttelte nur den Kopf, ging zum Kühlschrank und schnappte sich ein Red Bull. »Riley ist supernett. Ich habe mich ein paarmal mit ihr unterhalten, als ich in der Schule war.«

»Jepp«, sagte Breeze nur und nickte.

»Ich glaube, genau das ist das Problem«, sagte Ethan. »Julian findet sie mehr als nett. Habt ihr euch geküsst? Oder hast du sie flachgelegt? Hier?«

»Du solltest nicht so nah am Fenster sitzen, ein Sturz aus dieser Höhe ist kritisch«, sagte ich und funkelte ihn an.

Ethan grinste und lehnte sich ein Stück hinaus. »Mit diesem Rumgezicke kommst du nur, wenn ich den Finger dorthin lege, wo es wehtut. Also? Habt ihr ein wenig Musik der anderen Art gemacht?«

»Ich würde gerne Musik unserer Art machen, also lösch die Kippe, und lass uns weiter proben! Wir müssen das Konzert rocken.«

»Denkst du, das weiß ich nicht?« Ethans Stimme klang auf einmal tief und rau. Er zog die Augenbrauen zusammen und sah auf die Zigarette. »Dieser Gig könnte über unsere Zukunft entscheiden. Daniel hat durchblicken lassen, dass wir eventuell bei den Grammys berücksichtigt werden könnten.«

»Wann hat er das denn gesagt?«

»Heute Morgen«, sagte Ethan. »Er war bei mir, um zu sehen, wie ich mich schlage. Hat wohl Angst, die Masterclass und die Vorbereitungen für dieses Konzert würden mich überfordern.« Er ließ die Zigarette weiter abbrennen, ohne noch mal davon zu ziehen. Die Asche fiel auf den Fensterrahmen, aber er fegte sie nicht weg.

»Und tun sie das?«, fragte Casey, während Breeze still hinter seinem Schlagzeug hockte.

Ethan zuckte mit den Schultern und blickte hinaus in die Nacht. »Der Unterricht macht richtig Spaß. Die Schüler sind interessiert und gehen voll mit.«

»Aber das hier ist anstrengend«, sagte ich und deutete auf den Proberaum.

»Das gehört dazu. Nichts, was wir nicht kennen.« Er schnippte die Zigarette weg und stemmte sich vom Fenster ab. »Was mich stresst, ist, dass du nicht zugeben willst, dass du auf Riley abfährst. Du solltest sie wiedersehen und es ordentlich mit ihr krachen lassen.«

»Sicher nicht.«

Ethan runzelte die Stirn und schnappte sich seine Gitarre. »Seit wann bist du denn so verklemmt? Du musst Riley doch nicht gleich heiraten.«

»Das ist mir klar.«

»Hängt das mit Tracey zusammen? Weil sie diesen Müll erzählt hat?«

»Nein.«

»Riley ist nicht der Typ dafür. Sie rennt nicht zu Langdon, keine Sorge.«

»Das sagst du, weil du sie so gut kennst?«

»Ja.« Er legte eine Hand auf sein Herz. »Wir haben eine Verbindung, jetzt, da sie mir das Leben gerettet hat.«

»Langsam frage ich mich, ob du nicht doch einen bleibenden Schaden davongetragen hast.«

Ethan ignorierte meinen Einwand. »Jetzt mal ganz im Ernst: Wäre sie wie alle anderen, hätte sie längst bei Langdon oder sonst wem gesessen und erzählt, wie sie mich wiederbelebt hat. Sie hat kein Wort darüber verloren, lehnt so gut wie jedes unserer Geschenke ab, will nicht mal, dass wir ihr eine Ausbildung finanzieren oder sonst irgendwie unter die Arme greifen. Diese Frau gehört zu den Guten, Mann. Siehst du das nicht?«

Doch. Viel zu sehr. Genau das war das Problem.

»Ich habe eine gute Menschenkenntnis. Vertrau mir.«

Die hatte er ohne Zweifel. Ethan hatte mich vor Summer gewarnt, da schwebte ich noch auf rosaroten Wolken und war völlig verblendet vor Liebe zu ihr gewesen. Hätte ich früher auf ihn gehört, hätte ich mir viel erspart.

»Lass uns weitermachen«, sagte ich. Ehe Ethan einlenken konnte, spielte ich die ersten Akkorde des neuen Liedes und probierte mit ein paar Alternativen herum, aber meine Gedanken schweiften ständig zu Riley. Ich konnte nicht mit ihr ausgehen, nachdem ich mich ihr gegenüber wie der letzte Arsch verhalten hatte. Erst flirten, ihr an die Wäsche gehen und dann auf die Bremse treten und sie vor die Tür setzen. Rileys irritierter Gesichtsausdruck war mir nicht entgangen. Sie war völlig überfordert von mir gewesen, und ich konnte es ihr nicht vorwerfen, das war einfach … Auf einmal legten sich Ethans Finger über meine und stoppten mein Gitarrenspiel.

»Du verursachst mir einen Gehörsturz, wenn du weiter dein Instrument so folterst, Mann.«

»Was?«

»Du spielst, als würdest du Rost von einem alten Eimer schrubben. Etwas sanfter bitte, deine Gitarre wird es dir danken.«

Ich starrte auf seine Finger, die auf meinen lagen, und hatte keine Ahnung, was ich eben überhaupt gespielt hatte.

»Zum letzten Mal: Frag Riley nach einem Date«, flüsterte Ethan mir zu und zwinkerte. »Und geh bitte mit ihrer Knospe nicht so um wie mit deiner Gitarre.«

»Mit ihrer Knospe? Hast du zu viele schlechte Liebesromane gelesen?«

»Was soll ich sonst sagen? Lustperle? Juwel? Honigtöpfchen? Glücksgrotte?«

»Wie wäre es, wenn du gar nichts sagst und lieber singst? Vorzugsweise nicht über weibliche Geschlechtsteile.«

Er schüttelte den Kopf und seufzte theatralisch. »Da will man einmal helfen und wird nur gedisst.«

»Du bist wirklich ein bedauernswerter Mann«, sagte ich und stimmte den Akkord von Neuem an.

Den richtigen dieses Mal.

RILEY 18.

»Erde an Riley Maddock!«

Eine Hand wedelte vor meinem Gesicht herum, und ich zuckte vor Schreck zusammen. Ally schaute mich fragend an. »Der Tresen wird nicht sauberer.«

Ich blickte auf meine Finger und den Lappen, mit dem ich über die Theke gewischt hatte. »Du hast recht. Danke.«

»Wo bist du denn mit deinen Gedanken?«

»Überall und nirgends. Es war ein harter Start in die Woche.«

»Bei uns auch. Isabel hat uns so viele Hausaufgaben mitgegeben, dass ich zwei Nachtschichten einlegen musste, um alles zu lesen. Kristen und Melissa sind auch am Durchdrehen. Keine von uns hat viel geschlafen. Außerdem haben wir heute unsere ersten Monologe vorgesprochen.«

»Wie lief es denn?«

»Gut. Isabel meinte, die ruhigeren Charaktere würden mir sehr liegen, daher hat sie mir nun drei Monologe und eine kurze Szene mit Grayson gegeben.«

»Das ist doch der große dunkelhaarige Typ mit dem Grübchen

in der Wange, oder?« Er war gestern hier gewesen und hatte sich mit ein paar anderen Schülern unterhalten.

»Ja, genau. Er ist ein netter Kerl, aber ich hab schon etwas Angst davor. Wir müssen uns recht nahe dabei kommen.«

»Gibt, glaube ich, Schlimmeres, als dem näher zu kommen.«

Sie schlug nach mir, aber ich wich ihr aus und grinste nur.

»Mir graut wirklich davor!«

»Ach, du schaffst das ganz sicher. Du bist ein Genie.«

»Quatsch.«

»Ich kenne niemanden, der so engagiert, ehrgeizig, fleißig und aufopferungsvoll ist wie du. Du brennst hierfür.«

»Genau wie du. Wenn ich überlege, dass du das alles alleine stemmst. Hast du einen Callback von der Audition von letzter Woche?«

»Nein, noch nicht. Ist nicht schlimm.«

»Ich drücke weiter die Daumen.«

»Danke.« Ich wrang den Lappen aus, kontrollierte die Auslage mit den Sandwiches und den Cookies, die ich gestern gebacken hatte, und sah nach den Getränken im Kühlfach. Ally blieb auf dem Hocker vor dem Tresen sitzen und spielte mit einer leeren Schokoladenverpackung.

Sie blickte erst auf, als die Tür aufschwang und Sue, Kristen und Melissa reinkamen.

»Habt ihr gestern auch Ethan Cooper gesehen?«, fragte Sue, und Ally rollte mit den Augen. »Ich hätte mich für seine Masterclass bewerben sollen, einfach nur um ihn als Lehrer zu haben.«

»Echt schade, dass wir weder ihn noch Isabel wegen Fotos anhauen dürfen«, sagte Kristen. »Was ist schon dabei, wenn wir ein paar Autogramme sammeln?«

»Ich denke, das geht auch nicht von denen aus, sondern vom Management«, erwiderte Sue. »Gillian ist total verbohrt. Sie ist mir letzte Woche im Flur begegnet und hat gerade mal so ein Hallo herausgebracht.«

»Sie hat es halt nicht nötig beim Ruf der Schule.«

»Aber wir finanzieren das alles. Ich musste wochenlang meinen Dad beknien, damit er die Gebühren übernimmt.«

Wochenlang. Das musste ja der blanke Horror gewesen sein. Innerlich verdrehte ich die Augen, auch wenn ich das nicht sollte. Jeder hatte seine Chancen im Leben. Ich hasste es, wenn andere neidisch waren, nur weil jemand mehr Geld oder bessere Möglichkeiten hatte.

Also schluckte ich meinen eigenen hässlichen Neid hinunter und stellte den Kaffee vor Sue ab. Sie beachtete mich nicht weiter, sondern führte ihr Gespräch mit Kristen fort. Mir fiel auf, dass Ally sich nicht daran beteiligte, und auch Melissa blieb oft außen vor. Ich hatte allerdings keine Zeit, mir weiter Gedanken darüber zu machen, denn jetzt strömten mehr Schüler ins Bistro ein. Beginn der Rushhour.

Routiniert arbeitete ich eine Bestellung nach der anderen ab und achtete nicht weiter auf die Menge, bis auf einmal ein leises Raunen erklang und einige Mädchen kicherten. Ich drehte mich um und sah, dass Julian sich in die Schlange der Schüler eingereiht hatte. Er sah großartig, wenn auch ein wenig müde aus. Seine dunklen Haare waren frisch geschnitten, was ihn noch einen Hauch jünger wirken ließ. Wie immer hatte er einen leichten Bartschatten, und seine grünen Augen funkelten mich auffordernd an.

Die anderen Schüler wollten ihm den Vortritt lassen, doch er winkte ab und wartete, bis er an der Reihe war. »Ich hätte gerne einen Kaffee, bitte. Zum Mitnehmen.«

Sue und Kristen grinsten und steckten die Köpfe zusammen, aber er ignorierte es. Keine Ahnung, ob er es nicht mitbekam oder es ihm egal war.

»Natürlich«, sagte ich und schnappte mir einen Pappbecher aus dem Schrank. Ich spürte Julians Blick in meinem Rücken, während ich sein Getränk zubereitete.

»Schön, dass du auch wieder hier bist«, sagte Sue und kam auf Julian zu. »Ich hab dich letzte Woche kurz gesehen.«

»Ja, da bin ich für Ethan eingesprungen, aber mittlerweile kann er das selbst.«

»Wie laufen die Proben fürs Konzert im Garden?«

»Gut.«

»Ich hab noch Karten bekommen.«

»Dann hattest du Glück.«

»Vielleicht könntest du sie mir signieren?«

»Sue!«, zischte Melissa.

»Was denn? Er ist hier kein Lehrer, also darf ich ihn wohl fragen, oder etwa nicht?«

Ich drehte mich um, nahm ein Stück Schokolade und legte es auf den Deckel. Julian lächelte Sue freundlich an, die tatsächlich in ihrer Tasche wühlte und die Konzertkarte herausholte. Trug sie die etwa die ganze Zeit mit sich herum?

»Ich hatte gehofft, ich würde einem von der Band begegnen«, erklärte sie und reichte Julian das Ticket.

Er nahm es entgegen, blickte sich nach einem Kugelschreiber um, aber da keiner auf der Theke lag, gab ich ihm einen von meinen, die sich neben der Kasse stapelten.

»Danke«, sagte er, ohne mich anzusehen, und unterschrieb dann routiniert die Karte. Sue quietschte vor Freude, während Melissa die Augen verdrehte.

»Ich freu mich, dich auf dem Konzert zu sehen«, sagte sie, legte ihren Arm auf den Tresen und platzierte ihn so, dass ihr Busen nach oben gedrückt wurde. »Vielleicht wäre sogar eine kleine Backstageführung drin?«

»Das kann ich dir nicht versprechen. Der Garden kontrolliert alles sehr streng.«

Sie zuckte mit den Schultern und spielte mit einer ihrer blonden Haarsträhnen. »Überleg es dir. Es könnte sich lohnen.«

Julian lächelte, aber es war eher aus Höflichkeit, ich sah es ihm an. Er reichte ihr die Karte und wollte mir den Kugelschreiber zurückgeben, doch ich winkte ab.

»Behalt ihn, hab mehr als genug.«

Er ließ ihn ein paarmal klicken und drehte ihn in den Fingern, ohne ihn einzustecken. »Hast du einen Moment Zeit für mich? Ich möchte gerne mit dir reden.«

»Wenn du noch warten kannst, ja. Ich muss erst alle bedienen.«

»Sicher.« Julian schnappte sich seinen Kaffee und lief zum Ausgang des Bistros, da es drinnen zu voll war. Zahllose Blicke folgten ihm, nur einer richtete sich auf mich. Allys.

»Riley?«, flüsterte sie. »Was geht da ab?«

Ich winkte ab, denn ich konnte und wollte das nicht vor den neugierigen Ohren hier drinnen besprechen. Jetzt da Julian weg war, erhielt ich nämlich auch Aufmerksamkeit. Es fühlte sich merkwürdig an, als hätte ich einen hässlichen Ausschlag bekommen, und jeder würde mich nun angaffen.

Ich arbeitete so schnell wie möglich alle ab, schwieg eisern, auch wenn ich merkte, dass es so ziemlich jeden hier drinnen interessierte, was Julian von mir wollte. Als ich endlich fertig war, wusch ich mir rasch die Hände, nahm die Schürze ab und verließ ebenfalls das Bistro. Julian hockte auf der ersten Treppenstufe, die nach oben zu den Tanzräumen führten, und tippte auf seinem Handy herum. Er blickte auf und kam sofort zu mir. »Hast du die Meute in den Griff bekommen?«

»Ja, ist nicht weiter schwer. Sie wollen entweder Koffein oder Schokolade.«

»Kenn ich.« Er strich sich durch die Haare, was seine Frisur ziemlich zerstörte und meine Finger zucken ließ, weil ich sie ihm gerne wieder gerichtet hätte. »Ich … ich wollte mich bei dir …«

Die Tür vom Bistro schwang auf. Julian blickte hinüber und verzog kurz das Gesicht. Ich sah mich ebenfalls um. Sue und Kristen blickten herüber und tuschelten weiter. Ally folgte ihnen mit Melissa und sah mich noch immer so fragend an wie vorhin. Dezent schüttelte ich den Kopf, was sie hoffentlich als *Das erklär ich dir später* verstand.

»Lass uns hochgehen«, sagte Julian und nahm mich, ohne meine Antwort abzuwarten, an der Hand und führte mich die Treppen nach oben.

»Die werden sich jetzt nur noch stärker das Maul zerreißen«, sagte ich.

»Ich weiß, aber es muss nicht jeder mithören, worüber wir sprechen.«

Das klang, als hätte er mir was Wichtiges zu sagen. Ich ließ mich von ihm führen und genoss seine Berührung – mehr, als ich eigentlich sollte. Seine Finger waren rau, aber auch sanft. Die kleinen Kreise, die er damit über meine Haut zog, machte er wohl eher unbewusst, aber jedes Mal schoss mir ein Kribbeln den Arm hoch.

Als wir ankamen, blickte Julian sich nach rechts und links um, doch es war niemand hier. Leider ließ er meine Hand wieder los.

»Ich bin ein Idiot«, sagte er.

»Ich …«

»Es tut mir leid, wie ich dich weggeschickt habe, das war nicht meine Absicht. Nicht nachdem wir … nach diesem Moment. Mit uns, und … ach, keine Ahnung. Ich wollte mich früher bei dir melden, aber ich hab es nicht … ich bin einfach ein Idiot, okay? Ich wollte dich nicht vor den Kopf stoßen.«

»Dein Verhalten war wirklich etwas irritierend. Hab ich irgendwas falsch gemacht?«

»Nein. Ich … ich bin nur nicht gut darin.«

Ich runzelte die Stirn.

»In Freundschaften zu Frauen. Es gibt nicht viele, mit denen ich es so weit kommen lasse.«

»Normalerweise hast du schnellen Sex, und das war es dann?«

»Ja.«

Seine Ehrlichkeit überraschte mich ein wenig, aber ich wusste sie auch zu schätzen. Julian wollte keine falschen Hoffnungen wecken.

»Ich wollte dir im Proberaum nicht so nahetreten.«

»Es war nicht unangenehm.«

Ein Funkeln trat in seine Augen, und ein Mundwinkel zuckte nach oben. »Ich hab dir Hilfe angeboten, und das war ernst gemeint. Das am Samstag kam nicht so rüber.«

»Schon gut.« Es war ja nicht so, als hätte er mich übers Klavier gelegt und von hinten genommen, obwohl ich die Vorstellung recht prickelnd fand. Ich seufzte und atmete tief ein und aus, was ihm ein Schmunzeln entrang.

»Hey, schon viel besser.« Er deutete auf meinen Bauch.

»Ich hab geübt.«

»Gut. Du wirst bald Gelegenheit haben, mehr zu üben. Hast du am Donnerstag Zeit?«

»Erst nach meiner Schicht. Was hast du vor?«

»Lass dich überraschen. Ich werd dich vor der Schule abholen, oder nein, besser am Hintereingang. Da draußen lungern noch ab und an die Presse und Fans rum. Zieh dir bequeme Schuhe an, wir werden eine Weile unterwegs sein.«

»Das klingt anstrengend und mysteriös.«

»Es wird beides.«

»Jetzt bin ich noch gespannter.«

»Sehr gut. Ich muss leider schon weiter, weil ich Ethan versprochen habe, bei ihm vorbeizuschauen. Bist du nachher noch da?«

»Nein, ich gehe um drei auf eine Audition.«

»Wofür?«

»*Into the Woods*. Es wird in einem kleinen Theater in Brooklyn aufgeführt. Ziemlich schlecht bezahlt, aber es würde mir Erfahrungen bringen.«

»Toi, toi, toi.«

Ich zuckte als Dankeschön mit den Schultern.

Julian trank einen Schluck von seinem Kaffee und musterte mich über den Rand hinweg. Ich hatte das Gefühl, als wolle er noch etwas sagen, doch er behielt es für sich. Seine Augen blitzten ein weiteres Mal auf, er lächelte mir zu und lief dann den Gang entlang, um zu Ethans Unterricht zu kommen.

Ich blickte ihm nach. Die Vorfreude auf Donnerstag kochte in mir hoch und ein wenig die Angst davor, was er mit mir vorhaben könnte.

Ich würde es bald herausfinden.

JULIAN 19.

Ich lief am Hintereingang der Schule herum und checkte zum dritten Mal auf dem Handy die Zeit. Es war kurz vor vier, Riley müsste gleich mit ihrer Schicht fertig sein und rauskommen. Normalerweise wurde ich nicht nervös, wenn ich mich mit Frauen traf, aber das hier war etwas anderes.

Intensiver. Prickelnder. Verbotener. Denn es verstieß gegen alles, was ich mir geschworen hatte, nie mehr zu tun. Ich wollte und durfte mich auf keine Frau mehr einlassen, die selbst auf die Bühne wollte. Auch wenn Riley bisher ihre Kontakte zu uns nicht ausgenutzt hatte, hieß das nicht, dass es so blieb. Summer war am Anfang auch zurückhaltend gewesen und hatte mich erst mal so lange eingelullt, bis ich nicht mehr wusste, wo vorne und hinten war. Sie hatte mir derart den Kopf verdreht, dass ich kaum noch klar hatte denken können, und als sie dann losgelegt hatte, war es zu spät gewesen, sie zu bremsen.

Riley ist nicht der Typ dafür.

Ethans Worte hatten mich lange begleitet. Es würde sich noch herausstellen, ob er recht hatte oder nicht.

Die Tür ging auf, ich hielt inne. Riley trat ins Freie und sah sich nach mir um. Wie besprochen trug sie Sneakers, ein luftiges Shirt und eine kurze Shorts, die ihre leicht gebräunte Haut und die knackigen Beine betonte. Mir sackte sofort das Blut nach unten, denn sie sah zum Anbeißen aus. Mein Mund wurde auf einmal trocken, und ich musste ein paarmal schlucken.

Unser Ausflug heute könnte schwerer werden, als ich vermutet hatte. Wie sollte ich mich auf irgendwas anderes konzentrieren als darauf, wie sich wohl ihre nackte Haut unter meinen Fingern anfühlte?

Sie drehte sich zu mir und lächelte mich offen an. Ihre Haare waren zu einem Pferdeschwanz gebunden, die normale Brille hatte sie gegen eine Sonnenbrille ausgetauscht. Ich trat näher und erkannte mein Spiegelbild in dem Glas.

»Wartest du schon lange?«, fragte sie und schaute auf ihr Handy.

»Nein. Schön, dass du da bist.« Gott, ich klang so gestelzt wie dieser Anzugtyp bei unserem letzten Meeting in der Plattenfirma. *Schön, dass Sie da sind. Möchten Sie etwas trinken?*

»Wie war die Woche bisher? Haben dich die anderen noch sehr belagert, weil ich im Bistro aufgetaucht bin?«

»Es hat mich niemand offen darauf angesprochen, aber ich denke, sie haben sich schon gewundert. Ich habe Ally übrigens erzählt, dass wir uns schon ein paarmal unterhalten haben. Das mit Ethan hab ich nicht erwähnt, aber ich konnte sie auch nicht ganz im Dunkeln lassen. Ich hoffe, das ist okay?«

»Natürlich ist es das.« Und dass sie nicht mal ihrer Freundin von Ethans Absturz berichtete, war erstaunlich. Ich räusperte mich und hob den Gitarrenkoffer hoch, der vor mir stand. Riley deutete mit einem Stirnrunzeln darauf.

»Wohin gehen wir?«

»Komm einfach mit.«

»Soll ich singen?«

»Vielleicht.«

»Das hättest du sagen können. Ich hätte mich vorbereitet und aufgewärmt.«

»Genau deshalb hab ich nichts gesagt. Jetzt komm.« Ich schulterte den Koffer und griff nach ihrer Hand. Sie fühlte sich warm und seidig an. Ich konnte nicht widerstehen und musste mit dem Daumen ein paarmal über ihre Haut kreisen.

»Ich …« Sie stemmte sich etwas gegen mich, doch ich ignorierte ihren leichten Protest und zog sie weiter mit mir. »Verrätst du mir wenigstens, wohin wir wollen?«

»Gleich.« Wenn ich ihr das jetzt schon sagte, knickte sie ein. Ihre Handflächen wurden bereits feuchter. »Keine Angst, okay? Wir tun nichts Schlimmes.« *Obwohl ich Lust darauf hätte.*

»Da bin ich mir nicht ganz sicher.«

Ich zog sie näher an mich, sodass sie eng an meine Seite treten musste, ohne ihre Hand loszulassen. Riley versteifte die Schultern, ihr gesamter Körper strahlte Anspannung aus. »Du darfst gerne atmen«, sagte ich und führte sie über die Straße.

»Wir laufen Richtung Central Park«, sagte sie nach ein paar Metern.

»Das hast du gut erkannt.«

»Da wird um diese Uhrzeit die Hölle los sein.«

»Ja, vermutlich.« Ich wäre auch lieber früher gekommen, statt die ganzen Leute am Feierabend mitzunehmen, aber nun war es so.

»Trägst du deshalb die Kappe? Damit man dich nicht erkennt? Und diese Klamotten? Das sieht nicht nach dir aus.«

»Heute kommt es auch nicht auf mich an, sondern auf dich.« Ich hatte extra ein paar Leinenhosen, ein Hemd und etwas schickere Schuhe gewählt. Der Look war leger und sportlich, im Gegensatz zu sonst, wenn ich in Jeans und verwaschenen Shirts herumlief.

»Könnt ihr überhaupt ein normales Leben führen?«

»In der Regel geht es ganz gut, je nachdem, wo wir sind und welcher Wind aktuell um uns weht. Zurzeit bläst er wieder stärker wegen des Konzerts und der Masterclass, aber die New Yorker sind meistens gelassen, wenn sie einen von uns auf der Straße sehen. Die sind größere Kaliber gewöhnt.«

Ich blickte zu ihr und drückte ihre Finger fester. Sie schloss kurz die Augen und sah hinunter auf den Gehsteig. Ein Kloß bildete sich in meiner Kehle, und ich hätte am liebsten den Arm um ihre Schultern gelegt und sie näher an mich gezogen. Ich schluckte gegen die Enge in meinem Hals und überquerte mit ihr die Central Park West. Riley atmete tief ein, als wir die ersten Bäume passierten.

»Ich liebe diese Stadt«, sagte sie. »Die Mischung aus Industrie und Natur. Aus blühendem Leben und Zerfall. Wusstest du, dass es ein altes abgebranntes Theater auf der 46th gibt? Ich hatte mir im ersten Jahr vorgenommen, all die Lost Places zu besuchen, aber keinen davon geschafft.«

»Das kenn ich. Es hat vier Jahre gedauert, bis ich zum ersten Mal über die Brooklyn Bridge gelaufen bin oder auf der Aussichtsplattform im Rockefeller Center stand. Die ganzen Touristenspots sind an mir vorübergegangen.«

»Eigentlich schade. Wir leben in dieser Wahnsinnsstadt und bekommen so wenig davon mit.«

»Ja, das ist eins der Opfer, die New York fordert. Wenn man hier was erreichen will, bleibt nicht so viel Zeit für Sightseeing. Da rüber.« Wir kamen an Sheep Meadow vorbei. Auf der großen Grünfläche hatten es sich natürlich jede Menge Leute bequem gemacht und ihre Picknickdecken ausgebreitet.

»Wie die Sardinen«, sagte Riley und schüttelte den Kopf.

Ich zog die Mütze tiefer in die Stirn und wandte mich ein wenig näher an Riley. Ein junges Pärchen passierte uns, und der Typ sah mich länger an, als er eigentlich müsste. Ich kannte den Gesichtsausdruck. Wenn sie überlegten, ob ich der war, für den sie mich hielten, oder sie sich täuschten.

Ich führte Riley weiter an den Menschen vorbei, tiefer Richtung Mitte des Parks, bis die Bethesda Fountain in Sicht kam.

Hier war es am vollsten. Artisten führten Kunststücke auf und unterhielten die Touristen. Als Mönche verkleidete Bettler zogen umher und boten gesegnete Armbänder an, die sie vermutlich irgendwo in einem Billigladen gekauft hatten. Kinder tollten herum und rannten durch die Fountain, Skateboarder, Jongleure, Musiker. Alles tummelte sich an diesem warmen Sommertag und versuchte den Stress der Stadt auf diesem Stück Grün loszuwerden.

»Wir gehen da hoch«, sagte ich und deutete auf einen Treppenaufgang. Riley spannte sich wieder an und umklammerte meine Hand fester. »Keine Angst«, sagte ich nur und führte sie weiter.

»Da bin ich nicht ganz sicher.«

Ich blickte mich auf dem kleinen Platz um und überlegte, wo der beste Spot war. Nicht unweit von hier gab es eine Minifreilichtbühne, auf der tagsüber oft Artisten oder Künstler auftraten, aber das wollte ich Riley noch nicht zumuten. Erst langsam an alles gewöhnen, sonst würde sie mir vielleicht weglaufen. Ich fand einen schönen Platz, nahe der Bäume. Er lag etwas abgelegen vom Hauptweg. Das sollte funktionieren. Ich deutete auf die Stelle und schob Riley sachte in diese Richtung.

»Du hast nicht das vor, was ich vermute, oder?«

»Kommt drauf an, was du denkst, was wir tun.«

»Singen. Hier. Du willst mich begleiten.«

»Scharfsinnig kombiniert. Ich frage mich, was mich verraten hat.« Ich zwinkerte ihr zu und nahm den Gitarrenkoffer vom Rücken. Riley verlagerte ihr Gewicht von einem Fuß auf den anderen und verschränkte die Hände vor dem Bauch.

»Dürfen wir das überhaupt?«

»Ich hab mich um die Genehmigung gekümmert, keine Sorge.« Ich nahm die Gitarre aus dem Koffer und schnallte sie mir um. Riley wurde blasser und nestelte nervös mit ihren Händen herum.

»Ich bin nicht aufgewärmt.«

»Du hast den ganzen Tag geredet, deine Stimme kann das.«

Sie schüttelte den Kopf und biss sich auf die Lippen. Ich griff nach ihrer Hand und legte sie auf ihre zitternden Finger. »Riley. Ich weiß, dass du das hinbekommst. Erinnere dich, was ich dir übers Atmen erklärt habe. Es geht nicht darum, dass du hier Töne rausbeltest, die man noch bis zum Ende des Parks hören kann, sondern, dass du singst. Ganz locker, ganz frei. Ich bin bei dir, okay?«

»Was, wenn die Leute es schrecklich finden?«

»Das werden sie nicht. Die, die dir nicht zuhören wollen, gehen einfach weiter.« Langsam wurde mir klar, warum es nicht klappte mit ihren Auditions. Sie traute sich viel zu wenig zu. »Niemand wird dich mit faulen Eiern bewerfen. Entspann dich.«

»Ich weiß nicht, ob ich das einfach so kann. Ich muss mich …«

Ich legte meine Finger auf ihren Mund, ehe sie sich zu sehr reinsteigerte. Mit dem Daumen strich ich über ihre warmen Lippen. Die Berührung schoss durch meinen Arm bis hinunter in meinen Bauch. Mein Finger glitt zu ihrer Wange, hinter ihr Ohr, sodass ich ihr die Sonnenbrille abnehmen konnte.

Riley wirkte wirklich leicht panisch, aber es war meine Absicht gewesen, sie ins kalte Wasser zu werfen, damit sie diese Situation nicht zu sehr zerdachte. Natürlich war sie nicht perfekt aufgewärmt, natürlich hatten wir keine Lieder einstudiert und mussten improvisieren, aber genau das würde ihr guttun. Loslassen. Locker werden.

»Du bist nicht alleine hier«, sagte ich und trat näher.

Sie nahm die Hände vom Bauch und legte sie stattdessen auf meine Schultern, als müsste sie sich an mir festhalten. Ihre Haut war feucht vom Schweiß und kalt von der Aufregung. Riley schluckte trocken.

»In meiner Tasche ist eine Flasche Wasser«, sagte ich, ohne mich zu rühren. Der Schirm meiner Kappe strich über ihren Haaransatz, als ich mich näher zu ihr lehnte. Riley hielt still, bohrte die Fingernägel fester in meine Schultern und blickte auf eine Stelle an meinem Hals.

»Wir fangen ganz langsam an. Ein leichtes Lied, okay?«

»Ja«, gab sie von sich, aber ich hörte es kaum.

Ich drückte ihr einen Kuss auf die Stirn, weil ich das Gefühl hatte, sie brauchte es, und weil ich das Gefühl hatte, ich brauchte es. Sie bebte unter meinen Berührungen. Ihr Körper war so angespannt, dass sie gleich bersten musste.

Verflucht, was tue ich denn hier schon wieder? Ich hab mir fest vorgenommen, ihr nicht noch mal so nahe zu kommen!

»Los«, sagte ich, ehe ich diesem Wahn weiter folgen konnte. Ich trat zurück, nahm meine Gitarre und stimmte kurz die Saiten, während Riley in meiner Tasche nach der Flasche Wasser suchte.

»Hast du irgendwas Konkretes im Sinn?«, fragte sie und trank einen kräftigen Schluck. »Hast du Texte dabei?«

»Nein, wir brauchen keine.«

»Julian …«

»Vertrau mir einfach.« Ich stimmte *Chasing Cars* in einer für sie angenehmen Tonlage an und blickte fragend zu ihr.

Riley trank noch mal und wischte die Wassertropfen von ihrem Kinn. »Ich kenne nicht alles.«

»Ich helfe dir, an den Stellen, wo du hängst.« Ich spielte die ersten Akkorde und wartete, bis sie sich einigermaßen gefangen hatte. Riley umklammerte die Wasserflasche, als wäre sie ihr einziger Halt. Ihr Blick huschte nervös hin und her, aber noch hatten wir nicht viel Aufmerksamkeit.

»Komm her«, sagte ich und deutete mit einem Kopfnicken neben mich. Sie stellte sich mir gegenüber und kaute auf ihrer Lippe herum.

»Sieh mich an.« Sie tat es. Leider konnte ich ihr nicht die ganze Zeit in die Augen blicken, weil ich mich aufs Spielen konzentrieren musste, aber ich spürte, dass sie eine Verbindung zu mir aufnahm.

Ich sang die erste Strophe, damit sie einen Einstieg fand. Riley hielt die Luft an und musterte mich perplex. Bei *Beyond Sanity* hatte ich einige Solostücke, aber oft unterstützte ich auch nur Ethan.

»Du bist fantastisch«, flüsterte sie.

Hoffentlich schüchterte sie das nicht noch mehr ein. Ich sang nicht, um sie zu verunsichern, sondern um ihr zu helfen. Ich schraubte ein wenig zurück und sah sie aufmunternd an. Riley schluckte noch mal, fuhr sich über die Kehle und holte Luft.

Komm schon, lass mich nicht hängen.

Ihr Blick huschte ein letztes Mal über die Menge, dann sang sie die ersten vorsichtigen Noten. Sie verpatzte den Einstieg, brauchte ein, zwei Takte, ehe sie die richtige Tonlage hatte. Ich passte mich ihrem Tempo an, versuchte, sie mit meiner Musik zu tragen und ihr die Sicherheit zu geben, die sie benötigte. Riley merkte natürlich, dass sie es versaut hatte und wurde noch nervöser.

»Scht«, sagte ich. »Bleib bei mir. Es ist alles gut.«

Sie lächelte gequält, rieb sich über die Stirn, machte aber tapfer weiter.

Ja, genau so.

Ich half ihr mit der Melodie, sang mit ihr und versuchte sie so gut es ging an die Hand zu nehmen. Riley ließ sich darauf ein, und ich spürte, wie sich langsam dieses unsichtbare Band der Musik um uns legte. Das war der Moment, den ich mit am meisten liebte. Bei Live-Auftritten war dieses Band viel stärker als im Studio, aber immer wenn ich mit den Jungs und Casey spielte, passierte es. Die Töne woben eine Verbindung. Wir begaben uns auf eine Ebene, auf der wir eins wurden. Unsere Gedanken fügten sich zusammen, unser Atem kam im Gleichklang. Wir verließen uns aufeinander, wussten, dass jeder für jeden einspringen würde, falls jemand Hilfe brauchte. Musik hielt uns aufrecht, sie war unsere Stütze, unser Halt. Sie war wie unsichtbare Hände, die jeden von uns durch die schwersten Passagen und das übelste Publikum trug. Wir hatten schon Auftritte gehabt, wo uns erst niemand zuhören wollte, doch durch diese Verbindung, in der wir eins waren, hatten wir bisher jeden gekriegt. Es war ein Geben und ein Nehmen. Unsere Aufgabe war es, zu unterhalten und den Zuhörern die beste Zeit zu schenken. Wenn sie nicht bereit waren, dieses Geschenk anzunehmen, mussten wir es ihnen zeigen, indem wir sie in unseren Raum einluden. In dieses zarte Gebilde aus Tönen und Stimmen, wo alles zur Ruhe kam und es keine Rolle mehr spielte, wer man war.

Riley betrat genau diesen Raum mit mir. Ich spürte es, und ich sah es ihr an. Ihre Augen huschten zwar noch hin und her, und sie verhaspelte sich in einigen Tönen und im Text, aber ganz langsam trat sie näher zu mir und gestattete mir, sie zu halten.

Ich nickte, zog ein wenig das Tempo an und wartete, ob sie mitgehen wollte. Tat sie, wenn auch unsicher. Die ersten Leute blieben stehen, was sie ein weiteres Mal aus dem Konzept warf, doch ich stieß sie sanft mit dem Ellbogen an und nickte ihr aufmunternd zu. Mein Blick wanderte auf ihre Körpermitte, ich reckte das Kinn und formte das Wort »Atmen« mit den Lippen, ehe ich wieder leise in ihren Gesang einstimmte.

Sie legte eine Hand dorthin, holte tief Luft, verpasste ihren Einsatz. Unser Lied war holprig und an manchen Stellen schräg, aber darum ging es hier nicht. Es war mir egal, ob es jemand schön fand. Das hier war für Riley und dafür, dass sie lernte, loszulassen.

Wir gelangten zum Ende des Songs. Riley wirkte deutlich entspannter als eben noch und sichtlich erleichtert, dass es vorüber war. Ich ließ die letzten Töne verklingen und blickte mich um. Eine junge Frau musterte mich interessiert und zückte ihr Handy. Ich wandte mich zu Riley um und versuchte, mich hinter ihr zu verstecken.

Riley blickte sich unsicher um. Unser Publikum bestand aus vier Leuten, von denen drei weitergingen, als sie merkten, dass wir das Lied beendet hatten.

»Schön«, sagte Riley und strich sich eine verschwitzte Strähne aus dem Gesicht. »Ich denke, ich hab es kapiert. Wir können gehen.«

»Ha! Wo denkst du hin? Wir fangen eben erst an.« Ich spielte als nächstes *Wonderwall.*

»Oh Gott, Julian. Hör auf mich zu quälen«, sagte sie.

»Das tue ich, wenn du anfängst, es zu genießen.« Ich sang die ersten Töne und grinste sie an. Riley schüttelte den Kopf und blickte kurz zu unserer einzigen Zuhörerin.

»Los jetzt«, sagte ich und sang weiter. Etwas lauter als eben, etwas energischer. Das Ganze sollte schließlich auch irgendwann Spaß machen.

Riley trat einen Schritt zurück, doch stimmte mit mir ein. Sie war weiterhin fest, aber ich grölte absichtlich einen falschen Ton, was ihr ein Lächeln entlockte.

Na, bitte.

Wir kamen zum Refrain, und ab da brach irgendwas in ihr auf. Sie ließ sich mehr fallen, gab sich der Musik und unserem Gesang hin und wurde lockerer. Ich spielte einen härteren Akkord, wippte im Takt mit und begann, mich zu bewegen. Riley atmete in den nächsten Ton und ging mit mir.

Jetzt.

In meinem Nacken kribbelte es, denn ich spürte, wie wir langsam Magie erschufen. Wir kamen ein zweites Mal zum Refrain. Riley blieb in der Hauptstimme, und ich unterstützte sie mit den Backup Vocals. Noch traute sie sich nicht, zu improvisieren, was völlig okay war. Es war schön zu sehen, dass sie sich ein kleines Lächeln abringen konnte und lockerer wurde.

Neben der Zuhörerin kamen nun auch zwei Pärchen dazu. Ich ignorierte sie und hielt meinen Fokus auf Riley. Sie suchte Kontakt zu mir, blieb dicht an meiner Seite, aber ihre Stimme wurde freier. Jemand zückte ein Handy und nahm unseren Auftritt auf. Ich senkte den Kopf und versuchte nicht auf dem Video zu landen, aber ich würde es auch nicht verhindern können.

Wir sangen ein drittes Lied, ein viertes und ein fünftes. Ich bemühte mich, Songs zu wählen, die Riley gut kannte und die in ihrer Komfortzone lagen. Mit jedem Titel wurde sie freier, sodass sie sich am Schluss sogar traute ein paar Ad-libs hinzuzufügen. Wer hätte gedacht, dass das in ihr steckte? Sie schien von sich selbst überrascht, denn kurz danach fiel sie wieder in ruhigeren Gesang.

Langsam füllte sich auch das Publikum, aber die Traube hielt sich in Grenzen, denn wir spielten ausschließlich Coversongs, die tausend andere Künstler genauso aufführten und dabei viel besser waren als wir.

Irgendwann kamen wir zum Ende des sechsten Liedes, und sie bat um eine Pause. Ich nickte den Leuten zu, damit sie begriffen, dass wir fertig waren. Einige warfen uns tatsächlich Münzen und Scheine in den offenen Gitarrenkoffer.

»Wenn es nicht mit den Shows klappt, werde ich wohl Straßenmusikerin«, sagte Riley.

Ich schnallte die Gitarre ab, sammelte das Geld ein und wusste nicht genau, was ich damit machen sollte. Wenn ich es Riley in die Hand drückte, könnte sie denken, es wäre Almosen, weil sie selbst nicht viel hatte. Behalten konnte ich es aber auch nicht. Ich zählte es rasch durch. Es waren knapp zwanzig Dollar.

»Ich kann dich immerhin auf einen Drink einladen«, sagte ich.

»Oder es einem der Obdachlosen geben.«

»Oder das.« Ich legte meine Gitarre in den Koffer und schulterte das Instrument. Ein Blick auf mein Handy verriet mir, dass ich noch eine Stunde Zeit hatte, ehe ich zur Probe musste. »Darf ich dich trotzdem zu einem Drink einladen, oder zum Essen, falls du Hunger hast?«

»Sehr gerne.« Sie hielt die Luft an und blickte zu mir hoch. Noch hatte sie nicht wieder ihre Sonnenbrille aufgesetzt, sodass ich ihre Augen nun ohne Glas davor sehen konnte. Sie waren grünblau mit leichten gelben Sprenkeln. Riley strahlte viel mehr als vorhin noch. Ihr Körper sandte eine angenehme Wärme aus, die mich mal wieder genau dort erreichte, wo es sonst niemand tat.

»Hier in der Nähe ist ein kleines Café, in dem es meistens nicht zu voll ist. Ich kenn es aus meiner Studentenzeit.«

»Dann los.«

Ich griff Rileys Hand und zog sie mit mir. Wir gingen einen anderen Weg zurück als den, den wir gekommen waren. Das Café lag in einer Seitengasse unweit der Schule und war so was wie ein Geheimtipp, den zum Glück noch keine Reiseführer entdeckt hatten.

»Also? Wie hat sich der Auftritt für dich angefühlt?«, fragte ich, als wir eine der Hauptstraßen überquerten.

»Stressig, Angst einflößend, aber nach dem zweiten Lied wurde es besser. Vor allen Dingen, weil es um nichts ging, wie auf einer Audition. Da dürfte ich nicht so schräg singen.«

»Selbst wenn du dort mal einen Ton verhaust, was übrigens bei allen vorkommt, zählt es mehr, wie du damit umgehst. Wie überspielst du den Fehler? Kannst du locker weitermachen? Bringt es dich aus der Ruhe und so weiter. Die Jury ist keine Horde von Unmenschen. Sie wissen, dass die Bewerber aufgeregt sind, und hören auch mal über einen Patzer hinweg.«

»Du solltest auch unterrichten, du machst das großartig.«

Ich winkte ab. »Im Moment hätte ich dafür keine Zeit. Ethan fehlt in der Band bereits, und wir müssen das kompensieren.«

»Warum hat er die Masterclass angenommen, wenn es mit diesem Konzert zusammenfällt?«

»Das wussten wir vorher nicht. Gillian hatte ihn letztes Jahr schon gefragt, ob er es machen würde, und die Gelegenheit, dieses Konzert zu spielen, kam erst danach rein. Wir konnten sie nicht ablehnen.«

»Verstehe.«

»Jetzt müssen wir eben beides hinkriegen, aber das wird schon. Hauptsache, wir bekommen dieses eine Lied für den Abend endlich fertig.«

»Wo hängt es?«

»Überall. Am Gefühl, an der Stimmung, am Text. Keine Ahnung. Es macht einfach nicht klick.«

»Kann ich dir irgendwie helfen?«

»Ich weiß nicht.«

»Magst du mir das Lied mal vorspielen?«

Normalerweise ließen wir niemanden unsere Songs hören, ehe sie noch nicht fertig waren. Nicht mal Daniel zeigten wir sie. Das Schreiben unserer Musik verlief immer in unserem eigenen privaten Rahmen, in den wir keinen hineinließen. Es war wie unser heiliges Ritual.

»Nur, wenn du willst, natürlich«, ruderte sie sofort zurück.

»Ich muss das mit den anderen klären. Aber danke.«

Wir erreichten das Café nach einem kurzen Fußmarsch. Es lag versteckt zwischen zwei größeren Gebäuden und hatte ein einziges Fenster zur Straße hinaus.

»Wirkt total unscheinbar«, sagte Riley.

»José legt keinen großen Wert auf viel Kundschaft. Er meint, dass es ihn stresst, wenn der Laden voll ist, also arbeitet er nur so viel, dass es ihm reicht. Eigentlich ein gutes Geschäftsmodell, solange er alles hat, was er braucht.«

Ich öffnete die Glastür für sie und ließ sie vor mir eintreten. Es passten nur drei Tische in den kleinen Raum, und manchmal stellte José einen raus auf die Straße. Die Wände waren mit wundervollen kunstvollen Bildern aus Guatemala und Japan dekoriert. Eine Seite war seinem Land gewidmet, die andere dem seiner Frau Sakura. Es roch nach Zimt und Kräutern, leise Klaviermusik war zu hören. Dieses Café barg all die Ruhe, die in der Stadt oftmals verloren ging. Ich liebte es, herzukommen.

»Ey, Julian!«, rief José, als er mich entdeckte. Er trat hinter der Theke vor und schüttelte mir die Hand zur Begrüßung. »Wie lange ist das schon her?«

»Ich weiß. Ich hatte ziemlich viel um die Ohren.«

José schnalzte nur mit der Zunge. Er interessierte sich nicht für Ruhm oder Geld. Er lebte hier seinen Traum und war glücklich. »Und wer ist deine reizende Begleitung?«

»Riley, hallo«, sagte sie und schüttelte ihm ebenfalls die Hand.

»Bitte nehmt Platz!«

Wir setzten uns an den Tisch nahe am Fenster. Ich musste José nicht sagen, was ich wollte, er kannte meine Vorlieben. Da es keine Speisekarte gab, erklärte er Riley, was er zu bieten hatte, und sie entschied sich für die Tamales mit Reis. José bot uns Wein an, aber ich wiegelte ab, weil ich heute noch Probe hatte, und auch Riley blieb bei Wasser.

»Was hat dich dazu bewogen, auf die Bühne zu gehen?«, fragte ich, als José abgezogen war, um das Essen zuzubereiten.

»Das Gleiche wie alle, nehme ich an. Ich habe mich ins Theater verliebt. Als ich acht Jahre alt war, hat mich meine Mom das erste Mal mit in eine Show genommen. Wir haben uns *The Wizard of Oz* angesehen, und schon bei den ersten Takten war es um mich geschehen. Ich hab mir die ganze Zeit vorgestellt, wie es wäre, dort oben als Dorothy zu stehen, mit Toto durch Oz zu reisen und meinen Weg zurückzufinden. Während der gesamten Show hat es mich kaum auf meinem Sitz gehalten. Ich hab auf die Bühne gestarrt, ohne mich einmal zu bewegen. Meine Mom hat mich sogar ein paarmal angetippt, um zu sehen, ob alles in Ordnung ist. Ab da hab ich nach allem gesucht, was ich zu Musicals finden konnte. Ich verschwand in meinem Zimmer, baute Kulissen nach. Mein Bett war die Bühne, meine Kuscheltiere die Zuschauer. Meine Eltern dachten, es wäre ein Spleen, aber er hielt an, bis zwei Jahre später … bis meine Mutter starb. Ein Autounfall. Sie ist einem spielenden Kind ausgewichen, das auf die Straße gerannt war, um seinen Ball zu holen.«

»Das tut mir leid.«

Sie presste die Lippen zusammen und nickte. »Ihr Tod hat einen tiefen Riss in unserer Familie hinterlassen. Mom hätte vielleicht gerettet werden können, wenn jemand schneller reagiert hätte … Bis der Krankenwagen kam, war sie verblutet. Deshalb will mein Vater, dass wir medizinische Kenntnisse haben. Ajden war sofort dabei, ich auch erst, aber irgendwann hab ich gespürt, dass mich das alles erdrückt. Mein Dad hat mich erdrückt. Er war so um uns bemüht, hat alles für uns getan, aber er wollte auch seine Arbeit nicht vernachlässigen, weil er dort genauso gebraucht wurde. Die nächsten Jahre waren ein Balanceakt für ihn, der alles von ihm abverlangt hat. Dad ist so unglaublich besessen, er lässt nicht locker, wenn er etwas will. Natürlich war kein Platz mehr für meine Musikträume oder Unterricht oder dergleichen. Ich hab mir viele Videos zu Gesangstechniken reingezogen und versucht, mir alles, so gut es ging, selbst beizubringen, bis ich alt genug war, mir einen Job zu suchen und ein paar Stunden zu nehmen. Ich hatte auch ein paar kleinere Auftritte in der Highschool, aber das war nichts Besonderes, und mein Dad hat mir immer wieder zu verstehen gegeben, dass ich damit meine Zeit verschwende.«

»Und dennoch bist du hier.«

»Weil er gemerkt hat, wie schwer ich mich mit dem Medizinstudium tat. Er ist kein Unmensch, er will das Beste für uns, aber er versteht nicht, warum ich auf die Bühne will.«

»Ist vielleicht auch schwer für einen Außenstehenden.«

»Ja, aber ich weiß, was Musik bewirken kann. Sie bewegt etwas in Menschen. Als meine Mom starb, hab ich mich in meinem Schmerz verloren, aber ich wurde auch getröstet. Durch die Musik. Sie kann dich dort berühren, wo kein Medikament Wirkung zeigt, keine Umarmung je hingelangt. Sie ist wie ein magisches Wundermittel, das Wunden heilt und Halt gibt, wenn alles unter einem wegbricht. Hätte ich nicht meine Musik gehabt, wäre ich verloren gewesen.«

»Ich weiß, was du meinst.«

»Genau das will ich zurückgeben. Ich will durch Musik die Seelen anderer erreichen, um ihre Magie dort wirken zu lassen. Es klingt vielleicht abgefahren oder esoterisch, aber so empfinde ich. Mein Dad heilt mit seinen Händen und seinen Medikamenten, und ich möchte mit meiner Stimme heilen. Mein Berufswunsch ist also nicht so anders als seiner.«

Ich nahm einen Schluck von meinem Wasser und spülte so ihre Worte hinunter, die sich tief in mir eingenistet hatten. Irgendwo da unten, wo ich vorher nur Leere empfunden hatte, regte sich etwas.

Riley blickte zu mir und wischte die Kondenstropfen von ihrem Glas, ohne davon zu trinken. Sie hatte ihre normale Brille wieder auf, doch ihre Augen strahlten ähnlich intensiv wie vorhin im Park. Darin brodelte dieselbe Leidenschaft, die sie eben in Worte gefasst hatte. Riley brauchte die Musik wie die Luft zum Atmen, und genau das war unsere Brücke zueinander.

Wir hatten uns beide in diese wundervolle Art der Kunst verliebt.

José unterbrach uns. Er blickte mit einem leichten Grinsen zwischen uns hin und her, stellte dann die Teller ab und verzog sich sofort wieder. Riley schüttelte sich, trank von ihrem Wasser und wischte sich einen Tropfen vom Kinn, weil sie zu hastig gewesen war.

»Danke, dass du mich hierzu überredet hast«, sagte sie und nahm ihr Besteck. »Es war eine tolle Erfahrung.«

»Dank mir erst, wenn wir fertig sind.« *Was? Warum hab ich das gesagt?*

»Wie meinst du das?«

»Das war nicht unsere einzige Vorstellung.« Ich stockte, denn eigentlich hatte ich nicht vorgehabt, das ein zweites Mal durchzuziehen.

Sie runzelte die Stirn. »Du willst noch mal …?«

»Und wie ich das will!«

Scheiße, ich musste aufhören, solche Dinge zu sagen, aber ich kam auch nicht dagegen an. Ich wollte ihre Stimme nicht nur hören, wenn sie sang, sondern auch, wenn sie unter mir lag und ich jeden Zentimeter ihres Körpers küsste.

Ich griff über den Tisch und nahm ihre Hand. Meine Finger verwoben sich mit ihren, und mir fiel wieder auf, wie weich ihre Haut war.

Riley fixierte mich, räusperte sich und schlug die Beine übereinander. Ihr Fuß streifte mich dabei am Schienbein, und mich durchfuhr ein wohliger Schauer. Was würde ich darum geben, meine Finger über ihre nackten Oberschenkel gleiten zu lassen. Höher und höher, bis ich zum Bund dieser verflucht kurzen Shorts käme und sie ihr von den Hüften ziehen konnte.

»Wir machen so lange weiter, bis du locker bist und dich fallen lassen kannst.«

Riley gab ein leises Brummen von sich, das mir direkt in den Bauch schoss. In meiner Hose wurde es enger, und ich verlagerte das Gewicht von Neuem.

»Was schwebt dir vor?«

»Ich will alles mit dir durchgehen.« Ich hob ihre Finger und hauchte einen zarten Kuss darauf. Sie zuckte zusammen, verengte die Augen und atmete tief ein. Ihre Lippen öffneten sich, als wollte sie mich auffordern, das noch mal zu tun. »Die schnellen Nummern und die langsamen.«

Sie schluckte, rührte sich aber keinen Zentimeter von der Stelle.

»Wir gehen es ruhig an«, sagte ich. »Dann steigern wir das Tempo und die Intensität.«

»I…ich denke, das könnte mir gefallen.«

»Wenn du dich sicherer fühlst, nehmen wir uns die härteren Stücke vor.«

Sie biss sich auf die Unterlippe, und ich gab ein leises Keuchen von mir.

»Ich will, dass du auf alles vorbereitet bist und dich vollkommen sicher fühlst.«

Sie nickte und blickte auf meinen Mund, der noch immer dicht über ihren Fingern schwebte. Meine Hose spannte schmerzhaft, als ich mich ein Stück nach vorne lehnte, um ihr näher zu sein und diesen wundervollen zarten Duft nach Sommer und Abenteuer, der auf ihrer Haut lag, einatmen zu können.

»Sag mir wann und wo, und ich bin da«, meinte sie leise.

Sofort und am liebsten die ganze Nacht lang.

Ich nickte nur kurz, ließ ihre Finger los und rutschte wieder auf meinem Stuhl zurück. Der Abstand tat mir gut. Er klärte meinen Geist wieder etwas auf, denn das hier war eindeutig ein Fehler.

JULIAN 20.

Was tue ich?

Warum tue ich es?

Wieso tue ich es zum dritten, vierten, fünften Mal?

Ich stieg mit dem Pulk an Menschen von der Rampe und drehte mich nach Riley um, die ein wenig zurückgefallen war. Es war rappelvoll auf dem Weg nach Staten Island und zurück gewesen, als hätten sich alle Touristen der Stadt abgesprochen, ausgerechnet heute einen Ausflug mit der kostenlosen Fähre zu machen.

Ich fand Rileys dunklen Schopf in der Menge und wartete am Rand, bis sie sich zu mir durchgedrückt hatte. Sie hatte wieder ein luftiges hellgrünes Sommerkleid mit zarten rosafarbenen Streifen an. Es war um ihre Taille enger geschnitten, sodass es perfekt ihren Kurven schmeichelte und ihre schönen Beine betonte. Der Stoff war bedauerlicherweise dicker als der vom ersten Kleid, dennoch waren die wenigen Momente, in denen ich zufällig ihre Hüfte gestreift hatte, genauso intensiv gewesen wie bei unserem Gesangsunterricht im Proberaum.

Sie entdeckte mich und winkte mir zu. Ihre Wangen waren noch gerötet vom Auftritt, und in meinem Bauch zog sich etwas zusammen. Dieses Gefühl hatte ich nun schon ein paarmal mit Riley erlebt, vor allen Dingen, wenn sie mich mit diesem ganz besonderen Lächeln ansah. Wenn der Rausch der Musik sie gepackt hatte und sie davon so high wurde, dass sie sich in allem verlor.

Ich schluckte, und meine Kehle wurde trocken. Meine Gefühle für Riley ließen sich einfach nicht eindämmen, egal wie sehr ich es versuchte.

Sie erreichte mich und legte eine Hand auf ihr Dekolleté. »Entschuldige, die junge Frau, die vorne links auf dem Deck gesessen hat, hat mich angesprochen und gefragt, wo sie mich noch mal hören kann. Ich musste sie erst mal auf meine Website verweisen. Alles klar bei dir? Du siehst blass aus. Du bist doch nicht etwa seekrank?«

»Auf einer Fähre?«

»Kann doch sein.«

»Nein, mir geht es gut, keine Sorge.« Viel zu gut.

Das heute war unser vierter Auftritt. Ich hatte mich dabei erwischt, wie ich Riley zuhörte, wie ich ihr Fragen zu ihrem Leben stellte, wissen wollte, was sie antrieb, wovor sie Angst hatte, was sie sich von ihrer Zukunft erhoffte, wie es ihrer Familie ging. Ich wollte alles von ihr hören, so viel Zeit wie nur möglich mit ihr verbringen und diese wohlige Wärme genießen, die sie in mir hinterließ. Riley war so echt und unverfälscht. Sie war offen, herzig, redete und sang aus voller Leidenschaft. Ich hatte noch nie einen Menschen kennengelernt, der sich so in etwas fallen lassen konnte wie sie. Dazu war sie absolut betörend, und ich musste mich regelrecht zwingen, meine Finger bei mir zu behalten, wann immer ich ihr näher kam. Ich kannte all diese Anzeichen und wusste genau, was sie bedeuteten: Ich war drauf und dran, mich in diese Frau zu verlieben. Ich war drauf und dran, meine eigene Hölle zu betreten.

Sie zog das Gummi aus ihrem Pferdeschwanz und band sich die vom Wind zerzausten Haare neu. Meine Finger zuckten natürlich sofort, und ich musste mich beherrschen, sie nicht an ihren Nacken zu legen und ihre Frisur noch mehr zu zerstören, doch zum Glück wendete sie sich ab und kramte erst nach einem Kaugummi, dann nach ihrem Handy in der Tasche.

»Oh, es ist kurz nach sieben.«

»Wann wollte Ally zu dir kommen?«

»Um acht, aber sie hat einen Schlüssel und kann sich selbst reinlassen.« Sie steckte sich den Kaugummi in den Mund und bot mir auch einen an, doch ich lehnte ab.

»Wo genau wohnst du? Wir können uns ein Taxi teilen.« *Gott, Julian hör einfach auf zu reden, und lass sie gehen für heute.*

»In Hell's Kitchen auf der 46th.«

»Das liegt auf dem Weg zur Probe.«

»Dann sehr gerne. Seid ihr denn mit dem Lied weitergekommen?«

»Ja. Es hat jetzt einen Titel: *One Last Song.*«

»Schön.«

»Ist Breeze eingefallen, weil wir nur noch diesen letzten Song brauchen, um für das Konzert vorbereitet zu sein. Außerdem passt er gut zum Stück.« Ich hoffte inständig, dass wir es bald fertig bekommen würden. Daniel hatte vor zwei Tagen schon wieder durchklingen lassen, dass er das Lied unbedingt bei den Grammys einreichen wollte.

»Danke, dass du dir trotzdem die Zeit für mich nimmst bei all eurem Stress«, sagte sie.

»Ja, ich … ich weiß nicht, ob ich das noch länger tun kann.«

Riley zuckte kurz zusammen. Ich beobachtete sie nur aus dem Augenwinkel, aber ihre Schultern spannten sich an. »Natürlich. Du hast mir mehr gegeben, als ich je hätte erwarten können. Allein die Gesangsstunde und diese Auftritte waren Gold wert.«

Wenn es nach mir ging, würden wir das jeden Tag machen, aber ich begab mich auf viel zu dünnes Eis. Es war pures Glück, dass mich noch niemand dabei erkannt hatte, wie ich mit Riley Musik machte. Heute hatte ich zwischendurch den Eindruck, wir wären beobachtet worden. Einige der Passagiere hatten den Auftritt aufgenommen und mich sehr eindringlich angesehen. Ich hatte keine Lust, morgen auf Langdons Kanal zu sehen, dass ich meine Frauen nun erst singen ließ, ehe ich sie bestieg, denn das war genau der Stoff, den sie hervorbrachte. Sie hatte Tracey eine Plattform gegeben, sie würde es auch für Riley tun, sobald sie von ihr wusste. Ich schätzte Riley zwar nicht so ein, als würde sie sich bei einem Klatschkanal über mich auslassen, aber das hatte ich bei Summer auch nicht getan.

Wir fanden ein freies Taxi, verstauten unsere Sachen und rutschten auf die Rückbank.

»Okay,«, sagte Riley und wandte sich mir zu, als sich das Auto in den Verkehr einfädelte. »Deine Kritik. Schieß los: Was kann ich besser machen?«

Du könntest mich öfter so ansehen, wie du es jetzt tust. Du könntest deine Finger auf meine Brust legen, du könntest diese Wahnsinnslippen nicht nur dazu nutzen, um zu singen, sondern um mich zu küssen und …

Der Taxifahrer trat heftig auf die Bremse, und wir rutschten beide nach vorne in die Sicherheitsgurte. Er fluchte irgendwas auf Indisch, während er zwei Passanten den Mittelfinger zeigte, die einfach über die Straße gerannt waren.

Ich schloss die Augen und atmete einmal durch. Riley klopfte sich auf die Brust und hustete kurz.

»Alles klar?«

»Hab meinen Kaugummi verschluckt, aber sonst ja.« Sie lehnte sich im Sitz zurück und sah mich erwartungsvoll an.

Ach, richtig. Die Kritik. »Du stützt schon viel besser mit deinem Atem. Versuche bei den hohen Tönen eher nach unten zu denken, wenn es dir hilft, kannst du auch leicht in die Knie gehen. Bleibe locker im Gaumen, und halte ihn offen, damit du vollere Laute erzeugen kannst.«

»Okay. Ich würde gerne besser belten können. Irgendwelche Tipps dazu?«

»Stützen. Immer wieder und noch viel mehr, als du denkst. Aber du bist auf einem guten Weg. Wirklich.«

Sie tippte sich mit den Fingern ans Kinn und sah zum Fenster hinaus. Diesen Blick hatte sie oft drauf, wenn sie angestrengt über etwas nachdachte. Dann bildete sich diese kleine Falte zwischen ihren Augenbrauen, und ihre Lippen pressten sich leicht zusammen. Riley sprach mit Gesten so viel mehr als mit Worten.

Wir redeten noch eine Weile übers Singen und welche Stücke ich ihr für Auditions empfehlen würde, aber leider ging die Fahrt viel zu schnell zu Ende.

Der Taxifahrer bog in Rileys Straße ab und hielt vor ihrem Haus. Es war ein einfaches Gebäude in einer ruhigen Nachbarschaft. Hell's Kitchen war nicht der übelste Ort zum Leben. Die Apartments waren meistens klein, aber ausreichend.

Ich bat den Fahrer kurz zu warten, während ich mit Riley ausstieg und zu ihrer Tür lief. Ich fühlte mich komisch, als wäre das hier ein Abschied, was natürlich Quatsch war. Wir würden uns weiter in der Schule über den Weg laufen, vielleicht käme sie doch noch zum Konzert.

Riley wühlte in ihrer Tasche nach ihren Schlüsseln und drehte sich zu mir um, als sie sie fand. »Das, was du für mich getan hast, ist unglaublich, Julian. Kann ich mich bei dir revanch…?«

Auf einmal lagen meine Lippen auf ihren. Ich hatte keine Ahnung, wie es dazu gekommen war, aber es passierte eindeutig.

Riley stockte, ihr Mund blieb erst fest, doch kaum übte ich etwas Druck aus, gab sie sofort nach. Ich zog sanft an ihrer Oberlippe, wartete, ob das für sie okay war. Sie entließ ein leises Keuchen, griff in meinen Nacken und drückte sich enger an mich. Meine Zunge fand ihre, berührte sie nur sachte, bis ich ihre Erwiderung spürte. Sie schmeckte nach der Minze des Kaugummis und etwas anderem Betörendem, das ich nicht deuten konnte. Ich legte eine Hand um ihre Taille und verlor mich mehr in diesem Moment, als ich sollte. Riley küsste genauso intensiv, wie sie sang, wenn sie niemand beobachtete: frei und voller Leidenschaft. Es fühlte sich an, als würde sie mir hier und jetzt alles von sich offenbaren wollen. Sie bot mir ihr Innerstes an, machte mir dieses Geschenk, das sie mir auch mit ihrem Lied an jenem Abend im Theater gemacht hatte, ohne es zu wissen.

Ihre Schlüssel fielen zu Boden, und sie legte auch die andere Hand an meinen Nacken. Ich wollte mehr von ihr spüren, aber ihr Brillengestell störte mich. Als ich mich kurz zurückzog, sah sie mich fragend an, doch ich zog ihr das Ding lediglich von der Nase, schob es in meine hintere Jeanstasche und kehrte zurück zu ihrem Mund. Unser Kuss brannte leidenschaftlicher als zuvor. Es fühlte sich an, als müssten wir all die Energie, die wir beim Singen und bei den Proben aufgebaut hatten, in diesem Moment herauslassen. Die Zurückhaltung, die sexuelle Anspannung zwischen uns; all das schoss durch uns durch und suchte sich ein Ventil. Sie kratzte mit ihren Fingernägeln über meine Kopfhaut, was mir ein tiefes Knurren entlockte. Wieder staute sich diese angenehme Wärme in meinem Bauch und füllte mich auf eine Art aus, wie ich es noch nie mit einer Frau erlebt hatte. Riley hatte so unfassbar viel zu geben. Sie war so viel mehr als das, was sie von sich zeigte. Ich brauchte mehr von ihr, ich wollte mehr von ihr und alles erforschen, was noch in ihr steckte.

Energisches Hupen riss uns jäh aus dem Kuss. Ich hielt inne und wandte mich an den Taxifahrer, der die Hände hob und mich aufforderte, zurückzukommen.

»Wenn das eine angemessene Belohnung für deine Mühe mit mir ist, kannst du gerne mehr davon haben«, sagte Riley und löste langsam ihre Hände von meinem Nacken.

»Was? Nein! Das sollte keine Antwort auf deine Frage sein. Du weißt, dass ich nichts von dir will. Also keine Gegenleistung für den Unterricht.«

»Du kannst dennoch gerne mehr davon haben.« Sie lehnte sich noch mal zu mir und küsste mich erneut sanft auf die Lippen. Ich stöhnte in ihren Mund und wollte sie ein weiteres Mal an mich ziehen, aber der Taxifahrer hupte wieder und wieder und wieder.

Ich löste mich von Riley und funkelte ihn an. »New Yorker.«

»Keinen Sinn für Romantik.«

Ich seufzte, hob ihre Schlüssel auf und reichte sie ihr.

»Du wirst weiter üben«, sagte ich und lief rückwärts zurück zum Wagen.

»Singen oder Küssen?«

Ich grinste und öffnete die hintere Tür. Als ich einsteigen wollte, rannte sie mir allerdings hinterher.

»Warte!«

»Ich meinte nicht das Küssen. Das kannst du sehr gut.« *Viel zu gut.*

»Danke, aber ich bräuchte bitte meine Brille wieder. Ohne die bin ich blind wie ein Maulwurf.«

Was?

Sie deutete auf meine Hosentasche, und ich griff nach hinten, um ihre Brille hervorzuziehen, auf die ich mich gleich gesetzt hätte. Unsere Finger streiften sich kurz, als ich sie ihr zurückgab. Das reichte schon aus, dass es mich von Neuem schauderte und ich sie am liebsten wieder an mich gezerrt hätte.

»Danke für den tollen Nachmittag«, sagte sie und setzte die Brille leicht schief auf die Nase. »Habt eine gute Probe.«

»Und du viel Spaß mit Ally.« Ich stieg ins Auto ein, schloss die Tür hinter mir und gab dem Fahrer die Adresse vom Proberaum. Er drückte sofort aufs Gas, als hätte er es eilig, Feierabend zu machen.

Ich blickte ein letztes Mal zurück und sah noch, wie Riley das Haus betrat.

Was tue ich?

Warum tue ich es?

Und wieso will ich es wieder und wieder und wieder tun?

RILEY 21.

Ich schaffte es nicht mal aufzuschließen, als die Tür schon aufsprang und mir eine strahlende Ally gegenüberstand. Sie trug ihre rosafarbene Lieblingsyogahose und ein hellgraues Schlabbershirt. Ihre Haare hatte sie hochgebunden, und die Augen riss sie so weit auf, als wäre ich der Pizzabote, auf den sie sehnsüchtig wartete, weil sie kurz vorm Verhungern war.

»Was um Gottes willen geht mit dir und Julian Sloan?!«

»Äh, bitte?«

»Komm sofort rein!« Sie zerrte mich in meine Bude und schloss die Tür hinter mir.

Ich streifte meine Schuhe ab und legte meine Tasche auf die Küchenzeile, während Ally zum Bett eilte und sich neben ihrer Chipsschüssel niederließ.

»Ihr habt euch geküsst!« Sie nahm eine Handvoll und kaute genüsslich.

Oh, verdammt. »Du hast uns gesehen.«

»Jaaaa! Wie zum Henker kommt es dazu, dass Julian Sloan dich nach Hause begleitet und dich knutscht, als gäbe es kein Morgen mehr? Du hast mir gesagt, dass ihr euch nur flüchtig kennt! Du alte Lügnerin!«

Ich blickte zum Fenster, das nach vorne zur Straße zeigte. Klar hatte sie uns gesehen.

»Ich habe das Gehupe gehört und rausgeschaut, während ich auf dich gewartet hab. Ich hab nicht gespannt oder so, aber hätte ich gewusst, dass ihr so heiß ausseht, hätte ich es getan. Hab nur noch den Schlussakt gesehen.«

Kurz schloss ich die Augen, um mich zu sammeln, was nicht leicht war, denn Julians Duft hing noch an meiner Haut und auf meinen Lippen.

»Warum ist er denn nicht mit hochgekommen? Meinetwegen? Ich wäre sofort gegangen, wenn ihr alleine sein wollt. Du hättest mir nur ein Zeichen geben müssen und …«

»Holst du auch mal Luft zwischendrin?«

Sie schüttelte den Kopf und stopfte sich mehr Chips in den Mund. Sie war so herrlich aufgeregt, dass ich selbst mitgrinsen musste.

Julian Sloan hat mich geküsst, und es hat sich verdammt gut angefühlt.

»Also? Erfahre ich jetzt ein paar Details?«

»Du hast ja schon alles gesehen.« Ich ging rüber ins Bad und wusch mir die Hände. Am liebsten hätte ich auch gleich geduscht, um den Schmutz der Stadt loszuwerden, aber ich fürchtete, dass Ally es nicht so lange aushielt.

»Riley! Stell dich nicht so an!«, rief sie von nebenan.

Ich kicherte und sah in den Spiegel. Meine Haare waren zerzaust von Julians Händen, die Brille saß schief auf meiner Nase und war hoffnungslos verschmiert, und meine Lippen glühten noch immer. Ally erschien am Türrahmen und baute sich darin auf.

»Küsst er so gut, wie er aussieht? Ich wette, dass er das tut.«

Ich schmunzelte, stellte in aller Ruhe das Wasser ab und trocknete mir die Hände.

»Riley Maddock! Antworte mir gefälligst!«

Ich stieß die Luft aus und grinste sie im Spiegel an. »Ja, er küsst fantastisch, und er ist nicht mit hochgekommen, weil er zur Bandprobe musste. Zufrieden?«

»Noch lange nicht. Was ist mit Ethan?«

»Den, äh, hab ich nicht geküsst.«

Sie rollte mit den Augen und ließ mich zurück ins Zimmer. »Siehst du ihn auch? Hast du Kontakt zum Rest der Band? Herrgott, lass dir doch nicht alles aus der Nase ziehen! Und warum hast du mir nicht gleich alles erzählt?«

»Weil es keine große Sache war, als wir darüber geredet haben. Julian und ich waren nur ein paar Mal miteinander aus und … Aua!« Ally hatte mir gegen den Arm geboxt. Fest.

»Ein paar Mal?! Das ist wohl eine große Sache!«

»Es tut mir leid, dass ich nichts gesagt habe. Ich … keine Ahnung. Ich wollte nicht damit angeben oder so was.« Die Wahrheit war, dass ich nicht wusste, wo ich hätte anfangen sollen. Julians und mein Kennenlernen war alles andere als gewöhnlich gewesen. Ich war auf eine Art in sein Leben und das der anderen Bandmitglieder getreten, die alle erschüttert hatte. Dann hatten wir diese erste verwirrende Gesangsstunde, wo er mich angefasst und rausgeworfen hatte, seine Entschuldigung, die Auftritte, das heute. Ich hatte nie geplant, es so weit kommen zu lassen. »Julian ist öfter im Bistro aufgetaucht, während er die Masterclass vorbereitet hat. Da kamen wir ins Gespräch, und er hat erfahren, dass ich singe. Eins ergab das andere, und auf einmal standen wir auf der Straße und haben zusammen Musik gemacht.« *Und uns dann geküsst.*

»Warte, warte! Ihr habt zusammen Musik gemacht? Einfach so?«

»Nein, er hatte mich vor einiger Zeit am Klavier gehört. Das hat ihm wohl gefallen, aber er meinte, ich hätte noch einige Schwächen.« Ich zog die Schultern an, weil ich mich richtig mies fühlte, das so lange vor Ally geheim gehalten zu haben. Es war nicht absichtlich geschehen. Sie hatte in den letzten Wochen wirklich viel mit ihrer Masterclass zu tun gehabt, sodass wir uns meistens nur zwischen Tür und Angel gesehen hatten.

Ally kniff die Augen zusammen und ballte ihre Hand zur Faust, als wollte sie mich schon wieder boxen. »Du fängst mal besser von vorne an. Ich will alles wissen.«

Wir kletterten gemeinsam aufs Bett. Ich schnappte mir eine Handvoll Chips und fing an zu erzählen. Die Sache mit Ethan ließ ich allerdings außen vor. Es stand mir nicht zu, das weiterzutratschen. Er musste selbst entscheiden, wer davon wissen durfte und wer nicht. Ally lauschte gebannt, wollte natürlich jedes kleine Detail wissen und gab immer wieder aufgeregte Laute von sich.

»Und wie geht es jetzt weiter?«, fragte sie, als ich fertig war. Wir lagen beide auf der Seite und blickten uns an. Die Chipsschüssel war schon lange leer, genau wie der Becher Eis, den wir danach verputzt hatten. Ich war ein wenig müde vom Tag. Das Singen und Reden hatten mich ausgelaugt, und ich spürte, wie der Schlaf an mir zog.

»Gar nicht. Julian meinte, dass er das nicht länger machen kann.«

»Was jetzt? Das Singen oder das Küssen?«

»Wenn ich das wüsste.« Wobei ich mich jetzt schon wieder nach ihm sehnte und am liebsten sofort dort weitermachen wollte, wo wir aufgehört hatten. Ich rollte mich auf den Rücken und sah an die Decke. »Ich würde schon gerne, aber eigentlich habe ich keine Zeit für irgendwas anderes und er auch nicht. Ich muss mich auf meinen Traum konzentrieren und nicht auf jemanden wie Julian.«

»Hörst du dir eigentlich selbst zu? Was ist das für ein Schwachsinn?«

»Gar keiner. Du weißt doch, wie es aussieht. Wenn ich mich jetzt von Julian ablenken lasse, sind die nächsten Monate schneller vorbei, als ich blinzeln kann.« Noch während ich das sagte, merkte ich, wie lahm es klang. Es war eine billige Ausrede. Ich vermisste Julian, obwohl wir uns vorhin erst gesehen hatten. Allein beim Gedanken daran, ohne ihn weiterzumachen, zog sich in mir alles zusammen.

»Hast du denn das Gefühl, dass er dich ablenkt?«

»Keine Ahnung.« Ich drehte den Kopf und suchte in Allys Gesicht nach einem Rat, von dem ich selbst nicht wusste, wie er aussehen sollte. War es besser, mir Julian Sloan aus dem Kopf zu schlagen oder mich doch auf ihn einzulassen? Nur weil wir nicht mehr gemeinsam auftraten, hieß das ja nicht, dass wir nicht ein wenig Spaß haben konnten. Oder?

»Meine Freundin knutscht einen heißen Rockstar«, stellte sie nun fest.

»Kommst du auch irgendwann darauf klar?«

»Ich glaube nicht. Wenn das rauskommt, wirst du das neue Topthema in der Schule werden.«

»Oh, hör mir bloß auf! Und bitte erzähl es nicht weiter.«

»Aber ihr seid öffentlich aufgetreten. Denkst du nicht, dass er erkannt wurde?«

»Heute war ich mir nicht sicher, weil die Fähre so voll war, aber bei den ersten Auftritten hat er sich echt gut getarnt. Wie Joshua Bell damals, als er das Experiment in der U-Bahn-Station gemacht hat.« Julian war zwar kein Weltklassegeiger, aber dennoch sehr bekannt.

»Von mir erfährt niemand was, keine Sorge. Hast du Karten fürs Konzert?«

»Nein, er hat es angeboten, aber ich hab abgelehnt.«

Sie boxte mir zum x-ten Mal heute gegen den Arm. Allerdings nicht mehr so fest. Sie wurde wohl auch langsam müde.

»Jetzt lass das endlich!«

»Denkst du vielleicht auch mal an mich?«

Stimmt, sie hatte ja gerne hingewollt, das hatte sie mir am ersten Tag erzählt, als wir uns kennenlernten. »Ich kann gerne noch mal nachhaken, er macht es sicherlich möglich. Vielleicht kann ich dich solange mit *Hamilton* trösten?«

»Hast du dafür etwa auch Karten?«

»Beste Plätze im Haus, inklusive Führung durchs Theater.«

»Oh Gott, Riley. Ich sterbe!«

»Bitte warte damit, bis wir die Show gesehen haben, ja?«

»Aber willst du nicht mit ihm hingehen?«

»Ach, nein. Julian hat schon so ziemlich alles am Broadway durch, und ich würde mich sehr freuen, wenn du mich begleitest. Sag mir einfach, wann es dir am besten passt.«

Sie stieß die Luft aus und lächelte zufrieden. Ihre Augen fielen langsam zu, genau wie meine.

»New York ist das beste Abenteuer meines Lebens«, sagte sie schon im Halbschlaf.

»Ich bin froh, dass wir uns kennengelernt haben«, meinte ich und gähnte herzhaft.

»Ich auch«, erwiderte sie, dann fielen wir beide in unseren wohlverdienten Schlaf.

JULIAN

22.

»Hear my voice
from the rubble of my soul
remains one last song.
I'm running out of things to say …«

Ich stoppte und notierte die neuen Noten, die mir eben eingefallen waren. Es war früh am Tag, aber ich liebte es, zu dieser Zeit zu komponieren. Wenn die Stadt erst aufwachte, es noch ruhig um mich herum war und keiner etwas von mir wollte. Seit drei war ich wach, hatte mich auf dem Laufband im hauseigenen Gym verausgabt und saß nun an diesem Song, der mir heute zum ersten Mal leicht von der Hand ging. Ich hatte den Refrain noch mal komplett umgearbeitet und ruhiger gestaltet. *Still Waters Run Deep* war sehr rau, fast schon unbeherrscht. Das Lied hatte uns nach vorne katapultiert, und wir versuchten seither, diesen Erfolg zu wiederholen, aber vielleicht war genau das der Fehler. Vielleicht mussten wir aus bewährten Denkmustern ausbrechen und auch mal sanftere Klänge wählen.

Vielleicht war das aber auch nur der Einfluss der Lieder, die ich mit Riley gesungen hatte. Alles eher melodische, tiefgründige Stücke mit viel Volumen für die Stimme.

Ich spielte ein weiteres Mal die neuen Akkorde und tippte mit dem Fuß den Takt mit. Vor mir erwachte New York langsam zum Leben. Durch das bodentiefe Fenster hatte ich einen perfekten Blick auf den East River. Die aufgehende Sonne spiegelte sich in den Hochhäusern Manhattans und zauberte diesen ganz speziellen Glitzer auf die Stadt, die sie fast schon friedvoll wirken ließ.

Ich stimmte in die nächste Strophe ein und versuchte auch hier ein paar Neuerungen im Text.

»Everyday I see truth in broken hearts
Everyday I keep learning learning
This is not the worst that I could possibly do«

»Das ist gut«, sagte ich zu mir selbst und notierte rasch die Zeilen, ehe sie mir entfielen. Als ich fertig war, legte ich den Stift weg und massierte meinen steifen Nacken. Mein Schädel pochte dumpf von der konzentrierten Arbeit, doch ich fühlte mich gut. Ich nahm mir meinen kalten Kaffee, den ich vor einer Stunde aus der Maschine gezogen hatte, und trat ans bodentiefe Fenster. Eine sanfte Brise wehte durch die gekippte Scheibe herein. Es duftete nach Meer und Algen. Einige Möwen waren unterwegs und fingen sich ihr Frühstück. New York hatte so viele Facetten: von Hektik über Romantik hin zur Nostalgie und Stille. Die Stadt war so mannigfaltig wie die Menschen, die in ihr lebten.

Ich trank einen Schluck und überlegte, was Riley wohl heute tat. Seit dem Kuss vor zwei Tagen hatten wir ab und an geschrieben. Zwangloser Smalltalk, mehr nicht. Dennoch kreisten meine Gedanken weiterhin um sie, und ich hatte ziemlich viel Druck unter der Dusche ablassen müssen. Vielleicht sollte ich einfach mal wieder Sex haben, um Riley zu vergessen. Vielleicht war ich wirklich untervögelt, wie Ethan ständig behauptete.

Mein Handy riss mich aus meinen Gedanken. Ich drehte mich um und schnappte es von dem Sessel. Seit ich eine neue Nummer hatte, war ich wieder entspannter geworden. Mal sehen, wie lange das anhielt.

»Hey, Sam.«

»Oh, du gehst ja ran. Ich hatte mich drauf eingestellt, dir auf die Mailbox zu sprechen.«

»Ich bemühe mich um Besserung. So wie ich es Daniel versprochen habe.«

»Danke, ich werde es lobend erwähnen und dir einen Lutscher geben, wenn wir uns wiedersehen.«

Ich rollte mit den Augen. Sam war früher Lehrerin gewesen, ehe sie mit Daniel die Agentur gegründet hatte. »Was gibt es denn?«

»Ich rufe wegen Riley an.«

Schlagartig wurde mir heiß. So ähnlich hatte Daniel damals auch angefangen, als es wegen Summer richtig rundging. »Was ist?«

»Du warst vorgestern mit ihr auf der Staten Island Ferry.«

»Scheiße.« Ich hatte es Sam nicht erzählt. Musste ich auch nicht, schließlich war ich ein freier Mann und konnte tun und lassen, was ich wollte. Dass sie es wusste, konnte nur eins bedeuten: »Jemand hat mich erkannt.«

»Ja. Eine Influencerin namens Strawberry-Cake postet fleißig Bilder und auch Videos von dir und Riley.«

»Wie groß ist ihr Account?«

»Über hunderttausend. Ihre Follower spekulieren bereits, wer Riley sein könnte. Es wird nicht mehr lange dauern, bis sie jemand erkennt.«

Es ging also los.

»Keine große Sache, aber du magst ja gerne informiert werden, wenn so was hochkommt.«

»Ja, danke. Hast du das Riley schon gesagt?«

»Hast du mal auf die Uhr geschaut? Es ist kurz vor sechs.«

»Aber bei mir rufst du an.«

»Weil ich dich kenne. Abgesehen davon hatte ich ja erwartet, mit deiner Mailbox zu sprechen.«

Ich ging meine gemeinsamen Auftritte mit Riley im Kopf noch mal durch. Es war harmlos gewesen, wir hatten nur gesungen, und falls der Taxifahrer kein Bild davon gemacht hatte, wie ich über Riley hergefallen war, gab es nichts zu spekulieren. »Wir haben nur Musik gemacht.« *Und uns dann geküsst.*

»Mir gegenüber brauchst du dich nicht zu rechtfertigen, Jules. Ich mag Riley. Es könnte halt sein, dass sie auch etwas Aufmerksamkeit dadurch erhält. Aber das wird sich bald legen, denk ich. Es sei denn, sie reißt auch so einen Auftritt, wie Tracey es gemacht hat.«

»Dazu hat sie keinen Grund.« *Noch nicht.*

»Na, dann wird sie wohl ein paar neidvolle Mails erhalten, warum sie mit Julian Sloan abhängt. Wie ich sie einschätze, wird sie es abnicken und weitermachen. Riley ist ziemlich geradlinig. Ich hab ein paarmal mit ihr gesprochen, um einen Termin mit Ethan zu finden.«

Irgendwie hatte ich das Gefühl, dass jeder sie besser kannte als ich.

»Ihr wart übrigens toll zusammen. Riley und du harmoniert richtig gut.«

Ich weiß. »Danke, auch fürs Bescheidgeben.«

»Dafür bin ich da. Bis später.«

Sie legte auf, und in mir brodelte es. Das war genau das Brodeln, das ich hatte vermeiden wollen. Dieses Gefühl der Hilflosigkeit, wenn mir alles entglitt und ich nichts mehr tun konnte, um die Lawine aufzuhalten. Ich gönnte Riley Erfolg und Aufmerksamkeit, aber sie sollte beides nicht durch mich erhalten. Es war gut, dass ich dem einen Riegel vorgeschoben hatte. Wenn ich ein paar Tage abwartete, müsste alles wieder abgeflaut sein, und ich könnte …

Mein Telefon vibrierte erneut. Dieses Mal war es eine Nachricht von Riley.

Als hätte sie mich gehört.

Ich brummte tief und öffnete den Messenger.

Guten Morgen. Musste gerade an dich denken und hoffe,
du hast einen tollen Start in den Tag. Wie laufen die Proben?

Gut. Schlecht. Ich kann nur an dich denken. Ich will dich wieder küssen. Warum musst du unbedingt Sängerin sein?

Es wäre so viel einfacher, wenn sie Buchhalterin wäre oder Lehrerin oder Polizistin oder meinetwegen Kunstfliegerin. Alles andere, nur nicht in meiner Branche!

Statt ihr zu schreiben, drückte ich auf den Anrufbutton. Es dauerte nur eine Sekunde, ehe sie abnahm.

»Oh, hi«, sagte sie leise. »Ich hatte nicht damit gerechnet, dass du schon wach bist.«

»Stör ich?«

»Nein, warte kurz. Ich will Ally nicht wecken.« Es raschelte, als würde sie ein Laken zur Seite schlagen und aus dem Bett kriechen. Dann klickte es leise, als sie wohl eine Tür schloss.

»So, bin im Bad, aber es kann sein, dass sie es mitbekommen hat und sich gleich die Ohren an der Tür platt drückt. Oh, sie hat uns vorgestern übrigens gesehen.«

»Auf der Fähre?«

»Nein, vor meiner Haustür. Sie hat aus dem Fenster geschaut, weil der Taxifahrer gehupt hat.«

»Verstehe.« Wieder erfasste mich dieses Prickeln, und die Erinnerung an den Kuss stieg in mir hoch. Ich lief zurück zum Fenster und stellte mir vor, wie sie irgendwo da drüben auf ihrem Badezimmerboden oder dem Rand der Wanne saß und mit mir redete. »Es kann sein, dass du demnächst mehr Aufmerksamkeit bekommst. Wir wurden gefilmt.« Ich erklärte ihr alles, was Sam mir eben gesagt hatte, und achtete dabei auf ihre Reaktion. Ich wollte wissen, ob es ihr unangenehm war oder sie sich darüber freute, aber Riley gab mir keinerlei Hinweis.

»Oh«, sagte sie schlicht. »Dann sollen sie mal rumspekulieren. Ich sage allen, dass wir nur zusammen Musik gemacht haben, mehr nicht.«

Mehr nicht. So einfach war das für sie.

»Es sei denn, du willst, dass ich etwas anderes sage«, schob sie nach, weil ich nicht gleich reagiert hatte.

»Nein, das … das klingt gut.« Wieder kochte das Bedürfnis in mir hoch, sie zu sehen. Ich wollte in ihrer Nähe sein, diese Wärme in meinem Bauch spüren, ihre Stimme direkt hören, nicht nur über den Hörer, sie noch mal anfassen, sie wieder küssen, alles an ihr bis ins kleinste Detail erforschen.

»Bist du noch dran?«, fragte sie.

»Was machst du heute Abend?«

»Ich wollte mit Ally eigentlich …«

»Nimm keine Rücksicht auf mich!«, hörte ich auf einmal eine andere Stimme. Sie klang gedämpft und weit weg.

»Ally!«, rief Riley. »Wie lange stehst du schon da draußen?«

»Erst fünf Minuten. Ich muss dringend aufs Klo, aber ich wollte dich nicht stören.«

»Ich lass sie besser rein«, sagte Riley zu mir.

»Klar.«

Sie öffnete die Tür, und ich hörte ein leises Kichern.

»Ihr könnt euch gerne treffen«, rief Ally. »Und hi, übrigens. Tut mir leid, dass ich ins Gespräch platze. Ich bin ein großer Fan von euch.«

»Ally, du …« Es raschelte wieder, die Stimmen der beiden kamen gedämpft durch den Hörer. Vermutlich hatte Riley die Hand übers Mikro gelegt.

Ich schmunzelte und wartete, bis sie fertig diskutiert hatten.

»Bin wieder da, tut mir echt leid. Sie ist total lieb, aber aufgeregt.«

»Kein Problem. Ich wollte dich fragen, ob du vorbeikommen magst. Wir könnten ein paar Songs durchsprechen, mit denen du zu Auditions gehen kannst. Ich hab außerdem noch einen Karton mit alten Noten und Unterrichtsmaterial aus meiner Zeit bei der NYMSA. Die Sachen sind bei Breeze eingelagert, aber ich lass sie herbringen, dann kannst du alles durchschauen, ob etwas dabei ist, was dir hilft.« *Fuck! Hab ich das eben wirklich gesagt?*

Schweigen. Rascheln. Noch mehr Schweigen.

»Das wäre sehr schön, aber wie ich dir vorgestern schon gesagt hab: Ich will deine Zeit nicht überbeanspruchen.«

»Tust du nicht. Ich kann sowieso nichts mehr mit dem Kram anfangen, und Breeze ist sicher nicht sauer, wenn ich seinen Keller nicht länger damit belagere.«

»Na gut. Dann sehr gerne.«

»Gut, am besten gegen acht.« Bis dahin sollten wir mit allem durch sein. Heute war Sonntag, und wir würden früher anfangen zu proben. »Ich schick dir die Adresse.«

»Ich freu mich drauf.«

»Ich mich auch.«

Ich legte auf und tippte mir mit dem Handy ans Kinn. »Ich bin ein Idiot.«

JULIAN 23.

Ich startete die Playlist, öffnete die Tür und spürte, wie mein Herz schneller pochte, nur in der Erwartung, Riley endlich wiederzusehen. Sie stand im Flur und lächelte mich verhalten an. Ihre hautengen Leggings umschmeichelten ihre Beine, und mal wieder musste ich mich beherrschen, sie nicht sofort in die Arme zu reißen und ins Schlafzimmer zu tragen. Sie nestelte an ihrem langen Shirt herum, wippte leicht vor und zurück, anscheinend unsicher darüber, wie wir uns am besten begrüßen sollten, weil der Kuss zwischen uns hing.

Langsam. Wir müssen es langsam angehen. Das darf nicht noch mal passieren, egal, wie sehr ich mich nach ihr sehne.

Ich bat sie rein. Ihr sanfter, leicht blumiger Duft folgte ihr, als sie meine Suite betrat. Ich brummte leise, als sie mich passierte, und sie reagierte mit einem scharfen Atemzug. Kaum war die Tür geschlossen, schlang ich den Arm um ihre Taille und drückte sie zurück an die Wand. Sie schnappte nach Luft, versteifte sich erst, doch als ich meine Lippen auf ihre presste, gab sie sofort nach. Sie schmeckte süß und so verlockend, dass ich mich am liebsten in ihr verloren hätte.

Das mit dem »langsam angehen« klappt ganz großartig.

Rileys Nähe war derart betörend, dass alles in mir danach schrie, sie festzuhalten. Sie packte mein Shirt vorne an der Brust, verkrallte ihre Fingernägel im Stoff und zerrte mich fester zu sich. Ich stemmte die Hände rechts und links von ihr an der Wand ab und gab ihr, was sie wollte. Unsere Zungen streiften sich. Mal langsamer, mal intensiver, mal hektischer, dann wieder ruhiger. Der Kuss und ihre Nähe schossen mir durch und durch und sandten derart heftige Wellen in meinen Körper, dass ich es kaum aushielt. Das hier war mehr als nur Verlangen, es ging tiefer und nistete sich dort ein, wo seit Jahren kein Licht mehr hingekommen war. Mir wurde leicht schwindelig, und ich war dankbar für die Wand hinter uns. Riley stöhnte in meinen Mund, rang genauso nach Atem wie ich.

Irgendwann löste ich mich von ihr und verharrte einen Moment in dieser Position.

»Tut mir leid«, sagte ich. »Ich wollte nicht so über dich herfallen.«

»Kein Grund für eine Entschuldigung.«

Ich lächelte, lehnte meine Stirn an ihre und genoss einfach nur ihre Nähe. Auf einmal legte sich eine Stille über mich, wie ich sie noch nie gespürt hatte. Nicht mal mit Summer, von der ich einst dachte, sie würde mir die Welt bedeuten. Riley toppte einfach alles. Sie umschloss meine Seele und ließ sie derart vibrieren, wie ich es nie für möglich gehalten hätte.

Es war verwirrend und aufregend und kribbelnd und einfach nicht gut.

Ich löste mich von ihr, um einen klareren Gedanken fassen zu können und weil ich kurz eine Pause brauchte. Sie stieß sich ebenfalls von der Wand ab und rückte sich die Brille auf der Nase zurecht, die natürlich völlig verschmiert war. Sie kramte in ihrer Tasche nach einem Putztuch, während sie weiter in die Wohnung hineinging.

»Ich dachte mir schon, dass dein Reich beeindruckend ist, aber deine Bude ist fünfmal so groß wie mein Zimmer.«

»Ist nicht meine Bude. Ich wohne hier nur vorübergehend.«

»Stimmt, das sagtest du. Wie lange bist du eigentlich in der Stadt?«

Ich klappte den Mund auf und schloss ihn wieder. Darüber hatten wir tatsächlich nie gesprochen. »Bis das Konzert vorbei ist. Danach reisen wir nach L. A. und starten eine nationale Tour.«

»Verstehe.«

Ich versuchte herauszuhören, ob sie das enttäuschte oder nicht, aber ich konnte es nicht mit Bestimmtheit sagen. Riley wäre möglicherweise selbst nicht mehr lange hier, falls sie die Bedingungen ihres Vaters nicht erfüllen könnte. Mich störte es nicht, durch die Welt zu reisen. Für mich waren Freundschaften auch über Entfernung möglich.

»Darf ich meine Schuhe ausziehen?«, fragte sie.

»Du darfst ausziehen, was auch immer du willst.« Ich verschränkte die Arme vor der Brust und lächelte sie anzüglich an. »Ich kann auch andere Musik spielen, falls du etwas Unterstützung brauchst.«

»Spinner«, sagte sie mit einem Schmunzeln, stützte sich an der Sofalehne ab und streifte ihre Sandalen von den Füßen. Ich wusste nicht, ob sie sich absichtlich so weit vorbeugte, damit ich ihr in den Ausschnitt blicken konnte, oder es ein Versehen war. Auf alle Fälle gefiel mir, was ich sah.

Ich räusperte mich. »Was willst du trinken? Wein? Wasser? Kaffee? Eistee? Ich hab alles hier.«

»Wein wäre toll.«

Ich deutete hinüber zur Küche. Meine Suite war offen gestaltet, der Essbereich ging nahtlos ins Wohnzimmer über. Ein Tresen trennte die Kochnische vom Rest ab. Alles war sehr clean und ruhig gehalten. Die Möbel hell, der Boden dunkel. Es erdete mich jedes Mal, wenn ich nach Hause kam.

»Willst du einen aussuchen?«, fragte ich und deutete auf den Weinschrank mit den gekühlten Flaschen. Riley trat davor, tippte sich aufs Kinn und ging nach und nach die Marken durch, während ich die Gläser holte.

»Ist der Sauvignon in Ordnung?«, fragte sie.

»Klar.«

Sie nahm die Flasche heraus und schnappte sich den Öffner, noch ehe ich sie ihr wegnehmen konnte. Riley entkorkte den Wein routiniert, roch daran und nickte anerkennend. »Gut.«

»Na, dann bin ich zufrieden.«

Sie blickte mich an und blinzelte kurz, dann lachte sie verlegen. »Tut mir leid. Kellnerkrankheit.«

Sie schenkte uns ein, schwenkte den Wein noch mal im Glas und probierte ihn. Es war faszinierend, ihr zuzuschauen. Riley widmete nicht nur dem Gesang ihre volle Aufmerksamkeit, sondern selbst den alltäglichsten Kleinigkeiten.

»Wie geht es dir denn? Hast du schon verrückte Nachrichten bekommen?« Ich hatte mir erst überlegt, mir diesen Kanal von Strawberry-Cake anzusehen, aber ich wusste nicht mal das Passwort für meine Social-Media-Accounts, die wir nur für Promozwecke eingerichtet hatten.

»Bisher noch nicht. Ich bin aber auch nicht oft online.«

»Behalte dir das bei. Social Media ist zwar wichtig für uns, und wir erreichen viele Leute damit, aber es kann dich auch niedermachen.«

»Habt ihr schon schlimme Erfahrungen machen müssen?«

»Ja. Sehr schlimme.« Ich holte Luft, wusste nicht, was ich weiter dazu sagen sollte. Das mit Summer war drei Jahre her, ich wollte nicht mehr über sie sprechen, aber ich spürte, dass der Geist dieser Zeit noch immer in mir spukte. Dass sie Narben hinterlassen hatte. Dass sie mein Vertrauen zerstört hatte. »Es … es war nicht schön.«

»Kann ich mir vorstellen. Auf der einen Seite möchten wir Menschen mit unserer Musik erreichen und ihnen alles von uns geben, auf der anderen brauchen wir unsere Ruhe und Freiheit. Was nutzt der Ruhm, wenn man nirgendwo mehr hingehen kann? Wie verrückt muss das sein?«

»Es ist erdrückend, und wir stehen nicht mal an der Spitze. Als der Erfolg bei uns losging, war ich nicht darauf vorbereitet. Auf einmal war da diese neue Welt voller Glitzer und Glamour. Ich fand mich auf Partys wieder, auf die ich vorher nie eingeladen worden wäre, schüttelte Hände von Fremden, die so taten, als wären wir beste Freunde, wurde fotografiert, herumgereicht, angelächelt, angegraben und angebettelt. Jeder wollte irgendwas von mir. Mein Leben ist über Nacht quasi explodiert und hat mich derart von den Füßen gerissen, dass ich mich fast in diesem Strudel verloren hätte. Geld war auf einmal kein Thema mehr, ich hab alles bekommen, was ich wollte. Jeder hat gebuckelt, um mir zu gefallen.« Und dann die ganzen Frauen, die sich mir an den Hals warfen, aber davon erzählte ich Riley lieber nichts. Ich hatte mich vorher schon nicht über zu wenig Auswahl beschweren können, aber als wir unseren Nummer-eins-Hit landeten, ging es erst richtig rund. »Ein roter Teppich jagte den anderen, ich wurde interviewt, durfte mit anderen Stars auftreten, hab meine Idole getroffen. Es war so überwältigend, dass ich kaum noch Luft holen konnte.«

»Das glaub ich dir.«

»Dieser Job ist für mich der schönste der Welt, aber er hat auch eine sehr dunkle Seite, auf die man leicht gezogen werden kann. Ich wusste auf einmal nicht mehr, wer es ernst mit mir meint und wer nicht. Welche Frau hatte wirklich Interesse an mir und welche wollte nur mit mir zusammen sein, weil ich berühmt bin?« *Und warum hab ich das nicht erkannt, ehe alles den Bach runterging?* »Ich hab Fehler gemacht. Sehr große Fehler, die ich heute zutiefst bereue, aber ich wurde von diesem Tsunami an Aufmerksamkeit weggerissen, genau wie der Rest von uns. Wir mussten erst in alles hineinwachsen.«

»Und seid ihr das?«

»Ich weiß es nicht. Ich komme mit allem besser klar, habe Aufgaben ausgelagert, bin sehr vorsichtig, wen ich in mein Leben lasse und wen nicht.« Ich musterte sie über den Rand meines Weinglases hinweg.

Riley nickte nur. »Danke, dass du mich reingelassen hast.«

Ich hätte es nicht getan, wenn sie Ethan nicht gerettet hätte. Riley wäre mir aufgefallen, ich hätte mit ihr geflirtet, möglicherweise versucht, sie in die Kiste zu bekommen, und eine rasche Nummer mit ihr geschoben. Und dann wäre ich weitergegangen. Aber dazu war es jetzt zu spät. Ich hatte sie zu gut kennengelernt, ihr zu tiefe Einblicke gewährt, und so wie sich dieser Abend bisher anfühlte, würde ich so schnell auch nicht damit aufhören.

»Komm mit.« Ich griff nach ihrer Hand und führte sie zurück zu meiner Musikecke. Am Fenster, wo ich heute Morgen komponiert hatte, warteten zwei Kartons, die ich über Sam bei Breeze hatte abholen lassen. »Da sind sie. Meine letzten Unterlagen der NYMSA. Das meiste bezieht sich auf meine Rock-und-Pop-Kurse, aber ich war ja vorher in der Musicalsparte, da solltest du einiges finden können. Wir mussten zu Beginn hundert unbekannte Musicals recherchieren. Es gibt einige Juwelen an Songs, die sicherlich kaum jemand auf Auditions singt.« Ich ging neben den Kartons in die Hocke und öffnete den ersten. Riley kniete sich daneben und stellte ihr Weinglas ab.

»Darf ich?«, fragte sie und zeigte auf den zweiten Karton.

»Nur zu.«

Wir wühlten uns durch die Notizen, Notenhefte, Bücher, Lehrpläne, einfach alles, was wir halbwegs interessant fanden. Ich reichte Riley Noten von Liedern, die ich für sie passend fand, sie sortierte alles auf einen Stapel, den sie unbedingt behalten wollte, einen anderen, der sie interessierte und einen, der nicht infrage kam. Mich flutete eine tiefe Nostalgie, als ich all diese Sachen wiedersah, die ich seit meinem Abschluss nicht mehr angerührt hatte.

Erinnerungen von damals kamen in mir hoch, wie ich mit den anderen Studenten abgehangen hatte, wie wir geübt, trainiert, gebibbert hatten. Durchgemachte Nächte, viel zu viel Kaffee, zu viel Alkohol, zu wenig Schlaf.

»Es ist so unglaublich, dass du erst sechzehn warst, als du hiermit angefangen hast«, sagte Riley, als sie auf einem Formular meine Geburtsdaten fand. Wir hatten darüber schon an dem Tag gesprochen, als ich ihr Gesangsunterricht gegeben hatte.

»Ja, ich war einer der Jüngsten, brauchte auch die Genehmigung meiner Mutter, um überhaupt aufgenommen zu werden. Sechzehn ist das Mindestalter.«

»Sorry, ich wollte nicht so neugierig sein, es ist mir nur gerade in die Hände gefallen.« Rasch legte sie das Papier weg. Ihre Wangen liefen rot an, als hätte ich sie beim Spicken erwischt.

Ich lachte leise, stand auf und holte die Flasche Wein aus der Küche, um ihr nachzuschenken.

»Es war eine coole Zeit für mich. Ich wollte unbedingt von zu Hause weg, um Musik zu machen.«

»Was haben denn deine Eltern dazu gesagt? Sie sind sicher unglaublich stolz auf dich.«

Ich zuckte mit den Schultern und füllte unsere Gläser auf. »Ich hab nur sporadisch Kontakt zu meiner Mutter, und mein Vater hat uns verlassen, als ich acht Jahre alt war.«

»Oh. Ich wollte nicht …«

»Schon gut. Ich trauere dem Mistkerl nicht nach. Irgendwann wird es auch meine Mutter verstehen, dass sie ihn loslassen muss. Ursprünglich stamme ich aus Vancouver.«

»Du bist Kanadier!«

»Hört man mir nicht mehr an, eh?« Ich ließ den Akzent durchklingen, für den ich in der Studienzeit ständig aufgezogen worden war. »Musste hart trainieren, um das loszuwerden.«

»Ist dir gelungen.«

»Ich bin fast mein ganzes Leben herumgereist. Seattle, San Francisco, ein halbes Jahr Vegas, Oregon, Sacramento und zum Schluss L. A.«

»Unglaublich. Du bist wie mein Bruder, der hält es auch nicht lange an einem Ort aus.«

Hoffentlich war ich nicht wie ihr Bruder, denn ich wollte eindeutig Dinge mit ihr anstellen, die Geschwister nicht miteinander tun sollten. »Tja, vermutlich hab ich deshalb keinen festen Wohnsitz. Ich kann mich irgendwie nicht entscheiden.«

»Und deine Post?«

»Kommt alles ins Büro zu Daniel. Ich besitze kaum Klamotten, keine Möbel, und die wenigen Dinge, die mir etwas bedeuten, hab ich eingelagert. Wie das hier.« Ich zeigte auf die Kartons zwischen uns, die mittlerweile zur Hälfte geleert waren. Die Unterlagen waren rings um Riley verstreut, sie hockte dazwischen wie eine Prinzessin umgeben von ihren wertvollen Kleidern.

»Spannender Lebenswandel. Wann hast du angefangen Musik zu machen?«

»Ich war vier, als ich das erste Mal eine Gitarre in der Hand hatte, und mit sechs hockte ich am Klavier, was mir sogar noch ein bisschen mehr Spaß gemacht hat, aber da wir so viel herumgereist sind, konnte ich es schlecht mitnehmen. Meine erste Gitarre hab ich also überall mit hingeschleppt.«

»Ich habe früher auch sehr gerne gespielt.« Sie legte meinen Lebenslauf weg und schnappte sich eine Liste mit Monologen, die ich für die wenigen Schauspielstunden gebraucht hatte. »Wow, kann ich die haben?«

»Natürlich. Du kannst alles hier drin haben.«

»Aber das sind doch so wichtige Erinnerungen für dich.«

»Sind sie, aber ich brauche kein Papier dafür. Ich hab alles hier drin.« Ich zeigte auf meine Schläfe, denn genauso war es. Ich machte mir nicht viel aus Besitztümern, hatte das Zeug nur aufgehoben, weil es zu schade zum Wegwerfen war. Wenn Riley Verwendung dafür fand, umso besser. So hatte es wenigstens einen Zweck.

»Es fällt mir schwer, die passenden Monologe zu finden. Da merke ich, dass ich kaum Schauspielunterricht hatte.«

»Du solltest dich wirklich coachen lassen. Frag Gillian, ob du ab und an in eine Klasse mit reinkannst.«

Sie verzog nur das Gesicht, als wäre das ein Ding der Unmöglichkeit.

»Sie wird es dir bestimmt erlauben. Oder soll ich mit ihr ...?«

»Nein. Danke. Du tust genug für mich, und ich kann das selbst. Mir bleibt nur wirklich nicht mehr viel Zeit. Noch fünf Monate, dann bin ich weg. Was kann ich da noch aufholen? Ich hätte vor zwei Jahren mit dem Unterricht anfangen sollen, nicht erst jetzt.«

»Das stimmt, doch es bringt dir auch nichts, dich deshalb zu geißeln. Noch kannst du das Beste draus machen und von da aus weitergehen, wo du jetzt stehst. Nimm mit, was du kannst, und wenn es nur ein paar Wochen Unterricht sind. Überleg mal, was dir diese wenigen Auftritte mit mir gebracht haben, oder wie viel besser du schon atmest. Vielleicht bringt es dir den einen entscheidenden Vorteil, den du benötigst.«

»Mir brächte es einen Vorteil, wenn mich mal jemand casten würde. Eine Rolle, mehr nicht. Es muss nicht mal was Langfristiges sein, aber ein kleiner Lichtblick, der meinem Dad zeigt, dass ich Talent habe.«

»Kann er deine Frist nicht verlängern?«

»Nein. Das macht er nicht, ich kenne ihn. Außerdem haben wir eine Abmachung.«

»Die dich unglücklich macht. Was sollst du denn tun, wenn du zurückgehst? Dich ins Medizinstudium werfen und dabei Frust schieben?«

»Es muss nicht Medizin sein. Mein Bruder ist auch kein Arzt, aber er hilft anderen. Ich werde mit Ajden sprechen und schauen, ob ich mich ihm anschließen kann. Vielleicht können wir was aufbauen. Die Geschwister retten die Welt oder so, keine Ahnung.«

Riley legte den Zettel mit den Monologen zur Seite und ließ ein generervtes Schnauben heraus. Auf einmal schien jegliche Energie aus ihr zu weichen, und sie sackte in sich zusammen. Bisher hatte sie sich mir stark und ehrgeizig gezeigt, aber ich vermutete, dass sie, sobald sie allein war, viele Stunden darüber nachgrübelte, wie sie mit dem Druck klarkommen sollte.

»Dieser Scheiß von deinem Vater ist alles andere als fair«, sagte ich und rückte näher zu ihr. »Zwei Jahre sind nichts in dieser Branche.«

»Ich bin froh, dass er mir diese Zeit überhaupt geschenkt hat. Ohne ihn könnte ich mir nichts hiervon leisten. Ich wäre nie in die Stadt gekommen, säße jetzt nicht hier, hätte Ethan nicht …« Sie biss sich auf die Unterlippe, griff nach ihrem Wein und kippte den Rest hinunter. »Es ist gut so.«

Ich nahm ihr das leere Glas ab. Ihre Finger zitterten leicht, was entweder am Alkohol oder an diesem Thema lag.

»Ich bin froh, dass du da bist«, sagte ich leise und strich ihr eine Haarsträhne hinters Brillengestell. »Nicht nur wegen Ethan.«

»Ich auch.« Sie blickte mich an, ihre Brillengläser spiegelten ein wenig, sodass ich nicht erkennen konnte, ob ihre Augen glasig waren oder nicht.

Meine Finger verharrten an ihrem Ohr. Dann strich ich mit dem Daumen sanft durch ihre Haare. Riley lehnte sich mir entgegen, leckte sich über die Lippen.

Es wäre so leicht. Ich könnte sie noch mal küssen, mich wieder in ihrem Geschmack und ihrer Nähe verlieren, sie vielleicht sogar rüber ins Schlafzimmer befördern und die ganze Nacht lang ihren Körper erforschen. Ihr Blick verriet, dass sie mir das geben würde. Dass sie mich genauso wollte wie ich sie. Aber hier ging es nicht nur um Sex. Ich schluckte den Schwindel und das Verlangen hinunter. Mein Hirn war viel zu weichgespült von den alten Erinnerungen, dem Alkohol und Rileys Nähe.

Ich presste die Lippen aufeinander, atmete einmal tief durch und küsste sie auf die Stirn. Riley gab einen leisen dunklen Laut von sich, griff an meinen Ellbogen und hielt mich fest, als hätte sie genau das gebraucht.

»Hast du Hunger?«, flüsterte ich.

Sie nickte nur, wandte sich von mir ab und nahm die Brille von der Nase, um sich über die Augen zu wischen. »Das hab ich tatsächlich.«

»Dann schieß mal los, Riley Maddock: Wie magst du deine Pizza?«

Sie grinste und schüttelte sich ein wenig, vermutlich um die Anspannung zu lösen, die von ihr Besitz genommen hatte. »Mit extra viel Käse natürlich.«

RILEY

24.

Zwei Stunden später hatten wir es uns mit vollem Magen auf Julians wundervoller dunkelbrauner Couch bequem gemacht, versanken in den Kissen und lauschten einer chilligen Playlist. Die Pizzaschachtel stand auf dem Tisch vor uns, die Flasche Wein war geleert, und Julian hatte noch Eis aus seinem Gefrierfach gezaubert, was wir ebenfalls verdrückt hatten. Ich war rundum zufrieden und fühlte mich so wohl wie lange nicht mehr.

Auf dem Sessel wartete ein Karton voll mit Noten, Büchern und Julians Notizen. Wir hatten uns durch alles gewühlt, aussortiert, was ich brauchen konnte, und genossen nun diese angenehme Trägheit.

Julian hatte den Arm um mich gelegt und zog langsame Kreise mit dem Daumen über meine Schulter, ab und zu hauchte er einen Kuss auf meine Haare, aber weitere Annäherungsversuche machte er nicht.

»Das ist einer meiner letzten freien Abende«, sagte er schließlich.

»Wegen des Konzerts?«

»Ja. Morgen haben wir den ganzen Tag Probe. Dann sind wir auf einer Veranstaltung bei Limitless eingeladen, wo sie uns endlich den Supporting Act für den Garden vorstellen wollen. Die nächsten Wochen werden chaotisch. Wir werden von einem Event zum nächsten gereicht und haben kaum noch Zeit zum Luftholen.«

»Klingt anstrengend, aber auch schön.«

»Ist es. Für Casey, Breeze und mich wird es schon hart, aber für Ethan noch mehr, weil er tagsüber die Masterclass hat.«

»Denkst du, er hält durch?« Wenn ich Ethan in der Schule sah, machte er stets einen sehr zufriedenen fast schon entspannten Eindruck. Der Unterricht schien ihm gutzutun.

»Ich hoffe es. Wir haben ein Auge auf ihn.«

»Und ich, wenn er in der Schule ist.«

»Danke.« Julian zog mich fester an sich und küsste mich noch mal auf die Haare. Ich drehte mich, sodass ich halb auf ihm lag und meinen Kopf besser an seine Brust schmiegen konnte. Mein Arm wanderte über seinen festen Bauch, und ich spürte, wie er die Muskeln anspannte, als ich ihn um ihn legte. Ich zog ein Bein an und bettete es auf Julians Oberschenkel. Er versteifte sich noch mehr, hielt mich aber auch nicht auf.

»Riley«, sagte er leise.

War das die Aufforderung, aufzuhören oder weiterzumachen? Auf der einen Seite war Julian sehr zurückhaltend, auf der anderen küsste er mich völlig überraschend und so voller Leidenschaft, dass mir schwindelig wurde. Es schien, als wäre er selbst nicht sicher, was er wollte.

Vielleicht mussten wir es zusammen herausfinden. Ich fasste an den Saum seines Shirts und glitt mit der Hand darunter. Er atmete scharf ein, als ich seine warme Haut berührte, aber er stoppte mich nicht. Also schob ich den Stoff weiter nach oben, legte so seine harten Bauchmuskeln frei. Sanft strich ich drüber, fuhr die Erhebungen und Vertiefungen nach und folgte dem weichen Saum aus Haaren, der unter den Bund seiner Jeans führte.

Julian hielt die Luft an. Ich rutschte ein Stück nach unten, nahm meine Brille ab und küsste die Stelle, die ich soeben freigelegt hatte. Julian war warm, schmeckte nach Mann und einem dezenten Duschgel. Ich zog eine Linie mit meinen Fingern, dann folgte ich ihr mit meinen Lippen. Julian brummte tief und zufrieden. Nach wie vor hielt er still. Ich arbeitete mich nach oben statt nach unten, wollte erst mehr von ihm kosten, ehe ich weiterging. Langsam schob ich sein Shirt hoch, Zentimeter um Zentimeter um Zentimeter …

… bis ich auf einmal gepackt und auf den Rücken geworfen wurde.

Vor Schreck gab ich einen leisen Schrei von mir, aber zum Glück war die Couch breit genug, sodass wir nicht runterfielen. Auf einmal war Julians Gesicht über mir, sein Blick verhangen von Lust, die Lider halb gesenkt. Er atmete schwerer, drückte seine Hüfte gegen meine. Ich öffnete die Beine und umfasste seine Mitte. Er gab ein weiteres Keuchen von sich, als seine Härte gegen meinen Schoß stieß. Alles zog sich dort zusammen, und wohlige Schauer rannen durch mich hindurch.

Ich hielt seinen Blick fest, reckte das Kinn und hätte ihn am liebsten auf meinen Mund gezogen, doch er rührte sich nicht von der Stelle. Stattdessen starrte er mich nur an, mit diesem komischen Ausdruck aus Verlangen, Sehnsucht, aber auch Unsicherheit. Genauso hatte er mich angesehen, als er mich aus dem Proberaum bei unserer ersten Gesangsstunde geworfen hatte. Irgendetwas hielt Julian zurück, aber ich hatte nicht die geringste Ahnung, was es war.

»Mache ich etwas falsch?«, fragte ich.

Er gab ein Schnauben von sich, schloss die Augen und schüttelte den Kopf. »Du kannst gar nichts falsch machen, Riley. Ich bin verkorkst, das ist alles.«

»Find ich nicht.« Klar, er schien manchmal unsicher, aber kannten wir das nicht alle? Wahrscheinlich lag es daran, dass er nie ganz sicher sein konnte, ob eine Frau mit ihm zusammen sein wollte, weil sie ihn mochte oder nur auf den Rockstar abfuhr. Ich hoffte, er wusste, dass mir seine Berühmtheit egal war, auch wenn es mich beeindruckte, was er auf die Beine gestellt hatte.

Er senkte sich über mich, bis seine Lippen meinen Kiefer streiften. Zärtlich glitt er über meine Haut, als suchte er nach der besten Stelle, die er küssen konnte. Ich drehte den Kopf und präsentierte ihm meinen Hals. Julians warmer Atem hauchte über mich, und ich bekam sofort Gänsehaut. Ich spannte mich an, bog den Rücken leicht durch und hob ihm das Becken entgegen, als er mich in dieser kleinen Vertiefung nahe meinem Ohr küsste. Alles in mir richtete sich auf Julian, und es kam mir vor, als würde er prickelnde Stromstöße durch mich senden.

Er stöhnte, rieb einmal seine Härte über meine Mitte und entlockte mir so den gleichen Laut.

Gott, ich brauche unbedingt mehr davon.

Julian fuhr mit einer Hand über meine Brust, umschloss sie und drückte zu. Sogar durch den Stoff fühlte es sich so intensiv an, dass es fast schon brannte. Meine Brustwarze wurde steif und reckte sich seiner Berührung in Erwartung auf mehr entgegen. Er wanderte mit seinen Lippen wieder zu meinem Gesicht, küsste jeden Zentimeter auf dem Weg zu meinem Mund. Ich nahm ihn bereitwillig auf und versuchte ihm zu zeigen, dass alles okay war. Dass er gerne mehr davon haben konnte. Julians Lippen fanden meine, und unser Kuss war genauso feurig wie der vorhin an der Tür. Er glitt mit der Zunge in mich, erforschte mich mit gekonnten Berührungen und löste einen Schauer nach dem anderen in mir aus. Julian zu küssen war ein Fallenlassen und ein Ankommen. Dennoch spürte ich nach wie vor seine Zurückhaltung.

Ich grub die Finger in seine Haare und kratzte leicht über seine Kopfhaut, weil ich spürte, dass ihm das gefiel. Julian gab ein tiefes kehliges Stöhnen von sich, das sich in meinem Bauch festsetzte und mich mit Wärme durchflutete.

Das war er. Dieser wundervolle dunkle Laut, den er von sich gab, wenn er etwas genoss. Ein weiteres Mal presste Julian seine Härte fest gegen meine Mitte und rieb mit sanften Bewegungen über diese empfindsame Stelle. Noch nie war mir Stoff so störend vorgekommen, und ich hätte uns am liebsten die Klamotten vom Leib gerissen.

Julians Verlangen wuchs ebenfalls, seine Küsse wurden feuriger, sein gesamter Körper geriet unter Hochspannung. Wir versanken in unserer Leidenschaft und der Lust nach mehr. Ich schlang die Beine um seinen Hintern, drückte ihn mit meinen Fersen gegen mich, was er sofort mit einem nächsten drängenden Reiben quittierte. Auch die Hand schloss sich fester um meine Brust. Fast zu fest, aber er hörte auf, ehe es schmerzhaft wurde. Für einen winzig kleinen Moment musste ich daran denken, was diese Tracey über ihn gesagt hatte. Dass er auf harten Sex stand. Ich hatte keine Ahnung, ob das stimmte, aber es könnte gut sein, dass ich es bald herausfand. Eigentlich war das nicht mein Ding, doch ich würde es auf mich zukommen lassen und Julian vertrauen müssen, wenn wir …

Auf einmal löste er den Kuss und blickte mich atemlos an. Die Lust stand ihm ins Gesicht geschrieben, sein Körper schrie nach mir und bettelte um Erlösung.

»Was?«, fragte ich und blinzelte irritiert.

»Ich … ich kann das nicht.«

Okay, jetzt wurde ich noch verwirrter.

Julian presste die Lippen zusammen, als könnte er so verhindern, mich noch mal zu küssen. »Es tut mir leid, aber ich … ich kann nicht mit dir … das hier ist nicht … ich kann nicht, Riley.«

Er richtete sich auf, rückte von mir ab und hinterließ eine ekelhafte Kälte auf meiner erhitzten Haut. Julian strich sich durch die Haare, bis sie so wirr von seinem Kopf standen, wie ich mich fühlte.

Ich war kurz davor, ihn noch mal zu fragen, ob ich etwas falsch machte, doch ich verkniff es mir.

»Ich will dich nicht schon wieder abschmettern wie damals im Proberaum, aber ich kann nicht mit dir schlafen.«

»Schon gut.« Es war ja nicht so, dass wir das tun müssten.

»Nein.« Er fasste nach meiner Hand und hielt sie fest. »Nein. Nichts ist gut. Ich … es ist mir wichtig, dass du nicht … ich will dich nicht verletzen.«

»Das tust du nicht.« Doch, ein bisschen schon, denn ich hatte darauf gehofft, dass mehr passieren könnte, aber vermutlich war es tatsächlich besser so. Er war ein Rockstar, ich ein Niemand. Er lebte in dieser Welt aus Glamour und Glitzer, und ich musste erst hineinwachsen. Ich hatte zudem keine Zeit für Ablenkungen dieser Art, ich musste mich darauf konzentrieren, eine Rolle zu bekommen, die Frist meines Vaters zu nutzen, und Julian hatte ein Konzert vorzubereiten.

»Ich will dich nicht für eine schnelle Nummer, aber für alles andere bin ich genauso wenig bereit«, fuhr er fort. »Du bedeutest mir viel, Riley, und ich würde nichts lieber tun, als dich auszuziehen, zu meinem Bett zu schleppen und dich die ganze Nacht lang zu küssen und dir den Verstand zu rauben. Aber ich kann nicht.«

Ich zog mein Shirt glatt, das er leicht zerknittert hatte, und winkelte die Beine an. Mein Körper kribbelte von der aufgestauten Lust und dem plötzlichen Stopp aus voller Fahrt. »Dann gehe ich wohl besser«, sagte ich.

»Es ist zwei Uhr. Du kannst gerne hier übernachten. Ich hab ein Gästezimmer.«

»Ich muss morgen früh …« *Nichts.* Ich musste gar nichts, denn morgen war Sonntag. Alles, was ich auf dem Plan hatte, war zu üben und Julians Notizen durchzugehen.

Julian verstärkte den Druck auf meine Hand und sah mich mit seinen wunderschönen dunkelgrünen Augen an. Weiterhin spiegelten sich dort Lust, aber auch eine stumme Bitte, ihm nicht böse zu sein. Er wirkte völlig zwiegespalten von seinen eigenen Gefühlen mir gegenüber. »Bitte bleib, ich möchte nicht, dass du um diese Uhrzeit durch New York streifst.«

»Das ist nicht das erste Mal, außerdem kann ich mir ein Taxi …«

»Riley.« Er schüttelte den Kopf, öffnete den Mund, hielt kurz inne. »Tu mir einfach den Gefallen, ja?«

»Na gut.«

Er nickte und erhob sich von der Couch. Die Beule in seiner Hose war noch deutlich zu sehen. »Ich zeig dir alles.«

Ich stand ebenfalls auf, setzte meine Brille wieder auf die Nase und folgte Julian in den Schlafbereich der Suite, der genauso schön eingerichtet war wie der Rest. Braune Möbel wechselten sich mit weißen ab. Alles wirkte sehr erdig und ruhig. Julian zeigte mir das Gästebad, legte mir eine frische Zahnbürste raus, Handtücher, alles was ich brauchte, um mich wohlzufühlen.

Fast alles.

Liebend gerne hätte ich mich mit ihm in sein Bett gekuschelt, bei ihm geschlafen und mich von ihm festhalten lassen, aber das würde sicherlich wieder zum Küssen und zu mehr Gefummel führen. Julian hatte eben eine sehr deutliche Grenze gezogen, die ich wohl respektieren musste. Ich bedankte mich bei ihm und blieb an der Tür zum Schlafzimmer stehen.

»Ist alles in Ordnung zwischen uns?«, fragte er, ehe er ging.

»Ich weiß es nicht, aber ich denke, schon.«

»Kann ich noch irgendwas tun?«

Ich holte Luft, suchte nach Worten, aber ich fand keine. Ich mochte ihn genauso wie er mich, aber irgendwie schien das nicht zu genügen. »Danke, ich hab alles.«

»Dann schlaf gut.«

»Du auch.«

Er verzog das Gesicht, zwischen seinen Augenbrauen entstand eine tiefe Furche. Julian nickte nur, dann drehte er sich um und lief in sein eigenes Schlafzimmer. Ich schloss die Tür hinter mir und seufzte leise.

Ein viel zu großes und einsames Bett wartete auf mich. Ich war mir sicher, dass es bequemer war als alles, worin ich bisher geschlafen hatte, aber ob ich es auch genießen könnte, würde sich noch herausstellen.

RILEY
25.

Ich musste leider zur Probe und wollte dich nicht wecken. Bedien dich bei allem. Danke für den tollen Abend, Jules.

Die Nachricht fand ich am nächsten Morgen vor meiner Schlafzimmertür. Ich strich über meine Lippen und rief die Erinnerung an den gestrigen Abend wach. Keine gute Idee, denn Julians Küsse waren noch viel zu präsent, und mein Körper sehnte sich umgehend nach mehr. Ich hob den Zettel auf und nahm ihn mit in die Küche, wo er eine Tasse und Besteck für mich rausgestellt hatte.

Auf einem der Hocker wartete der Karton, den ich mir gestern mit seinen Sachen gepackt hatte. Auch darauf klebte eine Notiz.

Ich lasse dir das gerne bringen, dann brauchst du es nicht mit in die Subway zu schleppen.

Das Angebot war nett, denn das Ding war ziemlich schwer geworden, obwohl ich nur ein Drittel seiner Unterlagen mitgenommen hatte. Ich schrieb ein rasches *Danke* dazu, warf dann die Kaffeemaschine an und suchte im Kühlschrank nach etwas Essbarem, was sehr leicht war, denn er hatte wirklich alles da. Mit einem frischen Zimtbagel mit Butter verzog ich mich ans Fenster im Wohnraum in die Ecke, in der wir gestern gesessen hatten. Eine Hängematte war von einer Wand zur anderen gespannt und lud dazu ein, sich einfach reinzufläzen und den Tag zu vergammeln. Zur Ablage waren zwei kleine Hocker aus dunklem Leder aufgestellt und ein weiterer Sessel in der gleichen Farbe. Julians Gitarre lehnte an der Rückseite. Es war dieselbe, die er auch zu unseren Auftritten mitgenommen hatte. Auf einem der Hocker waren Blätter verteilt und Noten daraufgekritzelt. Ich trank einen Schluck von meinem Kaffee, biss von dem Bagel ab und sah mir die Notizen an. Ich wollte nicht neugierig sein, aber sie lagen offen herum. Julian hätte sie sicher weggelegt, wenn er nicht gewollt hätte, dass ich sie sah, so wie er das ganze Wohnzimmer noch aufgeräumt und die Spuren der Pizzaschlacht beseitigt hatte. Ich setzte mich auf den freien Hocker und sah mir die Noten und den dazugehörigen Text an.

One Last Song.

Das war das Lied, an dem sie seit Ewigkeiten arbeiteten.

Everyday I see truth in broken hearts
Everyday I keep learning learning
This is not the worst that I could possibly do

Hear my voice
from the rubble of my soul
remains one last song.
I'm running out of things …

Der Text endete mittendrin. Das nächste Blatt fehlte. Vielleicht hatte Julian es mit zur Probe genommen.

Ich verputzte den Rest des Bagels und griff zur Gitarre. Zur Probe spielte ich ein paar Akkorde. Natürlich war ich nicht so gut wie Julian, aber ein paar einfache Lieder bekam ich hin, und dieses hier war sehr melodisch. Das Stück war getragen und völlig anders, als ich es von einer Rockband erwartete, aber genau das gefiel mir. Auch *Linkin Park* hatte ruhigere Stücke gehabt. *One More Light* zum Beispiel zählte zu meinen Lieblingsliedern, während ich den Rest von ihnen eher selten hörte. *Wenn ich das Julian erzähle, kündigt er mir sicher die Freundschaft wegen Blasphemie.*

Ich lächelte und sang die erste Strophe erneut, um dann in den Refrain überzugehen. Als ich ans Ende der Notizen kam, hielt ich inne und fing noch mal von vorne an. Das Ganze wiederholte ich, bis ich ein besseres Gefühl für das Lied bekam, und als ich wieder ans Ende kam, improvisierte ich, spielte weiter und versuchte mich in einen Text fallen zu lassen, der noch nicht da war.

Hear my voice
from the rubble of my soul
remains one last song.
I'm running out of things to say
so let me sing this one last song for you
and then we say goodbye

Sometimes I'd like to be less sensitive
Sometimes I think that's the best thing I have to give
So I pretend, I pretend I'm flying high
On my way back home

»Oder so in der Art«, sagte ich laut zu mir selbst. Das wäre zumindest einer der Wege, den ich mit dem Lied beschreiten würde. Ich kritzelte die Strophe und ein paar weitere Gedanken auf die Rückseite des Zettels und malte ihm ein Herzchen dazu.

Ich wollte nicht neugierig sein, aber es hat mich nicht losgelassen. Ganz großes Kino!

Julian musste meinen Vorschlag nicht annehmen, aber wenn er wollte, könnte er sich damit austoben. Ich spielte noch ein paar Akkorde, blickte über den East River und die Skyline dieser wundervollen Stadt. Ich liebte New York von Herzen und wünschte mir nichts sehnlicher, als hierzubleiben und weiter meinem Traum zu folgen.

Julians Worte von gestern kamen mir wieder in den Sinn, dass die Frist meines Vaters unfair war und ob ich wirklich zurück nach Denver wollte, um mich einer anderen Zukunft zu widmen. Nein, wollte ich natürlich nicht, aber was konnte ich dagegen tun? Ich konnte Dad nicht so enttäuschen, er hatte alles für uns gegeben. Immer.

Übelkeit und Verzweiflung stiegen in mir hoch und schnürten mir die Kehle zu. Jedes Mal wenn ich darüber nachdachte, wollte ich mich am liebsten in eine Ecke verkrümeln und hemmungslos heulen. Es hatte Tage gegeben, da kam ich kaum aus meiner Wohnung heraus, weil ich so von diesen Gefühlen gehemmt wurde. Dann war ich auf Auditions gegangen, hatte gepusht und gepusht und gepusht und war natürlich nicht genommen worden, weil ich viel zu viel Druck aufbaute. Im ersten Jahr hatte ich so viel von mir gegeben, dass ich dabei fast selbst auf der Strecke geblieben war. Erst als ich ein wenig zurückruderte, wurde es besser, doch die Zeit saß mir weiterhin im Nacken und tickte unaufhörlich meinem Ende in New York entgegen.

»Ich will nicht weg.« Aber ich hatte keine Ahnung, was ich dagegen tun könnte. Mein Vater war ein sehr geradliniger und konsequenter Mann. Er war streng und gleichzeitig gütig. Als ich nach New York ziehen wollte, hatte er sich alles in Ruhe angehört, darüber nachgedacht und mir diese Bedingung gestellt. Er wollte es mir sicher nicht unnötig schwer machen, aber er hatte auch keine Ahnung davon, wie es hier abging. Wie auch? Das war nicht seine Welt und würde es niemals sein. Aber vielleicht könnte sie das ja sein. Vielleicht musste ich Dad einfach davon überzeugen, selbst herzukommen und sich alles anzusehen. Vielleicht schaffte ich es auch, Armut und Hunger zu stoppen, denn genauso wahrscheinlich war es, dass Dad nach New York käme und mir beim Singen zusah.

Auf einmal klingelte mein Handy, und ich zuckte zusammen. Ich eilte zu meiner Tasche, die ich auf einem der Hocker hatte liegen lassen, und angelte es heraus. Es war eine mir unbekannte Nummer.

Ehe ich abnahm, sammelte ich mich kurz. »Hallo?«

»Hi, spreche ich mit Riley Maddock?«

»Ja.«

»Hallo Süße, hier ist Bridget Tate. Ich arbeite für Joan Langdon von Langdon Daily?«

Wieso formulierte sie das als Frage? »Okay.«

»Ah, du hast also von uns gehört. Sehr gut. Joan hat deinen Auftritt mit Julian Sloan auf der Fähre am Donnerstag gesehen und fand ihn ganz wundervoll. Sie möchte gerne persönlich mit dir sprechen.«

»Moment, was?«

»Du bist doch mit ihm aufgetreten, oder nicht?«

»Ja, aber …«

»Sehr gut. Wie gesagt: Joan fand dich klasse und möchte dich gerne sehen. Wir kommen natürlich für deine Zeit auf und bieten dir eine Kostenpauschale von tausend Dollar.«

Ich ließ fast das Telefon fallen. Hatten sie diesen Betrag nicht auch Tracey angeboten?

»Das Interview würde nicht länger als eine halbe Stunde dauern und findet in unserem Office in Manhattan statt. Hättest du heute Zeit?«

»Heute ist Sonntag. Und woher hast du überhaupt meine Nummer?«

»Die steht auf deiner Website, Liebes. Wenn du nicht willst, dass man dich darüber kontaktiert, musst du dir einen Agenten suchen. Also: Joan arbeitet auch am Wochenende, daher wäre das kein Problem. Wir bringen immer die neuesten News, da gibt es keine freien Tage. Ich kann dich gerne abholen lassen.«

»Ich … heute geht es nicht.«

»Dann morgen?«

»Ich weiß nicht. Kann ich darüber nachdenken? Was genau will Joan denn von mir wissen?«

»Sie will nur mit dir plaudern, aber das Angebot können wir leider nur ein paar Tage aufrechterhalten, denn wir berichten ausschließlich über Aktuelles. Was sagst du?«

Ich sagte, dass mir das alles gerade viel zu schnell ging. Bridget plapperte so hastig, dass ich kaum hinterherkam.

»Oh, Süße. Ich merke, dass ich dich völlig überrumple, sorry. Aber mal unter uns: Man muss die Eisen schmieden, solange sie heiß sind, und deins beginnt gerade zu brennen. Du singst fantastisch, und das müssen so viele Menschen wie möglich hören. Wenn du magst, könntest du bei Joan auch einen Song performen. Wir würden dann noch mal tausend Dollar drauflegen.«

Zweitausend Dollar! Das würde mich für Wochen versorgen.

»Joans Kanal ist in ganz New York bekannt. Schau dir gerne unseren YouTube- oder Instagramkanal an. Wir haben im Durchschnitt fast hunderttausend Views auf unsere Videos, und der Blog hat eine Reichweite von einer Million im Monat. Dieses Interview kann dich in den Fokus der richtigen Leute bringen. Also, was sagst du? Sehe ich dich bei uns im Studio?«

Gott, mir qualmte der Schädel. »Ich kann heute wirklich nicht.«

»Triffst du dich mit Julian?«

»Nein.«

Pause. Sie machte tatsächlich eine Pause.

»Falls ja, könntest du ihn natürlich auch mitbringen.«

»Er ist schon weg.«

»Aw, ihr wart also zusammen heute? Die ganze Nacht? Hast du bei ihm geschlafen?«

Was? Nein! Verdammt, das hab ich doch gar nicht gesagt!

»Das ist so aufregend. Ich bin ja ein heimlicher Fan von Julian, aber erzähl das bitte niemandem! Ich darf in meinem Job keine Favoriten haben. Wüsste Joan das, würde sie mich einen Kopf kürzer machen. Wie ist er denn so?«

»Ich muss wirklich Schluss machen.«

»Wir schicken gerne ein Kamerateam, wenn ihr wieder singt. Dann hättest du bessere Aufnahmen als diese verwackelten Instagramvideos. Natürlich könntest du sie auch als Referenzen nutzen. Es sei denn, Julian hätte etwas dagegen. Aber warum sollte er? Es geht ja um deine Karriere. Oder hat er sich bei diesem Thema immer noch nicht geändert?«

»Wie meinst du das?«

Die zweite Pause. Ich hörte sie nach Luft schnappen. »Weißt du das etwa nicht?«, fragte sie.

»Ich …«

»Oh … ich … na ja. Das ist mir aber jetzt unangenehm. Vergiss einfach, was ich gesagt habe, ja?« Es raschelte kurz, dann senkte sie die Stimme. »Aber falls du über irgendwas reden magst, steht unsere Tür immer für dich offen. Wir kennen Julian schon lange und verfolgen *Beyond Sanity* seit ihren bescheidenen Anfängen. Wir wollen uns nicht damit brüsten, aber die Band wäre ohne uns nicht so groß geworden, aber bitte sag das nicht Julian. Er reagiert manchmal ein wenig komisch darauf.«

»Ich bin … ich muss weiter.«

»Natürlich, Süße. Ich melde mich wieder bei dir.«

Klick.

Sie hatte das Gespräch beendet, noch ehe ich mich verabschieden konnte. Diese Frau hatte entweder viel zu viel Kaffee intus, oder sie wollte heute noch hundert andere Mädchen anrufen.

Es geht ja um deine Karriere. Oder hat er sich bei diesem Thema immer noch nicht geändert? Was sollte der Spruch denn?

Ich schüttelte den Kopf und versuchte zu begreifen, was da eben passiert war. Konnte mir dieses Angebot weiterhelfen? Natürlich war es finanziell mehr als verlockend, aber was, wenn ich wirklich in Joan Langdons Kanal auftrat? Ein Interview gab, mich so in den Fokus rückte?

Oder schadete es mir eher, wenn ich mich mit jemandem wie Joan zeigte? Ich wusste so gut wie nichts von ihr, und das durfte mir nicht zum Verhängnis werden. Wenn Joan nur an Gossip interessiert war, dann könnte dieses Interview sehr schnell nach hinten losgehen und negativ auf mich zurückfallen.

Oder auf Julian.

War Langdon nicht auch diejenige gewesen, die als eine der Ersten von Ethans Zusammenbruch berichtet hatte?

Gott, ich musste mich wirklich mehr mit diesem Kram beschäftigen, wenn ich Teil der Branche werden wollte. Es konnte nicht schaden, informiert zu sein.

Mein Handy vibrierte ein weiteres Mal, wieder dieselbe Nummer. Bridget hatte mir eine Nachricht geschickt.

Falls du sehen willst, was damals passiert ist, kommt hier ein Link. Unsere Tür steht dir offen. Denk dran. Bridget.

Darunter folgte ein Link zu einem Video auf Langdons Kanal. Mir lief es eiskalt den Rücken hinunter, als ich die Überschrift las: *Eine Nacht mit schweren Folgen! Warum Summer Richmond wirklich im Krankenhaus ist und was Julian Sloan damit zu tun hat. Ist dies das Aus für das Glamourpaar?*

»Summer Richmond?«

Ich hielt die Luft an und starrte auf mein Handy, als wäre es auf einmal das Tor zur Hölle geworden. Julian war mit Summer Richmond zusammen gewesen? Die Summer, die zurzeit in *Waitress* mitspielte und die ich letzten Herbst sogar auf der Bühne gesehen und bewundert hatte?

Und was sollte das mit dieser Nacht und den schweren Folgen sein? Was sollte Julian getan haben?

Ich rieb mir über die Stirn und drückte die Nachricht weg, als könnte ich mir die Finger daran verbrennen. Was auch immer da passiert war, Julian sollte es mir persönlich erzählen. Ich wollte es nicht über irgendeinen Klatschsender erfahren, der sowieso nur drauf aus war, Leute durch den Dreck zu ziehen. Ich starrte mein Handy an, dessen Bildschirm wieder schwarz geworden war, und versuchte zu vergessen, was ich eben gesehen hatte.

Keine Ahnung, ob mir das gelingen könnte.

JULIAN 26.

Vor dem Restaurant, das Limitless exklusiv für heute gemietet hatte, stieg ich aus der Limousine und strich mein Sakko glatt. Zum Glück hatten wir uns bei der Garderobe durchsetzen können und mussten nicht im Smoking antanzen, wie es in der Einladung gefordert gewesen war. Nach mir kletterten Ethan, Casey und Breeze aus dem Wagen. Die Straße war abgesperrt, und zahllose Fans belagerten den Weg. Sonntagabend, neunzehn Uhr. Shane hatte diese Zeit sicherlich extra ausgewählt, weil er wusste, dass es einen Massenauflauf geben würde.

Die Schreie schwollen an, als sie uns sahen. Handys wurden in die Höhe gehalten, Blitze leuchteten auf. Ich winkte den Fans zu und sah mich nach Ethan um, der heute verdächtig ruhig war.

»Alles klar bei dir?«, fragte ich ihn und lief zu den ersten Absperrungen, um Autogramme zu geben.

»Jepp.« Er wandte mir den Rücken zu, gesellte sich zu den Fans, schoss mit ihnen Bilder und unterschrieb, was auch immer sie ihm hinhielten. Casey und Breeze folgten uns und gaben sich genauso Mühe wie wir, jedem gerecht zu werden.

»Ethan?«, wandte ich mich zwischen Autogrammen, Fotos und Geschrei wieder an ihn. »Ist wirklich alles in Ordnung?«

»Bist du meine Mutter oder was? Hör auf, mich das ständig zu fragen.« Er sah mir zwar nicht in die Augen, dennoch hatte ich nicht das Gefühl, dass er high oder voll war. Das wäre mir im Auto schon aufgefallen.

Wir arbeiteten uns durch die Reihen nach vorne. Ethans Bewegungen waren eher einstudiert als freudvoll, doch er war Profi genug, den Fans zu geben, was sie haben wollten.

»Ich hab zwar keine Lust auf steife Partys«, sagte Casey, als sie zu uns aufschloss, »aber wir haben leider keine Wahl.«

Ethan schnaubte nur und bewegte sich auf den Eingang zu, wo es deutlich ruhiger wurde. Das Restaurant war ein exklusiver Schuppen, der in der besten Gegend Manhattans lag und nur dafür gemacht schien, Partys wie diese auszurichten. Und obwohl wir voller Freude empfangen wurden, wäre ich tausendmal lieber bei Riley geblieben, hätte mit ihr gefrühstückt und den Tag mit ihr verbracht.

Diese Nacht war die Hölle für mich gewesen. Zu wissen, dass sie nur wenige Meter neben mir lag, hatte meine Fantasie ziemlich angekurbelt, und ich hatte viel zu viel Zeit damit verschwendet, mir vorzustellen, wie es wäre, zu ihr rüberzugehen und zu ihr unter die Decke zu kriechen.

Ich beäugte Ethan, der sich umblickte und ein Gesicht zog, als würde er zur Schlachtbank geführt.

»Kannst du wenigstens so tun, als hättest du Spaß?«, fragte ich. »Das hier ist wichtig.«

Ethan grinste mich an und zeigte das unechteste Lächeln, das ich je an ihm gesehen hatte. »So besser?«

»Was hat dir die Laune verdorben?«

»Das fragst du ernsthaft? Sieh dich doch um. All diese Schnösel, die so tun, als interessierten sie sich für uns. In Wirklichkeit rechnen sie nach, wie viel Profit sie aus uns herausschlagen können.«

»Ethan.« Ich zog ihn am Ärmel zur Seite, weil er viel zu laut wurde. »Du musst dich echt zusammenreißen, Mann. Du weißt doch, wie es läuft.«

»Das macht es nicht besser.« Er verzog das Gesicht. Seine Augen waren glasig. Hatte er etwa doch Drogen genommen, oder steckte etwas anderes dahinter?

»Ist was in der Schule passiert?«, fragte ich. »Stresst dich der Unterricht?«

Ethan schüttelte den Kopf, öffnete den Mund, doch ehe er antworten konnte, kam Daniel zu uns und zog uns ein Stück zur Seite.

»Also, Leute. Eben habe ich erfahren, dass ihr definitiv für die Grammys berücksichtigt werdet. Ihr seid sehr heiße Favoriten in diesem Jahr.«

Mein Herzschlag beschleunigte sich, und eine Welle der Euphorie packte mich. Ethan hingegen stöhnte leise, als würde er unter einer immer größer werdenden Last zu zerbersten drohen.

»Hey, Ethan, das ist eine gute Sache«, redete Daniel auf ihn ein.

»Das wird sich zeigen«, sagte er.

»Wie läuft es mit dem Song?«

»Geht so«, antwortete ich. »Uns fehlt noch eine Strophe, aber wir schaffen das schon.«

»Diese Woche spielt ihr ihn mir vor. Ich dulde keine Widerrede«, sagte Daniel. »Sobald ihr fertig seid, gehen wir noch vor dem Konzert ins Studio und nehmen ihn auf.«

»Und wann sollen wir das bitte unterbringen?«, fragte Ethan.

»Du wirst den Unterricht nächste Woche aussetzen müssen.«

»Auf keinen Fall! Die Leute brauchen mich.«

»Wir brauchen dich auch! Im Moment prasseln so viele Termine rein, dass wir schon Verstärkung fürs Office einstellen mussten. Wenn wir jetzt Gas geben und mit Limitless an der Promo zusammenarbeiten, wird diese Show ein Feuerwerk, das noch lange in New York nachhallen wird. Es kann euch ganz nach oben katapultieren. Wir müssen diese Welle reiten, ehe sie abflaut.«

Ethan schnaufte und fuhr sich durch die Haare. »Ich brauch einen Drink.«

Sofort packte ich ihn am Arm und funkelte ihn warnend an.

»Keine Sorge, ich lass mich nicht gehen, wo doch so viel auf dem Spiel steht.«

Ethans Stimme triefte nur so vor Sarkasmus, aber ehe ich etwas erwidern konnte, riss er sich los und stapfte davon.

»Ich schicke jemanden hinterher«, sagte Daniel und zückte sein Handy. »Wir bekommen das hin.«

Da war ich mir nicht so sicher, aber ich wusste auch nicht, wie wir Ethan den Druck nehmen konnten. Unser Tag hatte nur vierundzwanzig Stunden, von denen wir nur noch vier schliefen, und das war erst der Anfang des Wahnsinns.

»Was gibt es noch?«, fragte ich. »Hat Limitless endlich über den Supporting Act entschieden?« Sie hatten sich lange Zeit gelassen, und Daniel hatte mit ihnen immer wieder darüber verhandelt.

»Ja. Wir haben einen jungen Sänger aus Kanada gefunden, der wirklich gut ist. Akustische Musik, sehr reduziert, aber eindringlich und mit guten Texten. Er hatte erst ein paar kleinere Gigs, aber das, was ich von ihm gehört und gesehen habe, ist großartig.«

»Gut. Wenigstens eine Sorge weniger.«

»Sie wollen es heute offiziell vor der Presse bekannt geben. Ich muss jetzt rüber zu Shane. Wir sehen uns spätestens zur Bekanntgabe. Ihr müsst natürlich mit aufs Foto.«

»Natürlich.«

Daniel verabschiedete sich und mischte sich wieder unter die Leute, genau wie ich. Einige kannte ich, andere hatte ich noch nie gesehen. Viele wollten mit mir sprechen, für ein Selfie posieren oder ein rasches Autogramm. Die Gäste waren unaufdringlich, manche trauten sich auch gar nicht, mich anzusprechen, und tauten erst auf, wenn ich das erste Wort an sie richtete.

Und so schüttelte ich Hände, lächelte in Kameras, nahm einen Drink, aß ein paar Kanapees und tat so, als hätte ich Spaß, mit all diesen fremden Leuten abzuhängen, von denen die meisten nur höflich zu mir waren, weil ich berühmter war als sie. Natürlich warfen sich mir auch einige Frauen an den Hals, streckten mir ihre halb nackten Brüste entgegen, flirteten, grapschten, lächelten und hofften.

Die ganze Zeit über konnte ich nur an Riley denken. Ich wollte mich mit ihr ins Bett verkriechen, sie mit Küssen in den Wahnsinn treiben, sie erlösen, um sie wieder hochzupushen, sie auf jede erdenkliche Art erobern, bis wir beide vor Erschöpfung einschliefen, um von vorne anzufangen. Ich wollte sie singen hören, mit ihr sprechen und lachen, ihr lauschen, wenn sie von der Magie der Musik schwärmte, und alles von ihr erfahren, was es noch zu erfahren gab.

»Julian Sloan«, säuselte auf einmal eine rauchige Stimme hinter mir.

Ich gefror an Ort und Stelle und hielt die Luft an. Wäre ich eine Katze, hätte sich mein Fell aufgestellt.

»Joan«, sagte ich und drehte mich zu ihr um.

Da stand sie. Die Frau, die mein Leben beinahe ruiniert hatte.

Ich wich einen Schritt zurück, denn ich hatte nicht vor, mich mit ihr zu unterhalten. Joan hatte ihre übliche Entourage dabei. Ein Kameramann, der allerdings nicht filmte, zwei Assistentinnen, eine davon machte Notizen.

»Wie schön, dass wir uns hier sehen«, sagte sie und kam näher. Joan hatte sich sehr verändert. Als alles losging, war sie bereits bekannt gewesen, aber durch den Skandal mit Summer und mir war ihr Kanal binnen kürzester Zeit auf eine Million Abonnenten gewachsen. Damals war sie rundlicher gewesen, hatte längere braune Haare gehabt und eine wesentlich breitere Nase. Heute trug sie nur Designerklamotten, hatte einen stylishen blonden Bob, ein künstliches Stupsnäschen vom Chirurgen, und ihr Make-up war perfekt auf ihren gesamten Look abgestimmt. An diesem Abend trug sie ein langes weinrotes Kleid, das bis zu ihren Knöcheln reichte und ihre schmalen Hüften betonte.

Joan hatte ein Kunstwerk aus sich selbst gemacht. Sie strahlte eine arrogante Erhabenheit aus, die alle in ihrer Nähe zittern ließ.

»Wie geht es dir?«, fragte sie nun.

Alles in mir schrie danach, mich abzuwenden und sie stehen zu lassen, aber erfahrungsgemäß wurde man sie leichter wieder los, wenn man ein paar unverfängliche Worte mit ihr wechselte. »Großartig. Danke.«

»Ist Riley Maddock auch hier?«

Rileys Namen aus Joans Mund zu hören war wie eine Ohrfeige. Woher zum Teufel wusste dieses Biest schon jetzt von Riley? Sams Worte kamen mir in den Sinn, dass diese Influencerin uns gefilmt hatte und es nicht mehr lange dauern könnte, bis jemand Riley erkannte. Vermutlich einer der Schüler aus der NYMSA, die dem ganzen Klatsch folgten.

»Oder nimmst du deine Liebschaften nicht mehr mit zu solchen Anlässen?«, hakte sie nach.

»Ich muss weiter.« Ich wollte mich abwenden, doch natürlich packte mich Joan am Arm. Ich funkelte sie an und sah auf ihre Finger. Sie verstand sofort und ließ mich los.

»Sie wirkt sehr nett am Telefon«, sagte Joan.

Wie bitte, was? Hat Riley etwa mit Joan gesprochen? Wann denn um Gottes willen?

»Oh, entschuldige!« Joan lächelte mich kalt an. »Weißt du nichts davon?«

Scheiße, nein. Nein, nein!

»Wir haben sie zum Interview zu uns eingeladen. Ihr wart so toll miteinander auf der Fähre. Kann es sein, dass das nicht euer erster Auftritt war? Wir haben einen kleinen Aufruf auf unserer Seite gestartet, ob noch mehr Leute Material von euch haben, und jemand hat uns ein Video vom Brooklyn Bridge Park geschickt. Man erkennt dich kaum, aber Riley dafür umso besser.«

Ich war nicht vorsichtig genug gewesen. Dabei hätte ich es besser wissen sollen!

»Wie gesagt: Ich muss weiter.«

»Jetzt sei nicht so kratzbürstig. Riley bedeutet dir was, hab ich recht? Du hast dich schon lange nicht mehr mit jemandem in der Öffentlichkeit gezeigt, zumindest nicht so.«

Ich blinzelte einmal zu viel und gab Joan damit alles, was sie wissen wollte. Sie konnte das gut. Auf diese kleinen Gesten achten und sie interpretieren. Es würde mich nicht wundern, wenn sie sich bei Experten hatte schulen lassen, um Körpersignale besser zu deuten.

»Ich werde nicht über Riley sprechen, und jetzt lass mich in Frieden«, sagte ich.

»Bist du also noch immer eifersüchtig auf deine Partnerinnen? Willst du nicht, dass Riley bekannter wird?«

Ich ballte die Hände zu Fäusten und musste mich beherrschen, Joan nicht an die Kehle zu gehen, aber genau das würde sie abfeiern. Ein weiterer Beweis dafür, dass ich ein Mistkerl war, der Frauen gegenüber gewalttätig wurde.

»Ich erkenne ein Muster bei dir«, fuhr Joan fort. »Eine junge hübsche Frau, die unbedingt auf die Bühne will. Eine Sängerin, genau wie Summer. Auf den ersten Blick sehen sie sich nicht ähnlich, aber sie haben durchaus Gemeinsamkeiten: Sie kommen beide nicht aus New York, singen beide ähnliche Musik, kämpfen hart für ihren Traum, sind ehrgeizig und engagiert und lernen Julian Sloan an einem Punkt ihrer Karriere kennen, an dem es äußerst praktisch für sie ist. Rileys Instagramkanal hat bereits zweitausend Follower mehr, Tendenz steigend. Wenn sie klug ist, nutzt sie die Publicity. Summer hat sie auf jeden Fall nicht geschadet.«

Ruhig bleiben, Julian. Sie will dich nur provozieren.

»Oh, entschuldige.« Joan legte die Hand auf ihr Herz und lachte, als wäre es ihr unangenehm, was sie eben von sich gegeben hatte. »Ich wollte keine alten Wunden aufreißen. Summer hat sich ja zum Glück erholt. Ich hab erst vor drei Tagen mit ihr gesprochen. Sie hegt übrigens keinen Groll gegen dich. Ich glaube, sie will nur das Beste für dich. Habt ihr eigentlich noch Kontakt?«

»Das weißt du sicher ganz genau. Ich werde dieses Gespräch beenden. Lauf mir nicht nach, sprich mich nicht an, und lass mich in Ruhe.«

»Kein Grund, unhöflich zu werden.« Sie verengte die Augen zu Schlitzen.

Aus dem Augenwinkel bemerkte ich, wie ihre Assistentin aufmerksam zuhörte und mitschrieb. Bestimmt hatte auch jemand ein Bild geschossen, obwohl das auf diesen internen Veranstaltungen verboten war.

»Was läuft eigentlich mit dir und Riley? Ist es was Ernstes oder nur ein Zeitvertreib wie mit Tracey Ashwell?«

Ich rang mir ein Lächeln ab, das dem von Ethan vorhin in nichts nachstand. Zum Glück wurde in diesem Moment ein Mikrofon angeschaltet, und die kurze Rückkoppelung zog die Aufmerksamkeit der Gäste auf sich.

»Gerettet von der Glocke«, flüsterte Joan mir zu, winkte ihre Crew mit sich und begab sich nach vorne, wo Shane auf einem langen Podest stand und in die Menge blickte.

Ich drehte mich herum, schnappte mir bei einem der vorbeilaufenden Kellner ein Glas Champagner und kippte es auf ex hinunter. Mir war so brütend heiß, dass mir schwindelig wurde. Joan Langdon und ich waren uns in den letzten Jahren nicht mehr persönlich begegnet. Ich hatte mich von New York ferngehalten, während sie damit beschäftigt gewesen war, ihr Business in dieser Stadt aufzubauen. Ich hätte damit rechnen müssen, dass wir uns hier früher oder später über den Weg liefen und sie das mit Summer wieder auf den Tisch bringen würde. Jetzt hatte ich mich verhalten wie der letzte Volltrottel, weil sie mich nach wie vor genau dort packen konnte, wo es mich am meisten schmerzte.

Shane fing an zu erzählen, wie sehr er sich freute, dass alle da waren, wie wichtig ihm diese Party sei und dass uns heute die exklusive Verkündung des Supporting Act bevorstand.

Ich hörte ihm nicht zu, bemerkte nur, dass mir Daniel zuwinkte und meine Aufmerksamkeit forderte. Er wartete mit Breeze, Casey und Ethan am Rand des Podests. Ethan schwankte leicht. Hoffentlich würde er heute nicht wieder so eine Szene liefern wie in der Schule. Meine Nerven könnten das nicht mitmachen.

Ich erreichte die anderen. Ethan sah mich aus trägen Augen an.

»Es geht mir gut. Ich bin nur müde«, sagte er.

»Sicher doch«, erwiderte ich, aber mir blieb keine Zeit, weiter darauf einzugehen. Neben Daniel wartete ein junger Mann, dem der Angstschweiß auf der Stirn stand. Nervös rieb er die Hände aneinander und blickte uns unsicher an. Er war ein schlaksiger Typ mit etwas längeren schwarzen Haaren, die er zu einem Dutt am Hinterkopf zusammengebunden hatte. Er hatte markante Gesichtszüge, wirkte frisch und unverbraucht.

»Jules, das ist Paul. Euer Supporting Act für den Garden«, sagte Daniel.

»Hey, Mann, alles klar?« Er rieb sich die Hand am Hosenbein trocken und schlug kurz mit mir ein. Seine Finger fühlten sich eiskalt an. »Sorry, bin ziemlich aufgeregt.«

»Kein Problem. Wir bekommen das hin. Woher aus Kanada kommst du?«

»Smithers.«

»Cool, ich bin aus Vancouver.«

»Ich weiß, hab mich informiert.« Seine Miene hellte sich dennoch auf, und er ließ die Luft aus den Lungen, als er sich etwas entspannte.

»Wird schon«, sagte ich und blickte nach vorne. In mir brodelte es weiter. Ich war noch aufgepeitscht von dem Gespräch mit Joan eben. Dass sie sich in unser Privatleben einmischte, war nichts Neues. Einen von uns hatte sie immer auf dem Kieker. Ihre letzte große Story drehte sich um Breeze und dessen sexuelle Neigungen. Langdon kramte immer das hervor, was ihr die meisten Klickzahlen brachte.

»Du wirkst angespannt«, sagte Casey hinter mir. »Bist du etwa nervös?«

»Nein. Hatte ein Zusammentreffen mit Langdon.«

»Macht sie Ärger?«, hakte Daniel sofort nach.

»Noch nicht, aber könnte schon sein.«

»Soll ich mich drum kümmern?«

»Später. Lass uns erst auf das hier konzentrieren. Paul hat seinen großen Auftritt verdient.« Ich klopfte ihm auf die Schulter und lächelte ihn aufmunternd an. Er erwiderte es mit einem gequälten Gesichtsausdruck.

Ich konnte sehr gut nachvollziehen, was in ihm vorging. Als wir damals als Vorgruppe im Garden aufgetreten waren, hatten wir uns genauso in die Hosen gemacht wie er jetzt. Das war eine riesige Chance für ihn. Das gesamte Business blickte heute Abend auf uns und damit auch unweigerlich auf ihn. Wenn er es richtig anging, konnte er diesen Abend nutzen und sich in die Charts katapultieren, wie wir es damals getan hatten.

»Es geht los«, sagte Daniel und zeigte auf Shane. »Hoch mit euch.«

»… darf ich die heutigen Stars begrüßen: *Beyond Sanity*!«

Ethan ging voraus, dann folgten ich, Casey und Breeze. Paul sollte noch warten, bis er angekündigt wurde.

Ich atmete ein letztes Mal durch, dann stellte ich mich dem Wahnsinn. Tausend Blitzlichter leuchteten auf, unsere Namen wurden gerufen, damit wir in die Kameras blickten und jeder einen guten Schuss bekam. Wir ließen es über uns ergehen, als stünden wir auf einem Markt, auf dem die besten Waren feilgeboten wurden. Manchmal kam ich mir wirklich wie ein Stück Fleisch vor, das von einem zum Nächsten gereicht wurde, sodass jeder einen Bissen abbekam.

Shane stellte uns die üblichen Fragen: ob wir uns auf das Konzert freuten, was wir uns Besonderes ausgedacht hatten, wie es für uns war, nach so langer Zeit wieder in New York aufzutreten.

Ethan beantwortete die meisten davon und wirkte so souverän wie schon lange nicht mehr. Er spulte die Antworten herunter, als hätte er sie tagelang einstudiert. Dabei lächelte er oberflächlich, winkte in die Kameras und brachte sich in die beste Position, damit ihn jeder gut im Blick hatte. Wir waren ein Team, aber oft rückte Ethan von ganz alleine in den Vordergrund, weil er nun mal der Frontmann war und sich dem Orkan als Erster stellen musste. Mir war klar, dass ihm das, aus welchen Gründen auch immer, im Moment mehr abverlangte als üblich, aber er überspielte es und gab eine Show zum Besten, die ich ihm nicht zugetraut hätte. Wir scherzten sogar gemeinsam. Er spielte mit dem Publikum, zündete viele Lacher und brachte selbst Shane zum Auftauen. Ethans Charisma breitete sich nach kurzer Zeit im gesamten Raum aus, und die Atmosphäre lockerte sich merklich.

»Wie ich hörte, wird der Supporting Act dieses Mal nicht nur zu Beginn des Konzerts auftreten, sondern auch am Schluss?«, fragte Shane.

»Ja, richtig«, antwortete Ethan. »Es mag unser Abend sein, aber wir stehen gemeinsam dort oben.«

Applaus folgte. Ich spähte zu Paul, der nun endlich lächelte, als würde ihm jetzt erst klar, welche Chance er mit uns haben würde.

»Nun denn«, sagte Shane schließlich. »Kommen wir zu einem der Highlights des Abends. Wir haben lange gesucht, bis wir einen ebenbürtigen Ersatz für *Cut off the Noise* auftun konnten, aber es erfüllt mich mit viel Stolz, sagen zu können, dass wir ihn gefunden haben.« Shane warf Paul einen kurzen Blick zu, der an seinen Klamotten herumnestelte und sich für seinen großen Auftritt bereit machte. »Bis zuletzt haben wir gebangt, ob es klappen würde, aber vor ein paar Minuten habe ich das endgültige Go erhalten. Leider kann sie heute nicht persönlich anwesend sein, aber bitte richten Sie Ihre Aufmerksamkeit auf die fantastische Sängerin Summer Richmond, die *Beyond Sanity* bei ihrem Konzert tatkräftig unterstützen wird.«

Shane wandte sich um und zeigte auf die Leinwand hinter sich, wo Summers Gesicht in Großaufnahme erschien. Es war eine Live-Übertragung aus irgendeinem Hotelzimmer.

Jemand berührte mich an der Schulter, Applaus brandete durch das Restaurant, gefolgt von Blitzlichtgewitter.

»Julian«, hörte ich meinen Namen wie durch Watte.

»Hallo, New York City«, sagte Summer in die Kamera und lächelte offen.

Ich blinzelte, starrte auf die Leinwand und das übergroße Gesicht der Frau, der ich einst mein Herz geschenkt hatte und die es so gnadenlos zertrampelte, dass nichts als Scherben übrig geblieben waren.

»Ich kann euch leider nicht sehen, aber bald bin ich bei euch, und dann werden wir die Stadt rocken.«

Die Hand auf meiner Schulter packte fester zu. Ich schüttelte mich, fand mich Ethan und Breeze gegenüber. Casey stand zu meiner Rechten. Sie kesselten mich ein wie eine Wand aus Freundschaft.

»Was … was passiert hier?«, brachte ich über die Lippen.

Shane plauderte kurz mit Summer, doch davon bekam ich nichts mit. Alles, was ich sah, waren helle Blitze, die uns wieder und wieder einfingen, jede unserer Reaktionen für die Ewigkeit festhielten. Ich fühlte mich, als hätte mir jemand das Herz aus der Brust gerissen.

Genau wie damals.

Genau wie an dem Abend, der mein Leben zerstörte.

RILEY 27.

Der Sonntag war die pure Hölle für mich gewesen. Ich hatte mich kaum richtig konzentrieren können und musste ständig an den Link denken, den Bridget mir geschickt hatte. Irgendwann am Nachmittag hatte ich Julian sogar eine Nachricht gesendet, ob er Zeit für mich hätte, doch er hatte sie noch nicht gelesen. Ich war kurz davor gewesen, mich bei einem der anderen aus der Band zu melden, aber ich wusste, dass ihnen dieser wichtige Abend mit Limitless bevorstand, an dem ich sie nicht stören wollte. Und so hatte ich versucht, mich so gut es ging abzulenken, mich in Julians Unterlagen vertieft und ein paar Songs geübt. Ohne Erfolg. Meine Gedanken waren ständig zu Julian geschweift und dem, was da zwischen uns war oder auch nicht war. Zu Summer und dem Link von Bridget. Eigentlich hätte ich in so einer Situation Ally angerufen, aber sie war ebenfalls den Abend über eingespannt und musste für die Masterclass lernen. Sie hatte mir nur am Nachmittag geschrieben, dass mich einige ihrer Mitschüler auf dem Account von Strawberry-Cake erkannt hatten und ich mich auf neugierige Blicke in der Schule einstellen sollte.

Genau das, was ich brauchte. Irgendwann hatte ich mein Handy abgeschaltet, mich mit Netflix ins Bett verkrümelt und war schließlich eingeschlafen.

Am nächsten Morgen sah die Welt allerdings nicht viel besser aus. Ich war völlig gerädert aufgewacht, hatte mich für die Arbeit fertig gemacht und schloss nun das Bistro auf, wo sicher gleich alle Schüler hereinstürmen und mich wegen Julian ausquetschen würden. Das störte mich gar nicht so sehr. Ich konnte mit neugierigen Blicken umgehen, und es war mir auch egal, ob sie sich das Maul über mich zerrissen. Nicht egal war mir, dass Julian noch immer nicht meine Nachricht gelesen hatte, als ich heute früh mein Handy wieder angeschaltet hatte. Ich wusste ja, dass er nicht gerne schrieb, aber in der Regel las er meine Mitteilungen schon. Irgendwas musste gestern auf dieser Party passiert sein.

Oder er hatte jemanden abgeschleppt, um den Druck abzulassen, den er bei mir ja offenkundig nicht loswerden konnte oder wollte oder was auch immer.

Gar nicht erst darüber nachdenken, Riley.

Routiniert richtete ich die Sandwiches, stellte den Automaten an, füllte die Getränke auf und sorgte dafür, dass alles an Ort und Stelle lag, wenn die Schüler gleich einfallen würden. Ich suchte gerade in den Schränken unter der Theke nach Tassen, als die Tür zum Bistro klickte. Eigentlich noch zu früh für die Studenten, aber manchmal konnten sie den ersten Kaffeeschuss nicht abwarten.

»Riley?«, erklang Gillians Stimme.

Ich richtete mich auf und sah sie durch die Tür kommen. »Oh, guten Morgen.« Das war unüblich! Gillian war zwar immer schon früh im Büro, aber sie kam stets erst gegen zehn hier herunter.

Sie sah sich im Bistro um, als wollte sie sich davon überzeugen, dass wir alleine waren, und kam näher.

»Alles klar?«, fragte ich und wusste ihren Gesichtsausdruck nicht richtig zu deuten. War sie verärgert? Oder frustriert? Gillian gab wenig von sich preis, war meistens in Hektik und ließ sich nur selten auf ein Gespräch ein. Der Einzige, mit dem sie öfter sprach, war Bradley, der so was wie ihre rechte Hand hier in der Schule war.

»Kann ich kurz mit dir reden?«, fragte sie.

Oh Gott, sie hatte doch hoffentlich nichts dagegen, dass ich mit Julian unterwegs gewesen war! Gillian hatte es mir schließlich ganz zu Beginn eingeimpft: nicht mit den Stars sprechen. Aber ich dachte, das galt nur für den Tag der Masterclass-Auditions.

»Ist es wegen Julian?«, fragte ich nervös.

Sie atmete hörbar ein und aus. Also ja.

»Ich … ich hab mich ihm nicht aufgedrängt oder so. Es war seine Idee, mit mir in den Park zu gehen und Musik zu machen.«

»Schon gut, ihr könnt in eurer Freizeit tun und lassen, was ihr wollt. Ich muss diese Regeln aufstellen, weil die Lehrer erfahrungsgemäß sonst belagert werden. Zumindest, bis sich alle daran gewöhnt haben, dass sie hier ein und aus gehen.«

»Verstehe.«

»Mich hat heute Morgen eine Mitarbeiterin von Joan Langdon angerufen.«

»Bridget?«

»Ja. Kennst du sie?«

»Kennen ist zu viel gesagt.« Ich erzählte Gillian von dem Gespräch gestern mit ihr.

Sie hörte aufmerksam zu und nickte dann. »Wenn ich dir einen guten Rat geben darf: Halte dich von Joan Langdon fern. Diese Frau ist toxisch. Sie hat Julian damals zerpflückt und ihn fast so weit gehabt, dass er alles hingeworfen hätte. Ich will nicht absprechen, dass du gut singen kannst. Ich hab mir euren Auftritt angesehen, aber ich bezweifle ehrlich gesagt, dass Joan dich wegen deines Gesangs zu sich eingeladen hat. Sie will von dir nur mehr über Julian erfahren. Vor allen Dingen jetzt, da das mit Summer raus ist.«

Immer wieder hörte ich diesen Namen. »Ich weiß nicht, worum es bei Julian und Summer geht, also …« Ich zuckte mit den Schultern.

Gillian zog die Augenbrauen zusammen. »Gestern wurde bekannt gegeben, dass sie als neuer Supporting Act für das Konzert im Madison Square Garden mit der Band auftreten wird. Das läuft gerade durch alle Medien.«

»Aber ist das nicht toll? Sie ist doch richtig gut.«

»Ja. Das ist sie.« Gillian holte Luft, hielt jedoch inne, als müsste sie ihre Worte erst neu sortieren. Skeptisch sah sie mich an.

»Ich weiß nicht, was zwischen ihr und Julian vorgefallen ist«, sagte ich. »Bridget hat mir nur einen Link mit einer reißerischen Überschrift geschickt, aber ich hab ihn nicht angeklickt.«

»Verstehe.« Wieder ein Seufzen. Da lag so viel Schwermut in Gillians Ausdruck, dass es mir das Herz zusammenschnürte. »Keine Ahnung, was zwischen dir und Julian abgeht, aber die Blicke, die ihr euch bei diesem Auftritt zugeworfen habt, zeigen recht eindeutig, dass es knistert.«

Sofort stieg mir die Hitze in die Wangen, und ich wischte zum dritten Mal über die Theke, die schon lange sauber war. »Vielleicht ein wenig.«

»Julian ist ein wundervoller und guter Mann. Er hat nur …«

Die Tür ging auf, und Sue, Melissa und Kristen stürmten herein. Sie lachten über irgendwas, hielten jedoch inne, als sie Gillian und mich erblickten.

Gillian grüßte die drei Mädels, ehe sie sich wieder an mich wandte. »Ich muss los, hab einen guten Arbeitstag.«

»Danke, du auch.«

»Wenn du willst, komm nachher bei mir vorbei, dann reden wir in Ruhe.«

Sie nickte den Schülerinnen zu, die sie weiter ehrfürchtig anstarrten, und verließ das Bistro. Kaum schloss sich die Tür hinter ihr, entspannten sie sich wieder.

»Die ist so eine schreckliche Zicke«, sagte Sue und kassierte dafür einen Hieb von Melissa.

»Sue hat recht«, sagte Kristen. »Gillian ist fürchterlich eingebildet und hält sich für was Besseres.«

»Wenn ihr ein Problem mit ihr habt, solltet ihr das Gillian persönlich sagen, statt hinter ihrem Rücken zu lästern«, meinte ich und machte mich an die Kaffeemaschine, um ihre Getränke zuzubereiten. Sie bestellten jeden Morgen das Gleiche.

»Als würde das was bringen«, erwiderte Sue und holte sich ein Sandwich. »Dabei sollte sie besser demütig uns gegenüber sein. Schließlich bezahlen wir für das alles hier. Und zwar nicht zu wenig.«

»Stimmt«, pflichtete Kristen ihr bei. »Eigentlich kommen wir sogar für ihren Lohn auf. Wenn man es ganz streng nimmt, arbeitet sie also für uns.«

»Kommt mal wieder runter«, beschwichtigte Melissa und nahm sich eine Flasche Wasser aus dem Kühlfach. »Gillian ist nett und bemüht. Ihr seid nur eingeschnappt, weil sie uns verboten hat, Ethan nach seiner Nummer zu fragen.«

»Ihn bezahlen wir genauso«, sagte Sue und holte sich ihren Kaffee bei mir ab. »Genau wie dich.« Sie deutete auf mich.

»Nach dieser Logik bezahlst du auch für ganz New York und solltest die nächste Bürgermeisterin werden«, gab ich zurück und reichte ihr den Zucker, den ich noch unter der Theke stehen hatte.

Sue kniff die Augen zusammen und funkelte mich an. Kristen schnaubte nur und wartete, bis ich ihr ihren Kaffee reichte.

»Nur weil du ein paarmal mit Julian Sloan rumgehangen hast, solltest du nicht gleich übermütig werden«, sagte Sue.

»Bin ich nicht.« Ich gab auch Kristen den Kaffee, in den ich am liebsten reingespuckt hätte.

»Was treibt eigentlich eine wie du mit jemandem wie ihm?«, fragte sie. »Eine Kellnerin, die singt. Klischeehafter gehts ja wohl nicht mehr.«

»Tja, leider kann sich nicht jeder eine Schule wie diese leisten oder hat reiche Eltern, die einem alles in den Arsch schieben.«

Sue schlug mit der flachen Hand auf die Theke. »Ich bekomme überhaupt nichts in den Arsch geschoben. Hierfür hab ich hart gearbeitet!«

Ich konnte mir vorstellen, wie diese harte Arbeit aussah. Sue hatte oft genug getönt, dass sie fast einen Monat gebraucht hatte, um ihrem Dad das Geld für die Schule aus den Rippen zu leiern, und sie ihn dafür jeden Tag umschmeicheln musste. Wirklich schlimm.

»Na, dann sei doch froh, dass du es geschafft hast, und mach das Beste aus deiner Zeit, statt dich über eine nichtsnutzige Kellnerin wie mich aufzuregen.« Ich lächelte die beiden offen an, nahm ihre Karten und kassierte sie ab.

»Vögelst du ihn?«, fragte Kristen. »Ist Julian so hart im Bett, wie Tracey Ashwell behauptet?«

Ich spannte die Schultern an und bemühte mich, keine Reaktion darauf zu zeigen, auch wenn mir langsam der Geduldsfaden riss.

»Vermutlich macht sie es mit Ethan und ihm gleichzeitig«, sagte Sue.

»Fast«, antwortete ich mit einem Lächeln. »Manchmal sind auch Breeze und Casey dabei. Ich bediene alle der Reihe nach, schließlich bin ich Kellnerin und lese die Wünsche meiner Gäste von den Lippen ab.« Ich gab ihnen ihre Karten zurück, die sie mit einem Nasenrümpfen einsteckten.

»Am besten, du machst es wie Summer Richmond«, sagte Kristen. »Musst dich ja nicht unbedingt die Treppe runterstoßen lassen, lass dir lieber was Neues einfallen. Oder du vögelst nicht nur die Band, sondern auch ihren Agenten. Wenn du ab und zu die Beine spreizt, kommst du nach oben.«

Was hatte sie da gerade über Summer gesagt? Die Überschrift des Links, den mir Bridget geschickt hatte, tauchte vor meinem geistigen Auge auf. *Eine Nacht mit schweren Folgen! Warum Sum-*

mer Richmond wirklich im Krankenhaus ist und was Julian Sloan damit zu tun hat …

»Oh, mein Gott«, sagte Kristen und stieß Sue mit dem Ellbogen an, ohne den Blick von mir zu nehmen. »Sie weiß es nicht!«

»Was?« Jetzt starrte mich auch Sue an, und mir wurde auf einmal siedend heiß. Ich wich einen Schritt zurück, blickte zu Melissa hinüber, die aber den Kopf eingezogen hatte und sich an ihrem Wasser festhielt.

»Das glaub ich nicht«, sagte Sue. »Wie kann man das nicht wissen? Lebst du hinter dem Mond oder was?«

»Lass sie doch in Frieden«, sagte Melissa und zahlte bei mir. »Wen interessiert noch diese alte Geschichte?«

Die Tür ging ein weiteres Mal auf, und mehr Schüler kamen herein. Sie plapperten aufgeregt miteinander, tauschten sich über den Unterricht bei Ethan oder Isabel aus und gaben ihre Bestellungen bei mir auf. Am liebsten hätte ich mich in Luft aufgelöst, aber das konnte ich nicht, genauso wenig wie ich Kristen und Sue aus dem Bistro werfen konnte. Sue grinste mich wissend an, holte ihr Handy heraus und tippte darauf herum.

»Guten Morgen, Riley«, erklang auf einmal Allys Stimme. Ich hatte gar nicht bemerkt, dass sie zusammen mit dem Pulk hereingekommen war.

Ich zuckte zusammen und fuhr zu ihr herum. Aus dem Augenwinkel sah ich, wie Sue und Kristen die Köpfe zusammensteckten und kicherten.

»Alles klar?«, fragte mich Ally.

Ich schüttelte den Kopf und deutete auf die beiden. Ally verdrehte die Augen. »Die gehen mir so auf die Nerven. Haben das ganze Wochenende nur damit verbracht, sich irgendwelchen Gossip reinzuziehen und shoppen zu gehen, statt für den Unterricht heute zu lernen. Hast du schon mit Julian gesprochen? Er sah gestern ziemlich fertig aus. Ich hab die Fotos von der Party gesehen.«

»Nein, verdammt. Hab ich nicht! Warum fragt mich jeder nach ihm?!«

Ally wich ein Stück zurück und sah mich verwirrt an.

»Sorry«, sagte ich. »Heute ist es stressig.«

»Das merk ich.«

Ich bediente weitere Schüler, während Ally wartete, bis ich alle abkassiert hatte. Auf einmal ertönten Stimmen aus Sues Handy. Sie hatte ein Video aufgerufen und es so laut gestellt, dass jeder mithören konnte.

»Ich liebe dich, Julian. So wie ich noch nie einen Mann zuvor geliebt habe«, hörte ich eine weibliche Stimme. Das musste Summer sein. Ich hatte sie zwar schon auf der Bühne gesehen, aber so genau hatte ich sie nicht mehr im Ohr.

Sue und Kristen lachten weiter, während sie das Video anschauten.

»Ich hab dich in meine Seele blicken lassen, hab dir alles von mir gegeben«, redete Summer weiter.

»Mir ist es so was von egal, was du willst«, antwortete Julian, und ich bekam eine Gänsehaut bei seinem Tonfall. So hatte ich ihn noch nie reden hören. Er klang verzweifelt und hasserfüllt. Vielleicht auch betrunken, das konnte ich nicht ausmachen. »Ich hab genug von dir!«

»Julian! Hör mir zu!«

»Lass mich in Ruhe!«

»Kann es sein, dass du mir den Erfolg nicht gönnst? Bist du in Wahrheit eifersüchtig, weil ich genauso gut oder noch besser als du sein könnte? Ist es das?«

»Ich gehe jetzt. Mach, was du willst.«

»Nein, warte Julian, wir müssen das klären.«

»Für mich ist alles geklärt!«

Grundgütiger, wer war dieser Mann? Er klang überhaupt nicht nach dem Julian, den ich kannte. Der im Video war so zornig, so unbeherrscht. So roh.

»Oh, jetzt kommt der beste Teil«, sagte Sue und drehte sich herum. Sie reckte ihr Handy höher, hielt das Display in meine Richtung, damit ich es auch sehen konnte.

Ich wollte nicht. Ich wollte es wirklich nicht, aber mein Kopf wandte sich automatisch dem Bildschirm zu.

Das Video zeigte eine verwackelte und dunkle Aufnahme eines Treppenhauses. Derjenige, der das gefilmt hatte, musste unten am Absatz gestanden haben, vermutlich versteckt, denn Julian und Summer oben auf der Treppe schienen ihn nicht zu bemerken. Die Bildqualität war mies, der Ton rauschig, aber das Wesentliche war zu erkennen.

Julian hob die Hand und schlug nach Summer. Sie japste, verlor das Gleichgewicht und stürzte die Treppe hinunter. Heftig und laut. Das Poltern war grausig, ihre Schreie hallten von den hohen Wänden wider. Sie stürzte und stürzte und stürzte bis in die Unendlichkeit, wie es schien. Das Video stoppte und zeigte ein letztes Mal Julian, der mit erhobener Hand oben am Treppenabsatz stand und Summer hinterherblickte.

Er hatte sie runtergestoßen.

JULIAN 28.

»Ich fasse es immer noch nicht«, sagte ich und sah durch die geöffneten Fenster auf Ethans Dachterrasse hinaus. Die Stadt lag im trüben Sonnenlicht eines noch frühen Tages. Heute würde es diesig und drückend heiß werden. New York glich im Sommer einem Dampfkessel, genau wie unser momentanes Leben.

Keiner von uns hatte auch nur ein Auge in dieser Nacht zugetan. Nach der Bekanntgabe von Summer waren wir ohne Stellungnahme davongerauscht und hatten uns bei Ethan verkrochen. Daniel hatte sich sofort ans Telefon geklemmt, auch Sam war vorbeigekommen, und die beiden hockten seit Stunden in einem von Ethans Gästezimmern und telefonierten sich die Ohren heiß.

»Wir werden nicht auftreten«, sagte Ethan, der die x-te Zigarette auf der Terrasse rauchte und bald sicher Furchen in die Fliesen gelaufen hatte. »Wir sagen diesen Gig im Garden ab.«

»Jetzt dreh nicht durch«, erwiderte ich.

»Ethan hat recht«, meinte Casey, die auf einem der Loungesessel saß und die Beine übereinandergeschlagen hatte. »Wir müssen nicht mit dieser Frau auf eine Bühne.«

»Sehe ich auch so«, ergänzte Breeze. Er lehnte am Geländer und trank irgendeinen Smoothie zum Frühstück. »Es ist mir egal, ob wir danach weg vom Fenster sind und wieder vor hundert Leuten auftreten. Alles ist besser, als diesem Biest das zu geben, was sie will.«

»Wir stehen hinter dir«, sagte Ethan. »Summer hat dich einmal am Ring durch die Arena geführt, sie wird es kein zweites Mal machen.«

Ich fasste mir an die Stirn und massierte gegen die Spannung dort an. Mein Schädel pochte vom Schlafmangel und von dem Stress, der auf uns einprasselte. »Wir werden das Konzert nicht absagen. Dann hat sie erst recht gewonnen.«

»Jules …«

»Sie hat schon mal fast mein Leben ruiniert. Ich lasse nicht zu, dass sie das wieder macht, indem wir auf einen der wichtigsten Gigs unserer Karriere verzichten. Dieses Konzert ist alles, wofür wir in den letzten Monaten gekämpft haben. Das ist unsere Chance, aufzusteigen und uns zu etablieren.«

»Nicht, wenn Summer mitmischt«, sagte Ethan. »Wir werden nicht danebenstehen und zusehen, wie sie dich ein weiteres Mal zerpflückt, Mann. Das ist es nicht wert. Kein Erfolg der Welt ist es wert, dass die eigene Seele stirbt.«

Ich atmete hart ein und blickte zu Ethan. Für einen Moment schien alles um uns herum still zu werden und sich auf uns zu reduzieren. Ich erinnerte mich an den Abend vor vier Jahren, als wir uns das erste Mal begegnet waren. Er hatte mich nach einem Gig angesprochen, ob ich mir vorstellen könnte, mit ihm Musik zu machen. Wie aufgeregt ich war, weil sich jemand für mich interessierte und an mich glaubte. Ethan war ein Ausnahmetalent. Er hatte wie kein anderer ein Gespür für Melodien und konnte das gewisse Etwas aus einem Song herauskitzeln. Es war eine Ehre, mit ihm auf der Bühne zu stehen. Das würde ich nicht wegen Summer aufs Spiel setzen.

»Es ist kein Erfolg, wenn wir andere über uns bestimmen lassen«, sagte ich. »Summer als unser Supporting Act ist nicht gut, aber wir können selbst entscheiden, wie wir darauf reagieren. Wenn sie mit uns auftreten soll, dann sei es so. Zum Teufel, wir haben so hart für diesen Abend gearbeitet. Dann nimmt sie halt ein Stück vom Kuchen. Ich werd ihretwegen nicht auf alles verzichten. Abgesehen davon können wir bestimmt regeln, dass wir uns Backstage nicht über den Weg laufen werden.«

»Was für ein Scheiß«, sagte Ethan und schnippte die Zigarette weg. Er wollte noch etwas sagen, doch hinter mir erklangen Schritte, und ich drehte mich um.

Daniel kam zu uns. Er wirkte völlig gelassen und ruhig. Ein ganz mieses Zeichen. Als damals die Sache mit Summer passiert war, hatte er sich erst einen Kaffee geholt, sich auf seine Couch im Büro gesetzt und zehn Minuten in seine Tasse meditiert, ehe er das Wort an mich richtete und mir seinen Schlachtplan erklärte. Nicht dass ich in der Lage gewesen wäre, auf ihn zu hören.

Auch jetzt trat Daniel zu uns, nahm sich einen Stuhl und setzte sich. Er legte den Kopf in den Nacken, gab einen tiefen brummenden Laut von sich, fuhr sich einmal übers Gesicht und sah uns dann der Reihe nach an. Bei mir blieb sein Blick hängen. »Es ist noch keine Katastrophe, aber auch nicht gut. Bis fünf Minuten vor der Verkündung war noch nicht klar, dass Summer es machen wird, weshalb auch Paul da war. Ich hab keine Ahnung, wie sie das hinbekommen hat, aber irgendwas an der Sache ist faul. Shane ist mir ausgewichen und meinte bloß, dass dies der beste Coup aller Zeiten sei. Langdon stürzt sich bereits darauf und nutzt es als Aufhänger. Soweit ich weiß, will sie Summer für ein Interview bekommen. Keine Ahnung, ob sie dazu bereit ist.«

Ich schnaubte, Ethan stieß einen sehr derben Fluch aus, und Casey sprang von ihrem Sessel. Nur Breeze blieb genauso ruhig wie Daniel. Ebenfalls nicht gut.

»Können wir sie rauswerfen?«, fragte Ethan. »Das ist unser Konzert. Die Leute kommen unseretwegen, wir sollten doch bestimmen können, wen wir als Supporting Act einsetzen.«

»Glaubt mir, ich hab Shane wegen dieser miesen Nummer echt zur Sau gemacht, aber er hat mir deutlich gesagt, dass er uns dann alles verbauen wird. Denkt an die Grammys. Shane ist so gut vernetzt im Business wie sonst kaum jemand. Dieses Konzert könnte euer Tipping Point werden. Der erste Erfolg von *Still Waters Run Deep* versiegt langsam, jetzt legt ihr mit Vollgas nach und könnt euch in den Olymp schießen. Aber dazu müsst ihr die nächsten Wochen und Monate durchziehen und den Ball flach halten. Wenn ihr dranbleibt, könnt ihr einen Typen wie Shane in einem Jahr in der Pfeife rauchen. Doch jetzt noch nicht. So leid es mir tut.«

Ich schloss die Augen und ließ seine Worte sacken. Wir waren Summer also wirklich ausgeliefert, wenn wir unsere Karriere nicht den Ausguss runterspülen wollten.

»Du meintest, da wäre was faul«, sagte Breeze.

»Ja, und ich werd versuchen, es herauszufinden. Shane lässt sich nur leider nicht so leicht in die Karten schauen. Es ist auch eher ein Gefühl, aber ich gehe dem nach.«

»Und was machen wir jetzt?«, fragte Ethan.

»Weitermachen«, entschied ich. »Wir proben, wir schreiben unseren Song fertig, wir treten in drei Wochen im Garden auf und starten unsere Tour. Punkt.« Ich klang selbstbewusster, als ich mich fühlte, denn in Wirklichkeit war meine Kehle trocken, mein Hals rau und mein Herz leer. Summer trampelte schon wieder über mich hinweg und veranstaltete nichts als Chaos.

»Na gut«, sagte Ethan. »Falls du es dir doch noch anders überlegst und alles hinwerfen willst, bin ich dabei. Wir setzen uns nach Tahiti ab und ernten Kokosnüsse oder so.«

Ich schmunzelte und schüttelte den Kopf. Es freute mich, dass sie alle hinter mir standen, genau wie damals, als sie mich aus dem Morast meiner gebrochenen Seele gezogen hatten und mich wieder zusammensetzten. »Danke, Leute.«

»Jaja, werd nicht sentimental«, sagte Ethan, lief zurück in die Wohnung und zückte sein Handy. »Ich muss jetzt los, sonst komm ich zu spät zum Unterricht. Wird sowieso schon knapp.«

»Willst du den heute nicht ausfallen lassen?«, fragte Casey. »Wir haben nicht mal geschlafen.«

»Nein, will ich nicht. Hab 'ne Stunde Mittagspause, da werde ich mich aufs Ohr legen, und den Rest hol ich später nach. Wenn ich tot bin, vermutlich.«

»Passt auf euch auf«, sagte Daniel. »Sam und ich fahren ins Büro und versuchen weiter, dieses Chaos zu bekämpfen.« Er erhob sich wieder und ging zurück in die Wohnung, wo Sam bereits auf ihn wartete, ihm einen Kuss gab und ihn zur Tür führte. »Haben wir eigentlich die Stelle für die zweite Assistentin besetzt?«

»So gut wie. Diese Woche kommen noch ein paar Bewerberinnen«, antwortete Sam.

Sie redeten weiter über ihren Bürokram, aber ich hörte nicht länger zu. Ethan kam aus dem Schlafzimmer zurück. Er hatte sich umgezogen, und die Anspannung der letzten Nacht war etwas von ihm gewichen.

»Hast du was geraucht?«, fragte ich ihn.

Er verzog das Gesicht. »Ist das jetzt immer deine erste Frage, wenn ich mal fünf Minuten weg war?«

»Ich …«

»Nein, Julian. Ich habe nichts geraucht. Ich freue mich nur auf die kommenden Stunden, in denen ich mit wundervollen Menschen in einem Raum sitzen werde und ihnen helfe, ihre Träume zu verwirklichen. Besser als jede Droge, glaub mir.«

»Gut. Das ist … das ist gut.«

Er schnaubte und ging wieder hinein. »Wir sehen uns heute Abend zur Probe.«

»Pass auf dich auf«, sagte Casey. Sie betrat das Wohnzimmer, stellte sich ans Fenster und gähnte herzhaft.

»Ihr auch«, sagte er und verschwand.

Breeze und ich kamen ebenfalls von der Dachterrasse rein und hingen unseren eigenen Gedanken nach. Breeze brachte sein Glas in die Küche und räumte kurz auf.

»Ich muss mich aufs Ohr hauen«, sagte er.

»Ich auch«, erwiderte Casey. »Hab die Nacht zuvor schon kaum geschlafen.«

»Ja, hab dich gehört«, sagte Breeze.

»Wenn es dich stört, dass ich jemanden mitbringe, dann such dir eine eigene Bude.«

»Das ist meine Bude! Du bist bei mir eingezogen, nicht umgekehrt.«

»Ach, stell dich nicht so an. Ich hab dich auch jahrelang bei mir wohnen lassen.« Casey kam zu mir und drückte mir einen viel zu feuchten Kuss auf die Wange.

Ich drehte den Kopf weg und wischte über die Stelle. »Spar dir das für deine Lover.«

»Loverinnen, mein Freund. Im Moment brauch ich Kurven, keine Schwänze.«

»Wie auch immer.«

»Du müsstest mal die Bräute sehen, die sie mitbringt!«, sagte Breeze. »Wirklich heiß, aber ich kann nicht mal zuschauen, weil es eklig ist, die Schwester beim Sex zu beobachten.«

Casey schnaubte nur und lächelte mich an. Ihre Haut war blass, und sie hatte dunkle Ringe unter den Augen. Vermutlich sah ich nicht viel besser aus. »Gehst du auch nach Hause?«

»Nein, ich häng hier ab. Ethan hat die schönere Aussicht.«

»Das stimmt. Dann bis später. Grübel nicht so viel, ja?«

»Ich versuch es.«

»Bis dann, Mann«, sagte Breeze, schlug mit mir ein, dann hakte er sich bei seiner Schwester unter und verschwand ebenfalls.

Stille kehrte ein. Viel zu viel davon und viel zu drückend.

Ich blieb einen Moment einfach nur im Raum stehen, schloss die Augen und atmete. In meinem Hirn tobten die Ereignisse der letzten Stunden wirr umher. Bilder, Emotionen, jede Menge Schmerz und kein Schlaf.

Summer würde mit uns auf der Bühne stehen.

Wir würden uns wiedersehen, mussten vielleicht miteinander reden, zum ersten Mal seit drei Jahren.

Damals hätte ich meine Seele dafür verkauft, noch eine Chance zu bekommen und das alles mit ihr zu klären. Ich hatte mir nichts sehnlicher gewünscht, als mich mit ihr auszusprechen und richtigzustellen, was falsch gelaufen war, aber dazu war es nie gekommen. Sie hatte sich von mir abgewandt, hatte geschwiegen und stattdessen alles dafür getan, um aus diesem Loch, in das sie und ich gefallen waren, mit Anlauf wieder rauszuspringen. Es war ihr gelungen. Summer hatte danach so abgehoben, dass ihr vermutlich selbst davon schwindelig geworden war.

Und das alles auf meine Kosten.

Ich öffnete die Augen wieder. Mein Innerstes war nach wie vor aufgepeitscht, und mir war übel. Irgendwie musste ich diese Anspannung loswerden, um wieder klarer denken zu können. In solchen Fällen halfen mir nur drei Dinge: Sport, Sex oder Musik. Auf die ersten beiden hatte ich weiß Gott keine Lust, also blieb nur noch eins.

Mein Weg in die Freiheit, mein Anker in jedem Sturm, mein Halt, wenn alles unter mir wegbrach.

Ich lief in Ethans Musikzimmer und betrachtete dort seine Gitarren. Auch von hier aus zeigte eine große Fensterfront auf die Dachterrasse hinaus. Ich schnappte mir seine Fender, trat ins Freie und setzte mich auf einen der Loungesessel. Bereits bei den ersten Akkorden wurde ich ruhiger. Das Geräusch der schwingenden Saiten löste eine angenehme Ruhe in mir aus. Sie kam von einer Stelle tief in mir, die ich mit nichts anderem erreichen konnte. Aus meiner Seele. Aus meinem Herzen, und sie tat mir gut.

Ich gab mich der Melodie hin und ließ mich darin fallen. Mit jeder Note wurde ich ruhiger.

RILEY

29.

Noch immer starrte ich auf den Bildschirm von Sues Handy und hatte alle Mühe, mich zu beherrschen. Meine Finger zitterten, mein Herz bebte. Sue hatte das Video in dem Moment angehalten, als Julian die Hand erhoben hatte und mit diesem wahnsinnigen Gesichtsausdruck Summer hinterherblickte, die soeben gestürzt war. Es war unmöglich zu deuten, was in ihm vorgegangen war. Schuld? Entsetzen? Trauer? Wut? Genugtuung? Ich konnte es nicht sagen, denn dieser Mann war nicht der, den ich kennengelernt hatte. Das war nicht der Julian Sloan, der bei mir Kaffee bestellte, mit dem ich seinen besten Freund gerettet hatte, der mit mir durch die Stadt gezogen war, um mir das Singen näher zu bringen und mit dem ich auf der Couch rumgemacht hatte.

Und dennoch war er es.

Eine jüngere unverbrauchtere Version von ihm. Wie hatte er es mir gegenüber formuliert? *Ich hab Fehler gemacht. Sehr große Fehler, die ich heute zutiefst bereue …*

Hatte er hierauf angespielt? War es das, was er so sehr bereute?

»Oh«, sagte Sue auf einmal und ließ das Handy sinken. »Wir

müssen zum Unterricht, wenn wir nicht zu spät kommen wollen.« Sie kicherte, warf mir einen Blick zu, mit dem sie mir deutlich machte, wer von uns beiden diesen Morgen gewonnen hatte, hakte sich bei Kristen unter und stolzierte mit ihr davon. Ich fühlte mich, als hätte sie mein Herz gleich mitgenommen.

»Riley?«, fragte Ally vorsichtig. »Kann ich irgendwas für dich tun?«

Ich zuckte zusammen und blickte sie an. Es waren noch drei Schülerinnen da, die ich abkassieren musste. Sie alle machten betretene Gesichter, schwiegen aber zu dem Video. Ich nahm ihre Karten an, zog sie stoisch durch das Gerät und buchte so ihre Bestellungen ab. Zum Glück hatte ich das schon tausendmal gemacht, denn ich konnte kaum klar denken. Meine Knie zitterten, und ich hatte das Gefühl, dass sich gleich ein großes Loch unter mir auftun und mich verschlucken müsste.

Julian hat eine Frau die Treppe runtergestoßen!

Absichtlich.

Die drei zogen ab und tuschelten miteinander, als sie das Bistro verließen.

»Riley«, sagte Ally erneut und griff über den Tresen nach meiner Hand. Ich starrte sie an.

Blinzelte. Atmete. Blinzelte noch mal.

»Hast du das gewusst?«, fragte ich sie.

»Nein. Ich hab nicht über irgendeinen vergangenen Kram der Band recherchiert.«

Welcher normale Mensch machte das auch? Es hafteten doch immer irgendwelche Skandale an Prominenten. Sie standen permanent im Feuer der Öffentlichkeit. Sollte man als Fan alles bis ins Detail prüfen, ehe man eine Band gut fand?

Oder einen Typen?

Wäre Julian nicht bekannt, hätte ich das auch nicht nachlesen können. Ich hätte warten müssen, bis er es mir erzählte, oder auch nicht.

»Keine Ahnung.« Ich schloss die Augen, nahm die Brille ab und rieb über die Stelle an meinem Nasenrücken, wo sie auflag.

»Du musst mit ihm darüber reden«, sagte Ally. »So schnell wie möglich. Lass das nicht zwischen euch stehen.«

Ich nickte nur, weil Ally recht hatte, dennoch fühlte es sich komisch an, mit Julian darüber zu sprechen. Was sollte ich sagen? *Hey, warum hast du nicht erzählt, dass du eine Frau die Treppe runtergeschubst hast? Das ist ein absolutes No-Go für jede Beziehung, weißt du das nicht?*

War es das, was Gillian mir vorhin hatte sagen wollen, als sie beteuerte, was für ein guter Mensch Julian sei? Sie wusste davon. Jetzt war mir klar, wie ich ihre Blicke zu deuten hatte, die sie mir zugeworfen hatte. Sie wusste es und hielt dennoch zu ihm.

»Das ist so verwirrend.«

»Ich wünschte, ich könnte was für dich tun.« Ally drückte meine Hand fester, und ich legte meine Finger auf ihre. Meine Haut fühlte sich so eiskalt an, dass es mich selbst schockierte.

»Du solltest zum Unterricht gehen. Er fängt in fünf Minuten an.«

»Ich will dich aber nicht alleine lassen.«

»Schon gut. Ich muss sowieso über alles erst mal nachdenken. Außerdem hab ich hier zu tun, und deine Masterclass ist wichtig. Du gibst so viel dafür.«

»Aber …«

»Wir reden später darüber, ja? Bitte geh zu deiner Stunde. Es macht nichts besser, wenn du meinetwegen darauf verzichtest.«

Sie seufzte und verzog das Gesicht »Na, gut. Aber wenn irgendwas ist, dann schreib mir eine Nachricht. Ich bin für dich da. Jederzeit.«

»Das weiß ich. Danke.«

»Hab dich lieb.«

»Ich dich auch.«

Sie ließ mich los, nahm ihre Tasche und ihre morgendliche

Bestellung und zog ebenfalls davon. Als ich endlich alleine war, stützte ich mich auf dem Tresen ab und atmete einmal tief durch.

Meine Kehle fühlte sich eng und rau an, meine Gedanken tanzten wirr umher. Ich bekam dieses Bild nicht aus dem Kopf, wie Julian die Hand gegen Summer erhoben hatte. Keine Ahnung, ob ich das je wieder vergessen könnte.

Und so stand ich da. Atmete, so gut es ging, lauschte den Geräuschen im Bistro vom Brummen des Kühlfaches zum leisen Surren der Kaffeemaschine und dem Tropfen des Wasserhahns. Ab und an hörte ich Schritte draußen vor der Tür, aber es kam niemand mehr herein. Ethans und Isabels Klassen hatten angefangen. Ich hatte also eine Weile Ruhe.

Ich setzte die Brille wieder auf und nahm mein Handy aus der Tasche. Julian hatte meine Nachricht nach wie vor nicht gelesen, dafür hatte Bridget noch mal geschrieben und gefragt, ob ich mich entschieden hätte. Sie würde es heute Mittag noch mal bei mir versuchen. Mein Daumen verharrte über dem Löschen-Button, doch er zuckte nicht. In mir zog sich alles zusammen, und ich wünschte, ich könnte diese letzten Stunden ungeschehen machen und vergessen, was ich gesehen hatte, aber das ging nicht.

Nie mehr.

Also klickte ich den Link an, den Bridget mir geschickt hatte. Er führte auf einen alten Beitrag auf Joans Seite von vor drei Jahren. Das Video hatte über sieben Millionen Aufrufe und fing mit einer Einblendung von Joan Langdon an, die im Studio saß.

»Sicher habt ihr alle von dem gestrigen Unfall von Summer Richmond gehört. Wir von Langdon Daily sind immer am Puls der Zeit und berichten von den neuesten News.«

Ich rollte die Augen, weil sie genauso geschwollen redete wie Bridget und diesen Gag mit den neuesten News vermutlich auch noch witzig fand.

»Uns wurde exklusives Filmmaterial zur Verfügung gestellt, das wir euch natürlich nicht vorenthalten wollen.«

Ich machte mich darauf gefasst, mehr von dem zu sehen, was ich eben größtenteils nur gehört hatte. Meine Finger schlossen sich fester ums Handy. Ehe Joan ans Eingemachte ging, folgte eine Zusammenfassung von Julians und Summers Beziehung. Es wurden hauptsächlich Ausschnitte von Galas oder roten Teppichen gezeigt, auf denen Julian und sie zusammen auftauchten. Auch wenn diese Aufnahmen erst drei Jahre alt waren, sah Julian anders aus als heute. Er hatte viel mehr jugendlichen Schalk in den Augen. Seine Haare waren kürzer, er war schmaler und nicht so muskulös wie heute. Damals wirkte er eher wie ein schlaksiger Teenager, obwohl er bereits zwanzig gewesen war. Summer strahlte an seiner Seite mit einer beneidenswerten Intensität. Sie hatte lange blonde Haare, eine fantastische Figur, strahlend weiße Zähne, und egal welches Outfit sie trug – sie sah perfekt aus. Die beiden wirkten wie füreinander geschaffen. Zwei wunderschöne Menschen, die auf der Welle des Erfolges ritten und denen die Welt zu Füßen lag.

»Die Beziehung des Traumpaares ist jäh geendet, als es zu diesem schrecklichen Unfall kam«, sagte Joan, und das Bild wechselte zu dem verzerrten Video. Die Qualität der Aufnahme war zwar ziemlich übel, aber das Wesentliche war zu erkennen. Julian trug einen Smoking, Summer ein silbern glitzerndes Kleid. Er schwankte ein wenig und sah mitgenommen aus, soweit ich das erkennen konnte. Immer wieder kam es zu Aussetzern im Video, wo es einen kleinen Sprung machte. Der Filmer hatte sich eindeutig vor den beiden versteckt gehalten. Sie stritten heftig, den Wortlaut hatte ich ja eben bereits gehört.

Das Ganze endete ein weiteres Mal mit Summers Sturz, und das letzte Bild zeigte Julian mit erhobener Hand. Danach wackelte das gesamte Video, weil der Filmer offensichtlich das Handy weggesteckt hatte und zu Summer eilte. Ich wollte schon auf Aus drücken, doch Joan Langdon kehrte zurück. Sie erklärte noch mal ausführlich, wie es zu diesem Unfall kam, dass Gäste berichteten, wie Julian sich den ganzen Abend über aggressiv und unbeherrscht benommen hätte, er Summer sogar als Hure bezeichnete und sie quasi ins Treppenhaus zerrte, als sie ein harmloses Gespräch mit einem Agenten führen wollte.

»Leider stehen uns weder Summer Richmond noch Julian Sloan für ein Statement zur Verfügung, aber bitte seht euch diese Bilder an. Sie sprechen für sich selbst.«

Als Nächstes folgten Aufnahmen aus einem Krankenhaus. Sie zeigten eine schlafende Summer, die aussah, als wäre sie von einem Laster überrollt worden. Ihr rechtes Auge war komplett zugeschwollen, ihr Bein in einem Gips. Schläuche führten von ihrem Körper weg zu Beuteln.

»Ein Insider berichtet, dass Summer multiple Knochenbrüche, eine heftige Rippenprellung und eine Milzruptur davonzog. Sie wird zum Glück keine bleibenden Schäden behalten. Es bleibt abzuwarten, welche Konsequenzen Julian Sloan nun drohen ...«

Mein Gott, das war absolut schockierend! Und wer hatte dieses Bild von ihr gemacht? Damit war sie doch sicher nicht einverstanden gewesen.

»Wir bleiben natürlich dran, um eine Stellungnahme von einem der beiden zu bekommen, aber nach wie vor ist keiner von ihnen bereit, öffentlich darüber zu reden. Wir sind also weiter auf Spekulationen und das Filmmaterial angewiesen.«

Das nächste Bild zeigte erneut Summer, wie sie aus dem Krankenhaus entlassen wurde. Sie hatte sich eine Jacke über den Kopf gezogen und versuchte sich so vor den Fotografen zu schützen, die vor dem Krankenhaus auf sie warteten, um einen Schnappschuss zu ergattern.

Wie schrecklich das für sie gewesen sein musste. Erst dieser grausige Unfall, und dann wurde sie von der Presse gestalkt.

Ich drückte den Beitrag weg und schüttelte mich, um das alles irgendwie loszuwerden. Doch solange ich hierblieb, würde mir das nicht gelingen. Ich blickte auf die Uhr. Es war eigentlich noch nicht Zeit für eine Mittagspause, aber ich musste kurz raus. Rasch schrieb ich Gillian, dass ich noch etwas zu erledigen hatte und das Bistro abschließen müsse. Meistens störte sie es nicht, wenn ich mir die Arbeit flexibel einteilte, solange ich alles schaffte. Ich schnappte mir die Tasche, schloss ab und trat hinaus in den Flur. Erst wusste ich nicht, wohin ich gehen sollte, denn ich hatte keine Lust auf die volle Stadt. Das Einzige, was mir in solchen Momenten Ruhe brachte, war Musik, doch das Theater war heute Morgen mit Isabels Klasse besetzt, und Ethan war meistens im zweiten Stock im Musikstudio. Im dritten gab es noch ein paar Räume mit Klavieren. Die Studenten nutzten sie für ihre Einzelgesangsstunden. Da im Moment kein regulärer Unterricht stattfand, sollten sie frei sein.

Ich durchquerte die Halle und betete, dass ich niemandem in die Arme laufen würde, aber Gillian war eigentlich so gut wie immer in ihrem Büro, und Bradley hatte diese Woche Urlaub.

Es dauerte nicht lange, bis ich oben im dritten Stock angekommen war, mich zu allen Seiten umschaute und durch die stillen Gänge ganz nach hinten huschte, wo ich mich in das letzte der fünf Zimmer schlich. Sie waren nicht größer als mein Bad, hatten schallisolierte Wände und boten nur Platz für ein Klavier, einen Hocker und einen kleinen Bereich, wo der Schüler stehen konnte. Ich zog die Tür hinter mir zu. Sofort senkte sich Stille über mich. Die Akustik hier drin war gut, aber auch sehr gedämpft, sodass man sich selbst beim Singen hören konnte. Ich legte meine Tasche neben dem Klavier ab, ließ mich auf den Stuhl nieder und glitt mit den Fingern über die kühlen Tasten.

Sofort beruhigte sich alles in mir, und ich konnte auf einmal wieder atmen. Ich schloss die Augen, gab mich einen Moment diesem Gefühl hin, bis die Stille in diesem Raum sich auch in meinem Inneren ausbreitete.

Als ich bereit war, fing ich langsam an zu spielen und ließ mich von der Magie der Musik davontragen …

JULIAN 30.

»I don't wanna hear this
I don't wanna think again about this mess
And what can I do, when I don't know how to treat you.

And I won't call you up
just because I'm home and I feel lonely as fuck cause I don't know how to trust you.

And I could say that I will stay forever but we both know that I'll be gone.«

RILEY 31.

»I've been told to stay alone
a stranger on his road home
but I don't wanna fight no more, I'm standing at your door,
oh I could stay.
But I don't trust the things that I could say

I won't follow you,
it's easy to think that we are just not meant to be.«

JULIAN & RILEY

32.

»I won't be the first to fall.

So what I won't die,
pick me up, pick me up, it's not worth a try.
I'll be the first one to say goodbye

And I could say that I will stay forever but we both know that I'll be gone

I've been told to stay alone
a stranger on his road home
but I don't wanna fight no more, I'm standing at your door,
oh I could stay.
But I don't trust the things that I could say

Walking on a Bridge over troubled water, I won't dive in,
I stay over water.

I've been told to stay alone
a stranger on his road home
but I don't wanna fight no more, I'm standing at your door,
oh I could stay.
But I don't trust the things that I could say.«

JULIAN 33.

»I've been told to stay alone
a stranger on his road home
but I don't wanna fight no more, I'm standing at your door,
oh I could stay.
But I don't trust the things that I could say.«

Ich ließ die letzten Akkorde verklingen und atmete tief ein und aus. Mein Herz schlug im Rhythmus des Liedes, meine Finger glühten, und meine Seele schwieg.

Endlich war Ruhe.

Ich schloss die Augen und schwelgte in diesem tiefen befriedigenden Gefühl. Schon lange hatte ich mich nicht mehr dermaßen in einen Song fallen lassen können wie eben. Es war reinigend und stärkend gewesen. Als hätten die Noten all den Stress der Nacht weggewischt.

Meine Finger glitten über die Saiten, ohne ihnen weitere Töne zu entlocken. Die Gitarre lag mir wie kein anderes Instrument. Wann immer ich sie in die Hand nahm, meine Stimme sich mit dem

Sound vermischte, vergaß ich die Welt um mich herum. Das hier war meine Heimat, das hier war der Ort, an dem ich *ich* sein konnte.

Ich strich erneut über die Gitarre und sog dankbar diese neue Energie auf, die sie mir geschenkt hatte. Wir würden das schaffen. *Ich* würde das schaffen. Ich musste auf diese Bühne gehen, mich mit Summer konfrontieren und mich nicht mehr aus der Bahn werfen lassen. Keine Ahnung, ob mir das gelingen würde, aber ich würde mein Bestes dafür geben. Sie durfte mich nicht kleinkriegen. Nicht so.

Ich legte die Gitarre weg, stand auf und lief zurück in die Küche, wo meine Jacke über einem Hocker hing. Ich kramte in der Tasche nach meinem Handy und schaltete es zum ersten Mal seit gestern Mittag wieder an. Es waren nur zwei Nachrichten eingegangen. Die neue Nummer war wirklich ein Segen.

Wie geht es dir?, fragte Gillian in der ersten. *Kann ich irgendwas für dich tun? Komm gerne vorbei. Meine Tür steht dir offen.*

Gillian wusste wegen Summer Bescheid, war damals live dabei gewesen, als alles den Bach runterging. Es war nicht leicht für sie gewesen, da Summer ebenfalls eine Ausbildung an der NYMSA absolviert und sich sehr gut mit Gillian verstanden hatte. Doch Gillian hatte letztlich zu mir gehalten und mit Summer gebrochen. Auch eine Sache, die wegen dieses ganzen Mists kaputtgegangen war.

Die zweite Nachricht war von Riley. Sie hatte mir gestern Nachmittag geschrieben: *Hi, Julian. Hättest du kurz Zeit für mich? Ich bräuchte deinen Rat, Riley.*

Allein beim Gedanken an sie wurde mir wieder warm im Bauch. Was gäbe ich darum, jetzt bei ihr zu sein, sie in meinen Armen zu halten, zu küssen, zu fühlen, zu schmecken. Alles in mir sehnte sich nach ihr mit einer Intensität, die ich nicht von mir kannte. Irgendwas sprach Riley in mir an, was mir völlig neu war. Sie brachte etwas in mir zum Schwingen, ähnlich wie die Musik. Sie hinterließ ihre Spuren in mir, berührte mich ganz tief im Inneren meiner

Seele und ließ dort den gleichen Frieden hinein, den ich beim Singen spürte.

Riley war meine Musik. Sie tat mir gut, und es hatte keinerlei Sinn, das abzustreiten.

Ich holte Luft und drückte auf Antworten: *Tut mir leid, dass ich mich erst jetzt melde. Ich würde dich auch gerne treffen.*

Ich hielt inne, denn ich hatte keine Ahnung, wann ich das tun sollte. Sobald Ethan mit dem Unterricht heute durch war, mussten wir zu einem Interview bei einem Musikmagazin, morgen war die Aufzeichnung für die *Tonight Show* mit Jimmy Fallon, danach waren wir bei der Probe, am Mittwoch hatten wir einen Termin beim Fotografen, der die Pressebilder für den Garden machte, am Donnerstag waren wir zu einer Gala eingeladen, Freitag ebenfalls. Dazwischen lagen noch mehr Proben und Meetings, die sich nun sicher wegen der Bekanntgabe von Summer türmten.

Auf einmal lief es mir eiskalt den Rücken hinunter. Ich hatte keine Ahnung, ob Riley mitverfolgt hatte, dass Summer und ich auf der Bühne stehen würden. Noch weniger wusste ich, ob das für sie überhaupt irgendwas bedeutete. Sie hatte Summer nicht ein Mal erwähnt, während wir zusammen gewesen waren, und so wie ich sie einschätzte, las sie keine Klatschpresse.

Hätte ich es ihr sagen sollen?

Aber wie? Und wann?

Vor dem ersten Kuss? Danach? Als sie bei mir zu Besuch gewesen war? Am nächsten Morgen, bevor ich mich davongemacht hatte?

Wie brachte man etwas Derartiges vernünftig auf den Tisch? Riley war völlig unerwartet und mit solcher Intensität in mein Leben gerauscht, und nun hatte ich das Gefühl, ihr etwas Wichtiges verschwiegen zu haben.

Ich hob wieder mein Handy an und tippte die Nachricht weiter. *Ich komme gleich vorbei. Die nächsten Tage werden leider sehr chaotisch.*

Ich schickte den Text ab. Dann schrieb ich Gillian, dass ich auf dem Weg zur Schule war und ob es okay sei, wenn ich Riley für etwa eine Stunde von ihrer Arbeit abhielt.

Mit einem komischen Drücken im Bauch verließ ich Ethans Apartment.

RILEY 34.

Ich komme gleich vorbei.

Ich starrte auf Julians Nachricht und wusste nicht genau, was ich dabei empfinden sollte. Das Singen eben hatte mich runtergefahren und definitiv geerdet. Ich hatte mich darin verloren und gleichzeitig wiedergefunden. Meine Gedanken schwirrten nicht mehr so wirr umher, die Bilder von Julian und Summer waren nicht mehr ganz so präsent, aber sie nagten natürlich an mir und würden es auch weiterhin tun. Das eben war nur wie ein Pflaster gewesen, das ich auf eine blutende Wunde gedrückt hatte. Sobald ich es abriss, würde es erneut losgehen.

Ich komme gleich vorbei.

Wollte ich das?

Konnte ich jetzt mit ihm reden, so wie Ally es mir geraten hatte? Es war vernünftig und sinnvoll, aber ich hatte eigentlich keine Zeit für ihn. Zudem tanzten meine Gefühle für Julian völlig wild herum. Ich musste mir erst überlegen, wie ich für ihn empfinden sollte.

Schwachsinn.

Ich wusste genau, wie ich für ihn empfand.

Ich mochte ihn. Ich sehnte mich nach ihm. Ich wollte ihn.

Julian erreichte mein Herz. Nicht nur wegen der Dinge, die er für mich tat, sondern wegen ihm selbst. Er war liebevoll, ruhig, aufmerksam, betörend, und ich genoss es, Zeit mit ihm zu verbringen.

Aber reichte das alles auch aus für uns? War es genug?

Ich wusste es einfach nicht.

Ich sah auf mein Handy und rief Ajdens Kontakt auf. Wir hatten zuletzt vor ein paar Tagen gesprochen. Liz und er hatten sich nun endgültig getrennt. Sie wollte in Indien mit ihrem neuen Lover bleiben, während Ajden zu Dad geflogen war, der um diese Jahreszeit immer bei den Ärzten ohne Grenzen war und im Kongo gegen Ebola kämpfte. Mein Finger schwebte schon über dem Anrufbutton. Bei Ajden war es nun Nachmittag, er war vermutlich noch unterwegs in den Dörfern und arbeitete. Sein medizinisches Wissen war zwar nicht so groß wie das von Dad, aber er kannte sich gut genug aus und konnte auch kleinere Wunden nähen oder Spritzen geben. Dort drüben brauchten sie jede helfende Hand, und Ajden hatte sicherlich viel zu tun. Ich presste die Lippen zusammen und überlegte, ob ich ihn wirklich stören sollte. Mein Bruder war einer der ruhigsten, besonnensten und liebevollsten Menschen, die ich kannte. Er überblickte jede Situation binnen Sekundenbruchteilen und wusste sofort, wo er anpacken musste, um zu helfen. Ganz sicher könnte er mir gute Ratschläge in Bezug auf Julian geben.

Doch ich wollte ihn nicht noch mehr stressen. Es war schon schlimm genug, dass er mir trotz seiner eigenen Probleme weiterhin Listen mit Castings schickte und seine Zeit dafür opferte. Mein Bruder rettete dort drüben Leben, während ich damit kämpfte, wie ich auf Klatsch und Tratsch reagieren sollte. Ja, das mit Julian war heftig und schlimm, dieses Video erschütternd, und eine Frau war dabei zu Schaden gekommen. Aber ich hatte keine Ahnung, ob das alles überhaupt so stimmte. Joan Langdon war als Quelle nicht unbedingt vertrauensselig. Ich hatte bisher nur diese eine Seite gesehen und sonst nichts. Die Einzigen, die wirklich wussten, wie dieser Abend abgelaufen war, waren Summer und Julian. Mit ihr konnte ich nicht sprechen, aber mit ihm schon.

Ich musste mit Julian in Ruhe reden, so wie Ally es auch gesagt hatte.

Ich strich über Ajdens Bild auf meinem Handy und spürte die tiefe Sehnsucht nach ihm. Seit fast zwei Jahren hatten wir uns nicht mehr persönlich gesehen, nur gesprochen oder mal geskypt.

Ich steckte das Telefon zurück in die Tasche, vergewisserte mich, dass ich den Raum so hinterließ, wie ich ihn vorgefunden hatte, und trat hinaus. Da ich nicht wusste, wann genau Julian vorbeischauen wollte, ging ich ins Bistro, bereitete weiteres Essen für die Mittagspause vor und füllte die Automaten draußen vor der Tür auf. Mir graute ein wenig davor, mich erneut mit Sue und Kristen auseinandersetzen zu müssen, aber zur Not könnte ich mich hinter meiner Arbeit verstecken und sie ignorieren. Abgesehen davon wollte ich diesen Ziegen nicht die Genugtuung schenken, dass sie mich verletzt hatten, denn nur darauf hatten sie es angelegt.

Kaum war ich fertig mit allem, ging auch schon die Tür auf, und er kam herein.

Julian sah fürchterlich aus. Blass, mit eingefallenen Wangen und dunklen Ringen unter den Augen. Hatte er überhaupt geschlafen? Er blickte sich kurz im Bistro um, grüßte die wenigen Studenten, die schon da waren, und steuerte dann auf mich zu. Seine Miene blieb angespannt, als er mich musterte, und auch ich gefror für einen Moment in Stille.

Wieder kam das Bild in mir hoch, wie er mit erhobener Hand in diesem Treppenhaus stand und Summer zusah, die die Stufen hinunterstürzte. Sein verzerrter Gesichtsausdruck, der überhaupt nicht zu dem Mann passen wollte, der mir nun gegenüberstand und dessen Mund aufklappte, je länger er mich anblickte.

Auf einmal veränderte sich etwas in Julians Ausdruck. Er schluckte hart, verzog gequält das Gesicht und hielt die Luft an.

»Du … du weißt es«, flüsterte er.

Ein Student packte neben uns rasch seine Sachen zusammen, blickte von Julian zu mir, wirkte einen Moment total verwirrt, weil Julian mich weiter anstarrte, als hätte ich ihm gerade das Herz herausgerissen, und machte sich dann aus dem Staub.

»Ich kenne diesen Gesichtsausdruck«, fuhr Julian fort, ohne die anderen im Bistro zu beachten.

»Ich …«, mehr bekam ich nicht heraus, und das war Julians Bestätigung.

Er nickte nur und rieb sich über das stoppelige Kinn. »Scheiße.«

»Ich hab das Video gesehen. Unabsichtlich.«

Er stemmte die Hände in die Hüften, holte Luft, hielt sie an, stieß sie wieder aus. »Ich … ich hätte es dir sagen sollen. Ich wollte das nicht vor dir geheim halten, aber ich hatte auch keine Ahnung, wie ich es hätte ansprechen sollen.« Er blickte mir in die Augen und hielt mich so fest. Da war so viel Schmerz, Müdigkeit und Frust. »Es tut mir leid, dass du es so erfahren hast.«

»Ich bin …«

Die Tür ging wieder auf, und dieses Mal kam Isabels Klasse herein. Allen voran Sue und Kristen. Ich schloss die Augen, sammelte mich für den nächsten Ansturm und begab mich an meinen Platz an der Kaffeemaschine. Die beiden hielten inne, als sie Julian erblickten, und grüßten ihn derart überschwänglich, dass es ein Wunder war, warum niemand hinter ihnen auf der Schleimspur ausrutschte.

Julian erwiderte die Grüße kurz angebunden und verzog sich dann. »Komm hoch zur Sonnenterrasse, wenn du fertig bist«, sagte er nur und verschwand durch die Tür.

Ich hatte keine Chance, etwas zu erwidern, denn die Bestellungen prasselten auf mich ein. Sue und Kristen warfen mir merkwürdige Blicke zu, und ich spürte ihren Neid aus jeder Pore quellen. Ich bemühte mich, alle so gut es ging zu bedienen. Als Ally an die Reihe kam, tauschten wir nur kurze Blicke aus, die mehr sagten als

Worte. Wir waren mittlerweile auf einer Ebene angelangt, an der wir nonverbal kommunizieren konnten. Außerdem hatte sie mitbekommen, dass Julian auf mich wartete.

»Viel Glück«, sagte sie nur, als sie an der Reihe war, nahm ihr Sandwich und verschwand wieder nach draußen. Ich bekam den Rest gut über die Bühne, wartete, bis alle versorgt waren, richtete ein paar Getränke und Snacks für Julian und mich und verließ das Bistro erneut.

Die Sonnenterrasse lag oben im zweiten Stock und zeigte auf einen kleinen Innenhof, der zum Nachbargebäude gehörte. Es war ein schöner Flecken, wo ich öfter saß, wenn ich tagsüber Leerlauf hatte.

Als ich sie jetzt betrat, lag sie bereits in der vollen Mittagssonne, aber Julian hatte einen der Schirme aufgespannt und ihn so ausgerichtet, dass wir im Schatten auf den Loungemöbeln sitzen konnten. Er stand mit dem Rücken zu mir und blickte auf das Haus gegenüber.

Als die Tür hinter mir klickte, horchte er auf und drehte sich zu mir. Ich ging langsam auf ihn zu. Er wirkte angespannt, als stünde er auf der Anklagebank.

»Hast du Durst? Ich habe uns Eistee mitgebracht«, sagte ich und hob den Korb an, den ich eben gefüllt hatte.

»Danke.« Er ließ sich auf einen der Sessel nieder und nahm die kühle Flasche entgegen, die ich ihm reichte. Ich hockte mich ihm gegenüber, streifte mir die Schuhe ab und verschränkte die Beine im Schneidersitz. Julian lehnte sich zurück und musterte mich dabei weiterhin so intensiv wie eben im Bistro.

»Was willst du wissen?«, fragte er. »Willst du überhaupt was wissen oder mir gleich sagen, dass ich mich zum Teufel scheren kann?«

»Ich wäre nicht hier, wenn es so wäre. Und eins vorab: Ich mach dir keine Vorwürfe, weil du es mir nicht früher gesagt hast. Sue und Kristen haben mir das Video heute Morgen quasi aufgezwungen, sonst hätte ich nie etwas davon erfahren.«

Julian atmete geräuschvoll aus und trank einen großen Schluck. »Es ist gut, dass du es jetzt weißt.«

»Es hat mich zutiefst schockiert.«

Er nickte und wischte sich einen Tropfen Eistee von den Lippen. »Hast du noch mehr gesehen als nur dieses Video?«

»Gibt es denn noch mehr?«

»Nicht von Summer und mir, aber Langdon hat mich danach ziemlich auseinandergenommen.«

»Ich hab mir nichts weiter darüber angeschaut. Ich musste erst mal das eine verdauen.«

»Das kann ich verstehen. Dieses Video … es zeigt den Abend nicht so, wie er wirklich war. Ich weiß, dass das nach einer lahmen Entschuldigung klingt, aber ich kann dir alles erklären. Wenn du willst.«

»Ja.« Ich blickte ihn an und nickte. »Ja, das will ich.«

Und dann legte er los.

JULIAN

35.

Benefizgala Metropolitan Museum of Art, Rooftopbar – vor drei Jahren

Ich kippte den x-ten Drink hinunter und starrte auf die Menge aus fremden Menschen, die sich für den heutigen Abend in Schale geworfen hatte. Das Aufgebot war mächtig. Legenden aus der Film- und Musikbranche waren geladen, um für einen guten Zweck ihre Geldbeutel zu öffnen, sich gegenseitig auf die Schultern zu klopfen und zu beteuern, wie großartig sie alle waren.

Und wir als *Beyond Sanity* waren mittendrin.

Seit unser letzter Song *Still Waters Run Deep* binnen weniger Tage auf Platz eins der Charts geklettert war, ging es bei uns zu wie im Irrenhaus. Einladungen, Konzertanfragen, Interviews, Fernsehauftritte. Wir wurden herumgereicht wie ein warmer Kuchen, von dem jeder ein Stück abhaben wollte, ehe er wieder abkühlte.

Und das würde er unweigerlich.

Nur weil wir einen großen Hit gelandet hatten, hieß das nicht, dass wir uns auch halten konnten. Wir mussten nachliefern, den

Flow nutzen und auf der Welle reiten, solange sie uns tragen wollte. Ansonsten zählten wir rascher zu den gestrandeten Künstlern und One-Hit-Wundern, als wir unsere Gitarren neu stimmen konnten.

Ich nahm einen weiteren Schluck von meinem Cocktail, der viel zu süß schmeckte, dafür aber gut in den Schädel stieg. Jetzt schon spürte ich deutlich die Wirkung und sollte eigentlich Schluss machen, doch ich konnte nicht. Obwohl ich dort war, wo ich mich immer hingeträumt hatte und mit den Menschen feiern durfte, die ich bewunderte, fühlte ich mich leer und mürrisch. Könnte sein, dass es an meiner Freundin lag, die ich über alles liebte und die mit mir heute Arm in Arm diesen Abend hatte verbringen wollen, stattdessen aber damit beschäftigt war, jemand anderem in den Hintern zu kriechen.

»Ansell Ford«, murmelte ich in meinen Drink. Der Geschäftsführer von Ford Music, einer der besten Manager in der Broadwayindustrie. Summer hing seit fast einer Stunde an seinem Arm, lachte über seine Anmerkungen, reichte ihm einen Drink nach dem anderen und wirkte, als wäre sie nur dafür da, ihn heute zu unterhalten.

Und er genoss es sichtlich. Kein Wunder, denn sie sah wie immer umwerfend aus. Ihr Kleid schmiegte sich an ihren Körper wie eine zweite Haut. Der silberne Stoff betonte perfekt ihre Kurven, schimmerte und glitzerte bei jedem Schritt. Eine ihrer Schultern war bedeckt, die andere frei. Als ich ihr vorhin geholfen hatte, hineinzuschlüpfen, hatte ich überall die Stellen geküsst, die nicht vom Stoff verhüllt wurden. Sie hatte gegurrt, sich an mich geschmiegt und mir ins Ohr geflüstert, was sie mit mir anstellen wollte, sobald dieser Abend überstanden wäre. Ich hatte mich beherrschen müssen, ihr das Kleid nicht wieder umgehend vom Leib zu reißen, statt es weiter zu schließen und mit ihr auf diese Party zu gehen.

Und das hatte ich jetzt davon.

Ford starrte ihr unverhohlen in den Ausschnitt, während seine Hand auf ihrem Rücken tiefer und tiefer wanderte. Ich umklammerte mein Glas fester und überlegte mir, wie ich diesem Mistkerl am besten die Visage polieren konnte.

»Lass es, Mann«, sagte Ethan hinter mir und legte einen Arm um meine Schulter.

»Dieser Arsch baggert meine Freundin an.«

»Nein, deine Freundin baggert ihn an. Das ist ein kleiner, aber in diesem Fall bedeutender Unterschied.«

»Willst du mich verarschen?«

»Will ich nicht, und du musst aufhören, so viel zu trinken.« Ethan nahm mir mein Glas weg, roch daran und stellte es mit angeekeltem Gesichtsausdruck auf dem Tablett einer Kellnerin ab, die gerade an uns vorbeilief.

»Spinnst du?«, fragte ich und wollte ihr hinterher, aber Ethan hielt mich zurück.

»Du hast echt genug intus, Jules. Du schwankst schon, und du lallst.«

»Sagt der Mann, der nie eine Party auslässt.«

»Das stimmt, aber ich weiß, wann ich aufhören muss. Das hier ist nicht der Ort, um steilzugehen. Daniel redet gerade mit dem Management von James Corden. Er will uns für *Carpool Karaoke* haben und unsere nächste Platte mitsponsern.«

»Scheiße.«

»Ach, hör auf. Das wird großartig. Der hat Klickzahlen in Millionenhöhe, und das binnen weniger Tage. Außerdem ist es völlig sicher in dem Auto, wir werden …«

»Das mein ich nicht«, sagte ich und deutete auf Summer, die jetzt noch enger mit Ford zusammenstand und eine Hand auf seine Schulter gelegt hatte, während er sie fester an der Hüfte umschlang.

»Hab dir doch von Anfang an gesagt, dass sie nur auf Fame aus ist.«

»Sei still.« Und ja, Ethan hatte es gesagt. Zu Beginn hatten sich Summer und er noch gut verstanden. Ethan war sogar derjenige gewesen, der mich ermutigt hatte, sie auf ein Date zu bitten. Irgendwann war er ihr gegenüber skeptisch geworden, doch ich hatte nichts davon hören wollen. Dazu liebte ich sie viel zu sehr.

»Sie hat nur hierauf gewartet«, sagte Ethan und trank von seinem Wasser. »Erst lullt sie dich ein, besorgt es dir gut im Bett, und dann besorgt sie es sich selbst, indem sie ihren Charme bei den richtigen Leuten einsetzt.«

»Wenn du nicht gleich die Schnauze hältst, hau ich dir eine rein.«

»Ich bin nicht dein Feind, Jules. Du musst einfach nur hinsehen!«

Das tat ich, und es schmerzte mit jeder Minute mehr. Summer und ich waren seit einem halben Jahr fest zusammen, das war die vierte Veranstaltung dieser Art, auf die ich sie mitnahm, und eine der bisher wichtigsten. Sie hatte sich seit zwei Wochen darauf vorbereitet, war shoppen gegangen, beim Friseur gewesen, das volle Programm. Sie hatte sich so viel Stress gemacht, dass sie sogar heftige Magenprobleme bekam und sich ständig übergeben musste. Bis gestern ging es ihr hundeelend, und sie war panisch geworden wegen heute Abend.

Aber sie war hier.

Weil sie eine Kämpferin war.

»Sie macht es genauso wie auf der letzten Party im Rockefeller Center«, fuhr Ethan fort und bohrte weiter in der Wunde herum.

Summer war irgendwann spurlos verschwunden, bis ich sie am Arm des Geschäftsführers von *Diamond Music*, einer sehr renommierten Plattenfirma in Manhattan, fand. »Das war Zufall.«

»Sicher doch. Sie grast einen Kontakt nach dem anderen ab«, fuhr Ethan fort. »So wie sie zufällig an Ansell Ford hängt, der genauso machtgeil ist wie sie und zufällig ein verdammt gewiefter Manager.«

Ich schloss die Augen und wünschte, Ethan würde damit aufhören, aber er kam erst richtig in Fahrt.

»Und neulich auf der Tony-After-Show-Party konnte sie nicht von Eddie Doyle lassen. War bestimmt auch reiner Zufall, dass er an dem Abend als bester Schauspieler gewonnen hat.«

»Ethan …«

»Ich will dir nicht wehtun, Mann, aber du musst endlich die Augen öffnen. Sogar Breeze hat mich darauf angesprochen, und der merkt erst, dass was nicht stimmt, wenn ein Meteorit vor ihm einschlägt und ein grünes Alien rausklettert. Summer passt nicht zu dir! Sie nutzt dich aus, um auf Partys wie diese zu kommen.«

»Das ist nicht …« Es konnte nicht … »Ich bin …«

»Hals über Kopf in sie verknallt, das ist mir schon klar, und genau deshalb warne ich dich vor ihr. Du siehst vor lauter rosaroter Scheinwelt nicht mehr, was wirklich passiert. Sie hat dich voll am Wickel, genau wie sie Ansell am Wickel hat.«

»Du kennst sie nicht.«

»Ach, nein? Lass mich raten: Ihr liegt nächtelang wach, und sie erzählt dir, wie schwer sie es in ihrer Kindheit hatte. Wurde sie missbraucht? Oder geschlagen? Kommt sie aus der Gosse und musste sich hocharbeiten? Hat sie dein Herz erweicht, weil sie so viel hat kämpfen müssen?«

Ich ballte die Hände zu Fäusten, denn Ethan traf den Nagel dermaßen auf den Kopf, dass es bis in meine Zehenspitzen schmerzte.

»Ich bin der Letzte, der andere für seine Herkunft oder Vergangenheit verurteilt oder es nicht ernst nimmt, wenn jemand etwas Schlimmes hinter sich hat, das weißt du, aber Summer nutzt deine Gutmütigkeit aus, weil sie weiß, dass sie damit dein Herz erweicht.«

»Willst du sagen, ich habe einen Helferkomplex?«

»Ich will sagen, dass du einer der Guten bist, du Idiot. Du hörst zu, wenn jemand Probleme hat, und gibst alles für deine Freunde.«

Ich brummte missmutig und blickte mich auf der Party um, aber auf einmal war mir alles zu viel. Die lachenden Menschen, die gute Stimmung, die leise Musik, die im Hintergrund spielte, das gediegene Ambiente dieser Bar, das eigentlich wunderschön war, aber für mich wie zu einem Gefängnis wurde. Ich sah hinüber auf den Central Park, den man von hier oben aus überblicken konnte. Es war ein perfekter Abend mit lauer Sommerluft und kostenlosen Drinks, doch mein Herz füllte sich mit nagender Eifersucht, die mit jedem Pochen schlimmer wurde. Summer lachte ein weiteres Mal, was meine Aufmerksamkeit zurück zu ihr zog. Ford gab ihr gerade eine Visitenkarte, nickte ihr zu und hauchte einen sanften Kuss auf ihre Wange. Sie tätschelte seinen Arm, winkte ihm zu und ließ den Blick über die Menge schweifen. Als sie mich fand, strahlte sie übers ganze Gesicht und breitete die Arme aus.

Ich ließ Ethan stehen und stapfte ihr entgegen. Wir trafen uns auf halbem Wege. Ihre Wangen waren gerötet vor Aufregung.

»Gott, Jules!« Sofort warf sie sich mir um den Hals. Ihr Körper war erhitzt, sie bebte, als hätte sie einen Marathonlauf hinter sich. »Das war unglaublich!«

Sie löste sich von mir, behielt aber ihre Arme um meinen Nacken geschlungen, während sie redete. »Ansell ist so nett und zugänglich. Erst hatte ich Angst, dass er nicht mit mir reden mag, weil ich als kleiner Niemand nicht wichtig genug bin, aber er hat mir zugehört und mir gesagt, ich soll mich nächste Woche melden, damit wir einen Termin bei ihm ausmachen und meine Möglichkeiten besprechen können. Ich glaube, er will mich managen und …«

»… dich flachlegen.«

»Was?«

»Dein Ansell hat dir die ganze Zeit in den Ausschnitt geglotzt und kein Wort von dem mitbekommen, was du zu ihm gesagt hast.«

»Spinnst du?«

»Wie naiv bist du eigentlich?«

Sie trat einen Schritt nach hinten und zog ihre Arme zurück. »Das ist jetzt nicht dein Ernst. Wir haben nur geredet.«

»Herrgott, Summer, was treibst du da?«

»Ich … Was meinst du denn? Du bist ja total sauer.«

»Meine Freundin benimmt sich ja auch wie ein Flittchen!«

Ein Raunen ging durch die Menge. Mir war nicht mal aufgefallen, dass ich laut geworden war. Summer strich sich über die Kehle, auf der sich hektische Flecken ausbreiteten. »Du bist betrunken.«

»Längst nicht genug.«

Sie blickte sich leicht panisch um, lächelte verlegen und packte mich am Arm. »Wir klären das unter vier Augen.«

Ich hatte das nicht sagen wollen. Nicht so. Nicht auf diese Art, aber es war einfach rausgekommen. Der Alkohol, Summers Verhalten, Ethans Worte … was, wenn er recht hatte? Was, wenn sie mich wirklich nur dafür benutzte, um die Karriereleiter so schnell wie möglich nach oben zu steigen?

Auf einmal fielen mir zig andere Begebenheiten ein, in denen sie mich hatte links liegen lassen, um mit jemandem zu sprechen, der ihr weiterhelfen könnte. Auf der Premiere von Tom Cruise' neuem Film war sie fast nur damit beschäftigt gewesen, sich unter die Leute zu mischen und sich jedem vorzustellen, der wichtig aussah. Wenn Presse vor Ort war, war Summer nicht weit. Sie tauchte überall auf, wo Wind gemacht wurde, und stellte sich mit offenen Armen hinein, damit sie etwas von der Brise abbekam.

Summer führte mich quer über die Terrasse an abstrakten Skulpturen des Sonnensystems vorbei, hinüber zur Bar und dort durch eine Tür mit roten Exit-Zeichen darüber. Wie überaus treffend, denn ich benötigte gerade ganz dringend den Notausgang.

»Ich bin nicht …«, setzte ich an. »Lass mich los.«

Sie tat es erst, als wir ein Stockwerk runtergegangen waren. Das Gemurmel der Leute und die Musik waren dennoch zu hören. Fluchend löste ich meine Fliege und donnerte sie in die nächste Ecke.

»Warum regst du dich so auf?«, fragte sie.

»Soll das ein beschissener Witz sein?!«, brüllte ich. Am liebsten hätte ich auch meine Faust gegen die Wand geschlagen, aber ich beherrschte mich.

»Noch mal: Wir haben nur geredet.«

»Was willst du eigentlich von mir?«

»Bitte?«

»Du hast mich schon verstanden. Was bin ich für dich? Ein Zeitvertreib? Ein Sprungbrett auf der Karriereleiter? Was?«

»Den Floh hat dir Ethan ins Ohr gesetzt, oder?«

Ich antwortete nicht darauf, starrte nur die Wand hinter Summer an.

»Er hat dich gegen mich aufgehetzt.«

»Das war nicht nötig, deine Taten sprechen für sich.«

»Meine Taten? Stehe ich jetzt auf der Anklagebank?«

»Natürlich nicht, aber denkst du, ich bin blind? Du schmeißt dich jedem dahergelaufenen Kerl an den Hals, der dir helfen könnte, voranzukommen.«

»Natürlich tue ich das!«

Ich stockte, denn damit hätte ich nicht gerechnet. Über uns ging die Tür auf, und ein junger Mann trat ins Treppenhaus. Er hielt ein Handy in der Hand und zuckte zusammen, als er uns bemerkte.

»Oh, sorry. Wollte nicht stören.« Unsicher blickte er sich um, entschied sich dann aber, statt zurück auf die Party, an uns vorbei nach unten zu huschen. Summer fixierte mich, und ich erkannte in ihrem Blick, wie sehr sie darauf hoffte, dass ich keine Szene vor dem Typen machte.

Das war wirklich alles, worauf sie achtete: die Etikette. Ihr Ruf.

»Ich kann es nicht fassen«, sagte ich.

»Ich tue es, weil ich nur so weiterkomme.«

»Das ist der größte Schwachsinn überhaupt. Ich musste mich nirgendwo einschleimen und hab es trotzdem geschafft.«

»Weil du dich ins gemachte Nest gesetzt hast.«

»Was?«

»Ethan hat dich in eine gut funktionierende Band geholt. Er hatte bereits erste Kontakte geknüpft, kannte die richtigen Leute für die guten Gigs. Kein Wunder, dass ihr Erfolg habt.«

»Ich kann nicht glauben, was du da von dir gibst.« Wer war diese Frau, zum Teufel? »Wir haben hart gekämpft hierfür!« Ich deutete nach oben auf die Party, auf der wir nur waren, weil wir uns Nacht für Nacht um die Ohren geschlagen hatten, in denen wir Song um Song geschrieben, verworfen, neu geschrieben hatten. Ja, *Beyond Sanity* gab es bereits seit zehn Jahren, ehe ich dazukam, aber sie waren alles andere als erfolgreich gewesen und hatten mittelmäßige Musik gemacht. Nicht dass ich der alles entscheidende Faktor für unseren Durchbruch gewesen war, aber ich hatte den Jungs und Casey neue Ansätze gezeigt, und sie mir. Wir hatten uns ergänzt, und genau das war unser Erfolgsrezept. Das und sehr harte Arbeit.

»Das will ich auch nicht abstreiten«, sagte Summer etwas ruhiger. »Dennoch hast du, glaube ich, keine Ahnung, wie es da draußen zugeht. Weißt du, wie viele Frauen meines Typs es gibt? Tausende! Sie sind alle gut, sie können alle fantastisch singen. Warum mich nehmen, wenn es eine andere gibt?«

Ich kniff die Augen zusammen. Summer entwickelte sich mit jeder Minute zu einer Fremden. Mein Herz krampfte und fühlte sich an, als würde sie ihre Nägel hineinbohren und es einfach so zerquetschen.

Ich liebte sie, und das schmerzte mehr als alles andere.

»Ich werde meine Chancen nutzen. Wenn ich dazu am Arm eines Managers hängen muss und er in mein Dekolleté starren will, damit er mich unter Vertrag nimmt, dann tue ich das.«

»Und wenn er dich vögeln will? Machst du das auch?«

Sie zuckte zusammen, verengte die Augen und starrte mich an. Eine angespannte Stille legte sich zwischen uns. Nagend und anklagend. Sie offenbarte alles, was Summer nicht von sich gab.

»Wow«, sagte ich, aber nicht aus Bewunderung. Ich wich einen Schritt zurück und schüttelte den Kopf. »Wer hätte das gedacht!«

»Das ist nicht … Ich würde … das hier ist Geschäft und hat nichts mit unserer Beziehung zu tun!«

»Geschäft also, mh? Dann bin ich wohl auch ein Teil davon. Schläfst du deshalb mit mir? Weil es dazugehört?«

»Natürlich nicht! Was redest du da nur?« Sie folgte mir, im gleichen Tempo, wie ich von ihr zurückwich. »Ich liebe dich, Julian. So wie ich noch nie einen Mann zuvor geliebt habe. Ich hab dich in meine Seele blicken lassen, hab dir alles von mir gegeben.«

Ihre Worte schmerzten. Ihr Anblick schmerzte, denn ich liebte sie auch. Mit ihr war es echt gewesen, bei ihr hatte ich mich fallen lassen können, sie hatte mich verstanden, ehe ich etwas sagen musste.

Sie hatte zugehört.

»Bitte sei an meiner Seite«, fuhr sie fort. »Bitte lass uns gemeinsam diesen Weg gehen.«

»Sicher nicht so.«

Summer schloss die Augen und atmete tief ein. »Kann es sein, dass du mir den Erfolg nicht gönnst?«

»Wie bitte?« Drehte sie allen Ernstes den Spieß um?

»Bist du in Wahrheit nicht auf die Leute eifersüchtig, an deren Arm ich hänge, sondern weil ich genauso gut oder noch besser als du sein könnte? Ist es das?«

»War irgendwas in deinem Drink? Kennst du mich so schlecht?« Ich hatte Summer von Anfang an unterstützt und wollte natürlich, dass sie erfolgreich wurde, aber sicher nicht, wenn ich Angst haben musste, dass sie für irgendeinen Typen ihre Beine breit machte. »Du hast mir eben gesagt, dass du mit einem Fremden schlafen würdest, wenn es dir hilft.«

»Das habe ich nicht gesagt.«

»Du streitest es aber auch nicht ab.«

»Weil das nicht nötig sein sollte. Du solltest mir vertrauen!«

»Ich …« Ich bekam grässliche Kopfschmerzen. In meinem Hirn hämmerten der Alkohol und Summers Worte auf mich ein. Mir war schwindelig und übel, und ich wollte nur nach Hause und mich entweder weiter volllaufen lassen oder mich gleich über die

Kloschüssel hängen. Vielleicht beides. »Ich gehe jetzt. Mach, was du willst.«

»Nein, warte Julian, wir müssen das klären.«

»Für mich ist alles geklärt!« Ich zögerte kurz, unsicher, in welche Richtung ich gehen sollte. Zurück auf die Party würde ich auf keinen Fall gehen, also musste ich die Treppen nach unten nehmen, mir ein Taxi rufen und dann abhauen. Ich drehte mich um und ging abwärts. Summer schob sich an mir vorbei und stellte sich mir in den Weg.

»Geh zur Seite.«

Sie wollte nach meinem Arm greifen, aber ich zog ihn vorher zurück.

»Ich lasse dich nicht so weg. Wir werden uns nicht im Streit verabschieden!«

»Mir ist es so was von egal, was du willst oder nicht. Ich hab genug von dir!«

Sie trat einen Schritt nach oben, so nahe an mich heran, dass sie auf der Kante der Stufe balancieren musste. Ich senkte den Blick, damit ich ihr in die Augen sehen konnte. Blaugrau mit einem Schimmer von Grün, je nachdem wie das Licht einfiel. Ich liebte Summers Augen. Ich liebte alles an ihr, und genau das machte diesen Moment so schmerzvoll.

»Julian! Hör mir zu!« Sie berührte mein Handgelenk und wollte ihre Finger mit meinen verschränken.

»Lass mich in Ruhe!« Ich entzog ihr meine Hand, und da auf einmal geschah das, was mein Leben für immer verändern würde.

Sie verlor das Gleichgewicht. Ich griff nach ihr, erwischte sie sogar noch am Arm, aber ich konnte sie nicht halten.

Plötzlich verschwamm alles vor mir, und meine Wahrnehmung reduzierte sich auf sie. Summer ruderte mit den Armen, riss die Augen auf und fiel.

Sie fiel und fiel und fiel.

Die Treppe schien endlos. Ich rief ihren Namen, eilte ihr hinterher, während sie rückwärts nach unten stürzte und sich mehrfach überschlug.

Ich hielt inne, sah Riley an, die mir gegenüber hockte und kein Wort gesagt hatte, während ich diese Geschichte erzählte. Da sie auch jetzt keine Anstalten machte, etwas zu fragen, redete ich einfach weiter. »Alles, was ich danach noch mitbekommen hab, war, dass der Typ, der uns zuvor begegnet war, sofort den Krankenwagen gerufen hat. Summer wurde abgeholt. Sie hatte eine heftige Gehirnerschütterung, einen Milzriss, eine Rippenprellung, und ihr rechtes Bein war gebrochen. Das war der schlimmste Abend meines Lebens. Das Video, das du gesehen hast, hat der Typ aus dem Treppenhaus aufgenommen. Später hat sich rausgestellt, dass Ansell ihn uns hinterhergeschickt hat, weil er hoffte, einen guten Streit filmen zu können. Wer sollte ahnen, dass er sogar noch mehr bekam. Sie haben die Tonaufnahmen zusammengeschnitten, sodass es klingt, als hätte ich die ganze Zeit nur auf Summer eingeschrien, während sie sich entschuldigen wollte.«

»Und natürlich haben sie es im genau richtigen Moment gestoppt, als du die Hand erhoben hast.«

»Ja. Das war der Moment, als ich sie festhalten wollte. Ich weiß, dass viele meinen Gesichtsausdruck so interpretieren, als wäre ich wütend und würde mich darüber freuen, dass sie stürzt. Langdon hat sogar eine angebliche Psychologin diese Aufnahmen analysieren lassen. Daniel hat später rausgefunden, dass die Frau eine gekaufte Schauspielerin war.«

»Ich hoffe, ihr habt sie verklagt.«

»Haben wir. Es war das reinste Chaos. Die Polizei hat natürlich auch gegen mich wegen Körperverletzung ermittelt, aber Summer hat mich nie angezeigt. Ich weiß bis heute nicht, was sie den Beamten erzählt hat, doch danach wurde alles gegen mich fallen gelassen. Immerhin hat Langdon kurz darauf eine Gegendarstellung gebracht, aber die war so schwammig formuliert, dass sie großen

Raum zur Interpretation lässt. Ab da ist sie vorsichtiger geworden und hat in ihren Videos immer nur Vermutungen ausgesprochen. Sie hat spekuliert, manipuliert, Menschen über uns befragt, die nichts mit uns zu tun hatten und die wir nicht mal kannten. Auf einmal sind angebliche Freunde aus der Versenkung gekrochen, die ihre fünf Minuten Ruhm kassieren wollten. Mitschüler von mir aus der NYMSA oder Frauen, die mit Summer in einer WG gewohnt haben. Die Öffentlichkeit hat sich in zwei Lager gespalten. Die eine Seite glaubte, dass ich unschuldig war, und die andere verurteilte mich. Ich hatte damals nicht genügend Energie, mich dazu zu äußern, und Summer war direkt nach ihrer Entlassung aus dem Krankenhaus für einen Monat abgetaucht. Als sie zurückgekehrt ist, war der Skandal schon längst hochgekocht. Sie hat zwar auch nie behauptet, dass ich sie gestoßen habe, aber sie hat ihre Opferrolle voll ausgespielt. Summer hat noch ein paar erschütternde Erlebnisse aus ihrer Kindheit auf den Tisch gepackt und sich selbst neu erfunden. Die Frau, die von ganz unten nach oben kletterte und allen Widerständen trotzte. Ansell hat sie natürlich sofort unter Vertrag genommen und ihr vermutlich genau gesagt, wie sie sich verhalten musste. Ihre Social-Media-Accounts sind explodiert. Sie hat diesen Abend als Sprungbrett genutzt und alles für ihre Karriere getan.«

Seither hatte ich nie mehr eine Frau näher an mich herangelassen, schon gar keine aus dem Business. Meine Bekanntschaften blieben oberflächlich und kurz.

Bis ich Riley begegnet war.

Ich blickte sie an und suchte in ihrem Gesicht nach einer Reaktion auf diesen ganzen Scheiß. In den letzten drei Jahren hatte ich das mit Summer irgendwie verarbeitet. Es war wie ein Schatten auf meiner Seele, ein dunkler Fleck auf meiner Haut. Ich hatte mich an seine Anwesenheit gewöhnt und kam meistens damit klar, wenn ich nicht zu viel darüber nachdachte. Es hier und heute vor Riley zu offenbaren hatte fast etwas Therapeutisches. Natürlich hatte ich mit meinen Freunden damals gesprochen. Ohne Ethan, Breeze und Casey hätte ich alles hingeworfen und mir eine andere Karriere gesucht. Doch das hier fühlte sich nun anders an. Mit Riley verband ich mehr als nur Freundschaft. Ihre Meinung war mir wichtig. Ich wollte, dass sie auf meiner Seite stand, begriff, was in mir vorging und wie es zu allem hatte kommen können.

»Jetzt weißt du alles«, sagte ich leise.

»Wie stehst du heute zu Summer? Gillian hat gesagt, dass ihr gemeinsam auftreten werdet.«

»Ich hab seit damals kein Wort mehr mit ihr gesprochen und hätte es auch nicht mehr getan, wenn sie uns nicht als Supporting Act vor die Nase gesetzt worden wäre.«

»Könnt ihr das nicht verhindern?«

Ich schüttelte den Kopf und erklärte Riley, was Daniel vorhin uns erklärt hatte. »Für Summer wird das eine gute Chance. Ich bin mir sicher, dass Ansell diesen Deal für sie eingefädelt hat.« Ich seufzte leise, ließ ein paar Sekunden vergehen, ehe ich mich wieder Riley zuwandte. »Was denkst du jetzt von mir?«

Sie zog die Augenbrauen zusammen und trank einen Schluck. »Es hat mich geschockt, das muss ich zugeben.«

Ich nickte.

»Und gleichzeitig hat dieser Mann auf dem Video kein bisschen wie du ausgesehen. Du warst wie ein Fremder.«

»Alles an diesem Abend ist fremd. Ich will nicht abstreiten, dass ich Fehler gemacht habe. Ich war zu impulsiv, hatte zu viel getrunken, mich zu sehr von meinen Gefühlen leiten lassen. Aber ich schwöre, dass ich Summer nie diese Treppe runtergestoßen habe.«

Riley atmete tief ein und aus und sah auf den Eistee in ihrer Hand. Sie wischte die Kondenstropfen weg und versank in ihren Gedanken.

»Ich glaube dir. Ich weiß, dass du kein böser Mensch bist. So hab ich dich nicht kennengelernt, aber trotzdem. Das muss ich erst mal verdauen.«

»Das ist verständlich.« Ich war erleichtert. Wenn sie mich nicht als Monster abstempelte, war alles andere machbar. Ich beugte mich nach vorne und griff nach ihrer Hand, die sich eiskalt anfühlte.

»Lass mir einfach ein wenig Zeit, das zu verarbeiten, ja?«, sagte sie.

»Solange du willst.« Sachte rieb ich über ihre Haut und spürte die gleiche Ruhe in mir aufsteigen wie vorhin, als ich auf der Gitarre gespielt hatte.

In meinem Job hatte ich gelernt, nicht zu viel Wert auf die Meinung von anderen zu legen, denn jeder wollte seinen Senf dazugeben und sich einmischen. Mit der Zeit hatte ich eine gewisse Distanziertheit aufgebaut, vor allen Dingen zu diesem Skandal rund um Summer. Ich hatte mich innerlich davon entfernen müssen, mir die Hasskommentare nicht zu sehr zu Herzen nehmen dürfen, denn sonst wäre ich auch daran zerbrochen.

Aber Rileys Meinung war mir wichtig. Sie war mir wichtig.

Auf einmal ging die Tür zur Sonnenterrasse auf, und vier Schülerinnen traten aus dem Gebäude. Riley verzog das Gesicht, als sie die Mädels erblickte.

»Sue und Kristen. Das sind die zwei, die mir heute Morgen das Video von dir gezeigt haben. Sie zerreißen sich schon die ganze Zeit das Maul darüber.«

Ich blickte über die Schulter zurück und bemerkte die eine Blonde, die mich vorhin im Bistro angestrahlt hatte. Auch jetzt streckte sie den Rücken durch, damit ihre Brüste besser zum Vorschein kamen. Vor ein paar Wochen noch wäre das mein Beuteschema gewesen. Leicht zu haben, gut aussehend, zugänglich. Perfekt für eine schnelle Nummer zwischendurch.

»Ich sollte wieder an die Arbeit«, sagte Riley und wollte mir ihre Hand entziehen, aber ich hielt sie fest.

»Ich wünschte, ich könnte mehr Zeit mit dir verbringen, aber diese nächsten Wochen werden heftig.«

»Schon gut. Ich weiß ja, wie es bei euch abgeht.«

»Kommst du mit den Unterlagen zurecht, die ich dir hab vorbeibringen lassen?«

»Ja. Ich hab gestern aussortiert und werd eins der Lieder für eine Audition in ein paar Tagen vorbereiten.«

»Falls du Hilfe brauchst …«

»Wirst du keine Zeit haben.«

»… kannst du mir schreiben. Ein Telefonat sollte drin sein.«

Jemand kicherte. Ich blickte ein weiteres Mal hoch und sah gerade noch, wie Sue ihr Handy wegsteckte. Vermutlich hatte sie ein Foto von uns gemacht.

»Schlimm?«, fragte Riley.

»So ist es nun mal.« Auch das gehörte dazu. Heimliche Aufnahmen von mir. Meistens tauchten welche auf, auf denen ich einkaufen ging oder essen war. Am besten ließen sich die vermarkten, wo ich mit einer Frau gesehen wurde. Ich störte mich schon lange nicht mehr daran. Abgesehen davon hielt ich nur Rileys Hand, auch wenn ich sie lieber küssen würde.

»Ich muss jetzt wirklich los. Hab schon viel zu viel Pausen heute gemacht«, sagte Riley und entzog mir ihre Hand. Meine Finger kribbelten von ihrer Berührung nach. Ich half ihr, die Sachen wegzuräumen, und begleitete sie zurück zur Tür. Die Blicke der Mädels verfolgten uns weiter.

Riley trat als Erste ins Innere. Sie blieb im Flur stehen, verlagerte ihr Gewicht von einem Fuß auf den anderen und wirkte unsicher, wie sie sich von mir verabschieden sollte. Sie umklammerte den Korb fester und nickte mir zu. »Es hat gutgetan, mit dir zu reden.«

»Ja. Mir auch.«

Ein schüchternes Lächeln, dann ging sie davon.

Ich blickte ihr nach, bis sie um die Ecke verschwand, wünschte, ich könnte für ein paar Tage auf die Stopptaste in meinem Leben drücken und mir alle Zeit der Welt für Riley nehmen.

Nur sie und ich und ein großes Bett.

Ein schöner Gedanke.

RILEY

36.

Die nächsten Tage waren eine reine Achterbahnfahrt der Gefühle für mich. In der Schule wurde ich weiterhin von Sue und Kristen komisch angeschaut, die zusätzlich ein paar Mädels um sich geschart hatten, mit denen sie gerne im Bistro abhingen und über Julians Ex philosophierten. Natürlich so laut, dass ich alles hören konnte. Der andere Teil der Studenten ließ das Thema ruhen und konzentrierte sich auf den Unterricht. Wie Ally. Mit ihr hatte ich ebenfalls ausführlich darüber gesprochen, was Julian mir erklärt hatte. Entgegen meiner Gewohnheit hatte ich noch ein wenig recherchiert, was damals passiert war, und wie Julian gesagt hatte, war die Berichterstattung von Langdon sehr einseitig gewesen. Sie hatte es fast nur darauf ausgelegt, ihn durch den Dreck zu ziehen. Einige Kommentare unter den YouTube-Videos gingen heftig unter die Gürtellinie. Manche schrieben sogar, dass Julian besser sterben sollte, als je wieder eine Frau anzufassen. Es war unglaublich, wie sehr die Leute ihre Hemmungen verloren, wenn sie sich in der Anonymität des Internets aufhielten. Da ich aber mir nach wie vor nicht vorstellen konnte, dass Julian zu so einer Tat fähig war, beschloss ich, ihm den Vertrauensbonus zu schenken. Alles andere musste ich auf mich zukommen lassen.

Wobei Julian sowieso keine Zeit mehr für mich hatte, genauso wenig wie ich für ihn. Diese kurze Eskapade mit ihm war nett und prickelnd gewesen, aber ich musste mich wieder auf meine Aufgabe in New York konzentrieren und durfte mich nicht länger davon ablenken lassen. Mehr denn je stürzte ich mich in die Arbeit und in meine Auditions. Es half mir, mich von diesem elenden Video rund um Summer abzulenken und meine Gedanken zu sortieren.

Ich schloss die Tür meines Apartments auf und atmete den wohligen Duft meines Zimmers ein. Die heutige Audition war mit über vier Stunden eine der längsten, auf der ich je gewesen war. Und eine der erfolgreichsten!

Um fünf Uhr am Nachmittag hatten wir angefangen, und ab dann war es Schlag auf Schlag gegangen, und ich war Runde um Runde weitergekommen.

Das Team war jung, die Show namens *Hit The Road* noch unbekannt, aber mit wunderschöner Musik und innovativen Texten. Sie hatten die ersten Tryouts bereits abgeschlossen und strebten nun eine Produktion am Off-Broadway an, weshalb sie einige Rollen umbesetzen wollten, inklusive die der Jamie. Sie war der Hauptpart, war dementsprechend anspruchsvoll und bot viele Möglichkeiten, sich als Darstellerin auszuleben. Das Team suchte seit fast zwei Monaten händeringend nach einer Besetzung, aber bisher war noch nicht die Richtige dabei gewesen. Sie wollten jemanden Neues, Unverbrauchtes, mit viel Wärme und Leidenschaft in der Stimme. Im Grunde war sie perfekt für mich, na ja, fast perfekt, denn das Hauptlied, das Jamie zum Ende des ersten Aktes sang, war eine ähnlich harte Nummer wie *Defying Gravity* und verlangte alles ab. Noch hatte ich nichts aus dem Stück singen dürfen, aber sie hatten mich zwei komplette Lieder vortragen lassen, ich konnte meinen Monolog spielen, hatte eine kurze Szene mit Marley, einem der anderen Hauptdarsteller, und lernte eine kurze Choreo. Alles in allem also ein sehr anspruchsvoller und erfolgreicher Abend. Übermorgen wollten sie sich schon melden, ob ich zum Callback am Freitag kommen durfte. Jetzt hieß es Daumen drücken und bibbern. Zum Glück hatten sie Zeitdruck, sonst hätte sich dieser Prozess über ein paar Wochen gezogen.

Auf dem Heimweg hatte ich Ajden bereits geschrieben und ihm alles über das Casting erzählt. Seine Antwort waren eine Million Jubelsmileys, und eine halbe Stunde später kam ein kurzes Video von ihm, wie er in einer Traube von Dorfkindern stand, die die Arme in die Luft rissen und »Go, Riley, Go« schrien. Meine Augen wurden jetzt noch feucht, wenn ich daran dachte.

Diese Rolle war genau das, was ich brauchte, um meinem Dad zu beweisen, dass ich es schaffen konnte. Die Premiere war bereits im November, ich läge also voll im Zeitplan, denn seine Frist lief erst Ende Dezember aus.

Dann hätte ich es geschafft!

Dann könnte ich meinen Traum leben!

Meine Wangen glühten von diesen letzten rauscherfüllten Stunden. Ich war aufgekratzt und übermütig und hätte am liebsten jeden einzelnen New Yorker auf dem Weg nach Hause umarmt.

Ich warf meine Tasche neben das Bett und ließ mich dann mit einem wohligen Stöhnen darauf plumpsen. Meine Beine und Arme brannten von den Tanzeinheiten, die sie von uns verlangt hatten. Ich schwelgte noch einen Moment in einer Zukunftsvision, in der ich durch die Hintertür in ein Theater lief, die langen Gänge bis zu meiner Garderobe passierte, mich vor meinen Spiegel setzte und mich für die Rolle vorbereitete. Wie ich nach einer Show in den Lichtern des Applauses stand, wie ich mit den Fans redete, wie ich mich mit meinen Kollegen auf die nächste Vorstellung freute. Einfach, wie ich meinen Traum lebte, für den ich seit Kindheitstagen brannte.

Ich trommelte vor Freude mit den Füßen auf der Bettdecke herum, rollte auf den Bauch und holte mein Handy aus der Tasche.

Von Julian hatte ich seit unserem Gespräch auf der Sonnenterrasse vor einer Woche nichts mehr gehört. Schließlich hatte ich ihn ja auch gebeten, mir Zeit zu lassen, das zu verarbeiten, und genau das hatte er getan.

Ich rief den Messenger auf, suchte seinen Kontakt und verfasste eine Nachricht. Ich schrieb ihm, dass alles gut sei, ich viel nachgedacht hätte und ich irgendwie damit leben konnte. Dann berichtete ich ihm von der Audition, erzählte ihm von dem heutigen Tag und was es für mich bedeuten könnte. Es tat gut, mir alles von der Seele zu schreiben. Ally würde ich ebenfalls gleich informieren, aber sie war heute Abend mit ein paar anderen Mädels aus ihrer Klasse in der Bücherei und würde da auch sicherlich bis Mitternacht bleiben. Ich sendete die Nachricht an Julian ab und checkte noch kurz meinen Instagram-Account, der in der letzten Woche extrem gewachsen war. Sue hatte das Bild, das sie von Julian und mir geschossen hatte, noch am selben Tag gepostet. Ich war zwar nur von der Seite zu sehen, aber sie hatte mich darunter verlinkt. Natürlich hatte mir auch Bridget kurz danach geschrieben, wie es denn mit dem Interview aussähe und was da mit mir und Julian lief. Ich hatte ihr einfach nicht mehr geantwortet.

Als ich fertig war, hüpfte ich vom Bett, stellte meine Playlist an und ging ins Bad, um zu duschen, wo ich lauthals Linda Eders Version vom *Man Of La Mancha* mitsang, das ich auf Dauerschleife gestellt hatte. Gott, ich liebte die Stimme dieser Frau. Sie konnte einfach jeden Ton schmettern. Meine armen Nachbarn mussten mit meiner bescheidenen Fassung auskommen, aber das waren sie gewöhnt, ich übte öfter hier.

Nach der fünften Wiederholung stieg ich aus der Dusche, zog mir bequeme Leggings und ein weites T-Shirt an und rubbelte meine Haare trocken. Ich nahm gerade das Handtuch vom Kopf, als ich das Klopfen an der Tür hörte.

Okay, vielleicht hatte ich es mit *La Mancha* doch etwas übertrieben. Es war fast zehn Uhr, was ich gar nicht bemerkt hatte.

»Tut mir leid, Noah«, setzte ich an und öffnete. »Ich war zu laut, wird nicht wieder … oh.«

»Wer ist Noah?«, fragte Julian, der am Türrahmen lehnte und mich angrinste. Er trug schwarze Jeans, Sneakers, ein dunkles Hemd und ein Sakko darüber. In seiner Hand hielt er eine blaue Einkaufstasche. Seine Haare waren frisch gestylt und standen ihm in einem geordneten Chaos vom Kopf ab.

»Das ist mein Nachbar.«

»Der den *Man of La Mancha* nicht mag?«

»Du hast mich gehört.«

»Ich glaube, der ganze Flur hat dich gehört.«

Mir stieg die Hitze in die Wangen, aber Julian grinste nur noch breiter. »Du warst gut. Du stützt viel besser als noch vor zwei Wochen, und deine Stimme klang heute richtig frei.«

»Wie lange stehst du da draußen denn schon?«

»Bin bei der vorletzten Wiederholung gekommen und hatte da schon geklopft, aber du hast mich nicht gehört. Darf ich reinkommen, oder willst du die Nachbarn auch an unserem Gespräch teilhaben lassen?«

»Ich … nein, bitte. Mein Zimmer ist nicht sonderlich … groß.« Zum Glück hatte ich aber aufgeräumt. Wenn man auf engstem Raum lebte, war Unordnung der Tod. Ich machte ihm Platz und schloss hinter ihm ab. »Was machst du eigentlich hier? Habt ihr keine Termine mehr? Und wie bist du ins Gebäude gekommen?«

»Die Tür unten schließt nicht richtig. Das solltet ihr checken lassen. Wir haben immer Termine, aber Ethan hat mitbekommen, dass du mir geschrieben hast, und mich quasi dazu genötigt, zu dir zu fahren und das hier mitzubringen.« Er hob die Einkaufstasche hoch und zog eine Flasche Champagner heraus. »Der Rest der Band und ich gratulieren dir zur erfolgreichen Audition.«

»Oh, mein Gott. Ihr seid unglaublich!«

»Ich kann leider nicht zu lange bleiben, muss um drei am Flughafen sein.«

»Ich weiß nicht, was ich sagen soll!« Ich nahm die Flasche entgegen und sah auf die Marke. Mir stockte der Atem. Die kostete fast dreihundert Dollar! »Du bist verrückt.«

»Ich weiß. Dein Zimmer ist übrigens sehr schön. Du hast sogar eine Küche.«

»Na ja, sie erfüllt ihren Zweck.«

Julian sah sich in meiner kleinen Bude um. Seine Präsenz schien den gesamten Sauerstoff in diesem Raum zu absorbieren, genau wie im Bistro, als ich ihn das erste Mal gesehen hatte. Er spähte auch ins Bad und nickte anerkennend. »In meiner Studienzeit musste ich die Gemeinschaftsküche und das Bad auf dem Flur mit den anderen teilen.«

»Klingt anstrengend.«

»Es war okay. Wo hast du Gläser?«

»Hier.« Ich gab ihm die Flasche wieder, holte zwei unterschiedliche Sektflöten aus dem Schrank und stellte sie auf den kleinen Tresen. Eine war rundlich, die andere länglich. »Sind immerhin keine Pappbecher.«

»Das wäre auch gegangen.«

Wieder warf ich einen Blick auf die Flasche, und mir wurde leicht schwindelig. »Julian, das ist …«

»… angemessen.« Er wollte sie entkorken, aber ich legte meine Finger über seine und hielt ihn auf.

Ich brauchte einen Moment, um mich an seine Anwesenheit zu gewöhnen, die mir mehr in dieser letzten Woche gefehlt hatte, als mir klar gewesen war. Julian fühlte sich warm und auf eigenartige Weise vertraut an. Er strahlte diese angenehme Stille aus, die mich tief in meinem Inneren beruhigte. Ich fuhr zwischen den Knöcheln seiner Finger entlang und folgte den harten Konturen der Sehnen seinen Arm hinauf. Julian hatte die Ärmel ein Stück hochgekrempelt, sodass ich viel von seiner Haut berühren konnte. Er hielt nach wie vor die Flasche fest, doch im Moment war mir gar nicht nach Alkohol. Lieber wollte ich ihn anfassen, verstehen, was er mit mir machte und warum. Seit ich in New York war, hatte ich mir vorgenommen, mich voll und ganz auf mich zu konzentrieren. Ich hatte keinen Platz für andere Dinge, weshalb ich bis auf Ally auch kaum Freundinnen hier gefunden hatte. Oberflächliche Bekanntschaften, ja, aber mehr nicht. Noch weniger Zeit hatte ich für einen Partner. Ob Julian das wollte? Eine Partnerin? Er hatte mir gesagt, dass er keine schnelle Nummer mit mir durchziehen würde. Dabei wäre ich davon gar nicht abgeneigt gewesen, denn das Prickeln zwischen uns konnte keiner mehr leugnen. Aber was wollte er dann von mir?

Wusste er das überhaupt?

Ich blickte ihm in die Augen und fand dort die gleichen Fragen, die ich mir auch stellte. Er hatte genauso wenig einen Plan davon, was mit uns passierte, wie ich. Wir hatten uns unter widrigen Umständen gefunden, und nun standen wir hier, mit dieser dreihundert Dollar teuren Champagnerflasche zwischen uns in einem einfachen Apartment mit nur einem Zimmer. Julians und meine Welt waren völlig unterschiedlich und dennoch fast gleich. Wir schwammen in diesem Fluss des Lebens, er hatte die Stromschnellen passiert und volle Fahrt aufgenommen, und ich dümpelte noch in den seichten Gewässern herum. Ich nahm ihm die Flasche aus der Hand und stellte sie zu den Gläsern. Julian ließ mich gewähren, wartete, was ich vorhatte, aber ich wusste es selbst nicht genau.

»Danke, dass du heute hergekommen bist«, sagte ich leise.

»Es tut gut, dich zu sehen, und ich bin froh, dass du das mit Summer und mir …«

Ich legte den Finger auf seinen Mund, denn ich wollte nicht wieder mit dem Thema anfangen. Er hatte mir alles erklärt, und ich hatte es verdauen müssen. Julian verharrte ganz still, als könnte die kleinste Regung von ihm diesen Moment zerstören. Ich atmete tief ein. Sein herber Duft stieg mir in die Nase, und ich trat einen Schritt näher an ihn heran. Er zischte leise, rührte sich aber immer noch nicht.

Julians Lippen öffneten sich leicht, ich ließ meinen Finger hinunter an sein Kinn, seinen Hals, seine Schulter wandern.

»Eine Sache möchte ich dir noch sagen«, setzte er an.

»Okay.«

»Ich danke dir, dass du offen bist und mir zugehört hast. Ich kann dir nicht beweisen, was damals wirklich vorgefallen ist, und nur hoffen, dass du mir genügend vertraust.«

»Das tue ich.« Tatsächlich war es so. Bis heute war mir das nicht ganz klar gewesen, aber nun, da er vor mir stand und ich seine Nähe spürte, wusste ich es. Julian war ein wundervoller, sanfter und ruhiger Mann. Genau wie Gillian es gesagt hatte, genau wie ich ihn kennengelernt hatte. Darauf musste ich bauen, nicht auf irgendeinen Klatsch, den eine zwielichtige YouTuberin über ihn verbreitet hatte.

Meine Finger wanderten über den Kragen seines Sakkos, ich glitt unter den Stoff, wo es noch wärmer war. Julian schluckte hart. Er hielt kurz die Luft an, machte aber keine Anstalten, mich zu stoppen.

Ich lehnte mich nach vorne, kam ihm entgegen und wartete, wie er reagieren würde. In seinen dunkelgrünen Augen funkelte das Verlangen. Seine Nasenflügel weiteten sich, und er gab diesen wundervollen Laut von sich, der mir immer wieder durch und durch ging. Julian war so intensiv in allem. Seinen Gesten, seiner Stimme, seinen Blicken. Er redete viel, ohne ein Wort zu sagen.

Auch er kam mir entgegen. Langsam, beherrscht, angespannt. Ich blickte auf seinen Hals und sah dort eine Ader hervortreten. Alles in ihm schien zu bersten vor angestauter Leidenschaft. In meinem Innersten brodelte es, und obwohl wir uns kaum anfassten, zog sich meine Mitte vor Lust zusammen. Ich wollte Julian so sehr, dass es beinahe wehtat. Da er sich nach wie vor nicht rührte, wagte ich den ersten Schritt, stellte mich auf die Zehenspitzen und berührte sachte seinen Mund mit den Lippen. Bisher waren unsere

Küsse regelrecht explodiert, doch nun blieb er ganz still und verhalten, fast schon schüchtern. Ich übte mehr Druck aus, knabberte an seiner Unterlippe und zog sanft daran. Julian keuchte, griff an meine Schultern, aber nicht, um mich von sich zu schieben. Er zog mich allerdings auch nicht näher, verharrte lediglich in dieser Position, ohne mehr zu fordern. Vorsichtig öffnete ich seinen Mund, strich mit der Zunge erst über seine Zähne, dann glitt ich tiefer. Julian hielt mich weiterhin nicht auf, doch er wartete noch immer. Ich umfasste seinen Nacken, zog ihn enger zu mir und forderte ihn auf, sich mehr zu nehmen. Er stöhnte noch mal, diesmal fast verzweifelt. Seine Finger bohrten sich in meine Schultern und drückten zu.

»Schon gut«, flüsterte ich an seinem Mund. »Ich will das.«

Vielleicht hatte er genau das hören müssen, denn irgendwas löste sich in ihm, und die Anspannung wich. Er erwiderte meinen Kuss energischer, kam mir nun auch entgegen und gab mir mehr von sich. Seine Hände fanden einen Weg zu meinem Rücken, vereinten sich dort kurz und rutschten dann tiefer um meine Hüften. Ich hob ein Bein an, er verstand sofort, griff unter meinen Oberschenkel und zog mich hoch, während ich auch das andere um ihn schlang. Die Beule in seiner Hose war jetzt schon steinhart. Ich rieb mich an ihm, entlockte ihm so weitere dieser wundervollen Töne und ließ mich von ihm die zwei Meter zum Bett tragen. Kaum spürte ich die Matratze in meinem Rücken, zog ich ihn wieder enger an mich. Julian küsste mich tiefer und mit so viel Begierde, dass mir leicht schwindelig wurde. Wir verloren uns in unserer gegenseitigen Nähe, gaben und nahmen voneinander, ohne es aufhalten zu können oder zu wollen. Julian packte meine Pobacken, drückte fester zu und presste mich an sich, was das Ziehen in meiner Mitte nur verstärkte.

»Du kannst dir nicht vorstellen, wie sehr ich dich will«, sagte er, ließ von meinem Mund ab und küsste sich meinen Hals nach unten. »Seit ich dich in diesen Shorts gesehen habe, stell ich mir vor, wie es wäre, diese Wahnsinnsbeine zu berühren. Wie sie sich um meine Hüften geschlungen anfühlen.«

Ich hob das Becken, sodass er mich besser spüren konnte. Julian biss sanft in die Kuhle über meinem Schlüsselbein und fuhr mit der Hand unter mein Shirt. Als er meine nackte Haut berührte, war es wie ein Feuerwerk an Empfindungen. Alle Nervenenden schien sich an genau der Stelle zusammenzuziehen, nur um ihm die volle Aufmerksamkeit zu widmen. Julians Finger waren forschend und sanft. Seine Haut war rau an den Kuppen vom vielen Gitarrenspielen, aber es störte mich nicht. Er arbeitete sich nach oben, schob dabei den Stoff meines Shirts hoch und entblößte meinen Bauch. Ich richtete mich ein wenig auf, damit er das störende Teil über meinen Kopf ziehen konnte. Kaum kam ich ihm entgegen, schon flog es zu Boden, und ich lag halb nackt vor ihm. Er betrachtete mich voller Hunger und Bewunderung. Julian gab sich diesem Moment genauso hin, wie er sich der Musik hingab. Er widmete mir die gleiche heiße Aufmerksamkeit wie auf der Straße, wenn wir musizierten. Er war ganz bei mir, schien alles andere auszublenden.

»Absolut umwerfend«, sagte er leise und setzte seine Kusserkundungstour fort. Seine Lippen zogen eine brennende Spur über meine erhitzte Haut. Ich fühlte ihn intensiver, als ich es für möglich gehalten hätte, wollte seinen Mund überall auf meinem Körper fühlen. Ich verschränkte meine Finger an seinem Hinterkopf, fuhr durch seine Haare und wölbte mich ihm entgegen.

Als sich seine Lippen um meine feste Brustwarze schlossen, musste ich ein leises Aufschreien unterdrücken. Meine Haut war derart überreizt, dass ich es kaum aushielt. Seine Härte drängte sich ein weiteres Mal gegen meine Mitte, und ich spürte, wie feucht ich schon war. Ich brauchte nie wirklich lange, um in Fahrt zu kommen, aber das hier war selbst für mich überraschend. Julian zog an meiner Brust, biss sanft hinein, zog wieder daran, bis ich lauter keuchte und ihn enger an mich drückte. Als er von mir abließ, wollte ich schon protestieren, doch er küsste sich lediglich zur anderen Seite hinüber und widmete ihr die gleiche Aufmerksamkeit, bis ich glaubte, in Flammen aufzugehen.

Die Stimulation war fast zu viel, um sie auszuhalten, und gleichzeitig konnte ich nicht genug davon bekommen.

»Du machst mich wahnsinnig, Riley«, hauchte er gegen meine Haut.

Ich dich? Soll das ein Witz sein?

Er packte mein Becken, hob es leicht an und presste sich wieder fester an mich. Wir stöhnten beide auf in Erwartung dessen, was kommen würde, wenn wir erst diese elende Stoffbarriere zwischen uns beiseitegeschafft hatten. Ungeduldig zog ich an seinem Sakko. Er half mir, es auszuziehen, und dann folgte auch gleich sein Shirt. Beides landete irgendwo bei meinen Sachen, und Julian vereinigte sofort wieder unsere Münder. Haut glitt nun über Haut. Meine überreizten Brustwarzen schienen jedes Reiben noch stärker aufzunehmen und als angenehme Wellen durch mich zu schicken. Julian stemmte sich mit den Armen ab. Ich ließ seine Haare los und fuhr stattdessen über seinen straffen Trizeps, der unter genauso viel Hochspannung stand wie der Rest von ihm. Seine Arme zitterten, er küsste mich tiefer, heißer, leidenschaftlicher und steigerte die Intensität mit jeder Sekunde. Ich erforschte seine harten Muskeln mit den Fingern, strich über seinen Rücken, seine Seiten, ein Stück über seinen straffen Bauch, wo ich seinen Sixpack spürte. Julian war durchtrainiert, aber nicht zu sehr bepackt wie ein Bodybuilder. Er ließ mir Zeit, seinen Körper zu erforschen, den ich liebend gerne genauso intensiv küssen würde, wie er mich küsste, doch dazu müsste ich mich von seinen Lippen lösen, und das brachte ich gerade nicht fertig.

Im gleichen Rhythmus wie seine Zunge in mich drang, ließ er seine Mitte auf meine treffen. Obwohl seine Jeans und meine Leggings uns nach wie vor trennten, zogen sich auch dort unten meine Nerven zusammen und bauten einen Druck auf, der sich jederzeit entladen konnte. Noch nie hatte mich ein Mann auf diese Art zu einem Höhepunkt gebracht, aber Julian wusste genau, was ich brauchte und was er mir geben musste. Ich schlang die Arme und die Beine um ihn, damit ich ihn noch enger spürte. Die Feuchtigkeit in meiner Hose war kaum zu ertragen, und ich hoffte auf baldige Erlösung. Julian keuchte, löste sich von meinen Lippen und packte mich am Becken. Er schob die Finger unter den Bund meiner Leggings, zog daran und zerrte sie nach unten, während er mit dem Mund die gleiche Richtung anstrebte. Auf einmal hatten meine Hände nichts mehr, woran sie sich festhalten konnten, denn Julian küsste meinen Bauchnabel, hinterließ eine sanfte Spur aus Küssen in Richtung meiner Mitte. Er zog meine Leggings aus und musterte den dünnen Slip, der die letzte Barriere darstellte.

»Zieh mich aus«, sagte ich und hob mein Becken wieder an.

»Gleich.« Julians Atem glitt über meine Haut. Er strich auf der Außenseite meiner Oberschenkel nach oben und fuhr unter meinen Slip. Allerdings zog er ihn nicht aus, sondern setzte seine Erkundungen mit den Fingern fort.

»Julian!«, forderte ich ihn ein weiteres Mal auf, aber er lachte nur leise und drückte einen warmen Kuss auf meinen Slip, den ich durch den Stoff auf meiner empfindlichsten Stelle spürte. Ich stöhnte seinen Namen und grub die Fingernägel in die Kissen. Julian spreizte meine Beine, zupfte an meinem Slip, aber wieder nicht, um ihn auszuziehen, sondern um mit einem Finger darüber zu streichen. Er drückte den Stoff enger gegen meine Feuchtigkeit, glitt über meine Mitte und drang sogar ein Stück in mich ein. Der Druck war kaum auszuhalten. Alles in mir sehnte sich danach, ihn endlich richtig zu spüren. Julian küsste mich auf die Innenseite meines Oberschenkels, dann weiter oben, noch ein Stück und noch ein Stück. Ich wand mich unter ihm, unfähig, einen klaren Gedanken zu fassen oder irgendetwas anderes zu tun, als zu stöhnen und ihn aufzufordern, mich endlich auszuziehen.

Julians Lippen fühlten sich unglaublich intensiv an, obwohl sie mich noch immer nicht dort berührt hatten, wo ich sie am meisten ersehnte. Ich war kurz davor, mir selbst den Slip vom Körper zu reißen, als er endlich den Stoff ein wenig zur Seite schob und so mehr von mir erreichte.

Erneut gab er dieses herrlich tiefe Stöhnen von sich, ehe ich seine Lippen dort spürte, wo er mich die ganze Zeit über stimuliert hatte. Er küsste meine empfindlichste Stelle, zog und leckte genauso hingebungsvoll daran, wie er es mit meinen Brüsten getan hatte. Ich packte wieder seine Haare und wollte ihn enger an mich pressen, aber er gab mir von sich aus schon mehr. Seine Berührungen wurden dringlicher, brennender. Ein Finger glitt langsam in mich und reizte mich parallel zu seinen Küssen. Ich warf den Kopf in den Nacken, eine Hand in seinen Haaren vergraben, die andere in einem der Kissen. Julian nahm auch einen zweiten Finger dazu und schob sie so weit in mich, dass er mich an einem Punkt erreichte, der zu intensiv war, um mich länger zurückzuhalten.

Auf einmal stand die Zeit still, und es gab nichts mehr als Julians Lippen und seine Finger. Er umspielte mich gekonnt, wusste genau, wie er mich berühren musste, bis es kein Halten mehr gab und er mich über die Klippe springen ließ.

Ein letztes Mal saugte er an mir, und ich fiel in meinen Höhepunkt. Helle Punkte flirrten vor meinen Augen, ich verlor die Kontrolle und konnte nichts mehr tun, als mich gehen zu lassen. Seinen Namen schreiend bäumte ich mich an ihm auf, ließ mich von dieser Welle tragen, bis sie nach einer gefühlten Ewigkeit abebbte und mich atemlos zurückließ.

»Du meine Güte«, keuchte ich und rang nach Luft.

Julian küsste mich ein letztes Mal dort, was mich derart schauderte, dass ich überall bebte. Er schob sich langsam nach oben, ich erwartete seinen Mund auf meinem, denn seine Härte war nun noch drängender geworden und musste wirklich schmerzhaft sein.

Aber Julian küsste mich nicht. Er stemmte sich auf den Armen ab und sah mich einfach nur an. Seine Lippen glänzten von meiner

Feuchtigkeit, in seinen Augen lag ein Ausdruck, den ich so noch nie an ihm gesehen hatte. Zufriedenheit? Hingabe? Zuneigung?

Keine Ahnung.

»Was ist mit dir?« Ich strich über seine Härte und rieb einmal seine beachtliche Länge entlang. Er schloss die Augen, biss sich auf die Unterlippe und hielt die Luft an. Seine Erregung war ihm deutlich anzusehen, und dennoch forderte er nicht mehr. Ich glitt nach vorne zum Knopf seiner Jeans und wollte ihn öffnen, aber er stoppte mich.

»Nicht heute«, sagte er leise.

Fragend sah ich ihn an. »Es besteht wirklich kein Grund, dass du dich so zurückhältst.«

»Ja. Ich weiß. Aber ich möchte trotzdem nicht …« Er drückte einmal kurz seine Mitte in meine Hand und keuchte tief. »Doch ich will. Mehr, als du dir vorstellen kannst, und allein beim Gedanken daran, in dir zu sein, wird mir schwindelig. Aber ich kann nicht … Das mit uns ist … Lass es uns langsam angehen, okay?«

Ich nickte nur, denn mehr konnte ich nicht tun. Julian küsste mich erneut, seine Zunge drang in mich, forderte das, was er seiner Härte nicht gönnte. Julian schmeckte salzig und intensiv. Alles an ihm glühte, genau wie ich nach dem, was er eben mit mir gemacht hatte. Ich spürte, dass er sich gleich verabschieden würde. Er hatte vorhin gesagt, dass er nicht lange bleiben konnte, und das würde er auch nicht.

»Ich werde an dich denken, Riley Maddock«, hauchte er in meinen Mund, ehe er sich erhob und eine hässliche Kälte auf meinem erhitzten Körper zurückließ. Julian sammelte seine Sachen ein, zog sich wieder an und reichte mir mein Shirt. Ich richtete mich auf, beobachtete ihn und hätte ihn wirklich gerne ins Bett gezerrt. »Lass mich aber nicht wieder eine Woche warten, ehe du dich meldest«, sagte er, kam noch einmal zurück zu mir und küsste mich auf die Stirn. »Und herzlichen Glückwunsch noch mal zu dem tollen Casting.«

»Danke.«

Er hielt einen Moment inne, ehe er sich abwandte und zur Tür ging. Ich sank zurück ins Laken, zog es über mich und genoss es, in seinem Duft zu liegen.

Mehr blieb mir wohl für diese Nacht nicht.

RILEY 37.

Als ich am Freitag zum Studio lief, in dem die nächste Auditionrunde stattfand, konnte ich mein Glück kaum fassen. Am Mittwoch war der erlösende Anruf gekommen, dass ich wieder mit dabei war, und zeitgleich feierten wir das Ende der Masterclasses. Für Ally und die anderen hieß es nun entweder alleine weitermachen oder sich in der NYSMA für den Schauspiellehrgang bewerben. Von Ally wusste ich ja, was sie tun wollte, und ich freute mich sehr, dass sie eine Ausbildung an der Schule anstrebte. In zwei Wochen wollte sie nach Hause fliegen, um sich etwas zu erholen, ehe sie dann zurückkehrte und die Zeit bis zum Vorsprechen in New York verbrachte. Ich hatte ihr angeboten, bei mir zu wohnen, auch wenn es eng werden würde, aber sie meinte, sie würde mich nicht dauerhaft belagern. Einige der Schüler, die in der gleichen Lage wie sie waren, hatten sich schon überlegt, vorübergehend eine Wohnung zu mieten, bis sie wussten, wie es weiterging.

Ich durfte mich jetzt erst mal auf *Hit The Road* konzentrieren. Es waren inklusive mir noch fünf Bewerberinnen im Rennen. Die anderen vier Frauen waren unglaublich talentiert, mit gut ausgebildeten Stimmen. Eine von ihnen war sogar an der Juilliard gewesen und tanzte, seit sie sechs Jahre alt war. Wir waren uns vom Typ her sehr ähnlich, sodass ich nicht in der Haut der Jury stecken wollte, die entscheiden musste, wer genommen wurde und wer nicht. Aber wenn ich keine Chance auf die Erstbesetzung hatte, konnte ich die Rolle vielleicht alternierend spielen oder eine Zweitbesetzung für jemanden übernehmen. Ich hatte ein gutes Gefühl und freute mich, gleich wieder mit dem Team zusammenarbeiten zu dürfen. Gillian hatte mich sogar eine Stunde früher gehen lassen, damit ich mich für das Casting vorbereiten konnte.

Gerade betrat ich das Studio, in dem wir uns die letzten paar Male schon getroffen hatten, als mir Lamar, der Produzent, entgegenkam. Er hielt sein Handy ans Ohr, unterbrach sein Gespräch jedoch sofort, als er mich kommen sah.

»Ich meld mich gleich«, sagte Lamar ins Telefon und reichte mir die Hand.

Er war fast zwei Köpfe größer als ich, und jedes Mal, wenn ich ihn sah, war ich im ersten Moment leicht verunsichert. Lamar könnte genauso gut als Gangsterboss im nächsten Blockbuster auftreten, doch hinter dieser harten Schale und dem rauen New Yorker Akzent verbarg sich ein sehr netter und einfühlsamer Mann, wie ich mittlerweile durch Gespräche mit ihm herausgefunden hatte. Lamar hatte sich aus ärmlichen Verhältnissen in der Bronx bis hierher hochgearbeitet. Er investierte all seine Freizeit, sein Geld und seine Energie in *Hit The Road*, was man ihm auch ansah. Unter seinen dunklen Augen lagen meist tiefe Schatten, und seine Kleidung schien eine Nummer zu groß für ihn zu sein.

»Du hättest nicht meinetwegen auflegen müssen«, sagte ich.

»Ich will mit dir reden, bevor es losgeht. Komm kurz mit raus.«

Ich folgte ihm wieder auf die Straße, die von grünen Bäumen und parkenden Autos gesäumt war. Lamar spielte mit dem Handy und rieb das Display an seinem Hemd ab.

»Wie geht's dir?«, fragte er, als wollte er Zeit überbrücken.

»Gut, danke.«

Er holte tief Luft und wandte sich mir zu. »Es ist mir unangenehm, dich darauf anzusprechen, aber es ist mir wichtig.«

»Ist irgendwas passiert? Habt ihr euch dazu entschieden, mich jetzt schon rauszuwerfen?« *Oh, Mann, bitte nicht!*

»Nein, du bist weiter im Rennen, aber es gibt etwas, was du tun könntest.«

Ich zog die Augenbrauen zusammen. Glotzte er mir etwa gerade in den Ausschnitt? Natürlich kannte ich all die Gerüchte über die berühmte Castingcouch, und ich wusste von einigen Mädels, die sehr eindeutige Angebote bekommen hatten. Mir hatte erst ein Mal ein Regisseur vorgeschlagen, mich für einen Blowjob weiterkommen zu lassen. Ich war schneller zur Tür draußen gewesen, als er seine Hose hätte ausziehen können. Wollte Lamar mir gerade ein ähnliches Angebot machen?

»Das kam jetzt merkwürdiger rüber, als ich es gemeint habe«, schob er rasch nach. »Tut mir leid. Lyle und ich haben uns gestern lange über das Casting unterhalten, und wir waren der Meinung, dass die Rolle perfekt zu dir passt.«

Ich setzte einen Atemzug aus und wagte nicht, mich zu bewegen.

Er lächelte mich an, holte tief Luft, und dann sagte er die Worte, auf die ich seit fast zwei Jahren wartete: »Du hast den Part, Riley.«

»Das ist ja …« Was?! »Wirklich?!«

»Ja, natürlich.«

»Oh, mein Gott.« Ich fiel ihm um den Hals, noch ehe ich mich zurückhalten konnte. Meine Gefühle sprudelten derart über, dass ich sie nicht mehr unter Kontrolle hatte. Lamar lachte, tätschelte mir den Rücken und schob mich dann sanft von sich.

»Danke!«, sagte ich und musste mir die Tränen verdrücken. »Danke! DANKE! Ich … ich bin sprachlos.«

»Kann ich verstehen. Beruhig dich erst mal, und atmete ein paarmal tief durch. Ich hab nämlich auch gleich ein Attentat auf dich vor, weshalb ich eben diese unglückliche Einleitung gewählt habe. Du weißt, dass uns die Zeit davonrennt. Die Show startet bald, wir müssen echt Vollgas geben.«

»Ja. Klar. Aber das schaff ich.« Ich musste mit Gillian darüber sprechen und zur Not wohl meinen Job im Bistro aufgeben. So leid mir das tat, aber ich wollte nicht deshalb auf diesen Part verzichten.

»Wir haben heute Presse eingeladen. Es ging alles sehr schnell, sonst hätte ich es dir vorher gesagt, aber es ist wirklich gute Publicity für uns.«

»Okay.«

»Sie werden natürlich ein Interview mit dir und Marley führen wollen. Schließlich seid ihr die Stars der Show.«

»Muss ich mich auf irgendwas vorbereiten?«

»Nein, sei einfach du selbst.« Er leckte sich über die Lippen, blinzelte kurz und kam näher. »Wobei, eine Sache gäbe es da doch.«

»Ja, klar. Schieß los.«

»Es wäre gut, wenn du einwerfen könntest, dass du Julian Sloan kennst.«

»Was?«

»Im Moment ist um *Beyond Sanity* ziemlich viel Wind, den wir nutzen könnten. Wir sind auf Geld angewiesen. Ich steuere sehr viel bei, aber das reicht nicht. Diese Show wird viel größer als in unseren Tryouts. Allein das neue Bühnenbild frisst einen Großteil des Budgets, dann die Kostüme, Technik, Crew, und natürlich wollen auch die Darsteller bezahlt werden. Das wird eine richtig große Nummer. Wir legen eine Show hin, die der Off-Broadway noch nicht gesehen hat.«

Ich zog die Augenbrauen zusammen und schluckte den Kloß in meinem Hals hinunter. »Ich möchte Julian da nicht mit reinziehen, und meine Beziehung zu ihm sollte auch keine Rolle spielen.«

»Aber ihr seid doch zusammen, oder? Ich hab ein paar Bilder von euch gesehen.« Lamar musterte mich eindringlich, und ich hatte das dringende Bedürfnis, die Arme vor der Brust zu verschränken.

Auf einmal keimte ein unangenehmer Verdacht in mir auf. »Ihr habt mich aber nicht gecastet, weil ich ihn kenne, oder?«

Lamar runzelte die Stirn und blinzelte ein paarmal. »Ist das dein Ernst?« Seine Stimme war rau geworden und auch eine Spur scharf.

»Ich … na ja, nein. Doch. Es klang nur eben so.«

Er verengte die Augen zu Schlitzen, und in mir stieg erneut die Nervosität hoch. Für einen Moment trat die Härte in Lamar hervor, die mir so viel Respekt einflößte. »Weil du etwas durch den Wind bist und das alles viel ist, werde ich das einfach überhören und so tun, als hättest du das nicht gesagt. Wir wollen dich, weil du gut bist, Riley. Ja, du brauchst noch etwas Form und Halt, aber den wirst du von uns bekommen. Wir sind ein Team. Wir helfen dir in allen Belangen, denn wir glauben daran, dass du die Rolle der Jamie voll ausfüllen kannst.«

Ich schluckte und nickte.

Lamars Gesicht entspannte sich, und er lächelte milde. »Was du über dich und dein Privatleben preisgibst, bleibt ganz dir überlassen. Es war nur ein Vorschlag, der uns sehr helfen könnte, mehr nicht.«

»Ich wollte nicht empfindlich reagieren, aber manchmal sind die Leute deshalb etwas komisch.«

»Verstehe ich.« Er hob die Hände, und die ruhigere Version von ihm kehrte zurück. »Wirklich, aber diese Show hat so unglaublich viel Potenzial. Wir müssen nur die richtigen Leute erreichen, dann werden wir den Sprung schaffen. Wir können an den Broadway, und du wärst mittendrin. Du kannst diese Show mit aufbauen. Weißt du noch, wie es mit *Rent* lief? Oder *In The Heights*? Das hier könnte ähnlich durchstarten.«

Darüber durfte ich nicht mal ansatzweise nachdenken. Als *Rent* damals den Broadway eroberte, war ich noch nicht geboren, aber ich wusste natürlich von diesem unsagbaren Erfolg. Alle Darsteller wurden quasi über Nacht berühmt, Fans campten am Box-Office, um Tickets zu ergattern, die Presse überschlug sich, Idina Menzel war heute eine der größten Stars des Broadways und dazu noch eine Disney-Prinzessin. Auch *In The Heights* hatte ähnlich eingeschlagen, Tonys abgeräumt, Lin-Manuel Miranda berühmt gemacht, was er mit *Hamilton* noch mal toppte.

»Wie dem auch sei«, sagte Lamar. »Genieß erst mal deinen Erfolg, und geh rein. Wir sagen den anderen Bewerbern für heute ab. Nochmals Glückwunsch.«

»Danke.« Ich atmete einmal tief durch, wandte mich ab und öffnete die Glastür. Im Flur blieb ich stehen, lehnte mich an die Wand und legte die Hand aufs Herz.

Das war er also.

Der Moment, auf den ich seit fast zwei Jahren wartete!

Ich hatte es geschafft. Ich hatte die magischen Worte gehört. Ich hatte eine Rolle.

Für eine Weile gab ich mich diesem Taumel an Gefühlen hin, ließ sie nach oben kommen, gab ein leises Quieken von mir und spürte, wie mir die Tränen über die Wangen liefen. Unglaublich. Einfach unglaublich. Alles in mir tobte, und gleichzeitig kehrte eine unfassbare Ruhe in mich ein. Es war wie das Innehalten nach einem sehr langen Marsch. Die Erleichterung darüber, etwas geschafft zu haben, was unmöglich schien. In meinem Bauch brodelten die Wärme und die Euphorie, die Vorfreude und der Unglauben. Ich musste mir selbst vorsagen, dass ich es geschafft hatte, dass dies wirklich stimmte und ich nicht in einem absurden Traum gefangen war.

Ich griff nach meiner Tasche, holte ein Tuch heraus und rieb meine Brille sauber. Mein erster Impuls war es, Julian anzurufen oder Ally oder Ajden. Sie würden sich genauso freuen wie ich, aber ich wollte nicht zu spät zu diesem Interview kommen. Nachher könnte ich ihnen in Ruhe alles erzählen und möglicherweise noch mal mit Julian anstoßen. Die Flasche Schampus, die er am Montag mitgebracht hatte, stand unangerührt in meinem Kühlschrank, und nun war definitiv der perfekte Moment, sie zu öffnen, falls er

Zeit hatte. Soweit ich wusste, mussten sie an diesem Wochenende nach Washington auf irgendeine Veranstaltung, aber wir bekämen das schon hin.

Und dann könnten wir dort ansetzen, wo wir am Montag aufgehört hatten. Ich freute mich über die Vorstellung, atmete tief durch und stieß mich von der Wand ab. Ein dickes unkontrolliertes Grinsen schlich sich auf meine Lippen, und ich konnte nicht aufhören zu kichern.

Ich erreichte das Studio, öffnete die Tür und blickte mich um. Lyle, der Regisseur, die Choreografin Brooke und eine Assistentin waren schon da. Genau wie ein Kamerateam, das gerade sein Equipment aufbaute. Eine Frau stand mit dem Rücken zu mir und unterhielt sich mit Lyle. Als er mich bemerkte, winkte er mir zu. Ich räusperte mich kurz und trat näher.

»Ah, da ist sie. Riley Maddock«, sagte er, und die Frau drehte sich zu mir um.

Ich stockte und wäre fast über meine eigenen Füße gestolpert.

»Freut mich außerordentlich«, sagte sie. »Mein Name ist Joan Langdon, aber du hast ja schon mit Bridget telefoniert. Endlich lernen wir uns persönlich kennen.«

JULIAN

38.

Ich stellte meine Gitarre auf den Ständer und trank einen Schluck Wasser. Meine Kehle war rau vom Singen, mein Körper prickelte nach. Wir hatten nur ein paar Songs zum Besten gegeben und alles akustisch gespielt, doch es war anstrengend gewesen. Seit fünf Uhr in der Früh waren wir unterwegs, und nun war es kurz vor Mitternacht. Ich freute mich darauf, gleich in meinem Hotelzimmer zu crashen, ehe es morgen zurück nach New York ging. Leider dauerte der Flug nur knapp siebzig Minuten, denn das war im Moment die einzige Zeit, in der wir uns Ruhe gönnen konnten.

Ich blickte mich im Raum um und sah den Gästen dabei zu, wie sie sich langsam wieder verteilten und ihre Gespräche aufnahmen, jetzt, da wir aufgehört hatten. Der Saal war festlich geschmückt, die goldenen Kronleuchter warfen ihr kostbares Licht auf all die Sternchen und Stars, die sich heute eingefunden hatten, um eine kleine Kostprobe von uns zu bekommen. Die Nachfrage nach uns war gigantisch. Daniel hatte zig Anfragen für Gigs und einige lukrative Deals ausgehandelt. Das ganze Geld machte mich ein wenig schwindelig, aber zum Glück hatte ich auch da gute

Leute an meiner Seite, die mich berieten. Außerdem wollte ich, sobald es ruhiger wurde, mit Riley sprechen, ob ich die Arbeit ihres Vaters und Bruders unterstützen könnte. Sie würde sicherlich eine Möglichkeit finden, wie wir etwas Gutes damit bewirken könnten.

Wir.

Immer wieder dachte ich von Riley und mir als *Wir*.

Wir könnten in den Urlaub fahren.

Wir könnten uns gemeinsam eine Show ansehen.

Wir könnten uns absetzen und mit einem Kanu durch den False Creek paddeln.

Wir könnten mehr sein.

Nach wie vor machte mir der Gedanke Angst, auch wenn es mit Riley locker war. Seit dieser einen Nacht bei ihr im Apartment hatten wir uns nur noch einmal beim Abschluss der Masterclass gesehen, der viel zu kurz ausgefallen war. Ethan hätte gerne mit seinen Schülern gefeiert, aber wir hatten an dem Abend keine Zeit gehabt, und so hatte er allen versprochen, das nachzuholen. Keine Ahnung, wann er das dazwischenquetschen wollte.

»War es das jetzt?«, fragte Ethan und hüpfte von der kleinen Bühne, die sie für uns aufgebaut hatten. »Ich würde gerne verschwinden.«

»Wir sollten wohl noch ein paar Hände schütteln«, sagte ich, aber mir reichte es auch.

Er schnaubte und trank von seiner Bierflasche. Das war die fünfte heute Abend, wenn ich richtig gezählt hatte.

»Mach das ohne mich, ja?«, sagte er und torkelte davon.

»Ethan!«, zischte ich und wollte hinter ihm her, aber Caroline winkte mir zu. Sie war Daniels und Sams neue Assistentin und noch sehr nervös. Neben ihr stand ein fremder groß gewachsener Mann. Er trug einen gut sitzenden Anzug, wirkte selbstbewusst und blickte mich offen an.

Ich warf Ethan einen letzten Blick hinterher, bemerkte aber, wie

Breeze und Casey schon in seine Richtung steuerten. Sie würden sich um ihn kümmern.

»Caroline«, sagte ich und lief ihr entgegen.

»Jules, darf ich dir Lamar Rice vorstellen?«

»Lamar Rice?« Der Typ, der Riley zum Casting eingeladen hatte.

»Hat Riley mich erwähnt?«, fragte er und schüttelte meine Hand.

»Hat sie.«

Lamar ließ die Luft aus den Lungen, als wäre hiermit das Eis für ihn gebrochen. »Dann ist ja gut. Es freut mich außerordentlich, dass wir uns jetzt persönlich kennenlernen, auch wenn ich dafür extra nach Washington fliegen musste. Ich hab auf den letzten Drücker eine Einladung bekommen.«

Er bedankte sich bei Caroline, dass sie ihn hergebracht hatte, und ich nickte ihr zu, damit sie wusste, dass alles klar war. In der Regel blieb immer jemand bei uns, wenn wir mit neuen Leuten sprachen, um uns zur Not zu befreien, falls sie einen nicht mehr in Ruhe lassen wollten.

»Ihr wart großartig heute Abend«, sagte Lamar. »Die Anreise hat sich gelohnt.«

»Danke.«

Er fuhr fort, wie toll er uns fand, wie schade es war, dass er keine Karten fürs Konzert im Garden bekommen hatte und so weiter. Es war das übliche Geplänkel, das ich wirklich gerne übersprungen hätte. »… und Riley unsere neue Jamie wird«, endete er schließlich. »Endlich haben wir sie gefunden!«

Mir klappte die Kinnlade herunter. Ich wusste natürlich, dass Riley für die Rolle im Gespräch war, immerhin hatten wir Anfang der Woche erst darauf angestoßen, aber ich hatte keine Ahnung, dass es nun entschieden war. So schnell! »Das hat sie nicht … wann habt ihr das beschlossen?«

»Gestern. Ich dachte, sie hätte die frohe Botschaft schon verkündet.«

»Nein, hat sie nicht.« Wann auch? Ich war gestern den ganzen

Tag nicht erreichbar gewesen, weil wir im Studio gewesen waren, um *One Last Song* aufzunehmen. Auch eine Sache, über die ich mit Riley noch nicht hatte sprechen können. Die Strophe, die sie hinzugefügt hatte, ist bei uns allen so gut angekommen, dass wir sie aufgenommen haben und so dieses Lied endlich abschließen konnten.

»Ich hoffe, ich hab nicht zu viel verraten. Riley wollte dich bestimmt damit überraschen.«

Möglich. Vielleicht wollte sie wieder mit mir feiern, so wie wir ihren ersten Erfolg Anfang der Woche gefeiert hatten.

»Du kannst ja so tun, als wüsstest du von nichts, wenn sie es dir sagt.«

Ich schüttelte mich und zwang mich, meine Aufmerksamkeit auf Lamar zu richten.

»Hat Riley dir zufälligerweise von unserer Show erzählt?«, fragte er schließlich.

»Sie hat es kurz erwähnt.«

»Rileys Part wird immens wichtig. Sie hat eine große Beltnummer, die das Zeug hat, zum Showstopper zu werden.«

Okay, das hatte sie nicht gesagt.

»Ihre Stimme ist sehr gut, und sie bringt so viel Emotion in die Rolle. Genau das, was wir suchen. Auf ihr bauen wir alles auf, ihr Part wird im ersten Akt entscheidend für die Handlung sein. Sie spielt eine junge Frau, die nach New York kommt und …«

Lamar redete weiter vom Stück und seinen Visionen, und mit jedem Wort verfiel er mehr in Euphorie und ich in Sorge. Das Konzept der Show war gut, wenn nicht sogar einzigartig, und es könnte tatsächlich richtig groß werden, aber so wie er mir von Rileys Rolle berichtete, war ich mir nicht sicher, ob sie das schaffen könnte. Riley war besser geworden, aber eigentlich war Belten noch nicht ihre Stärke.

»Darf ich dich kurz unterbrechen?«, stoppte ich seinen Redeschwall.

Er hielt sofort inne und schloss den Mund.

»Warum habt ihr euch für Riley entschieden?«

»Bitte?«

»Das soll nicht abwertend klingen, aber du weißt, dass sie kaum Erfahrung hat und ihre Stimme noch Training braucht. Was waren eure Beweggründe?«

Er kniff die Augen zusammen. Für einen Moment flackerte Unsicherheit in ihm auf. »Sie ist genauso einzigartig wie unsere Show.«

»Ohne Zweifel, aber das alleine wird nicht reichen, um so eine Last acht Mal die Woche tragen zu können.«

»Wir glauben ganz fest an sie. Abgesehen davon hat sie Zeit, in alles reinzuwachsen. Sie bekommt natürlich auch Coaching.«

»Wann soll das Ganze denn starten?«

»Es wird sehr zügig gehen. Die Show steht ja im Grunde schon, da wir die Tryouts hinter uns haben. Wir mussten allerdings drei Rollen umcasten, was leider länger gedauert hat als geplant. Riley ist unsere Nachzüglerin, daher fangen die Proben mit ihr schon nächste Woche an. Die Eröffnung ist Anfang November.«

»Das sind nur noch zwei Monate!«

»Ich weiß. Uns rennt die Zeit davon.«

»Das ist viel zu knapp.«

»Wir sind ein eingespieltes Team, die Castmitglieder kennen die Show in- und auswendig. Riley wird alle Unterstützung bekommen, die sie braucht.« Lamar trat näher an mich heran, als müsste er mir ein Geheimnis verraten. »Wir ziehen hier alle an einem Strang, und es würde mich sehr freuen, wenn wir auch dich für das Projekt begeistern können.«

»Ich hab meine Band. Ich kann nirgendwo sonst auftreten.«

»Das meine ich nicht, obwohl das natürlich ein Traum wäre, wenn du mit Riley zusammen …«

»Vergesst es.« Ich war kein Musicalsänger und wollte auch keiner sein.

»Na, gut, aber könntest du dir vorstellen, Riley auf ein paar Proben zu begleiten? Wir würden gerne zeigen, wie du sie unterstützt.«

Daher wehte also der Wind. Er wollte mich für seine Werbezwecke einspannen. Nicht das erste Angebot dieser Art.

»Du weißt, wie wichtig Influencer heutzutage sind«, sagte er. »Ein paar gute Posts auf Instagram, vielleicht sogar Livemitschnitte, wie du Riley beim Gesangstraining hilfst, eine Erwähnung hier und da, und wir kämen mit großen Schritten weiter. Ich konnte heute bereits einige Investoren begeistern, die den Stoff sehr mögen. Stell dir vor, wenn Riley diese Rolle sogar eines Tages am Broadway spielen würde. Das ist ihre Chance auf einen Durchbruch.«

Nein, das war ihre Chance auf einen Zusammenbruch.

Ich gönnte es Riley, dass sie endlich eine Rolle angeboten bekam, die den Beginn ihrer Musicalkarriere bedeuten könnte, aber so wie Lamar um mich herumschwänzelte, war ich mir nicht sicher, ob es ihm wirklich darum ging, Riley groß zu machen oder mich für seine Werbung einzusetzen.

»Was, wenn ich dazu Nein sage?«, fragte ich ihn.

Er verzog die Miene nur ganz kurz und senkte den Blick. »Wenn du deine Freundin nicht unterstützen willst …«

»Ich werde sie immer und in allen Belangen unterstützen, aber nur, wenn es auch zu ihrem Vorteil ist. Du wirkst wie jemand, der durchaus Erfahrung in dem Geschäft hat, und als solcher kennst du ihre Schwächen. Hat sie diesen großen Showstopper-Song denn schon performt?«

»Hat sie. Gestern erst bei der Probe.«

»Und?«

»Sie ist gut.«

Ich kniff die Augen zusammen und fixierte ihn. *Gut* reichte nicht am Broadway. Vielleicht als Backup oder im Ensemble, aber nicht als Hauptakt. »Sie hat sich schwergetan, oder?«, hakte ich nach.

Lamar öffnete den obersten Knopf an seinem Hemd und nestelte daran herum. »Ein wenig, aber sie hat unglaubliches Potenzial.«

»Wir wissen beide, dass das nicht ausreicht.«

»Willst du mir gerade einreden, dass ich sie nicht besetzen soll? Gönnst du deiner Freundin den Erfolg nicht?«

Dieser Satz ließ mir alle Haare zu Berge stehen, denn er war mir damals in der Zeit mit Summer sehr oft an den Kopf geworfen worden. »Ist das wirklich deine größte Sorge?«, fragte ich und trat näher.

»Riley wird es schaffen. Vielleicht solltest du genauso an sie glauben, wie wir es tun. Komm vorbei, wenn sie mit uns probt, und überzeuge dich selbst davon.«

»Und sollte ich das tun, stellst du dann sicher, dass auch jemand ein Foto davon schießt?«

»Wir nutzen alle unsere Möglichkeiten. Du weißt, wie dieses Geschäft läuft. Es geht um Vitamin B, wer wen kennt, wer was pusht. Wir haben die besten Chancen für einen Durchbruch, aber wir müssen es auch den richtigen Leuten nahebringen. Die Musicalszene in New York ist rückläufig, die Menschen sind schwerer dazu zu bewegen, ins Theater zu gehen. Wir müssen ihnen einen Anreiz bieten. Wir müssen ihnen zeigen, was sie verpassen, wenn sie uns nicht sehen, und du hast die richtige Reichweite dafür. Ihr seid in aller Munde. Gib Riley ein Stück von deinem Erfolg ab, und sie kann groß werden. Bei Summer hat es ja auch geklappt.«

Er hätte mir auch eine reinhauen können, das hätte die gleiche Wirkung gehabt. »Wenn du Summer so gut findest, hättest du vielleicht sie casten sollen.«

»Wir können sie uns nicht leisten, und sie hat …« Er hielt die Luft an und schloss die Augen. »Ich meinte, dass …«

»Lass stecken. Ich weiß genau, was du meintest.« Lamar wollte ein großes Musical auf die Bühne bringen, hatte aber noch nicht die Mittel, die Großen zu bezahlen. Also nahm er die Nächstbeste:

eine junge engagierte Frau, die gerade zufällig im Fokus der Presse stand, weil sie öfter mit mir gesehen worden war.

»Riley hat gesagt, du würdest sie unterstützen. Du würdest voll hinter ihr stehen, und es wäre kein Problem, dass du mit zur Probe kommst.«

»Ach, hat sie das?« Mir nämlich nicht.

»Ein kleiner Besuch für dich und ein großer Schritt für deine Freundin. Das wird es dir sicher wert sein.«

»Was mir wirklich viel wert ist, ist meine Zeit, und die vergeuden wir gerade. Ich muss jetzt los.« Ich war irritiert. Wann wollte Riley mir sagen, dass ich sie zur Probe begleiten und dort mit ihr posieren sollte? Oder, dass sie diese Rolle überhaupt bekommen hatte?

»Ja, natürlich. Wenn du mehr über die Show erfahren willst, schau dir Joan Langdons neues Video an. Sie hat gestern ein Interview mit Riley geführt, es ist toll.«

»Warte, was?!«

Lamar zuckte zusammen und starrte mich an, als hätte ich ihn beim Klauen erwischt. »Das hat sie also auch nicht erwähnt.«

Mit keiner einzigen Silbe.

Mir wurde schlagartig heiß, und mein Magen fühlte sich an, als hätte mir Lamar mit voller Wucht reingeboxt. Riley hatte mir letzte Woche erzählt, dass sie nicht mit Langdon sprechen würde, und jetzt tat sie es doch? Nach allem, was sie über diese Frau wusste?

»Darf ich dir vielleicht meine Karte geben?«, fragte Lamar ein wenig unsicher.

»Du darfst mich in Ruhe lassen und am besten gleich auch Riley.« Ich drehte auf dem Absatz um und ließ ihn stehen. Mir war schwindelig. Wenn ich noch ein Wort länger mit diesem Typen redete, würde ich ausrasten!

»Was soll das denn heißen?«, rief er mir hinterher, aber ich lief einfach weiter.

Ich musste wissen, was Riley zu Langdon gesagt hatte, und es gab nur einen Weg, das herauszufinden …

»… ich freue mich sehr auf diese Rolle und werde natürlich alles dafür geben …«

Ich saß in einem Ledersessel im Büro des Veranstalters des heutigen Abends, hatte die Ellbogen auf den Knien aufgestützt, tippte mir mit den Zeigefingern aufs Kinn und starrte auf das Pad, das ich mir von Caroline geliehen hatte. Das Interview mit Langdon und Riley hatte ich nun fast vollständig gesehen. Sie hatten größtenteils darüber geredet, woher Riley kam, wie sie New York erlebte, was sie sich von der Rolle erhoffte. Die Nervosität war Riley deutlich anzusehen. Sie schwitzte, ihre Wangen waren gerötet, und sie nestelte ständig an ihrem Shirt herum.

»Sie steht ja völlig neben sich«, sagte Casey, die hinter mir auf der Lehne Platz genommen hatte. Breeze war noch bei Ethan. »So nervös kenn ich sie gar nicht. Ist das ihr erstes Interview?«

»Ja.« Mein Fuß wippte in einem hektischen Rhythmus auf und ab. Das hier war nicht gut. Riley verzettelte sich in ihren Antworten, ließ sich von Langdon viel zu sehr aus der Reserve locken.

»Du und Julian …«, sagte Langdon schließlich. »Ihr seht toll zusammen aus.«

»Danke.«

»Erst die Auftritte auf der Straße, dann triffst du ihn sicherlich ständig in der NYMSA …«

»So oft nicht, nein. Er hat selbst genug zu tun.«

Langsam Riley, geh nicht auf sie ein.

»Von wann ist das Video?«, fragte Casey.

»Von gestern Nachmittag.«

»Hast du davon gewusst?«

»Seh ich so aus?«, blaffte ich sie an und merkte aus dem Augenwinkel, wie sie zusammenzuckte, weil ich so laut geworden war. »Tut mir leid.«

»Schon gut.« Sie legte eine Hand auf meine Schulter, als wollte sie die Anspannung dort wegmassieren, aber ich drehte mich weg.

»Lass mich das einfach sehen, ja?«

Casey schnaubte, erhob sich vom Sessel und stapfte davon. Ich rollte mit den Augen, denn normalerweise reagierte sie nicht so empfindlich, aber im Moment waren wir alle angespannt.

»Von euch gibt es ein paar sehr schöne Fotos, Riley«, sagte Langdon, und sofort wurden die Bilder im unteren Bildschirmrand eingeblendet. Das, welches Sue auf der Sonnenterrasse gemacht hatte, war dabei, genau wie ein Schnappschuss, wie ich das Bistro betrat und mit Riley sprach. Er war durchs Fenster aufgenommen worden, ich hatte es gar nicht bemerkt. Und dann kam noch ein Foto, wie ich mit Riley am Auto lehnte und sie küsste.

»Scheiße.« Das Bild war letzten Mittwoch nach dem Ende der Masterclass entstanden. Da hatte ich Ethan von der Schule abgeholt und mir diesen kurzen Moment mit Riley gestohlen. Jemand hatte uns aus dem Inneren des Gebäudes fotografiert, und müsste ich raten, würde ich sagen, dass es auch von Sue stammte. Es würde mich nicht wundern, wenn Langdon ihr sogar Geld dafür bezahlt hatte. Im Grunde war es nicht weiter schlimm, es gab keinen Grund, Riley und mich zu verstecken, aber Langdon nutzte das schon wieder zu ihren Gunsten aus. Sie bedrängte Riley. Ihrem Gesicht war deutlich anzusehen, dass sie keine Ahnung hatte, wie sie darauf reagieren sollte.

»Tu es einfach ab, lenk das Gespräch zurück zur Show«, sprach ich Richtung Bildschirm, als könnte ich so ihre Antworten beeinflussen.

Aber das tat Riley nicht. Langdon hatte sie dort, wo sie sie haben wollte, und das wusste sie.

»Ich finde, ihr seid ein tolles Paar«, sagte Langdon.

»Ich … danke.«

Nein, bedank dich nicht! Das ist wie ein Zugeständnis. Sie wird nur weiter fragen.

»Wie lange kennt ihr euch schon?«

»Noch nicht sehr lange. Ich arbeite erst seit Kurzem in der NYMSA.«

»Wirst du zum Konzert von *Beyond Sanity* gehen? Wie ist es für dich, zu wissen, dass er mit Summer auftreten wird?«

Ich brummte und strich mir übers Gesicht. Dieses Gespräch ging genau in die falsche Richtung.

»Ich hab kein Problem damit«, sagte Riley und trank zum x-ten Mal aus ihrer Wasserflasche.

»Das zeigt sehr viel Größe. Du weißt ja sicher, was er Summer angetan hat. Hast du keine Angst, er könnte bei dir genauso die Kontrolle verlieren? Julian ist ein sehr impulsiver Mann, er hält seine Freundinnen gerne klein, und nun bekommst du diese große Rolle und damit auch viel Aufmerksamkeit.«

Ich schloss die Augen und hätte am liebsten durch den Bildschirm gegriffen und dieses Gespräch gestoppt. Doch dazu war es längst zu spät. Es war online, hatte schon über fünfhunderttausend Klicks. Riley würde hiernach in aller Munde sein.

»Was auch immer zwischen Julian und Summer passiert ist, liegt in der Vergangenheit«, sagte Riley. Sie wollte mich unterstützen, aber in Wirklichkeit machte sie es nur schlimmer. »Er ist ein liebevoller Mann, der mich in allen Belangen unterstützt.«

»Ah, wie schön. Diese Show hat ja unglaublich viel Potenzial. Ich bin mir sicher, dass er dir auch hierbei helfen wird und …«

Ich schaltete das Pad aus. Wenn ich mir das noch länger ansah, würde ich irgendwas an die Wand pfeffern. Lamar hatte das sehr geschickt eingefädelt und sich genau die Leute geholt, die ihm die Publicity brachten, die er benötigte.

Riley. Langdon. Und mich zog er auch noch mit rein. Er nutzte den momentanen Hype um uns und ritt auf unserer Welle mit, so wie es jeder gerne tat. Dass er dabei Riley unter Wasser zog, war ihm egal. Es ging schließlich ums Business.

»Zum Teufel damit.« Ich schnappte mir mein Handy und sah auf die Uhr. Es war halb eins. Ich drückte auf Rileys Kontakt und rief sie an. Es klingelte durch, bis ich ihre Mailbox erreichte.

»Hey, ich bin es. Ich … ich wollte gerne mit dir reden.« Ich hielt die Luft an und wusste nicht, wie ich das am besten zur Sprache bringen sollte. Mein Flug startete erst morgen früh zurück nach New York, und danach waren wir in einem Morgenmagazin zu einem Interview eingeladen. Der ganze Tag war verplant, und nächste Woche begann die heiße Phase des Konzerts. Wir mussten noch proben, mit den Technikern alles absprechen, und ich würde nicht drum herumkommen, auch Summer zu sehen.

Mir lag es auf der Zunge, Riley zu erzählen, dass ich sie bei Langdon gesehen hatte, aber ihre Mailbox war nicht der richtige Platz dafür. Also legte ich auf.

Ich fühlte mich, als hätte mir jemand die Eingeweide mit einem Mixstab püriert. In meinem Herzen pochte es dumpf nach, und eine tiefe Angst wallte in mir hoch. Eine Angst, die Summer einst in mir hinterlassen und von der ich eigentlich geglaubt hatte, sie überwunden zu haben, aber in Wirklichkeit hatte ich nur jede Menge Dreck draufgeschüttet.

Ehe ich es verhindern konnte, kam der eine Gedanke in mir auf, den ich nie mehr hatte denken wollen. *Was, wenn auch Riley nur mit mir zusammen ist, weil sie ihre Karriere pushen will?*

RILEY 39.

»Ally, was habe ich getan?«, fragte ich, während ich in meinem kleinen Zimmer von der Küchenzeile zum Bett und zurück lief.

»Du hast eine Rolle bekommen!«, erwiderte sie. »Es ist alles gut.«

»Nichts ist gut, ich hab nur Müll bei Langdon gelabert, aber sie hat mich so …« *Überrumpelt.* Es war keine Entschuldigung, doch genauso war es gewesen. Erst die Freude über die Rolle, dann gleich das Interview mit Langdon. Ich hatte total neben mir gestanden und mich auf kaum etwas konzentrieren können. »Die ganze Zeit über dachte ich: Rede nicht von Julian, rede nicht von Julian, REDE NICHT VON JULIAN! Und was mach ich? Ich rede von Julian.«

»Das ist wie mit den lila Elefanten. Außerdem wolltest du das Thema zurück auf die Show lenken, das sieht man dir deutlich an.«

»Langdon ist so gut. Ich hätte das echt nicht für möglich gehalten, aber sie hat eine unfassbare Ausstrahlung. Auf dem Bildschirm kommt das gar nicht so rüber, aber wenn du ihr gegenübersitzt, hast du das Gefühl, mit deiner besten Freundin zu sprechen. Wie macht sie das?«

»Jahrelange Übung?«

»Mal ganz ehrlich: Hört es sich im Interview so an, als wäre ich mit Julian zusammen, weil er meine Karriere pusht?«

Ally zuckte mit den Schultern und kaute auf der Innenseite ihrer Wange herum. »Ich kann das nicht einschätzen.«

»Also, ja.«

»Nicht so direkt, du sagst es nicht oder so.«

»Aber man könnte es so interpretieren.«

»Man kann alles irgendwie interpretieren. Das ist ja das Problem.«

»Er wird mich hassen.«

»Quatsch.«

»Doch, ich kenne ihn.«

»Du redest Unsinn, Riley. Wenn Julian nicht wollte, dass ihr gemeinsam gesehen werdet, dann dürfte er dich weder in aller Öffentlichkeit küssen noch hätte er je mit dir auftreten sollen! Er hat es mit forciert.«

»Als er gemerkt hat, dass wir entdeckt worden sind, hatte er die Auftritte sofort abgebrochen. Das auf der Fähre ist unser letzter gewesen, und der Kuss vor der Schule ist in einer Seitengasse passiert. Wer sollte denn ahnen, dass Sue ein Bild davon schießt.«

»Sie ist übrigens gesperrt worden.«

»Wirklich?«

»Ich habe es von Kristen erfahren. Gillian hat Sue verboten, je wieder einen Fuß in die NYMSA zu setzen.«

»Wow, das hätte ich nicht gedacht.«

»Seither lästert Sue auf Twitter darüber, wie mies die Schule ist und wie eingebildet alle sind. Sie macht ziemlich Stunk.«

Ich schüttelte nur den Kopf. »Ich glaube, das Problem ist weniger das Bild von mir und Julian, sondern wie ich damit umgegangen bin, dass es veröffentlicht worden ist. Ich hab mit Langdon geredet. Der Erzfeindin! Der dunklen Seite der Macht! Ich hab das Interview mit ihr für meine Reichweite genutzt. Weißt du, wie mein

Twitter und Instagram seither explodiert? Es war ja vorher schon extrem, aber seit dem Interview hab ich noch mal über fünftausend neue Follower dazubekommen. Ich knacke bald die Zehntausend, und das innerhalb von einer Woche.« Heute hatte ich mein Handy auf Flugmodus schalten müssen, damit mal kurz Ruhe war. »Das Schlimmste ist: Ich bin mir nicht ganz sicher, ob ich die Rolle bekommen hätte, wenn ich nicht mit Julian zusammen wäre.«

»Was redest du denn da für einen Müll? Du bist so gut.«

Ich verzog das Gesicht. »Jamies Lied ist brutal. Eine richtig große Nummer. Keine Ahnung, wie ich die bewältigen soll.«

»Mit Übung, natürlich. Du hast selbst gesagt, dass du so viel gelernt hast, seit Julian dir hilft. Jetzt hast du immer noch zwei Monate, um die Rolle auszufüllen. Du kannst das, Riley. Ich glaub ganz fest an dich.«

»Danke.« Aber glaubte ich auch an mich?

»Lässt sich an dem Song denn noch was ändern?«, fragte Ally. »Vielleicht können sie die Tonart senken oder den Schluss umschreiben.«

»Keine Ahnung, ich werde das klären. Aber erst muss ich mit Julian sprechen. Er hat das Interview bestimmt gesehen.«

»Folgt er denn Langdons Kanal?«

»Glaub nicht, aber er hat mich gestern mitten in der Nacht angerufen, weil er mit mir sprechen wollte. Er hat so angespannt geklungen wie lange nicht mehr.«

»Verdammt.«

»Ich hab zurückgerufen, aber es geht nur die Mailbox an. Ich glaub, er ist wieder in Terminen. Gott, ich hasse das!« Ich zog mir das Kissen über den Kopf und wäre am liebsten in den Laken versunken und nie mehr rausgekommen. »Er hat einfach keine Zeit.«

»Ach, Riley.« Ally legte sich neben mich und schlang ihren Arm um meine Mitte. Sie rückte dicht an mich heran, sodass ich ihren leicht minzigen Geruch wahrnehmen konnte. »Das wird sich alles klären.«

»Ich hoffe es.«

»Du schaffst das. Ihr beide. Ihr seid so süß miteinander.«

Ich schnaubte und zog das Kissen wieder von meinem Kopf. »Das hat Langdon auch gesagt.«

»Weil es stimmt. Er mag dich, das ist deutlich zu sehen.«

»Ich mag ihn auch.« Sehr sogar. Mit Julian war alles leichter und freier und echter. Ich wollte gerne mehr Zeit mit ihm verbringen, mehr Musik machen, einfach mehr mit ihm sein.

Aber ich hatte keine Ahnung, ob das überhaupt möglich war, und ich würde es erst erfahren, wenn ich mit ihm geredet hatte.

JULIAN 40.

Die Scheinwerfer brannten mir ins Gesicht und fühlten sich an, als wollten sie mir die Haut wegschmoren. Eileen lächelte uns freundlich an und schäkerte mit Ethan herum, der heute Morgen kaum aus dem Bett gekommen war, weil er sich gestern noch ziemlich abgeschossen hatte. Den ganzen Flug über von Washington nach New York hatte er auf der Toilette verbracht und sich die Seele aus dem Leib gekotzt. Jetzt war er wieder ruhig und besonnen und führte das Interview, als wäre es das Leichteste auf der Welt. Ich ließ meinen Blick durchs Publikum schweifen. Der Saal war voll, die Leute gut gelaunt. Eileens Show war beliebt, weil sie einen guten Sinn für Humor besaß und interessante Gäste einlud. Wir sollten gleich auch noch zwei Stücke spielen, unsere Instrumente waren schon aufgebaut. Obwohl die Atmosphäre angenehm war, war ich nicht bei der Sache. Ich hatte heute Nacht kaum ein Auge zugetan und musste ständig an dieses Interview mit Riley und Langdon denken. Als ich heute früh das Handy einschaltete, hatte ich nur gesehen, dass Riley zwar zurückgerufen, aber keine Nachricht hinterlassen hatte. Während des Fluges war ich wieder nicht erreichbar gewesen, danach waren wir sofort ins Studio gefahren, und nach der Show mussten wir auf irgendeine Gala.

Es war zum Haareraufen, aber ich hatte keine Möglichkeit, mir irgendwo Zeit abzuknapsen, um in Ruhe mit ihr zu sprechen.

Eileen beendete ihren Flirt mit Ethan und bat uns auf die Bühne. Als er aufstand, schwankte er leicht und wurde sehr blass. Ich warf ihm einen besorgten Seitenblick zu, aber er ignorierte mich, stellte sich ans Mikro und wartete, bis wir alle auf unseren Plätzen waren. Wir performten zwei unserer älteren Stücke, die wir in- und auswendig kannten und quasi in jedem Zustand spielen konnten. Danach gaben wir einen ganz kurzen Einblick in *One Last Song*, das am Samstag im Garden Premiere haben würde. Die Stimmung heizte sich weiter auf, jeder war neugierig auf unser neues Lied, was genau das war, was wir brauchten.

Die letzten Töne verklangen, wir nahmen den Applaus entgegen und verließen die Bühne. Ethan verschwand sofort in seiner Garderobe, ich wurde von Daniel aufgehalten, der Backstage auf uns gewartet hatte.

»Ich muss kurz mit dir reden«, sagte er und zog mich zur Seite.

»Falls es um Riley geht, ich hab das Video gesehen«, kam ich direkt zur Sache. Daniel war gestern nicht mit in Washington gewesen, ich hatte mit ihm noch nicht darüber sprechen können.

Er zog die Augenbrauen zusammen und nickte. »Sie hat sich gut geschlagen.«

»Gut geschlagen? Soll das ein Witz sein?«

»Sei nicht so streng mit ihr. Als hättest du es am Anfang besser gemacht.«

Hatte ich nicht. Ganz im Gegenteil. Ich hatte so viel gestottert, dass man kaum ein Wort verstand.

»Aber darüber wollte ich nicht mit dir sprechen.«

»Sondern?«

»Summer.«

Ich stöhnte und schüttelte den Kopf.

»Sie wird morgen Abend auf der Veranstaltung sein.«

»Was?« Bisher war ich ihr sehr erfolgreich aus dem Weg gegangen.

»Der Organisator hat sie eingeladen. Er ist gut mit Ansell befreundet.«

»Na, großartig.«

»Ich will dich vorwarnen. Du solltest dich professionell verhalten. Am besten wäre es, wenn du mit ihr ein Foto schießt und allen zeigst, dass es keinen Groll zwischen euch gibt.«

»Soll ich mir auch vor laufender Kamera das Herz rausoperieren lassen?«

»Ich weiß, dass das mies für dich ist, aber ich bitte dich darum, dich zusammenzureißen. Was ihr im Moment leistet, ist der Wahnsinn. Eure Downloadzahlen schießen durch die Decke, selbst von den alten Songs. *Still Waters Run Deep* wird morgen wieder in die Charts einsteigen, und das drei Jahre nach seinem Erscheinen.«

Das war wirklich erstaunlich.

»Na gut. Ich werde das irgendwie hinbekommen. In einer Woche kann ich sie schließlich wieder ignorieren.«

»Tja, das wäre dann noch etwas, was wir besprechen müssen«, sagte Daniel und fuhr sich mit der Hand über den Nacken. »Summer wird euch noch für die Tour an die Westküste begleiten.«

»Bitte was?«

»Shane hat alles gebucht. Ich kann nichts mehr daran ändern.«

»Daniel, sag, dass das nicht wahr ist!«

»Doch. Entweder das, oder wir müssen die Tour absagen.«

»Und es uns mit Limitless verscherzen.«

»Genau. Shane und ich haben uns fast das ganze Wochenende lang gestritten.«

»Das ist doch einfach nicht wahr!«

»Sechs Gigs, inklusive dem im Garden, das war es dann. Ich hab vertraglich regeln lassen, dass er sie euch nicht noch mal vorsetzt. Ich schwöre, das wird nach der Tour ein Ende haben.«

Ich schüttelte den Kopf und hatte Mühe, all den Zorn und den Frust unten zu halten. Zwar öffnete ich den Mund, wollte irgendwas sagen, aber ich hatte keine Ahnung, wie ich ausdrücken konnte, was in mir vorging. Auf einmal zog sich alles in mir zusammen, und der Kloß in meinem Hals wurde so groß, dass ich kaum noch Luft bekam.

Daniel trat näher an mich heran und legte eine Hand auf meine Schulter. »Wir sind auf der Zielgeraden. Wirklich. Ich weiß, wie hart es für euch ist, dass ihr all eure Kraft aufbringt, aber es ist bald geschafft. Noch ein bisschen die Zähne zusammenbeißen.«

»Ich weiß nicht, ob ich das kann.«

»Doch, Jules. Doch. Ihr schafft das, denn ich hab gesehen, wozu ihr in der Lage seid. Das hier ist nichts im Vergleich zu dem Skandal mit Summer. Du hast dich aus diesem Dreck befreit. Lass nicht zu, dass er nach so vielen Jahren wieder Macht über dich erlangt. Sei stärker als der Sturm!«

»Ich bin so unglaublich müde.«

»Ja. Wir alle. Aber wir beißen uns weiter durch. Die Routen für die Tour sind schon durchgeplant, und ihr habt zwei der luxuriösesten Busse, Komfort auf höchster Ebene. Jeder hat einen eigenen Schlafbereich, und ihr könnt euch zwischendurch ausruhen. Nur noch ein bisschen durchhalten.«

Ich biss mir auf die Unterlippe und nickte, denn mehr konnte ich gerade nicht tun. In einer halben Stunde mussten wir weiter zur nächsten Veranstaltung.

»Wir sehen uns nachher, ja?«, sagte Daniel und sah mich fragend an. »Kann ich noch irgendwas für dich tun?«

»Mir eine einsame Insel kaufen und mich dort aussetzen.«

»Gut, machen wir, wenn ihr von der Tour zurück seid.« Er lächelte mich aufmunternd an, aber ich konnte mir nicht mal das abringen.

Ich verabschiedete mich von ihm und lief zurück zur Garderobe, die ich mir mit Ethan teilte und wo ich hoffentlich für einen

Moment durchatmen konnte. Ohne anzuklopfen, trat ich ein und zuckte zusammen.

Ethan schreckte hoch. Auf dem Tisch vor ihm waren zwei Lines gezogen. In seiner Hand hielt er ein kleines Röhrchen, und das Pulver an seiner Nase konnte er gerade so noch wegwischen.

»Willst du mich verarschen?«, fragte ich.

Er verengte die Augen zu Schlitzen und funkelte mich an. Ethan zitterte, Schweiß stand auf seiner Stirn, und er wirkte, als würde er gleich umkippen.

»Ethan, du …« Ich presste die Lippen zusammen, denn ich hatte keine Ahnung, was ich sagen sollte. Ich war so müde und ausgelaugt wie lange nicht mehr, und ich hatte keine Kraft, mich um seine Eskapaden zu kümmern.

Er stand auf, warf das Röhrchen zu den Lines und kam langsam auf mich zu. Die Schultern straffend zog er die Nase hoch und wischte noch mal darüber. »Wir sehen uns nachher.«

Ethan verließ die Garderobe, und ich blieb mit seinem Stoff zurück. Ich starrte auf die beiden weißen Pulverlinien, von denen ich in meinem Leben auch schon die ein oder andere gezogen hatte, aber Drogen waren nicht mein Ding. Ich mochte das Gefühl nicht, das sie hervorriefen. Diese falsche Freiheit, der kurze Energieschub, ehe alles wie bei einem Kartenhaus im Sturm zusammenbrach. Ethan mochte sich in diesem Moment damit über Wasser halten können, aber was, wenn die Energie abflaute und auch sein Sturm zunahm?

Wie konnten wir ihn noch auffangen?

Ich ließ mich auf seinen Stuhl sinken, nahm mein Handy aus der Hosentasche und wählte Daniels Nummer. »Ethan braucht Hilfe. Das kann so nicht weitergehen.«

RILEY 41.

»Okay, stopp! Wir machen alles noch mal von Anfang!«, rief Lyle und klatschte in die Hände. Ein kollektives Stöhnen ging durch den Raum, denn das war nun der zehnte Durchgang dieser Passage, und alle waren erschöpft. Lyle und auch Brooke forderten viel von uns. Brooke hatte die Choreografien umgestellt und sich Bewegungen ausgedacht, die kein normaler Mensch je ausführen würde, aber im Kontext des Stückes erstaunlicherweise Sinn ergaben. Ich war zum Glück also nicht die Einzige, die einiges neu lernen musste, doch nichtsdestoweniger waren mir die andern weit voraus. Das Ensemble bestand aus zehn Männern und acht Frauen. Drei Parts waren neu besetzt worden, und ich war eine davon. Die anderen beiden hatten es allerdings ein wenig leichter, denn ihre Rollen waren nicht so groß wie meine.

Seit dieser Woche prasselten all diese neuen Aufgaben auf mich ein, und mein Leben hatte eine Wendung um hundertachtzig Grad unternommen. Während mein Alltag früher aus Kaffee kochen, Sandwiches schmieren und Auditions abklappern bestand, standen nun Texte lernen, Gesangseinheiten absolvieren, Choreografie einüben, mich mit den Kollegen abstimmen und mich nicht von Lyle verrückt machen lassen auf dem Plan. Er war ein guter Regisseur, aber unheimlich impulsiv. Marley sagte mir, dass Lyle eigentlich ein fairer und ruhiger Typ war, aber schnell mal die Fassung verlor, wenn er unter Stress geriet. Vorgestern hatte er derart herumgeschrien, dass eine der Tänzerinnen heulend aus dem Studio geflüchtet war. Mir war klar, dass es bei einer Produktion auch mal rauer zugehen konnte, und je näher man einer Premiere kam, umso schwerer wurde es, aber das Tempo war jetzt schon der absolute Wahnwitz. Alle standen unter Strom. Wir hingen knapp drei Wochen hinter unserem Zeitplan hinterher. Die Auditions für meine Rolle hatten zu lange gedauert, dann hatte es im Vorfeld noch ein paar Probleme mit den Proberäumen gegeben, und so wie ich mitbekommen hatte, hatten wir auch das Budget überzogen. Vielleicht war dies das übliche Chaos einer Produktion in dieser Größenordnung, für mich war das alles sehr neu und überfordernd.

Zum Glück hatte Gillian Verständnis dafür gehabt und mich sofort aus dem Bistro freigestellt. Sie meinte, ich wäre immer willkommen in der Schule, auch wenn ich einfach nur einen Kaffee mit ihr trinken wollte. Es tat mir leid, dass sie schon wieder jemanden für die Stelle finden musste, aber so war es nun mal.

»Riley, du stehst stage right«, redete Lyle weiter. »Sobald Marley sagt: ›Wenn ich das wüsste …‹, läufst du bis zur Markierung hier. Beim ersten Refrain drehst du ihm den Rücken zu und läufst upstage bis zur nächsten Markierung, klar?« Lyle sah mich an.

»Ja.« Nein. Hatte er das vorhin nicht andersherum gewollt? Ich sah auf mein Manuskript, fand aber auf den ersten Blick nicht meine Anmerkungen dazu. Ich war auch die Einzige, die noch mit Textheft üben durfte, denn alle anderen kannten ihre Dialoge bereits.

»Ist das wirklich angekommen, oder muss ich es dir noch mal erklären?«, hakte er nach.

»Ich hab es verstanden. Danke.«

Marley lächelte mir aufmunternd zu und trat auf seine Position. Er war ein toller Partner, der seine Rolle in- und auswendig konnte. Seit der allerersten Lesung vor zwei Jahren war er schon dabei und hatte sogar einige der Dialoge mitgeschrieben. Dieses Stück floss also durch seine Adern, und das merkte man. Er war mit dem Team eingespielt, bewegte sich selbstsicher durch den Raum und traf jede Note. Er war ein absoluter Ausnahmesänger, der, egal zu welcher Uhrzeit und in welcher Verfassung, immer alles gab. Mit mir zeigte er unendlich viel Geduld, erklärte mir Abläufe noch mal, wenn ich sie nicht ganz verstanden hatte, und bot mir Support, wenn ich ihn brauchte. Es war ein gutes Zusammenspiel zwischen uns: die Chemie stimmte auch, was gut war, denn wir hatten im zweiten Akt einige heiße Kussszenen miteinander.

Wir kehrten alle zurück zur Ausgangsposition und fingen noch mal an. Sobald die Musik losging, konzentrierte ich mich voll und ganz auf meine Aufgabe, setzte Lyles Anweisungen um, achtete auf meine Markierungen und meinen Einsatz und war überall genau zur richtigen Zeit.

Lyle unterbrach uns, ehe wir zur zweiten Strophe kommen konnten. Wieder erklang ein Stöhnen aus dem Ensemble.

»Riley«, sagte Lyle und kam langsam auf mich zu.

»Ich war richtig.«

»Ja, warst du.«

Warum sah er mich dann so an, als hätte ich eben einen dreifachen Salto improvisiert?

»Wenn du es jetzt noch schaffst, dabei in deiner Rolle zu sein und mir das Gefühl zu geben, dass du Marleys Schmerz auch spürst, wäre das großartig. Du stehst da wie ein eingeschüchtertes Reh, das in den Lauf eines Jagdgewehres schaut, und nicht wie der Mittelpunkt dieses Stückes! Du bist keine frigide schüchterne Frau, die gleich entjungfert wird, sondern eine gottverdammte selbstbewusste Persönlichkeit, die in diesem Moment den Entschluss trifft, ihre Familie zu verlassen! Denkst du, ich könnte auch nur den Hauch an Gefühl von dir bekommen? Ein wenig Emotion?!«

Ich hielt die Luft an und spürte, wie mir die Kehle eng wurde. »Natürlich«, sagte ich. »Tut mir leid, wenn ich nicht ausgespielt habe, ich dachte, wir …«

»… hör auf zu denken! Das ist mein Job! Ich sage dir, was du tun sollst und wann du es tust. Klar?«

»Ja.«

»Dann alles zurück auf Anfang. Wir machen die ganze Szene noch mal, inklusive des Vorgesprächs mit dem Bruder.«

»Ist das dein Ernst?«, fragte Beth. Sie spielte die zweite größere Rolle neben mir. »Wir proben seit sechs Stunden, gönn uns eine Pause.«

»Wir machen eine Pause, sobald es klappt, und jetzt auf Position! Los.«

»Gott, wenn wir es jetzt nicht hinbekommen, raste ich aus«, sagte sie und schielte in meine Richtung. Ja, mir war klar, dass ich diejenige war, die den gesamten Ablauf verlangsamte, aber ich musste mich auch erst einfinden. Beth spielte genau wie Marley bereits seit den Tryouts ihre Rolle, für sie war es wesentlich leichter.

Ich atmete tief ein und aus und begab mich wieder auf Position. Und dann ging es von vorne los.

In der nächsten Stunde gaben wir alles, was wir in uns hatten, ließen uns anbrüllen, starteten erneut, stellten Positionen um, warteten, bis sich alle nach diversen Nervenzusammenbrüchen wieder beruhigt hatten, um noch mal zu beginnen. Ich hatte das Zeitgefühl verloren, draußen wurde es bereits dunkler, aber nach und nach fügte sich tatsächlich alles irgendwie zusammen. Für mich zumindest. Ob Lyle zufrieden war, würde sich zeigen, doch immerhin entließ er uns nach dem x-ten Durchlauf endlich in den Feierabend. Wir jubelten innerlich, denn zu mehr waren wir nicht in der Lage. Jeder packte so schnell wie nur möglich seine Sachen ein und machte sich davon, ehe Lyle es sich anders überlegen konnte. Mein

Körper fühlte sich wund und ausgebrannt an, meine Kehle war rau vom vielen Singen. Ich musste mir etwas einfallen lassen, wie ich meine Stimme besser schonte. Außerdem gäbe ich mein Leben für eine Badewanne, aber ich hatte leider nur eine Dusche.

»Hol dir einen Steamer«, sagte Marley neben mir, während wir einpackten. »Ist wirklich gut für deine Stimme. Und trinkst du Milch?«

»Nein, nie. Das hab ich mir schon lange abgewöhnt.«

»Sehr gut. Ich schick dir einen Link, wo ich meinen herhabe, die geben Rabatt, wenn du ihnen sagst, dass du hier spielst.«

»Cool. Danke.«

»Jederzeit. Bis morgen.«

»Schlaf gut.« Ich stopfte meine Trainingsjacke in meinen Rucksack, notierte mir noch die Neuerungen in mein Skript, die wir heute eingeführt hatten, damit ich sie morgen wusste und zur Not Lyle zeigen könnte. Dann machte ich mich ebenfalls auf den Weg aus dem Studio. Als ich den Gang hinunterlief, entdeckte ich Marley wieder, der mit Lamar sprach. Sie machten beide ein recht ernstes Gesicht, und Marleys Gesten nach zu urteilen, regte er sich über irgendwas auf. Vielleicht über Lyle? Als sie mich bemerkten, hielten sie sofort inne.

»Ich will euch nicht stören«, sagte ich und legte einen Zahn zu, damit ich schneller rauskam.

»Tust du nicht. Warte einen Moment, Riley«, sagte Lamar. »Marley, wir reden morgen, ja?«

»Klar. Gute Nacht.« Er warf mir noch einen Blick zu und verschwand dann durch die Glastüren.

»Gibt es Probleme?«, fragte ich Lamar.

»Es gibt immer Probleme, aber lass die unsere Sorge sein. Was machst du morgen Abend?«

»Proben.«

»Das weiß ich, ich meine danach.«

»Sterben.«

Lamar lachte und legte mir eine Hand auf die Schulter, um mich rauszubegleiten. »Lass dich von Lyle nicht verunsichern. Er ist impulsiv, aber ein Genie. Das Stück wird am Ende zusammenfinden, und morgen hat er schon vergessen, wen er heute angeschnauzt hat.«

»Ich bin gespannt.«

Wir traten in die Abendluft. Es war angenehm mild, und ein satter Mond stand über uns am Himmel. Die Luft duftete nach Spätsommer und Rosen.

»Ich bin morgen auf einer großen Party eingeladen und würde dich gerne mitnehmen. Marley kann leider nicht, aber es wäre gut, wenn einer meiner Hauptdarsteller mich begleitet.«

»Was ist das für eine Party?«

»Ach, du kennst das sicherlich. Jede Menge wichtiger Leute kommen zusammen, trinken teuren Schampus und reden übers Geschäft. Ich knüpfe sehr viele Kontakte zurzeit, von denen einige hilfreich für uns sein können. Anfang der Woche habe ich einen Superdeal an Land gezogen, aber wir brauchen mehr Werbung und Aufmerksamkeit. Wir müssen die Shows voll bekommen, und das werden wir nur, wenn genügend Leute von uns erfahren. Am besten wäre jeden Abend ein ausverkauftes Haus, aber davon träumen alle.«

»Oder Fans, die auf dem Gehsteig campen, um Tickets zu ergattern.«

»Ja, genau. Komm morgen mit, und rede einfach über das Stück und was es dir bedeutet. Mach ein paar Fotos, trink was, iss was. Das ist alles.«

»Ich denke, das lässt sich einrichten.« Von Julian hatte ich die ganze Woche leider nichts gehört. Seit ich Joan Langdon das Interview gegeben hatte, herrschte quasi Funkstille zwischen uns, und ich hatte nicht mal die Chance gehabt, es ihm zu erklären, weil wir ständig aneinander vorbeitelefonierten. Ich hatte nur mitbekommen, dass Summer nun nicht nur beim Konzert im Garden auftreten, sondern auch mit ihnen auf die anschließende Tour gehen würde. Es waren nur sechs Gigs, dennoch musste es die Hölle für Julian sein. Es fühlte sich ja schon für mich komisch an, und ich hatte nichts mit ihr zu tun.

»Ich schicke dir alle Details«, sagte Lamar.

»Gut. Danke. Was soll ich denn anziehen?«

»Du kannst dir morgen von Margaret etwas geben lassen. Ich hole mir meine Smokings auch immer aus dem Fundus.«

Ich hob die Augenbrauen.

»Wir sparen Geld, wo wir nur können, und es sind maßgeschneiderte Klamotten, also …« Er zuckte mit den Schultern und lächelte mich an. »Wir schaffen das, Riley. Ich glaub fest daran.«

Er verabschiedete sich von mir und lief in die andere Richtung davon. Ich blieb noch einen Moment auf dem Gehsteig stehen und blickte zu dem Gebäude hinter uns. Das war es also. Die Erfüllung meines Traumes.

Anstrengend, prickelnd und wunderschön.

Ich hoffte, ich konnte ihm auch gerecht werden.

JULIAN 42.

»Julian! Hier, bitte!«

»Nein, hier! Julian!«

»Ein Foto noch!«

»In meine Richtung, bitte!«

Ich drehte mich von rechts nach links, blickte mal hierhin, mal dorthin, winkte in irgendwelche Kameras, lächelte und versuchte, mich nicht vom Blitzlichtgewitter blenden zu lassen. Das Aufgebot heute Abend war massiv und hochkarätig. Dies war keine der üblichen geschlossenen Veranstaltungen, sondern die Weltpremiere von Isabel Roberts neuem Streifen. Keine fünf Meter vor mir lief Tom Cruise, ein Stück weiter vorne Joaquin Phoenix, und hinter mir irgendwo folgten Emilia Clarke und natürlich Summer Richmond.

»Summer, bitte näher an Julian!«, rief jemand von links.

Ich bemerkte eine Bewegung aus dem Augenwinkel und spannte die Schultern an. Das war das dritte Event, auf dem wir zusammen waren. Auf den ersten beiden hatte ich es geschafft, ihr aus dem Weg zu gehen, aber anscheinend war meine Schonfrist vorbei.

»Keine Angst, ich beiße nicht«, sagte sie leise und lächelte genauso routiniert wie ich. Sie lehnte sich leicht zu mir, strahlte in die Kameras und präsentierte sich von ihrer Schokoladenseite.

Und die besaß sie nach wie vor. Das ließ sich nicht leugnen.

Das schwarze Kleid mit den unzähligen eingewebten Glitzersteinen schmeichelte ihrem Körper und ihren sanften Rundungen. Die Haare hatte sie zu einem einfachen Pferdeschwanz gebunden, als wollte sie zeigen, dass sie keine pompöse Frisur brauchte, um elegant auszusehen. Summers zarter Duft nach Veilchen stieg mir in die Nase. Sie trug heute ein anderes Parfüm als damals, dennoch war da diese ganz spezielle Note an ihr, die sich in meine Nerven gebrannt hatte. Ich bohrte den Daumen in die Handinnenfläche, bemühte mich um ein lockeres Lächeln und ging dann weiter, da hinter uns die nächsten Stars nachrückten.

Ich wandte mich ab und suchte nach Breeze und Casey, die irgendwo vor mir sein mussten. Ethan war schon mit Daniel reingegangen. Seit dem Zwischenfall in unserer Garderobe hatte ich ihn weder erneut mit Drogen erwischt noch erlebt, dass er voll war. Dennoch traute ich ihm nicht. Die Wandlung war mir ein wenig zu plötzlich gekommen, aber Samantha hatte bereits einen Suchtberater gefunden, der wohl einige Stars behandelte. Colin war diskret und sehr gut. Vorgestern hatte er das erste Mal mit Ethan gesprochen. Mal sehen, wie es sich entwickeln würde.

Ich betrat das Foyer des Kinocenters und orientierte mich. Isabel Roberts strahlte mir von zwei Plakaten aus entgegen, genau wie ihr Co-Star Ryan Gosling. Gerade stand sie zusammen mit ihm am Rande der Rolltreppen und sprach mit einer Reporterin. Rechts von ihr entdeckte ich auch Joan Langdon, die sich diese Filmpremiere natürlich nicht entgehen ließ. Wir wollten die Einladung erst nicht annehmen, aber dieses Mal war es Ethan gewesen, der darauf bestanden hatte. Er kam gut mit Isabel aus, seit sie gemeinsam die Masterclasses gegeben hatten.

Der Film war Isabels dritter großer Blockbuster nach ihrem

Oscar. Das Aufgebot war dementsprechend hochkarätig, und ich fand mich zwischen Leuten wieder, die ich früher angehimmelt hatte.

»Hi, Julian«, sagte eine Frau hinter mir.

Ich drehte mich um und sah mich Kelly gegenüber. Isabels Ehefrau. Sie hatten im Frühjahr ziemlich werbewirksam geheiratet.

»Wie geht es dir?« Sie begrüßte mich mit einem Kuss rechts und links auf die Wange. Ihr süßliches Parfüm war mir ein wenig zu intensiv, aber Kelly sah großartig aus. Ihre üppigen Kurven vermarktete sie im Moment erfolgreich auf diversen Laufstegen und in Werbespots. Zum Glück waren die Zeiten des magersüchtigen Schönheitsideals vorüber, und Frauen wie Kelly kamen auf den Vormarsch. Sie strahlte ein Selbstbewusstsein aus, das fast den ganzen Saal füllte. Kelly legte eine Hand an ihr tief ausgeschnittenes Dekolleté, als wollte sie meine Aufmerksamkeit dorthin lenken, doch ich hielt brav meinen Blick auf ihrem Gesicht.

»Gut«, antwortete ich. »Ich bin gespannt auf den Film.«

»Du musst mir nichts vorspielen, Julian. Ich weiß, dass ihr alle lieber zu Hause auf der Couch wärt. Isabel hat mir von Ethans Stress erzählt, und so wie du aussiehst, hast du auch kaum geschlafen.«

Ich ließ die Luft aus den Lungen und seufzte. »Hab ich nicht, das stimmt, aber so läuft es manchmal eben.«

Sie nickte. »Die letzte Fashion Week hätte mich fast gekillt, passt bitte auf euch auf. Erfolg ist schön, aber er ist nicht alles.«

»Ich weiß.«

»Ich sorge dafür, dass ihr einen Platz in der letzten Reihe bekommt, da könnt ihr ein Nickerchen halten.«

Ich lachte auf. »Und wenn mich später jemand fragt, wie ich den Film fand?«

»Dann sagst du ›toll‹ und ›überraschend‹ und ›actionreich‹. Achtung Spoiler: Isabel und Ryan bekommen sich am Schluss und retten gemeinsam die Welt. Dazwischen gibt es viele bunte Bilder, tolle Special Effects und Verfolgungsjagden. Ich geb dir mein selbst erstelltes Filmkritiken-Bingo. Such dir einfach was davon aus, passt immer auf diese Art von Filmen.«

Ich runzelte die Stirn. Es war immerhin Isabels Werk, über das wir hier sprachen.

Kelly winkte ab. »Keine Sorge, Isa weiß, wie ich dazu stehe. Sie liebt Actionfilme, ich nicht, aber das ist okay, denn ich liebe sie. Jetzt muss ich leider weiter. Da drüben steht ein Designer, der mich gerne für seine nächste Kollektion will.«

»Dann noch viel Spaß. Oder so.«

»Dir auch. Mach das Beste draus.« Sie richtete ihren Ausschnitt, zwinkerte mir zu und ging davon. Kurz sah ich ihr nach, wie sie den Designer begrüßte, sich bei ihm unterhakte und ihn an die Bar zog.

Ich orientierte mich im Saal und blickte auf die Uhr. Ehe es losging, hatten wir noch eine Stunde Zeit. Eine halbe Ewigkeit, die ich mit Lächeln, Händeschütteln und Interviews verbringen würde. Sie hatten extra einen Bereich für die Presse eingerichtet, um vorab Stimmen einzufangen. Daniel hatte schon gesagt, dass wir uns ebenfalls zeigen sollten.

Noch sechzig Minuten strahlen, dann könnte ich mich ausruhen. Kellys Vorschlag, mir eine Mütze Schlaf zu gönnen, war in der Tat sehr verlockend. Ich lief rüber zur Bar, weil ich dort die anderen aus der Band entdeckt hatte, aber es war recht voll, und ich musste einigen Leuten ausweichen, die mich begrüßen wollten. Ich lächelte hier und dort, arbeitete mich Meter um Meter nach vorne, bis ich auf einmal ihren Namen hörte.

»Riley! Hier bitte!«, rief jemand, und ich hielt inne.

Unwillkürlich fuhr ich herum und blickte zu der Fotobox, die sie aufgestellt hatten, um Meinungen zum Filmevent einzufangen. Eine rote Kordel davor wies die Reporter in ihre Grenzen, die Rückwand bestand aus dem Logo der Filmfirma und dem Namen des Streifens, und da war sie.

Riley. *Meine* Riley.

Neben ihr stand Lamar. Sie lächelten in die Kameras, und Lamar redete mit den Reportern, aber ich hatte nur Augen für sie. Riley sah fantastisch aus. Sie trug ein cremefarbenes langes Kleid, das ihre leicht gebräunte Haut perfekt betonte. Ihre dunklen Haare hatte sie hochgesteckt, das rauchige Make-up ließ ihre Augen strahlen. Sie hielt sich an ihrer kleinen Handtasche fest und blickte ein wenig unsicher in die Kameras. Ich schob mich näher, sodass ich besser mithören konnte.

Lamar redete davon, dass sie der neue Star des Stückes sei und er glücklich wäre, sie gefunden zu haben, wie groß die Show werden würde und so weiter, aber so richtige Aufmerksamkeit bekam er nicht. Er schien es ebenfalls zu spüren, denn er nestelte an seinem Kragen herum, und Schweiß trat ihm auf die Stirn. In dem Moment blickte er sich um, sah über die Menge und entdeckte mich.

»Ah, da ist ja auch Julian Sloan! Komm her zu uns.«

Ist das dein Ernst?

Zwanzig Reporter drehten sich zu mir um, und da bemerkte mich auch Riley. Ihr Mund klappte auf. Ich konnte nicht genau deuten, was sie gerade empfand.

»Ja, Julian, stell dich zu Riley«, erklang auf einmal Joan Langdons Stimme neben mir, und schon spürte ich einen Arm an meinem, der mich nach vorne zog. Ich wollte ihn wegschlagen, aber alle Aufmerksamkeit war auf mich gerichtet.

Also trat ich zu Lamar und Riley. Unsere Blicke trafen sich, und ich zog die Augenbrauen zusammen. Wie sie neben ihm stand, den Arm bei ihm untergehakt, nahe an seiner Seite mit diesem Lächeln auf den Lippen …

Sofort kam das Bild in mir hoch, wie Summer das ebenfalls getan hatte. Wie sie sich Party um Party an die richtigen Leute gehalten hatte, um sich selbst zu profilieren. Ich schluckte hart an diesem Gedanken, denn Riley war nicht Summer. Dennoch hinterließ es einen hässlichen Beigeschmack, sie hier zu treffen.

Ich platzierte mich neben ihr und drehte mich zu den Kameras. Sofort ging es los, und tausend Blitze wurden auf uns abgefeuert. Riley rückte näher an mich heran. Ich spürte, wie sie nach meinem Halt suchte, wie ihre Finger ganz sanft über meine strichen. Ich hakte den Zeigefinger bei ihr unter, die Reporter riefen unsere Namen.

»Julian, freust du dich auf den Film?«, fragte jemand, und ich bejahte.

»Julian, bist du aufgeregt wegen des Konzerts?«, fragte ein anderer, und ich gab auch darauf eine Antwort.

»Julian, wirst du zu Rileys Show gehen?«, fragte wieder jemand, und ich schwieg.

Riley bemerkte mein Zögern und blickte zu mir.

»Oh, Julian ist von *Hit the Road* begeistert!«, sagte Lamar rasch. »Er war erst gestern bei der Probe und meinte, wie genial er das Stück und auch Riley in der Rolle als Jamie findet.«

»Was?«, zischte ich.

Riley zuckte zusammen, und Lamar warf mir einen flehenden Blick zu. Dann sah er auf Riley und zurück zu mir.

Und da war er. Dieser Ausdruck in seinem Gesicht, den er schon draufgehabt hatte, als er das erste Mal mit mir sprach. Dieses Bitten, etwas für ihn zu tun. Die Hoffnung, ich könnte sein dämliches Stück derart pushen, damit er Erfolg damit hatte.

»Julian, wie steht Riley dazu, dass Summer mit dir auf der Bühne stehen wird?«, fragte Joan Langdon und ersparte mir so eine Reaktion darauf.

»Vielleicht solltest du das Riley selbst fragen«, gab ich von mir. »Ich bin nicht ihr Sprachrohr.«

»Gut, dann andere Frage: Wie ist es für dich, dass sowohl Summer als auch deine Neue hier zusammen auf der Party sind? Irgendwelche komischen Gefühle dabei? Riley steht ja jetzt genauso am Anfang ihrer Karriere wie Summer damals. Die Parallelen sind deutlich. Du siehst geschockt aus.«

Ich lächelte Langdon an. Offen und freundlich. Das war ihre Art von Journalismus. Es interessierte sie einen Scheiß, dass wir für den Film hier waren. Sie wollte ans Eingemachte, sie wollte ihre Finger in die Wunde bohren und so lange darin herumstochern, bis sie alles aus einem herausgeholt hatte.

»Ich sehe so aus, wie jemand aussieht, dem ein großes Konzert bevorsteht. Aber heute Abend freue ich mich auf den Film. Ich muss jetzt weiter.« Ich wandte mich ab, obwohl die anderen Reporter noch Fragen hatten, aber ich zog Riley einfach mit mir und suchte einen Platz, wo wir in Ruhe reden konnten.

Aus dem Augenwinkel bemerkte ich, wie Langdon uns beobachtete. Würde mich nicht wundern, wenn sie uns jemanden hinterherschickte, in der Hoffnung, eine weitere Story abzugreifen.

»Julian, mach langsam«, sagte Riley schließlich. Ich hielt inne, blickte mich um und schob sie in einen der leeren Kinosäle.

Es war dunkel, nur die Notbeleuchtung spendete ein wenig Licht. Der Duft nach Popcorn und gebrannten Mandeln lag in der Luft. Ich führte Riley weiter hinein und schloss die Tür hinter uns. Ein leises Summen von der Lüftung war zu hören, sonst blieb es still.

»Es tut mir leid, dass Lamar das mit der Probe gesagt hat. Ich hatte keine Ahnung!«

»Was zum Teufel machst du hier?«

»Bitte?«

»Du hast mich schon verstanden: Warum bist du hier?«

»Lamar hat mich eingeladen.«

»Davon hast du nichts gesagt!«

»Wie denn, wenn ich dich nicht erreiche?«

Ich schnaubte nur.

»Ich wusste wirklich nicht, dass er so was von sich geben würde. Aber wo ist das Problem, dass er mich mit auf die Premiere genommen hat?«

»Scheiße, Riley.« Ich fuhr mir durch die Haare, stemmte die Hände in die Hüften und lief ein paar Reihen auf und ab.

»Ich werd es richtigstellen.«

»Und Lamar als Lügner bezeichnen? Wenn dir ein bisschen was an deiner Show liegt, hältst du einfach die Klappe und nutzt die Steilvorlage, die er dir eben gegeben hat. Reite weiter darauf herum, wie sehr ich dich unterstütze. Nimm am besten das Material von unseren Auftritten, und reib es den Leuten da draußen unter die Nase!«

»Julian …«

Ich trat gegen einen Sitz und stieß einen frustrierten Laut aus. Meine Nervenenden fühlten sich an, als wären sie mit Strom traktiert worden. In mir kochte alles hoch, was sich in den letzten Tagen angestaut hatte.

»Du musst dich beruhigen«, sagte sie. »Es ist nichts Schlimmes passiert.«

»Sag mir verdammt noch mal nicht, was ich tun soll. Das machen bereits genügend andere!«, brüllte ich.

Sie zuckte zusammen und wich einen Schritt zurück. Riley schluckte hart, legte die Hand auf die Brust und atmete tief durch. Für einen Moment flackerte etwas in ihr auf. Eine Furcht, die ich bei Summer damals auch gesehen hatte, kurz bevor sie die Treppe hinuntergefallen war. In mir zog sich alles zusammen, denn ich wollte ihr wirklich keine Angst machen.

»Ich …«, setzte ich an.

»Wir können später darüber reden«, sagte sie.

»Was für einen Sinn hat das?«, fuhr ich ruhiger fort. Meine Stimme klang rau. Ich war müde. Ich war einfach nur müde. »In einer Woche ist unser Konzert, danach bin ich weg, und du bist bei deiner Show und pushst deine Karriere.«

Ihr Mund klappte auf, doch sie schloss ihn sofort wieder. »Ich tue, was ich immer tun wollte. Diese Rolle ist ein Traum für mich, das weißt du genau.«

»Hast du dir deinen Traum auch schon näher angeschaut? Ist dir bewusst, was Lamar mit dir macht? Warum hat er dich so kurzfristig mit zu diesem Abend genommen? Hat er dir gesagt, dass ich auch da sein würde?«

»Nein, keine Ahnung, ob er das überhaupt wusste. Es dreht sich nicht alles um dich, Julian.«

»Aber im Moment sehr viel. Lamar hat mich letzte Woche schon angesprochen und gefragt, ob ich Werbung für die Show machen kann. Er will nicht dich, er will deine Beziehung zu mir.«

Sie hielt die Luft an, und etwas in ihr stockte.

»Du merkst es selbst, oder? Wie laufen die Proben so? Kommst du gut mit? Hält deine Stimme durch? Kannst du das große Lied überhaupt singen, oder bricht dir alles auseinander?«

»Ich werde es lernen.«

»Aber doch nicht in der kurzen Zeit. Herrgott, mach die Augen auf!«

Sie blinzelte, öffnete den Mund, wich einen Schritt zurück. »Okay, ich werde jetzt gehen, denn du bist nicht ganz bei Sinnen. Beruhig dich, komm runter, und dann sehen wir weiter.«

»Ja, geh, und gib dich weiter einer Illusion hin.«

Sie warf die Hände in die Luft und kam einen Schritt auf mich zu. »So langsam reicht es mir. Was soll ich deiner Meinung nach tun, mh? Alles hinwerfen und zurück zu meinem Vater kriechen? Soll ich aufgeben, nur weil es gerade etwas schwierig ist? Ich bin niemand, der beim ersten Problem davonläuft. Ich kämpfe für das, was ich will.«

»Manche Kämpfe sind von vornherein aussichtslos. Wenn du weitermachst, wirst du an dem Part zerbrechen. Zieh jetzt die Reißleine, solange du noch kannst. Es wird sich etwas anderes finden.«

»Aber nicht in der kurzen Zeit, die mir noch bleibt. Ich hab nichts anderes mehr. Ich muss nutzen, was mir zur Verfügung steht.«

»Wie mich.«

»Ich … ich hab dich nie benutzt oder unsere Beziehung irgendwo öffentlich breitgetreten. Ich hab das erste Interview mit

Langdon sogar abgelehnt, obwohl sie mir sehr viel Geld geboten hat.«

»Vielleicht hättest du das nicht tun sollen. Du siehst doch bei Summer, wie gut es gelaufen ist.«

»Ich bin aber nicht Summer, verdammt noch mal!«

Ihre Worte pochten in meinem Herzen nach. Mir war leicht schwindelig, genau wie an dem Abend, als das Unglück passierte, aber dieses Mal kam es nicht von zu viel Alkohol. Sondern von ihr. Riley machte mich trunken. Sie bedeutete mir zu viel, hatte sich in meine Seele geschlichen, und ich hatte es zugelassen.

»Ich bin nicht Summer«, wiederholte sie. »Ich bin Riley Maddock, und ja, ich will es zu etwas bringen. Wenn dir das nicht gefällt und du jedes Mal denkst, dass ich deinen Ruhm missbrauchen könnte, sobald ich irgendwo mit dir auftauche, dann …« Sie biss sich auf die Lippen und drehte sich weg.

»Sprich ruhig weiter«, sagte ich.

»Ich mag dich. Sehr sogar. Du bist mir wichtig, und ich verbringe sehr gerne Zeit mit dir, aber ich komme nicht gegen diese Ängste in dir an.«

»Und was machen wir jetzt mit dieser Erkenntnis?«

Sie schloss die Augen und schüttelte den Kopf. »Ich … ich weiß es nicht, aber ich muss mich auf meinen Traum konzentrieren. Ich muss diese Zeit nutzen. Vielleicht ist es besser, wenn ich das alleine tue.«

»Ja, das ist es wohl.«

Da waren sie.

Diese hässlichen Worte, die nicht mehr zurückgenommen werden konnten. Das Ende von etwas, was noch nicht mal richtig angefangen hatte.

In meinem Inneren pulsierte irgendwas dumpf nach. Ich wollte hier raus, irgendwas tun, mich eingraben, schlafen, weitermachen. Keine Ahnung. Genau wie bei diesem elenden Sturz vor drei Jahren fühlte ich mich machtlos. Ich sah das Unheil auf mich zukommen, doch konnte es nicht abwenden. Ich schaffte es nicht, Riley festzuhalten, genau wie ich es bei Summer nicht geschafft hatte.

»Mach's gut, Julian. Danke für alles. Wirklich.«

Ich nickte nur und sah ihr zu, wie sie den Kinosaal verließ. Kaum war sie draußen, sank ich in einen der Sessel, stemmte die Ellbogen auf die Knie und rieb mir übers Gesicht.

Mein Herz war leer.

Meine Seele war leer.

Ich war leer, genau wie dieser Raum, in dessen Dunkelheit ich am liebsten verschwunden wäre.

JULIAN 43.

Der Madison Square Garden.

Der Abend aller Abende.

Heute war es so weit.

Ich kniff die Augen zusammen und trat neben Ethan in den hellen Strahl der Scheinwerfer. Wie von selbst wandte sich mein Gesicht dem Licht zu und hieß es willkommen. Ich atmete tief ein und nahm diesen einzigartigen Moment in mich auf. Der Zeitpunkt, an dem ich loslassen konnte, an dem ich nach Hause kehrte und an dem nichts anderes eine Rolle spielte.

Hier war ich nur ich.

Hier war ich frei und unabhängig.

Für die nächsten zwei Stunden würde ich mit dieser Masse aus dunklen Leibern vor uns eine Art Symbiose eingehen. Wir würden über die Musik verschmelzen und in ihrer Magie baden. Wir würden alles von uns geben, bis nichts mehr übrig war, und diese anonyme Menge aus Menschen würde uns auffangen.

»Guten Abend, New York City!«, brüllte Ethan ins Mikrofon, und der Madison Square Garden antwortete. Das Jubeln war derart heftig, dass es uns fast von der Bühne fegte. Wir waren schon öfter in großen Stadien aufgetreten, aber das hier übertraf alles. Die Energie war körperlich greifbar. Sie hing schwer in der Luft, hatte sich in jeder Ritze und in jedem Molekül festgesetzt. Mir rann der Schweiß über den Nacken, obwohl wir noch gar nichts getan hatten. Mein Shirt klebte an meinem Körper, und mein Puls raste.

Ich legte meine Finger ums Mikrofon, liebkoste das kalte Metall, das sich so vertraut und gleichzeitig so fremd unter meiner Haut anfühlte.

»Hört sich an, als ginge es euch gut«, sagte ich, und wieder brandete die Welle aus Begeisterung zurück. Ethan reckte die Hände in die Luft und brüllte laut. Breeze schlug einen raschen Rhythmus auf seinen Drums, und Casey unterstützte ihn mit einem harten Riff auf ihrer Bassgitarre.

Wieder wallte das Meer aus Menschen auf und feierte uns, nur weil wir hier waren. Summer hatte die Meute gut angeheizt, das musste ich neidlos anerkennen. Ich warf ihr einen Blick zu. Sie stand an der Seitenbühne, trank aus einer Wasserflasche und tupfte sich mit einem Handtuch ab. Sie hatte sich in den letzten Tagen erstaunlich gut zurückgehalten, sprach nur mit uns, wenn es unvermeidbar war.

Nachher würde sie noch mal auf der Bühne stehen, um ihr neues Lied aus ihrem ersten Soloalbum zu performen. Sie bemerkte, dass ich sie beobachtete, senkte die Wasserflasche und nickte mir aufmunternd zu. Ich wandte mich wieder ab und lenkte meine Aufmerksamkeit zurück aufs Publikum.

»Dann wollen wir mal sehen, wie heiß diese Bude brennen kann«, rief Ethan, und das war der Startschuss für unseren ersten Song. Breeze zählte den Takt ein und befreite das Tier von seinen Ketten.

Ich brauchte keine Sekunde, um mich von ihm mitreißen zu lassen. Mit den ersten Tönen fiel alles von mir ab, was mich bis hierhin festgehalten hatte. Ich gab mich völlig der Musik hin, ließ mich in ihre Arme fallen, vertraute darauf, dass sie mich halten würde, und genau das tat sie.

Wir spielten, als gäbe es kein Morgen mehr.

Wir spielten, als hätten wir nur für diesen einen Moment gelebt.

Wir spielten, als wäre alles andere unwichtig, und vergaßen uns selbst dabei.

Immer wieder warf ich Ethan Blicke zu, der in der Musik aufging und das tat, was er am besten konnte. Er riss die Leute mit sich, ritt mit ihnen auf der gleichen Welle, gab sich ihnen hin und nahm gleichzeitig alles von ihnen an. Wir erreichten diese wundervolle einzigartige Blase, die nur die Musik erschaffen konnte. Wir führten Menschen zusammen, die sich nicht kannten und nicht viel gemeinsam hatten, außer diesem einen Abend. Wir erschufen einen neuen Raum, nur um ihn Minuten später durch einen anderen zu ersetzen.

Ich sang mit Ethan im Einklang. Wir gaben uns gegenseitig Halt. Wir traten aufs Gas, wir hielten uns zurück. Wir schwebten von Song zu Song zu Song und quetschten jeden Tropfen an Energie aus uns heraus, der noch in uns war. Ich gab alles von mir in diese Musik. Ich entließ all den Frust und den Zorn der letzten Tage. Die Erschöpfung, den Streit mit Riley, Summers Dasein, ich wollte nichts mehr davon haben und hoffte darauf, dass diese Masse vor mir es absorbieren und reinigen könnte.

Als wir nach zwei harten Stunden zum letzten Song kamen, war ich erschöpft und aufgeputscht zugleich. Ich hatte alles von mir gegeben, und nun war nichts mehr übrig. Ein Blick zu Ethan verriet mir, dass es ihm genauso ging.

Ich wandte mich nach vorne, die Masse wartete auf uns, war lange nicht gesättigt und brauchte immer noch mehr.

»Leute«, sagte Ethan. »Ihr macht uns fertig.« Er hatte mittlerweile sein Shirt ausgezogen, sehr zur Freude der Fans. »Wie geht es euch denn so? Seid ihr noch fit?«

Wieder brandete Applaus auf und versorgte uns mit dem Rest Energie, den wir benötigten, um über die Klippe zu springen.

»Das ist gut, denn wir haben tatsächlich noch was für euch. Ein letztes Lied!« Er blickte zu mir und nickte mir zu. »Seid nicht traurig, wenn ich das nicht singe, aber Jules soll auch seine fünf Minuten Ruhm bekommen.«

»Danke. Wirklich. Du bist überaus großzügig«, sagte ich und grinste ihn an.

»Ich weiß«, antwortete Ethan, atmete theatralisch ein und fasste sich ans Herz. »Gib mir deine Klampfe, ich begleite dich, damit du checkst, wie man das richtig macht.«

»Ich geb dir auf keinen Fall meine Gitarre, nachdem du deine letzte Woche zerschmettert hast«, sagte ich und setzte mich vor das Keyboard, auf dem ich heute schon ein paar Lieder gespielt hatte. »Hock dich in die Ecke, und hör einfach zu.«

»Na gut, aber dann müsst ihr ihn unterstützen«, rief er nach vorne. »Sorgt für ein bisschen Stimmung!«

Die Lichter wurden gedämmt und unzählige Leuchtstäbe in die Luft gerissen, die wir vor dem Konzert hatten austeilen lassen. Ethan boxte mir auf die Schulter und grinste mich an. Er hatte sich bei diesem Lied von Anfang an zurücknehmen wollen, nie wirklich einen Zugang dazu gefunden, egal wie oft wir es geprobt hatten.

»Du wirst es rocken«, raunte er mir zu, als er an mir vorbeitrat, und für einen Moment sah ich etwas in seinen Augen, was ich vorher nie wahrgenommen hatte.

Resignation.

Wir hatten eben die beste Zeit unseres Lebens gehabt, aber in Ethans Augen erkannte ich nur eine unendliche Müdigkeit. Seine Pupillen waren erweitert, und er schwitzte heftig. Gut, wir hatten uns verausgabt, aber lag es wirklich nur daran? Vor dem Konzert war er definitiv nüchtern gewesen. Wann also sollte er sich etwas reingepfiffen haben?

»Ethan, du …«

»Sie warten auf dich«, sagte er und ging weiter.

Ich blickte ihm hinterher, wollte ihm am liebsten nachlaufen, doch wir hatten noch ein Lied vor uns, und die Meute wartete.

»Hau rein!«, rief Ethan nun laut ins Mikro und breitete die Arme aus. Er nahm an der linken Bühnenseite Platz, schnallte sich seine eigene Gitarre um und verharrte, bis ich anfing.

Ich drehte mich zum Keyboard und sah ein letztes Mal über die Menge aus Menschen. Da war er also, der Moment, auf den wir in diesen Wochen hingearbeitet hatten. Das letzte Lied. Unser neues Lied, das, bei dem Riley mir geholfen hatte.

Ich schluckte den Gedanken an sie hinunter. Sieben Tage ohne ein Wort oder eine Nachricht von ihr. Ich hatte keine Ahnung, wie es ihr ging, wie die Proben liefen, ob sie gut mitkam. Unzählige Male hatte ich mein Telefon in der Hand gehabt, um sie anzurufen, nur um es wieder wegzulegen und mich dem nächsten Termin zu widmen. Je näher wir dem Konzert rückten, umso mehr erkannte ich, wie wenig Platz ich in meinem Leben für eine Frau hatte. Es ging immer weiter und weiter und weiter. Die Mühlen mahlten unerbittlich, und unser Erfolg stieg mit jeder Stunde.

Heute erreichten wir die nächste Etappe auf dem Weg nach oben. Heute kam es darauf an. Heute lag alles in diesem letzten Lied.

»One Last Song«, sagte ich und fing an zu spielen.

»Everyday is a chance to do it right
Everyday I keep failing, failing
So let's pretend we're giants in the sky
On our way back home

Everyday I see truth in broken hearts
Everyday I keep learning learning
This is not the worst that I could possibly do

Hear my voice
from the rubble of my soul
remains one last song.
I'm running out of things to say
so let me sing this one last song for you
and then we say goodbye

Sometimes I'd like to be less sensitive
Sometimes I think that's the best thing I have to give
So I pretend, I pretend I'm flying high
On my way back home

I hear your voice
From the rubble of your love
Remains one last song
And I feel like I'm the same way too
So let me sing this one last song for you
And then we say goodbye
goodbye
and the rest is up to you

I'm running like I never walked before and
I can hear the world is calling me
I'm running like I never walked alone,
I was always on my own
Running

Hear my voice
from the rubble of my soul
remains one last song.
And I feel that you're the same way too
so let me sing this one last song for you
and then we say goodbye

goodbye
And the rest is up to you.«

Ich ließ die letzten Töne verklingen, und das brachte die Meute zum Ausrasten. Wir ertranken in tosendem Applaus, mehr, als wir je für möglich gehalten hätten. Er gab uns alles zurück, was wir ihnen geschenkt hatten, ließ die Bühne erzittern und griff nach unseren Seelen.

Wir hatten es geschafft.

Wir hatten alles aus uns herausgeholt.

And then we say goodbye
And the rest is up to you

»Danke, New York City«, sagte ich und beendete somit diesen Abend für uns.

Es war vorbei.

RILEY

44.

»Riley, verdammt noch mal! Kannst du denn keinen einzigen Ton halten?«, brüllte Lyle und entließ seinen gesamten Zorn auf mich.

Ich schloss die Augen und wartete, bis der Sturm vorüber war, denn das war die beste Reaktion auf seine Ausbrüche. Gestern hatte er Beth auf dem Kieker gehabt, heute war ich dran. Der ganz normale Wahnsinn an einem ganz normalen Probetag.

Wenn da nicht diese kleine Stimme in mir wäre, die mit jedem Tag lauter wurde. Diese Stimme, die mir sagte, dass Lyle recht hatte, dass Julian recht hatte, dass diese Rolle zu groß für mich war und ich sie nicht würde erfüllen können.

Die letzten drei Wochen waren der absolute Wahnsinn gewesen. Noch nie in meinem Leben hatte ich mich derart verausgaben müssen wie bei dieser Produktion. Sie trieb mich an die Grenzen meines Geistes und meines Körpers. Abend für Abend fiel ich völlig erschöpft ins Bett, um mich am nächsten Tag wieder rauszuquälen und weiterzumachen. Ich verlangte meiner Stimme alles ab und zahlte langsam den Preis dafür, denn sie wurde mit jeder weiteren

Note schwächer. Ich hatte nie etwas geschenkt gewollt, aber dass es derart heftig sein würde, hätte ich auch nicht gedacht.

Lyle redete auf mich ein, dass ich eine Amateurin sei, nicht genug Emotion zeigte, ständig den Takt verlor – was nicht stimmte – und ich besser wieder Kaffee kochen sollte, als seine Zeit weiter zu vergeuden. Das war nicht unüblich. Er hatte Beth gestern gesagt, dass sie ihre Koffer packen und nach Bali auswandern sollte. Heute hatte er es vergessen.

»Wie wäre es mit einer Pause?«, schlug Marley schließlich vor, der bisher der Einzige war, auf den Lyle nicht losgegangen war. Auf abstruse Weise verstanden die beiden sich. »Du siehst aus, als könntest du eine brauchen, Lyle«, fuhr er fort.

»Du hast recht. Du hast ja so recht«, erwiderte Lyle, drehte auf den Hacken herum und ließ uns alleine.

Alle atmeten vor Erleichterung auf. Beth tätschelte mir mitfühlend die Schulter. Jeder kam zu mir und richtete ein nettes Wort an mich, worüber ich sehr dankbar war, aber ich konnte es nicht richtig annehmen.

In mir nagte diese Unsicherheit, die ich nicht loswurde. Ich hätte mit Ally darüber gesprochen, aber sie war nun zu Hause bei ihrer Familie und erholte sich von der Masterclass. Jeden Tag schrieb sie mir und schickte Bilder. Sie hatte gerade die beste Zeit, was ich ihr von Herzen gönnte, aber ich vermisste sie schrecklich.

Genau wie ich ihn vermisste.

Nach dem unglaublichen Konzert im Madison Square Garden, das ich mir zu Hause per Livestream angeschaut und dabei heftig geheult hatte, war *Beyond Sanity* direkt nach oben geschossen. *One Last Song* war auf Platz eins der Charts eingestiegen und hatte in der ersten Woche bereits doppelt Platin erreicht. Der pure Wahnsinn. Ich freute mich für sie, denn sie hatten mehr als hart dafür gearbeitet.

Im Moment tourten sie an der Westküste entlang. L. A., San Diego, Phoenix, Vegas, San Francisco, Seattle, und heute war Vancouver dran. Sie nahmen alle großen Städte mit, und das in einem Tempo, bei dem selbst mir schwindelig wurde. Ab und an schaute ich mir eine Übertragung an, wenn ich besonders Sehnsucht nach Julian hatte, aber eigentlich schmerzte es mich zu sehr. Zumal Summer auch mit ihm auf Tour war.

Julian und die anderen trugen nach außen hin die strahlende Fassade der erfolgreichen Rockstars, aber ich sah ihnen an, wie sehr sie das alles auszehrte. Julian hatte abgenommen, Ethan wurde immer blasser, Casey und Breeze alberten nicht mehr so viel auf der Bühne herum. Ich fragte mich, ob der Preis des Erfolgs das alles wert war. Nicht nur für sie, auch für mich.

Ich packte meine Sachen zusammen, rieb mir über die Kehle, die seit Tagen geschwollen war, und suchte nach einem Halsbonbon in der Tasche. Wenn es nicht sein musste, redete ich kaum noch in meiner Freizeit und schonte meine Stimme für die Proben.

Zum Glück verstanden meine Kollegen das und waren nicht sauer, wenn ich nur mit einem Kopfnicken oder einem Schulterzucken reagierte. Ich hängte meine Tasche um, winkte den anderen zu und lief nach draußen. Wenn die Sonne schien, saßen wir in den Pausen meistens hinten im Hof, wo es angenehm warm war. Der Sommer neigte sich rasch dem Ende zu, und die ersten Blätter färbten sich bereits bunt. Ich liebte den Herbst in New York, aber nicht mal das konnte ich richtig genießen, denn die meiste Zeit hockte ich in diesem Studio ohne Fenster.

Gerade lief ich den Flur entlang, als ich Stimmen aus dem Raum hörte, den Lyle für sich reserviert hatte, wenn er sich zurückziehen wollte.

Marley, Lyle und Lamar redeten miteinander.

»Ich habe dir von Anfang an gesagt, dass sie nicht die Richtige ist und wir Shelley hätten nehmen sollen«, sagte Lyle.

»Shelley hat aber keine Verbindung zu jemandem wie Julian Sloan«, erwiderte Lamar.

»Dafür kann sie singen!«, antwortete Lyle.

Augenblicklich hielt ich inne, als hätte mich soeben ein Laster angefahren. Mir wurde schlecht. In meinem Bauch zog sich alles zusammen. Es fühlte sich an, als hätte Lamar hineingegriffen und meine Eingeweide herumgedreht.

Hatte er das eben wirklich gesagt?

Stimmte es wirklich?

Sie hatten mich nur gecastet, weil ich Julian kannte.

»Ihr habt keine Ahnung vom Business!«, sagte Lamar. »Allein durch diesen Abend auf der Filmpremiere habe ich zwei neue Sponsoren bekommen. Außerdem hat uns Joan Langdon eine ordentliche Finanzspritze verpasst und einen kostenlosen Werbeslot auf ihrem Kanal für die Zeit der Premiere angeboten. Jedes Mal, wenn Julian auftaucht, bringt ihr das Klickzahlen in astronomischer Höhe. Wenn ich Riley dazu überrede, Julian mit auf die Premiere zu bringen, wird das einschlagen wie eine Bombe. Gerade jetzt! Das wird richtig gut!«

»Das sagst du schon die ganze Zeit, aber nichts ist gut«, sagte Lyle. »Unsere Hauptrolle bekommt nichts auf die Reihe. Ihre Stimme klingt, als hätte sie ein Reibeisen verschluckt. Sie wird das nicht schaffen.«

»Lyle hat leider recht«, meldete sich jetzt Marley zu Wort. »Riley ist ein supernettes Mädchen, ich mag sie, und ich spiele gern mit ihr. Sie hat auch wirklich Talent, aber sie braucht noch ein paar Jahre, um eine derartige Rolle zu stemmen.«

»Wir schieben sie ins Ensemble«, sagte Lyle. »Ich hab gestern mit Shelley gesprochen. Sie ist weiterhin bereit, die Rolle zu übernehmen. Riley wäre noch dabei, und du kannst sie für deine Promo nutzen.«

Ich schluckte hart. Meine Finger zitterten, und mein Herz raste. Es fühlte sich an, als würde sich der Boden unter mir auftun und alles in sich aufsaugen, was ich mir hier in den letzten zwei Jahren erarbeitet hatte. Als würde ich von diesem großen schwarzen Nichts verschlungen werden und mit mir meine gesamte Existenz.

Ich holte tief Luft, ballte die Hände zu Fäusten und ging auf den Raum zu. Marley und Lamar saßen in der Mitte auf Stühlen, nur Lyle lief herum. Er hielt jedoch inne, als er mich sah, und auch Lamar zuckte heftig zusammen.

Marley hingegen wirkte überraschend ruhig.

»Ich sag euch, was ihr mit eurer Promo machen könnt«, sagte ich und blickte die drei nacheinander an.

»Scheiße, du hast die Tür offen gelassen?«, sagte Lamar zu Marley, der mit den Schultern zuckte und mich eindringlich ansah. Ich blieb bei Lamar haften, dessen Gesichtszüge völlig entgleist waren.

»Riley, das ist nicht so, wie es sich angehört hat. Wir glauben an dich! Jeder in dieser Produktion, hab ich recht, Lyle?«

Ich sah zu Lyle, der ein tiefes Seufzen ausstieß und die Schultern sinken ließ. »Ich mag dich, Mädchen. Du hast Biss und Ehrgeiz, und wäre es eine andere Rolle, würde ich liebend gerne mit dir arbeiten, aber das ist eine Nummer zu groß für dich.«

»Lyle!«, zischte Lamar.

»Es ist so! Wenn du sie verheizt, hilft es ihr nicht weiter. Ich toure nach *Hit the Road* mit *Hello, Dolly*. Komm zum Vorsprechen, ich finde sicherlich eine Rolle für dich. Wir gehen es langsamer an, mh?«

Ich schüttelte den Kopf und nahm die Brille ab. Auf einmal fühlte ich mich schäbig und naiv und unglaublich ausgebrannt. Ich hatte mich dieser Illusion hingegeben, es in dieser Stadt schaffen zu können. Ich hatte mich vom Freudentaumel über diese Rolle verloren, mich deshalb mit Julian zerstritten, alles von mir gegeben, obwohl ich gespürt hatte, dass es nicht gut für mich war.

Ich hatte mich verloren.

»Danke. Aber nein«, sagte ich und hasste meine Stimme, die zurzeit so dünn klang. Sie brauchte Ruhe, genau wie ich. »Viel Glück bei eurem Stück.«

»Riley, warte!«, rief Lamar mir nach, aber ich trat schon zur Tür raus. Ich musste hier weg, atmen, denken, fühlen, heulen, egal was. Nur weg.

Anstatt in den Hinterhof zu den anderen zu gehen, rannte ich nach vorne auf die Straße. Ich blickte mich nach rechts und links um und fühlte mich so verloren wie Ally einst, als sie mit mir zusammengerasselt war, auf der Suche nach der NYMSA.

Was hatte ich nur getan?

Was sollte ich jetzt tun?

Wo musste ich hin?

»Hey, Riley«, hörte ich auf einmal Marleys tiefe Stimme hinter mir.

»Lass mich bloß in Frieden.« Ich drehte mich nach links und lief einfach los. Irgendwo würde ich eine U-Bahn-Station finden.

»Nein, warte.« Er überholte mich und stellte sich mir in den Weg. Seine braunen Augen wirkten offen und warmherzig, aber auch traurig. »Ich habe das selbst erst vor ein paar Tagen erfahren und hatte keine Ahnung, wie ich dir das beibringen sollte. Ich will dir nicht wehtun, aber wie sollte so etwas nicht wehtun? Was Lamar mit dir abgezogen hat, ist scheiße und schmerzhaft. Es tut mir von Herzen leid. Bitte lass dich dadurch nicht entmutigen. Es geht nicht immer so zu, und du bist wirklich gut. Du brauchst einfach noch ein Jahr oder so. Nimm dir die Zeit, und hau danach alle weg. Du hast wirklich das Zeug dazu.«

»Ich habe kein Jahr mehr«, sagte ich, schob mich an ihm vorbei und ging weiter. Ich wollte nichts mehr davon hören, nichts mehr davon sehen, nichts mehr davon fühlen.

Ich wollte einfach nur weg und alleine sein.

JULIAN 45.

»My dear, let me be crystal clear
There's not a lot I want or need
There's not a lot it takes
Everything is written in between
If you like that deal
If you're all in
Then please just be sure of one thing:

I'll strip you down to your bones
I'll go deep
Under your skin
And I'll stay
I can feel all your sins
Your truth and desires
Be sure they are safe with me – crystal clear
It's true
There's nothing I can't see about you
There's nothing I can't feel about you.«

Zum ersten Mal blieb ich bis zum Ende von Summers Song und beobachtete sie von der Seitenbühne aus. Heute war unser letzter Abend, das letzte Konzert, das wir gemeinsam geben würden, ehe sich unsere Wege wieder trennten. Der Moment, den ich mir am meisten herbeigesehnt hatte, war nun endlich gekommen, und es war mir egal geworden.

Während dieser Tour hatte ich alles von mir gegeben und war weit über meine Grenzen gegangen. Ich hätte nie für möglich gehalten, wozu wir alle in der Lage waren, wie hart wir arbeiten konnten, aber irgendwie hatte uns die Euphorie der Fans getragen. Die ewigen Schlangen vor den Konzerthallen, die Massen an Menschen, die uns schreiend empfingen, wohin auch immer wir gingen. Es war ein wahnwitziger Traum, der größer, bunter, greller und besser war als alles, was ich mir je hätte vorstellen können. Daniel und Samantha arbeiteten auf Hochtouren und bekamen noch weniger Schlaf als wir, denn wir konnten wenigstens im Tourbus Ruhe finden. Unser Rhythmus war völlig durcheinandergewirbelt. Wir blieben meist die Nacht auf, weil wir so hochgeputscht waren, und schliefen am Tag. Alles war irgendwie zusammengemixt worden, und ich musste mich oft zweimal davon überzeugen, in welcher Stadt ich überhaupt war.

»Once I've touched you
I'll hold you close I'll hold you near – crystal clear
I'll sneak in
I'm under your skin
And you're not sure what to feel
Still you're happy I'm here
So again let me be crystal clear:

I'll strip you down to your bones
I'll go deep
Under your skin

And I'll stay
I can feel all your sins
Your truth and desires
Be sure they are safe with me – maybe – crystal clear
It's true:
There's nothing I can't see about you
There's nothing I can't feel about you

Once I took a glance
There might be a chance
That you wanna run away
And still you want to stay.«

Summers volle warme Stimme hallte über das Stadion hinweg. Alle schienen die Luft anzuhalten. Ihr Lied war ein guter Abschluss der Show. Die Leute fuhren runter, machten sich langsam dazu bereit, wieder in ihren Alltag zurückzukehren, genau wie wir.

Ich lehnte an der Verstrebung der Bühne und lauschte ihrer letzten Strophe.

»My dear, it's crystal clear
You haven't seen or felt anything like this
It started with a smile and a simple kiss
Our deal – You're all in
Everything is written in between
And I'll stay under your skin.«

Sie war mir tatsächlich unter die Haut gegangen, viel zu lange und viel zu intensiv. Summer hatte mich verfolgt, dieser Sturz hatte mich verfolgt, genau wie meine Schuldgefühle und die unendlichen Vorwürfe, die ich mir deshalb gemacht hatte. Ich hatte geglaubt, dass ich mit alldem abgeschlossen hatte, aber Riley hatte die Wunde aufgerissen und mir gezeigt, dass es lange nicht vorüber gewesen war.

Unzählige Male war ich dieses letzte Gespräch mit ihr in meinem Kopf durchgegangen. Noch immer trafen mich ihre Worte tief in meinem Herzen und ließen es bluten.

Summer stand auf, wartete, bis der Applaus vorüber war, und bedankte sich für den tollen Abend. Die Sonne war lange untergegangen, die Luft kühl. Vancouver hatte seinen ganz eigenen Charme, besonders um diese Jahreszeit, wo sich langsam der Winter ankündigte und die Natur sich zurückzog.

Ich richtete mich auf, als Summer auf mich zukam. Normalerweise gingen wir uns aus dem Weg. Sie stockte, als sie mich sah.

»Julian.« Sie trat auf mich zu und nahm sich ihre Wasserflasche, die sie immer an der Bühne bereithielt. »Ist alles in Ordnung?«

Ich zog die Augenbrauen zusammen und betrachtete sie. Vor drei Jahren hätte ich mir die linke Hand abgeschnitten, nur um noch mal mit ihr zu reden. Ich hatte fast Tag und Nacht an meinem gottverdammten Handy geklebt und darauf gewartet, dass sie mir antwortete, mir erklärte, was los war und wie das alles hatte passieren können. Ich hätte alles dafür gegeben, einen Moment wie diesen mit ihr zu erleben, und nun war er da.

»Hast du kurz Zeit?«, fragte ich sie.

Sie umschloss die Flasche enger und drückte sie an sich. »Ja, natürlich.«

Ich deutete mit einem Kopfnicken nach hinten. Wir mussten uns durch die Roadies durchschlängeln, die bereits anfingen abzubauen. Heute war der letzte Abend der Tour, es würde also nicht ganz so stressig werden, aber jeder wollte schnell fertig werden, damit wir alle feiern konnten.

Summer und ich schwiegen, während wir durch die Gänge der Rogers Arena liefen. Nach einer Weile fanden wir ein verlassenes Büro, das abseits vom Trubel lag. Ich bat Summer hinein, schloss die Tür hinter uns und knipste die Lampe auf dem Schreibtisch an. Der Raum war mit mahagonifarbenen Möbeln ausgestattet. Eine ruhige und wohlige Atmosphäre gegen die Hitze des Konzerts.

Ich lehnte mich an die Tischkante, während Summer an der Tür stehen blieb und von ihrem Wasser trank. Die Stille zwischen uns war erstaunlicherweise nicht unangenehm. Es fühlte sich eher an, als hätten wir einen Ort des Friedens betreten, in dem wir einfach einen Moment sein konnten.

»Du warst großartig«, sagte ich schließlich. »Dein Album wird sicher einschlagen.«

»Danke! Die Vorverkaufszahlen sind sogar noch besser als erwartet, und wir …« Sie hielt inne und blickte mich an. »Das hab ich euch zu verdanken. Würdet ihr mir nicht diese Plattform geben, wäre es nicht so in die Höhe geschossen.«

Vermutlich nicht.

»Ich weiß, dass das für dich schwer ist und du mich deshalb verachtest, weil ich schon wieder auf euren Zug aufspringe, aber ich tu nur, was ich tun muss. Ich werde mich nicht entschuldigen, denn ich kämpfe genauso hart wie du und jeder andere, der es in der Branche schaffen will.«

»Ich erwarte keine Entschuldigung von dir.«

»Ach nein? Ich dachte, du machst mir gleich eine Szene.«

Ich schüttelte den Kopf und trommelte mit den Fingern auf der Tischkante herum. »Das, was damals passiert ist, war schlimm. Für dich genauso wie für mich. Du hattest gesundheitlich zu kämpfen und ich psychisch. Irgendwie sind wir beide diese Treppe hinuntergeflogen, und ein Teil von mir liegt dort noch immer.«

»Ich weiß genau, was du meinst.« Sie blickte mich an, und ihre blaugrauen Augen wirkten noch immer so intensiv wie damals.

Unsere Beziehung war betörend, heiß, berauschend und vernichtend gewesen. Keine Ahnung, ob Summer je mehr für mich empfunden hatte, wie sie es stets beteuerte, oder ich von Beginn an nur Mittel zum Zweck für sie gewesen war. Erstaunlicherweise war es mir mittlerweile egal.

»Die Zeit nach dem Krankenhaus war die schwerste meines Lebens. Es war nie meine Absicht, dir wehzutun, Julian. Ich wusste nicht, dass Joan Langdon das alles so aufbauschen würde. Ich wollte es richtigstellen, als ich zurückgekehrt bin. Ich wollte Statements abgeben, der Welt erklären, dass es ein Unfall war, aber Ansell hat mir davon abgeraten, und ich bin so naiv gewesen, auf ihn zu hören.«

»Und trotzdem ist er weiterhin dein Manager.«

»Weil er der beste ist. Mittlerweile hab ich mit ihm geklärt, wo meine Grenzen liegen. Er ist kein schlechter Mensch, er will nur …« Sie hielt inne, schüttelte den Kopf. »Was passiert ist, kann ich nie mehr rückgängig machen. Es wird immer Leute da draußen geben, die glauben, dass du mich gestoßen hast.«

»Ich weiß. All diese Menschen, die denken, uns zu kennen, nur weil sie unsere Musik hören.«

»Sie ziehen und zerren und wollen ein Stück von dir, und am Ende musst du aufpassen, dass noch etwas für dich übrig bleibt. Dieser Job ist der tollste der Welt, aber er hat auch einen hohen Preis.« Ihre Hand glitt über ihren Bauch, und sie sackte ein wenig in sich zusammen. »Meine Wunden von damals sind lange geheilt, ich hab keine Schmerzen mehr, aber ich bereue, was in jener Nacht passiert ist.«

»Ich auch.«

»Wir können nur vorwärtsgehen. Immer weiter. Einen Schritt nach dem anderen.«

»Ja.« Ich schloss die Augen und ließ das zwischen uns hängen, was schon seit Jahren dort hing. Irgendwie war es kleiner geworden. Durch Summers stetige Nähe hatte ich erkannt, dass sie kein Monster war, sondern nur eine Frau, die ihren Weg ging.

Genau wie Riley.

»Geht es dir gut, Jules?«

»Warum fragst du mich das?«

»Weil du nicht so aussiehst.«

Ich runzelte die Stirn. »Du warst die letzten Wochen aber schon anwesend, oder?«

»Das mein ich nicht. Das ist Stress einer anderen Art. Ich hab dich beobachtet. Du bist in dich gekehrt, du lachst weniger. Liegt es an diesem Mädchen? An Riley?«

Ich blickte zu Boden, denn ich hatte nicht vor, mit Summer über sie zu sprechen. »Ich sollte wieder los, ich wollte nur mit dir … es war gut, dass wir geredet haben.« Ich stemmte mich von der Tischkante ab, doch Summer rückte nicht zur Seite, als ich zur Tür wollte. »Summer. Bitte stell dich mir nicht schon wieder in den Weg.«

»Das tue ich gar nicht. Du stehst dir selbst im Weg. Wenn sie dir etwas bedeutet, dann geh zu ihr, und sag ihr das. Sie wirkte nett.«

»Nett?«

»Ich hab sie nur kurz gesehen, aber ja.«

Ich seufzte und starrte auf die Türklinke. »Würdest du bitte …?« Ich machte eine auffordernde Geste, und Summer rückte tatsächlich zur Seite. Als ich öffnete, griff sie allerdings nach meiner Schulter und hielt mich zurück.

»Vielleicht könnten wir eines Tages …«

»… Freunde sein?«, schloss ich ihren Satz.

Sie nickte.

»Wir können Frieden schließen, aber mehr sicher nicht.«

»Verstehe.«

Ich wollte weiter, doch da kam mir noch etwas in den Sinn. »Eine Frage hab ich noch: Wie hast du es geschafft, Paul als Supporting Act wegzukicken?«

In ihrem Gesicht veränderte sich etwas. Summer wirkte auf einmal verletzbar und offen. »Harte Arbeit, viele Schmerzen und ein gutes Gedächtnis dafür, was mir Leute schuldig sind.«

Ich kniff die Augen zusammen.

»Ich weiß mittlerweile, wie das Business funktioniert, und ich werde nutzen, was auch immer ich muss.«

Also steckte doch noch etwas von der alten Summer in ihr. Der Ehrgeiz, der unbändige Wille, der sie Dinge tun ließ, die andere niemals tun würden. Ich spürte, dass sie das nicht näher ausführen wollte, und vielleicht musste sie das auch nicht. Sollte sie ihre Geheimnisse haben. Jeder trug sein Päckchen.

»Bis dann, Summer. Wir sehen uns bestimmt irgendwann wieder.«

»Gehst du nicht auf die Aftershow-Party gleich?«

»Doch, aber auf eine andere als du.« Ich zwinkerte ihr zu und trat zurück in den Flur. Die Jungs, Casey und einige der Crewleute warteten sicher schon in der Suite, die wir für heute gemietet hatten, um zu feiern.

Die Familie unter sich.

Nur eine fehlte.

RILEY
46.

Vier Wochen zu früh.

Hätte mir das jemand vor ein paar Monaten gesagt, hätte ich ihn für verrückt gehalten, aber genauso war es. Ich würde New York vier Wochen früher verlassen, als ich musste.

»Überleg es dir doch noch mal«, sagte Ajden zum hundertsten Mal. Die Verbindung war schlecht und brach dauernd ab. Er war irgendwo in der Steppe unterwegs und fuhr mit der Hilfe von Ranchern Impfstoffe aus.

»Da gibt es nichts zu überlegen, und ich freu mich auf dich. Kommt ihr wie geplant in zwei Wochen nach Hause?«

»Ja, aber ich will dich da nicht sehen, Riley. Sogar Dad hat gesagt, dass du die restliche Zeit nutzen sollst.«

Ich schnaubte nur. Mit meinem Vater hatte ich vorgestern schon gesprochen und ihm erklärt, dass ich seine Bedingungen nicht würde halten können und meine Zeit in New York vorüber war.

»Aber nur weil *Hit The Road* nicht geklappt hat, musst du doch nicht aufgeben.«

»Ich kann aber nicht mehr, Ajden.« Seit meinem Aussteigen aus *Hit The Road* vor drei Wochen hatte ich es noch auf ein paar Auditions versucht, aber weder war ich bei der Sache gewesen noch war meine Stimme auf der Höhe. Die Strapazen der Proben steckten mir voll in den Knochen, obwohl ich mich viel ausgeruht und ansonsten kaum gesprochen hatte. Außerdem hatte ich keine Energie, es weiter zu versuchen. Es kam mir vor, als würden mich die Leute schräg anschauen, weil ich ja eigentlich für *Hit The Road* gecastet worden war, wo mittlerweile bekannt gegeben wurde, dass Shelley die Rolle übernehmen würde. »Ich brauche eine Pause.«

Er seufzte lange und tief. Es rumpelte im Hintergrund, und ein paar Männer riefen etwas, was ich nicht verstand.

»Geh ruhig«, sagte ich. »Du hast zu tun.«

»Für dich hab ich immer Zeit.«

»Ich weiß, und du wirst bald ganz viel Zeit mit mir haben, denn ich werde dir schrecklich auf die Nerven gehen. Versprochen.«

»Ich freu mich auf dich, aber nicht darauf, dass du New York aufgibst.«

»Es ist besser so.«

»Riley …«

»Bitte lass mich einfach, ja?« Ich presste die Lippen zusammen und kämpfte mit den Tränen, die sich auf einmal in mir sammelten. Bis hierhin hatte ich mich ziemlich gut geschlagen, aber heute rang ich mit mir selbst. Vorhin hatte Bridget noch mal angerufen und mich erneut um ein Interview gebeten, aber eigentlich hatte sie mich nur nach Julian ausfragen wollen, weil er letzte Woche auf einer Veranstaltung mit einer Brünetten gesehen worden war, aber dazu konnte und wollte ich erst recht nichts sagen. Er schien sein Leben weiterzuleben, und ich musste meins führen. Ganz einfach.

Und sehr schmerzvoll.

»Na, gut. Ich hab dich lieb. Wir reden später.«

»Ich dich auch, pass auf dich auf.«

Ich legte auf und ließ mich zurück aufs Bett plumpsen. Wie immer in den letzten Wochen kochten sofort die Erinnerungen hoch, an das, was Julian hier mit mir getan hatte. Mein Körper und meine Seele sehnten sich nach ihm. Ich erwischte mich dabei, wie ich mein Handy nahm, eine Nachricht an ihn formulierte, um sie dann sofort wieder zu löschen. Ich hatte ihm nicht mal von meinem Ende bei *Hit The Road* erzählt, vermutlich würde er es sowieso durch die Presse mitbekommen, oder es war ihm egal.

Beyond Sanity war nach wie vor unterwegs. Nach dem Gig in Vancouver war Summer nach New York zurückgekehrt. Die Jungs und Casey gaben noch zwei Zusatzkonzerte in Kanada, ehe auch sie in den Big Apple kommen wollten, wo sie die Grammys abwarteten, die Mitte Januar im Madison Square Garden verkündet werden würden. Ich wäre bis dahin wieder in Denver und könnte wie alle anderen im Fernsehen zuschauen, oder ich sparte mir das und überlegte mir stattdessen, wie ich mit Ajden ein neues Hilfsprojekt aufziehen könnte. Gesünder wäre es auf alle Fälle, denn ich musste Julian Sloan dringend vergessen. Genau wie ich meine Träume vergessen musste, egal wie sehr es wehtat.

Mein Blick fiel auf die Gitarre, die an der Wand lehnte. Gillian hatte sie mir geschenkt, als sie hörte, dass ich New York verlassen wollte. Das Instrument sollte mich daran erinnern, dass Musik nicht viel mehr brauchte als ein paar Saiten und einen Resonanzkörper. Dass sie echt und unverfälscht war und für mich da wäre, wenn ich sie brauchte.

Ich hatte das Gefühl, dass ich die Musik ein Stück weit verraten hatte. Meine Stimme hatte gelitten, ich hatte sie getrieben und gedrückt, um etwas zu sein, was ich noch nicht war. Ich liebte es zu singen, aber ich musste meine Grenzen respektieren.

Ich stand auf, nahm mir das Instrument und wog es in der Hand. Es fühlte sich kühl und gut und vertraut an. Sachte strich ich über das glatte Holz, zupfte an einer Saite, die völlig verstimmt war. Ich klemmte die Gitarre unter den Arm, stimmte die Saiten und spielte ein paar Akkorde, aber das war es nicht, was ich brauchte. Ich musste das hier richtig beenden, mich von New York verabschieden und noch mal in dieser Stadt schwelgen, die mir so viel gegeben hatte. Also schnappte ich meine Tasche, zog meine Schuhe an und verließ mein Zimmer, um Uptown zu fahren.

Ich wusste genau, wo ich spielen wollte. Es gab da einen wundervollen Ort im Central Park, an dem ich das erste Mal gespürt hatte, wie kraftvoll Musik sein konnte.

RILEY 47.

»It all started here on this cold hard ground
Everybody here, everybody out there wants to be more,
wants to give more
while we're walking the streets
So I am just one in a million, one lost in the crowd.
I could say:
Oh dear mister manager, why don't you take me out.
But I won't, I stay strong.

I will dive from a stage, you will find me in the crowd

Have you heard from the girl at the end of her road?
She has shattered her soul, lost it all in one night.
But I won't, I stay strong

Have you heard of the girl at the end of the street?
She has a million dreams that are out of her reach.
But I'm running till,

I'm running till I die.

I don't believe in talent, I believe in hard work.
I may be struggling, but I know that it'll be worth it.

Hard Work, Hard Work
You won't see me suffer, you will see me ride on the backs
of the doubters, I don't fear a fight.
I'm ready to go
You'll see me rolling on the city streets, I'll wave you goodbye.

Have you heard from the girl at the end of her road?
She has shattered her soul, lost it all in one night.
But I won't, I stay strong

Have you heard of the girl at the end of the street?
She has a million dreams that are out of her reach.
But I'm running till,
I'm running till I die.

Have you heard from the girl at the end of her road?
She has shattered her soul, lost it all in one night.
But I won't, I stay strong

Have you heard of the girl at the end of the street?
She has a million dreams that are out of her reach.
But I'm running till,
I'm running till I die.«

Zwei Stunden später hatte ich alles von mir gegeben, was ich zu geben hatte. Ich fühlte mich atemlos und frei und friedvoll. Zum ersten Mal hatte ich mich in der Öffentlichkeit so gefühlt, wie wenn ich alleine am Klavier saß und für mich spielte. Ich hatte alles um mich vergessen und mich völlig fallen lassen. Das Publikum war dankbar und offen gewesen, einige hatten mich sogar gefilmt, und eine junge Frau hatte mich nach einem Autogramm gefragt, weil sie mich über Julian kannte. Es hatte ein wenig geschmerzt, denn ich wollte nicht als die Freundin von ihm erkannt und auf diese Beziehung reduziert werden, aber vermutlich würde es etwas dauern, bis ich das los war.

Mein Gitarrenkoffer war mit dreiundzwanzig Dollar und zehn Cent gefüllt. Ich spendete sie einem jungen Streetdancer, der gerade eine heiße Performance hinlegte. Auf meinem Weg aus dem Central Park nahm ich noch mal alles in mich auf und tauchte in die wundervolle Atmosphäre dieser Stadt ein. Die frische Oktoberluft füllte meine Lungen, mich fröstelte leicht, und die Sonne war bereits hinter den Hochhäusern verschwunden. Ich liebte diese Stadt, und ich liebte es, hier zu wohnen. Meine Augen füllten sich mit Tränen, als ich darüber nachdachte, wegzumüssen, aber ich hatte es versprochen. Zudem täte es mir gut, eine Pause zu machen und erst mal wieder zu Kräften zu kommen. Vielleicht könnte ich zu Hause doch noch Unterricht nehmen und in kleineren Stücken mitwirken. Als Hobby, statt als Traumjob und dann … das Vibrieren meines Handys riss mich aus meinen Gedanken. Bestimmt war es Ally, die fragte, was sie heute Abend noch mitbringen sollte. Sie war wieder zurück in der Stadt und würde meine Wohnung übernehmen. Auch sie hatte es nicht gut aufgenommen, dass ich weggehen wollte, und bekniete mich genauso wie Ajden, nach weiteren Wegen zu suchen. Ich angelte das Handy aus der Tasche und hätte es fast fallen lassen, als ich sah, wer mich da anrief.

Julian.

Sein Name erlosch jedoch, ehe ich abnehmen konnte, und das zweite Vibrieren zeigte mir, dass er mir eine Nachricht auf der Mailbox hinterlassen hatte. Sofort rief ich sie ab.

»Hey, Riley. Ich … ich wollte mich bei dir melden und hoffe, dass es dir gut geht. Wir kommen heute Nacht nach New York zurück, und ich hab mich gefragt, ob … es wäre gut, wenn wir uns sehen könnten. Nicht wegen … wegen uns, also natürlich schon, wenn du magst, aber ich muss dir etwas erzählen. Etwas Gutes, keine Sorge, ich will es nur nicht übers Telefon machen. Also wenn es dir passt, dann komm morgen Nachmittag zu Daniel ins Büro. Wir sind ab eins dort. Ich würde mich wirklich freuen.«

In mir zog sich alles zusammen, als ich seine Stimme hörte. Er klang müde und völlig ausgelaugt, was kein Wunder war bei den vielen Konzerten, die sie gegeben hatten. Die Aufnahme lief noch, ich hörte es rauschen.

»Ich vermisse dich«, fügte er an und hielt erneut inne. »Bis dann.«

Ich legte auf und wischte über das Display. Mein Herz hämmerte, als ich seine Worte noch mal im Kopf nachhallen ließ.

»Ich vermisse dich auch«, flüsterte ich.

JULIAN 48.

»Ich geb dir gleich was von meinem Pot. Alter, du machst mich wahnsinnig!«, zischte Ethan. Er fläzte auf einem Bürostuhl, hatte die Füße auf dem Tisch abgelegt, den Kopf auf der Nackenlehne und die Augen geschlossen.

»Sie wird nicht kommen«, sagte ich und lief zum tausendsten Mal ans Fenster, von wo aus ich die Straße im Blick hatte.

»Es ist erst halb eins!«

»Vermutlich hat sie keine Lust oder Angst, dass ich wieder mit ihr streiten will.«

»Willst du das denn?«

Nichts lag mir ferner. Vier Wochen hatte ich es ausgehalten, Riley nicht anzurufen, obwohl es mich fast jede freie Minute in den Fingern gekribbelt hatte. Ich sehnte mich nach ihrer Stimme, nach ihrem Lachen, nach ihrem Duft, nach ihren Küssen. Ich wollte wieder Zeit mit ihr verbringen, ihr beim Singen helfen oder einfach nur neben ihr liegen. »Ich hab ihr quasi gesagt, dass sie zu schlecht für ihre Traumrolle ist. Wieso sollte sie noch mit mir sprechen wollen?«

»Stimmt es denn?«

»Sie ist nicht zu schlecht, nur unerfahren.«

»Das ist definitiv ein Unterschied.«

»Ich weiß nicht, ob sie das auch so sieht.«

»Jules, fahr mal runter, ja?« Ethan richtete sich auf.

Ich lief zurück durchs Büro, nur um kurz darauf erneut beim Fenster zu stehen und rauszublicken.

Ethan brummte und drehte sich zu mir. »Da wir noch Zeit haben, bis sie kommt, und du ’ne Ablenkung brauchen kannst, werden wir reden.«

»Was?« Ich starrte ihn an. Ethans Hände zitterten leicht, als er sie auf dem Tisch ablegte und darauf herumtrommelte. »Wie kann man ein Gespräch mit diesem dämlichen Satz beginnen?«

Er schnaubte und fuhr sich durch die Haare. »Ich hab viel nachgedacht, während wir unterwegs waren. Über mich und die Band und über uns.«

Okay, das klang ernst. »Was ist los?« Ich zog einen Stuhl heran und setzte mich ihm gegenüber. Ethan starrte auf irgendwas auf der Tischplatte und blinzelte nicht mal mehr.

»Diese Masterclass hat mich viel gelehrt. Vielleicht habe ich sogar mehr begriffen als die Schüler.«

»Ich hab mitbekommen, wie gut sie dir getan hat.«

Er nickte und kratzte etwas Dreck von der hölzernen Oberfläche. »Ich habe es nicht mehr im Griff, Jules.«

Ich kniff die Augen zusammen, weil ich mir denken konnte, worauf er hinauswollte.

»Ich muss in einen Entzug.« Er schluckte hart, atmete aus und presste die Hände vors Gesicht. »Da. Jetzt ist es raus. Ich bin drogensüchtig, und ich muss in einen Entzug.«

Ich lehnte mich im Stuhl zurück und ließ die Worte zwischen uns hängen. Es war gut, dass er sie ausgesprochen hatte, und gleichzeitig war es schrecklich, weil es dadurch noch realer wurde. »Kommt das von dem Suchtberater, den Sam dir rausgesucht hat?«

Ethan nickte, dann schüttelte er den Kopf. »Colin hat mir nur gezeigt, was ich längst wusste. Ich bin vielleicht süchtig, aber nicht dumm. Mir ist klar, was ich mir angetan habe und euch.«

»Ethan.« Ich schloss die Augen und atmete mit ihm im Einklang. Tausend Dinge gingen mir durch den Kopf, aber ich wusste nicht mal ansatzweise, wo ich anfangen sollte. Es war so viel zu sagen und gleichzeitig auch nichts. Eine vertraute Stille senkte sich zwischen uns. Die gleiche hatten wir früher oft geteilt, wenn wir gemeinsam an einem Song gearbeitet hatten und keine Worte brauchten, um zu wissen, was der andere dachte. Wenn wir uns auf die Musik reduzierten und das alles war, was eine Rolle spielte. »Wann?«

»Nächste Woche. Colin hat mir eine Klinik rausgesucht, in die er mich einweisen wird. Ich bin für mindestens zwei Monate weg. Vielleicht länger, keine Ahnung.«

Ich biss mir auf die Innenseite meiner Wange. Zwei Monate. »Was ist mit den Grammys? Bist du zur Verleihung da? Und die restliche Tour?« Wir wollten an der Ostküste runter nach Miami, den gesamten Bereich noch abklappern.

»Ihr macht ohne mich weiter«, fuhr er fort. »Und was die Grammys angeht … ich weiß nicht, ob ich fit sein werde, und möchte es nicht versprechen.«

»Aber das können wir nicht …«

Er hob die Hand und sah mich an. Seine goldbraunen Augen schimmerten, er zog die Nase hoch, wischte eine Träne weg. »Doch. Doch, Mann, ihr könnt und ihr müsst. Tragt *Beyond Sanity* weiter, lasst nicht alles, wofür wir gekämpft haben, umsonst gewesen sein. Ich würde gern dabei sein, aber ich kann nicht. Im Moment zumindest. Ich werde zerbrechen, wenn ich noch einen Schritt weitergehe.«

Die Band ohne Ethan war unvorstellbar, doch natürlich war seine Gesundheit wichtiger als alles andere.

»Du und Breeze könnt gemeinsam singen. Er hat das drauf, er

weiß es nur noch nicht. Daniel hält Ausschau nach einem weiteren Schlagzeuger, sodass ihr Unterstützung habt. Ihr könnt das überbrücken.«

Konnten wir das? Ethan war das Herz der Band, er war das Blut, das in unseren Liedern floss.

»Beendet die Tour, und dann sehen wir weiter«, sagte er.

»Wissen es die anderen schon?«

»Nein. Ich erzähl es ihnen heute Abend. Ich wollte es nur schon loswerden, weil das erstens dafür gesorgt hat, dass du dich endlich hinsetzt und still bist, und ich zweitens darauf hoffe, dass du heute Abend Besseres zu tun hast, als mit uns abzuhängen.«

Ich sah ihn fragend an und runzelte die Stirn.

Ethan verdrehte die Augen. »Hol dir Riley zurück! Sie ist gut. Besser als gut. Sie ist fantastisch, offenherzig, wunderschön und total in dich vernarrt, genau wie du in sie.«

Mein Kiefer mahlte. »Die Ankündigung eben war aber nicht unbedingt ein Stimmungsmacher, das ist dir schon klar. Ich mach mir Sorgen um dich.«

»Deshalb lass ich mir helfen. Ich werde in den besten Händen sein und die Unterstützung bekommen, die ich brauche.«

»Scheiße.«

»Wir schaffen das. Wir schaffen alles, was wir uns vornehmen.«

Ein paarmal atmete ich tief durch und dachte darüber nach. Ich war dankbar, dass Ethan einsah, wie es um ihn stand, und theoretisch war es möglich, eine Weile ohne ihn auszukommen. Wir könnten die Zeit überbrücken, es danach langsamer angehen lassen, sodass Ethan sich wieder einfinden konnte, wenn er zurückkehrte. *Falls* er zurückkehrte. »Du … du willst aber nicht ganz aufhören, oder?«

»Tatsächlich habe ich auch darüber nachgedacht, aber ich bin zu keiner Entscheidung gekommen. Lass mich erst mal den Entzug machen, mich sammeln, zur Ruhe finden. Der Rest wird sich zeigen.« Ethan blickte auf und sah zur Tür. Seine Mundwinkel zuckten nach oben, und in seine Augen trat das erste Mal seit Wochen ein freudiges Funkeln. »Und du siehst zu, dass du es mit ihr geradebiegst, klar?«

Ich blickte über meine Schulter zurück durch die offene Tür, und da war sie.

Riley Maddock.

Sie stand vor Samanthas Tisch und redete mit ihr. Sam strahlte ebenfalls vor Freude, Riley wiederzusehen.

Sie sah umwerfend aus, wenn auch ein wenig müde. Riley trug einen Leinenmantel, einen leichten Schal und eine dünne Mütze, die sie gerade vom Kopf zog. Ihre Beine waren bedauerlicherweise unter einer Jeans und Stiefeln versteckt. Der Winter hielt langsam Einzug in New York.

»Ich zähl auf dich«, sagte Ethan, stand auf und lief zur Tür. Ich erhob mich ebenfalls und lehnte mich an die Tischkante, um etwas Halt hinter mir zu haben. Mein Herz pochte schneller, als Ethan die Tür weiter aufzog und Riley auf sich aufmerksam machte. Sie strahlte, als sie ihn erblickte, streckte die Arme aus und hieß ihn willkommen. Ethan zog sie an sich heran, drückte sie länger und fester, als er eigentlich müsste. Ich knirschte mit den Zähnen, beobachtete, wie sie sich voneinander lösten und kurz noch etwas redeten, was ich leider nicht verstand. Riley lächelte Ethan an und blickte dann zu mir. Sie hielt die Luft an, spannte die Schultern und leckte sich über die Lippen.

Ich verlagerte mein Gewicht, wippte leicht nach vorne und hinten und bat sie mit einem Kopfnicken herein. Ethan sah ebenfalls noch mal zu mir, zwinkerte mir zu und ging dann rüber zu Sam, während Riley auf mich zukam.

Am Türrahmen hielt sie inne, genau wie die Zeit, die sich auf einmal zu verlangsamen schien. Ich sog ihren Anblick in mich auf und versuchte alles von ihr zu erfassen. Die letzten Wochen hatten sie verändert. Sie war erwachsener geworden. Und trauriger.

»Hallo«, sagte sie leise und trat ein.

»Ja, äh, hi.« Ich stieß mich von der Tischkante ab, zog einen Stuhl für Riley an dem kleinen Konferenztisch vor, auf dem bereits die Unterlagen warteten, die Sam für sie vorbereitet hatte, dann schloss ich die Tür hinter ihr. »Willst du etwas trinken? Wir haben recht guten Kaffee.«

Sie schmunzelte und schüttelte den Kopf. »Mir reicht Wasser, danke.«

Ich schnappte zwei Gläser, goss ihr und mir ein und nahm neben ihr am Tisch Platz. Meine Nerven flatterten. Ich hatte keine Ahnung, wo genau ich anfangen sollte. »Wie geht es dir? Wie läuft es mit der Rolle?«

Sie trank einen Schluck und seufzte tief, ehe sie mir antwortete. »Hast du es nicht gehört?«

Ich schüttelte den Kopf. Was dieses Thema anging, hatte ich mich absichtlich nicht informiert. Es hatte zu sehr geschmerzt, mich damit zu befassen.

»Ich hab sie abgesagt, denn du hattest völlig recht. Mit allem. Sie haben nicht mich gewollt, sondern die Frau, die an Julian Sloans Seite steht. Jamie war zu groß für mich.«

»Das tut mir leid, Riley.« Ich griff nach ihrer Hand und strich mit dem Daumen über ihre warme Haut. Sie zuckte zusammen, aber sie entzog sich mir nicht.

»Es ist okay, besser jetzt als später, richtig?«

»Vermutlich. Also bist du wieder auf dem Markt?«

»Nein, ich werde zurück nach Denver gehen.«

»Was? Aber du hast doch noch vier Wochen!«

Sie schüttelte den Kopf und presste die Lippen zusammen. »Nicht, Julian. Fang du nicht auch noch an. Meine Entscheidung steht. Ich hab eingesehen, dass ich nicht genügend Zeit habe. Ich brauche ein besseres Fundament, so wie du es von Anfang an gesagt hast.«

»Ja, aber du bist so … du bist gut.«

»Nicht gut genug für diese Stadt.«

Ich umschloss ihre Hand fester, versuchte ihr Stärke und Kraft und Mut zuzuflößen. »Wir könnten dir helfen. Ich kann ein paar Verbindungen nutzen, um …«

Nun legte sie die andere Hand über meine. Ihre Finger fühlten sich kalt an. Und zittrig. »Das ist lieb gemeint, aber ich will es aus eigener Kraft schaffen, nicht nur weil ich dich kenne.«

»Das würdest du, denn ich könnte dich gar nicht empfehlen, wenn du nicht gut wärst. In der passenden Rolle könntest du aufblühen und über dich hinauswachsen. Ich war ein Idiot. Ich hab mich völlig in meiner Angst verloren, jemand könnte mich ausnutzen und nur mit mir zusammen sein, weil ich berühmt bin. In gewisser Weise ging es mir wie dir mit dieser Show: Werde ich nur gemocht, weil ich Julian Sloan der Rockmusiker bin, oder wäre es auch okay, wenn ich Bäcker wäre.«

»Für mich schon.«

»Das weiß ich. Jetzt weiß ich es, aber vorher war da nur diese Mauer aus Furcht. Die Erlebnisse in meiner Vergangenheit haben mich so fest umklammert, dass ich nicht darüber hinaussehen konnte. Ich hab dich nicht gesehen, Riley. Nicht so, wie du wirklich bist, aber ich … Gott, ich hab dich so vermisst. Jeden Abend hab ich an dich gedacht, bevor ich auf die Bühne gegangen bin. Jeden Morgen bin ich aufgewacht und wollte dich im Arm halten. Ich wollte das alles mit dir teilen, ich wollte dir von meinen Erlebnissen erzählen und hören, wie du den Tag verbracht hast. Ich will dich.«

Sie schnappte nach Luft, sah auf unsere verwobenen Hände und nickte. »Ich hab dich auch vermisst. Als ich das mit der Show erfahren hab, war mein erster Impuls, dich anzurufen und bei dir Trost zu suchen. Es hat mich fast zerrissen, es nicht zu tun, und gestern war ich in der Stadt unterwegs. Ich hab im Central Park Musik gemacht, wo wir das erste Mal miteinander gespielt haben, und fast nur geheult. Ich will nicht weg, aber ich kann auch nicht mehr bleiben. Ich hab es versprochen.«

»Das verstehe ich, und es ehrt dich, dass du zu deinem Wort

stehst, aber du kannst kein Leben führen, das dich unglücklich macht. Vielleicht ist ja das ein Anreiz, um zu bleiben.«

Sie hob den Kopf und sah mich fragend an. Ich beugte mich über den Tisch und zog die dunkle Ledermappe mit den Unterlagen zu mir. Alles war für Riley vorbereitet.

»Mach es auf.«

Sie ließ meine Hand los. Ich rieb die Finger aneinander, weil sie von ihrer Berührung nachkribbelten.

»Was ist das?«

»Gibt nur eine Möglichkeit, das herauszufinden.«

Sie klappte die Mappe auf, schob ihre Brille zurecht und las die erste Seite. Mein Mundwinkel zuckte nach oben, als ihre Gesichtszüge entgleisten und ihre Lippen sich teilten.

»Das kann nicht sein.« Sie las es noch mal, blätterte zur zweiten Seite, wieder zur ersten. Ich lehnte mich im Stuhl zurück und wartete, bis sie das alles verdaut hatte.

»Was ist das?«, fragte sie wieder und starrte mich an.

»Das siehst du doch.«

»Ja, aber … Was?!«

Ich lächelte und rückte näher zu ihr. »Das sind deine Auszahlungen von *One Last Song*. Die Band und ich waren uns sofort einig, dass dir ein Teil davon zusteht, immerhin hast du daran mitgeschrieben.«

»Julian, das ist … das ist so viel Geld. Das geht doch nicht! Ich hab fast nichts gemacht.«

»Du hast eine ganze Strophe geschrieben.«

»Ja, aber doch nicht … Oh, mein Gott, das glaub ich einfach nicht.«

»Es ist nur ein Teil davon. Ab jetzt werden wir dir monatlich deine Tantiemen auszahlen. Wenn du mit der prozentualen Aufteilung nicht zufrieden bist, können wir daran noch was ändern. Du kannst das auch gerne von einem Anwalt prüfen lassen, falls du keinen hast, sucht Sam dir sicherlich einen …«

Sie schlang die Arme um meinen Hals, und ihr angenehmer Duft stieg mir in die Nase. Ich legte eine Hand zwischen ihre Schulterblätter und drückte sie enger an mich. Ein leises Keuchen drang über meine Lippen, als ich ihren Körper das erste Mal seit Wochen wieder spüren durfte. Sie schmiegte sich an mich, so gut es eben ging im Sitzen. Ihr Atem kam rasch, und sicher war ihr Puls auf hundertachtzig.

»Ich kann das nicht …«, setzte sie an, aber ich unterbrach sie.

»Du kannst das annehmen und du wirst. Selbst wenn wir uns nicht so gut kennen würden, ist das völlig üblich. Dieser Song gehört zum Teil dir. Ganz einfach.«

»Oh, mein Gott«, sagte sie. »Oh, mein Gott, oh, mein Gott.«

Ich lächelte an ihren Hals, drehte den Kopf und atmete tief an ihrer Haut ein. Das sanfte Schaudern konnte sie nicht unterdrücken. Sie rückte etwas näher an mich heran, schob ihre Hände hoch in meinen Nacken und strich durch meine Haare.

»Riley«, flüsterte ich.

»Ich weiß nicht, was ich sagen soll.«

Sag, dass du dich freust. Sag, dass du weiter deine Träume verfolgst und nicht aufgibst. Dass du mit mir zusammen sein willst, dass du bei mir bleibst!

Ich lehnte mich ein Stück zurück, legte eine Hand an ihre Wange und strich über ihre Haut. Sie schloss die Augen, drehte das Gesicht in die Berührung und hielt inne.

»Ich …«, setzte ich an und schluckte hart. Die Wärme, die ich so oft in ihrer Nähe spürte, kochte in mir hoch und breitete sich tief in meinem Bauch aus. Riley hatte sich so sehr in mir verankert, war so sehr ein Teil von mir geworden, ohne dass ich es bemerkt hatte. »Ich brauche dich, Riley Maddock. Hier an meiner Seite. Bitte gib dich nicht auf.«

Gib uns nicht auf.

Sie verzog das Gesicht vor Schmerz und Kummer. »Ich habe es versprochen.«

»Dann rede mit deinem Vater. Das kann doch nicht so schwer sein. Hier hast du so viel Geld, dass du dir ein Leben in New York finanzieren kannst. Du wärst nicht mehr auf ihn angewiesen.«

»Es geht nicht nur ums Finanzielle. Meinem Dad sind Versprechen wichtig. Du kennst ihn nicht, aber ich schon. Er hat früher so viel für uns geopfert, um uns nach Moms Tod aufzufangen, und nun muss auch ich zu meinem Wort stehen.«

»Sogar, wenn du dich dabei aufgibst?«

Sie zuckte mit den Schultern und schluchzte leise. Gott, ich wünschte, ich könnte ihr helfen! Auf der einen Seite ehrte es sie, dass sie ihren Vater nicht enttäuschen wollte, auf der anderen begriff ich es nicht.

»Riley …«

»Ich muss darüber nachdenken, okay? Das ist gerade etwas viel.«

»Ja. Natürlich.« Ich lehnte mich zurück und brachte mehr Abstand zwischen uns. Sofort versickerte die Wärme, die Riley in meinem Bauch hinterlassen hatte, und die Anspannung kehrte wieder zurück.

»Ich lese das in Ruhe durch«, sagte sie und schloss die Mappe.

»Wenn du Fragen hast, ruf Sam an, sie kennt die Verträge in- und auswendig.«

»Mach ich.« Riley stand auf und klemmte die Mappe unter den Arm. Ihre Wangen waren gerötet. »Ich bin immer noch platt.«

»Verstehe ich. Ging mir genauso bei meinem ersten Scheck. Stoß drauf an, und genieß das Gefühl.«

»Wie lange bleibt ihr in New York?«

»Eigentlich bis zum Wochenende, aber wir müssen einiges regeln. Ethan will einen Entzug machen.«

»Oh. Das ist eine gute Entscheidung.«

»Die beste, die er treffen konnte, aber es bringt vieles durcheinander.«

»Durcheinander scheint der momentane Status von uns allen

zu sein.« Sie öffnete den Mund, schloss ihn wieder und sammelte sich kurz. »Wie war die Tour mit Summer für dich?«

Ich zuckte mit den Schultern und schob die Hände in die Hosentaschen. »Nicht so schlimm wie erwartet, tatsächlich.«

»Gut, das freut mich.« Riley nestelte mit der Mappe herum, drehte sie in den Fingern und klemmte sie wieder unter den Arm. »Ich habe ein wenig eure Tour verfolgt, auch das Konzert im Garden. Ihr wart großartig.«

»Danke, die Bude hat ziemlich gebrannt.«

»Wer war diese Brünette, mit der du auf der Party gesehen wurdest?«

Mein Mundwinkel zuckte leicht nach oben. »Welche genau?«

Riley schlug mich mit der Mappe.

Ich hob die Hände und wich lachend einen Schritt zurück. »Bist du etwa eifersüchtig?«

»Nein.«

Und wie sie das war! Die Funken sprühten regelrecht aus ihren Augen. »Sie war eine der Veranstalterinnen.«

»Dafür war sie ziemlich jung.«

»Ja, und auch sehr reich. Sie wollte mir ihren Ehemann vorstellen, und irgendwer hat ausgerechnet ein Bild von uns gemacht, als sie sich bei mir untergehakt hat. Hat Langdon das breitgetreten?«

Sie nickte.

»Ich dachte, du folgst normalerweise keinem Klatsch und Tratsch.«

»Die letzten Wochen waren nicht normal, und ich hab es nur mitbekommen, weil Bridget mich darauf hingewiesen hat.«

Auf einmal lehnte sie sich nach vorne und küsste mich auf die Wange. Ich gab ein leises Brummen von mir, hätte sie am liebsten an mich gezerrt und nie mehr losgelassen. Ihre Lippen strichen über meine Haut, lösten einen wohligen Schauer nach dem anderen aus.

»Danke hierfür«, flüsterte sie und wandte sich ab.

»Ruf mich an, ja?«, sagte ich, als sie zur Tür ging.

Sie blieb am Rahmen stehen und lächelte mir zu. »Ich frag mich immer noch, ob du das wirklich auf deinen Hintern hast tätowieren lassen.«

Ich schmunzelte. »Tja, es gibt nur einen Weg, um dieses Mysterium zu lösen.«

Sie erwiderte mein Lächeln, drehte sich um und ging.

JULIAN 49.

»I've wasted so much time waiting for better days.
I got lost through these years, and I've been to many places.
I've seen so much pain when love was king.
They've been talking one and doing the other thing.

I blew down all these bridges, it's time to dance over troubled water.
Keep listening to what they say till you don't care how they call you.
I've seen so many folks who called themselves friends.
They'll be long gone till the end.«

Ein Klopfen an der Tür riss mich aus meinem Song. Ich blickte auf und bemerkte erst jetzt, wie dunkel es draußen geworden war. Ich hatte mich in den vergangenen Stunden irgendwie in der Musik verloren, obwohl ich in den vergangenen Wochen so viel gespielt hatte und eigentlich gesättigt sein müsste.

Ich stellte die Gitarre weg und durchquerte das Zimmer. Ein

Blick auf die Uhr verriet mir, dass es erst kurz vor sieben war. Ethan wollte sich mit Breeze und Casey gegen halb neun treffen, ich hatte also noch genügend Zeit, auch wenn Ethan gedacht hatte, ich würde die Nacht heute anders verbringen. Seit dem Gespräch am Mittag hatte ich nichts von Riley gehört, was okay war. Sie hatte ihren eigenen Kram zu verdauen.

Ich öffnete die Tür und stockte.

Tja, oder Riley brachte ihren Kram direkt vor meine Tür.

»Hi«, sagte ich und blinzelte verwundert.

Riley stand vor mir. Sie trug einen kurzen Rock mit einer langen, dichten Strumpfhose, Stiefel, die ihr bis zu den Knien reichten, und eine helle Bluse. Die Hände hielt sie hinter dem Rücken verschränkt.

»Wie bist du an Stanley vorbeigekommen?«, fragte ich. Der Concierge war ein Fuchs und ließ normalerweise niemanden einfach so durch, ohne mir Bescheid zu geben.

»Er hat mich wiedererkannt vom ersten Mal, als ich hier gewesen war.«

»Mh.« Ich rieb mir über das Kinn, denn eigentlich musste er mich anrufen, wenn jemand zu mir wollte.

»Ich hab ihm gesagt, dass ich dich überraschen will und du dich melden wirst, solltest du dich von mir belästigt fühlen.« Riley trat näher, nahm ihre Hände nach vorne und hielt mir eine Flasche Schampus vor die Nase. Dieselbe, mit der ich bei ihr aufgetaucht war, als ich ihr zum Weiterkommen bei der Audition gratuliert hatte. »Du meintest, ich soll auf den Tag heute anstoßen. Das erschien mir passend. Schließlich sind wir letztes Mal nicht dazu gekommen, sie zu öffnen.«

Ich sah auf die Flasche, und ein Kribbeln wanderte meinen Nacken hoch und runter, als ich daran dachte, wie dieser Abend geendet hatte. »Komm rein, und mach dir keine Sorgen …« Sie passierte mich, ich fasste an ihren Arm und zog sie näher an mich heran. »Ich fühle mich in keiner Weise von dir belästigt, Riley Maddock.«

Sie reckte das Kinn und sah mich an. Keiner rührte sich, wir hielten uns einfach nur mit den Augen fest und suchten im Gegenüber nach den unausgesprochenen Worten, die in der Luft hingen.

Riley brach als Erste den Augenkontakt ab, trat schließlich ein und trug den Schampus in die Küche. Ich atmete einmal durch und schloss die Tür hinter uns. Auf dem Weg streifte sie ihre Stiefel ab und warf die Tasche aufs Sofa.

»Darf ich?« Sie zeigte auf einen der Schränke, wo die Gläser standen.

»Du darfst nach wie vor alles, was du willst.« Ich folgte ihr, beobachtete, wie sie sich in meinem Reich bewegte, wie gut sie hierher passte, obwohl sie erst einmal hier gewesen war. Riley hielt in der Küche inne, den Rücken mir zugewandt. Ich schloss zu ihr auf und blieb hinter ihr stehen.

»Alles klar? Die Gläser sind noch da, wo sie beim letzten Mal waren.«

»Das ist es nicht.«

»Sondern?«

»Ich weiß es nicht.« Sie hob die Flasche dicht an ihren Körper, als müsste sie sich daran festklammern.

Ich trat noch näher an sie heran, bis ich die Wärme ihrer Haut spüren konnte.

Riley hielt still, ich genauso. Wir atmeten einen Moment lang einfach nur, unschlüssig, wie wir uns verhalten sollten.

»Es ist schön, wieder hier zu sein«, flüsterte sie.

»Ich bin auch froh, dass du da bist.« Ich beugte mich etwas nach vorne, hätte so gerne meine Lippen auf ihren Hals gesenkt und sie geküsst, aber ich wollte nicht den ersten Schritt machen. Er musste von ihr kommen. Das hier war ihre Entscheidung, nicht meine.

Riley spürte meine Nähe. Sie lehnte sich zurück, bis ihr Rücken meine Brust streifte und ich ihr Halt bieten konnte. Dann gab sie ein leises gurrendes Geräusch von sich, das mir bis in die Zehenspitzen fuhr. Noch nie hatte mich eine Frau derart um den Verstand gebracht wie sie. Noch nie hatte ich jemanden so sehr begehrt.

»Ich brauche dich«, sagte ich.

Statt mir zu antworten, stellte sie die Flasche auf den Tresen neben uns, fuhr herum, packte mich am Kragen meines Shirts und zog mich an ihre Lippen. Ich kam ihr sofort entgegen, öffnete meinen Mund und ließ sie ein. Riley drängte mich zur Seite, bis ich an die Kante der Arbeitsplatte stieß, ihr warmer Körper schmiegte sich gegen meinen, ihre Finger fanden den Weg an meinen Nacken. Ich fasste an ihre Hüften, glitt unter ihren Po und hob sie hoch. Ihre Beine schlangen sich um meine Mitte, sie klammerte sich an mir fest, ohne ihre Lippen auch nur einmal von meinen zu lösen. Wild küssend trug ich sie quer durch die Wohnung ins Schlafzimmer, kickte die Tür auf und sank mit ihr aufs Bett.

Während ich mir das erste Mal so viel Zeit mit ihr gelassen hatte, war jetzt eine Dringlichkeit zu spüren, die kaum zu stillen war. Riley nestelte an meinem Shirt herum, ich half ihr und zerrte genauso ungeduldig daran, bis ich es über meinen Kopf gezogen hatte und von mir werfen konnte. Sofort waren meine Hände wieder auf ihrem Körper, schoben sich unter ihren Rock an den Saum ihrer Strumpfhose und zogen sie ein Stück nach unten. Sie stöhnte auf, als ich ihre nackten Oberschenkel berührte, und unterbrach den Kuss nur, um mir zu helfen, sie von diesen überflüssigen Kleidungsstücken zu befreien. Ich richtete mich auf, kniete mich zwischen ihre gespreizten Beine und betrachtete ihren wundervollen halb nackten Körper. Sie trug einen schwarzen Slip, unter dem sich ihre Mitte abzeichnete, die nur darauf zu warten schien, dass ich mich ihr widmete. Riley stemmte sich auf die Ellbogen ab und verhakte ihre Finger am Bund meiner Jeans. Sie leckte sich über die Lippen und zog mich zurück zu sich. Ich fing mich mit den Armen ab, um sie nicht komplett mit meinem Gewicht zu beschweren und küsste sie auf den Mund. Riley packte meine Hüften, drückte und rieb sich fester an mir, bis mir fast schwindelig wurde. Ich stöhnte, hatte alle Mühe, mich nicht völlig zu verlieren und einen Hauch an Beherrschung zu wahren.

»Riley …«, keuchte ich.

»Schon gut. Ich will dich. Heute. Morgen. Am Tag danach.«

Ich hielt inne und sah auf sie hinunter. Ihre Augen waren glasig, ihr Blick unergründlich.

»Egal, was passieren wird, ob ich New York verlasse oder nicht. Es spielt für mich keine Rolle, und ich hoffe, dass es für dich auch in Ordnung ist.«

»Das war es die ganze Zeit. Ich bin ständig unterwegs, binde mich an keinen Ort, aber ich … ich will mich an dich binden. Ich will dich als Teil meines Lebens.« Das Beständige im Unbeständigen.

Riley lächelte sanft, strich mit dem Finger mein Kinn, meine Wange, meine Schläfe nach. Sie wirkte hoch konzentriert, als wollte sie jedes noch so kleine Detail in sich aufnehmen. »Ich hätte dich auch gerne als Teil meines Lebens.«

Ich beugte mich wieder hinunter, küsste sie erneut und nahm alles von ihr in mir auf. Noch nie hatte ich mich derart nach einer Frau gesehnt, noch nie wollte ich sie so sehr schmecken und fühlen und mich in ihr verlieren. Riley hatte mich verzaubert. Auf ihre ganz eigene wilde, unbeständige Art. Sie hatte etwas in mir wachgerufen, wovon ich nicht geglaubt hätte, dass es noch da war.

Ich fuhr mit der Hand unter ihre Bluse, suchte meinen Weg nach oben und erreichte ihren BH. Riley drückte mich sanft nach hinten, ich ließ mich von ihr führen, rollte mit ihr herum, sodass sie auf mir war. Ihre Mitte drängte sich gegen meine Härte und brachte mich fast um den Verstand. Wir mussten dringend unsere Kleidung loswerden. Ich glitt über ihre Seiten auf ihren Rücken, hob die Bluse an und zog sie über ihren Kopf. Rileys Finger wanderten parallel zu meiner Jeans zurück und öffneten den ersten Knopf. Ich wollte ihr helfen, doch sie schob meine Hände zur Seite.

»Ich mach das«, raunte sie. »Außerdem hast du noch etwas gut bei mir.«

Fragend sah ich sie an. Sie zog meinen Reißverschluss herunter, lächelte mich an und schob ihre Hand in meine Jeans. Ich stöhnte auf, als sie über meine Länge rieb und sanften Druck ausübte.

Fuck, das war intensiver, als ich gedacht hätte. Wenn diese kleine Berührung mir schon die Sinne raubte, wie wäre es erst, wenn ich in ihr war?

Riley beugte sich wieder über mich, küsste sich an meinem Hals entlang nach unten.

»Du hast dir viel Zeit mit mir gelassen«, sagte sie, während sie mit der Zunge über meine Brust glitt und sanft hineinbiss. »Ich glaube, ich sollte mich revanchieren.«

RILEY

50.

Julian stöhnte leise, als ich die zarte Haut rund um seinen Bauchnabel streifte und leicht mit den Zähnen darüber kratzte. Er sog die Luft ein, was seine Muskeln nur mehr zur Geltung brachte. Ich strich über die Wölbungen und Vertiefungen, nahm alles von ihm auf, um es tief in mir zu speichern. Ein kostbarer Moment, der nur uns beiden gehörte und den ich für immer in mir behalten wollte. Seit ich heute Mittag sein Büro verlassen hatte, dachte ich nur noch an ihn und seine Worte. Mein Körper wäre am liebsten zurückgerannt, um sich an ihn zu werfen und sich für immer in seiner Nähe zu verlieren, aber mein Verstand sagte mir, dass ich erst mal alles verdauen sollte. Also war ich nach Hause gelaufen, hatte mir absichtlich Zeit dabei gelassen und über alles nachgedacht, was in den letzten Wochen und Monaten passiert war. Als ich in meiner Wohnung angekommen war, hatte ich mich schon etwas beruhigt. Noch besser war es geworden, nachdem ich noch ein paarmal den Vertrag gelesen hatte, und auf einmal hatte ich gewusst, was ich tun musste. Was ich brauchte.

Julian.

Es war so einfach, und es war die ganze Zeit vor meiner Nase gewesen.

Ich brauchte ihn.

Das war mir irgendwann in den vergangenen Stunden klar geworden. Nein, eigentlich war es mir schon seit Wochen klar gewesen, ich hatte es nur nicht sehen wollen.

Aber jetzt tat ich es, genau wie ich ihn sah.

Und schmeckte.

Und spürte.

Und roch.

Julian richtete sich auf, als ich langsam den Bund seiner Jeans nach unten zog. Seine Finger bebten leicht, vielleicht weil er wusste, was ihm bevorstand. Ich küsste ihn noch mal und atmete den Duft seiner warmen Haut ein. Julians Augen verdunkelten sich. Die Erregung hatte ihn im Griff, und er würde bald nicht mehr klar denken können.

Musste er auch nicht.

Ich schob die Hose weiter runter, fuhr mit meiner Zunge die Kuhle entlang, die den Weg nach unten wies. Julian zuckte zusammen und sah mir gebannt zu.

Ich wollte ihn genauso reizen wie er mich beim ersten Mal. Ich wollte ihn so weit treiben, bis er es kaum mehr aushielt und auf Erlösung hoffte. Langsam zog ich ihm seine Jeans aus, bis er nur noch in Shorts vor mir lag und seine Härte den Stoff ausbeulte. Mit einer Hand glitt ich darüber, rieb hinauf und herab, bis er wieder diese wundervollen Töne von sich gab, die ich so sehr mochte.

Ich schob seine Shorts ein Stück nach unten, küsste jeden Zentimeter Haut, den ich freilegte. Er kommentierte es mit einem tiefen kehligen Stöhnen. Ich saugte an der empfindsamen Stelle in der Kuhle seines Oberschenkels und strich mit den Fingern nach hinten. Julian bebte vor Erregung, und ich spürte, wie sehr er sich beherrschen musste, um sich nicht selbst auszuziehen und endlich in meinem Mund zu sein, aber er drängte mich nicht, und ich ließ mir Zeit. Bedächtig küsste ich ihn, genoss seine Ungeduld und atmete seinen Duft ein, bis ich schließlich das letzte Stück Stoff nach unten schob und ihn befreite.

Julian war groß gebaut, aber nicht so sehr, dass es schmerzhaft werden könnte. Ich leckte über meine Lippen und küsste die erste Feuchtigkeit auf seiner Spitze weg. Er sank in die Kissen, seine kehligen Laute wurden dunkler und kratziger. Ich schloss die Augen, ließ ihn in meinen Mund gleiten und nahm ihn so tief wie nur möglich auf.

»Oh, Gott, Riley!« Er krallte sich ins Bettlaken, sein Becken zuckte, und er stieß sich mir entgegen. Ein wenig überrumpelt von der plötzlichen Tiefe schnappte ich nach Luft. Julian bemerkte es, zog sich sofort wieder zurück und ließ mich bestimmen, wie weit ich gehen wollte.

»Tut mir leid«, keuchte er. »Das ist zu intensiv.«

Erneut nahm ich ihn in mir auf, um ihm zu zeigen, dass alles okay war. Julian war ein aufmerksamer Mann, der wusste, was er tat, aber nichts forderte, was eine Frau nicht wollte. Ich konzentrierte mich auf seine Härte in meinem Mund und stimulierte ihn weiter. Julian keuchte dumpf, während ich ihn mit meiner Zunge und meinen Fingern gleichzeitig bearbeitete.

»Fuck!«, stöhnte er und blickte mich an.

Seine Hand fand meinen Hinterkopf, und ich bereitete mich darauf vor, dass er selbst das Tempo bestimmen wollte, aber er ließ sie nur dort ruhen und überließ mir weiter die Kontrolle.

»Das halte ich nicht lange aus«, gab er von sich. Er schluckte schwer, in seinen Augen lagen die pure Lust und das Verlangen, dies die ganze Nacht zu tun. Ich gab ihm mehr, leckte und saugte genauso intensiv, wie er es bei mir getan hat. Auch in mir baute sich die Hitze auf und pochte in meiner Mitte. Julian betrachtete mich so intensiv, als wollte er sich jeden einzelnen Moment einprägen und konservieren. Sein Atem kam schneller, seine Stimme wurde rauer und klang so sexy und tief, dass ich allein von dem Geräusch noch feuchter wurde.

»Warte, warte«, sagte er auf einmal und stoppte mich. »Ich will in dir sein.«

Ich hielt inne und blickte ihn an. Ein stummes Flehen lag in seinem Blick und die unendliche Sehnsucht, uns beiden das zu geben, was sich so lange aufgestaut hatte. Ich leckte ein weiteres Mal über seine gesamte Länge, was er mit einem heiseren Stöhnen quittierte, dann packte er mich, zog mich zurück nach oben und warf mich auf den Rücken. Ich japste kurz, er lachte auf und war sofort mit seinen Lippen auf meinen. Julians Kuss war energisch, drängend und tief. Er rieb sich an meiner feuchten Mitte, drängte sich durch den Stoff ein wenig in mich und ließ mich eine Kostprobe dessen erleben, was gleich passieren könnte.

»Zieh dich aus«, keuchte er und rollte sich von mir, um in die Schublade seines Nachttisches zu greifen. Ich hörte ein Rascheln, streifte rasch meinen BH und den Slip ab und zog Julian zurück zu mir, als er sich das Gummi übergestreift hatte. Er kam wieder zwischen meine Beine, ich umschlang ihn, rieb mich noch mal an ihm und zog sein Gesicht an meinen Mund. Unsere Zungen spielten miteinander, während er sich in Position brachte, ein letztes Mal durch meine feuchte Mitte fuhr, ehe er sich langsam in mich schob. Es zog unangenehm, ich krallte mich an seinen Schultern fest und keuchte auf. Julian hielt sofort inne und sah mich fragend an.

»Alles gut«, sagte ich. »Nur zu lange her.«

Er küsste mich, ließ mir Zeit, mich an ihn zu gewöhnen, glitt ein Stück aus mir heraus, ehe er wieder eindrang. Sein Stöhnen mischte sich mit meinem, und der Druck, der sich eben noch unangenehm angefühlt hatte, ebbte ab. Julian merkte, wie ich mich entspannte, und trieb sich tiefer in mich, bis er mich komplett ausfüllte. Es war ein unglaublich intensives und berauschendes Gefühl. Mir rauschte das Blut in den Ohren, ich konnte kaum noch atmen, nahm nur noch ihn und seine Härte in mir wahr. Julian bewegte sich erneut, erst sanft und testend, doch je mehr er spürte, dass ich mich fallen ließ, umso mehr verlor auch er die Beherrschung. Ich wölbte mich ihm entgegen, glitt an seinen Hintern und packte zu. Er keuchte, stieß einmal heftig in mich, sodass ich aufstöhnen musste und den Kopf in den Nacken legte. Julians Lippen fanden meinen Hals, strichen darüber, saugten an meiner Haut, während er sich weiter in mir bewegte. Das Gefühl, ihn in mir zu haben, übertraf all meine Vorstellungen. Ich wollte mehr von ihm, obwohl er mich bereits so sehr ausfüllte. Julian griff an meine Hüften, hob sie an, sodass er noch tiefer in mich drang. Gleichzeitig küsste er mich mit der gleichen Intensität, wie er sich in mich trieb.

Mit jedem Stoß, mit jedem Kuss verlor ich mich und fand mich zugleich wieder. Er steigerte das Tempo, seine Bewegungen wurden unkontrollierter, energischer. Ich spannte mich, passte mich seinem Rhythmus an und bewegte mich mit ihm im völligen Gleichklang. Julian richtete sich auf, schob die Hand unter mein rechtes Bein und legte es auf seine Schulter. So kam er noch tiefer in mich und stimulierte mich an einer Stelle in mir, die mich zum Beben brachte. Es war kaum auszuhalten, war fast zu viel, und dennoch brauchte ich mehr.

»Julian!«, schrie ich und drängte mich weiter an ihn. Seine Lippen schienen überall zu sein, er küsste sich meinen Hals abwärts, erreichte meine Brustwarze und zog daran. Meine Nerven schienen zu explodieren, wussten gar nicht, worauf sie sich zuerst ausrichten sollten. Julian stieß erneut zu, härter, tiefer, drängender. Er verlor genauso die Beherrschung wie ich, raunte meinen Namen, zitterte und bebte.

Wir versanken in diesem Strudel aus aufgestauter Lust und Erregung. Ich gab mich ihm hin, wollte alles von ihm haben, und er schenkte es mir. Ein weiteres Mal zog er an meiner Brust, und das war es. Ich schrie auf, gab mich ihm hin und ließ mich in den Höhepunkt fallen.

Julian folgte mir fast gleichzeitig. Sein Körper krampfte, seine

Stöße wurden unkoordinierter und heftiger. Er trieb uns beide über die Klippe, vereinte uns in diesem Rausch, der nicht mehr aufzuhören schien. Ein letztes Ziehen an meiner Brust, ein letzter Stoß, ein letztes Keuchen, dann brach er erschöpft auf mir zusammen, und unser Atem vermischte sich miteinander.

Ein dumpfes zufriedenes Pochen drang von meiner Mitte aus durch meinen gesamten Körper. Mein Herz raste so wild wie mein Innerstes. Meine Beine zitterten, genau wie Julians Arme.

Er rührte sich als Erster, zog sich vorsichtig aus mir zurück und streifte das Kondom ab, das er verknotet zu Boden warf. Ich rückte näher an ihn heran, schmiegte mich an seine Brust und nahm seinen warmen angenehmen Duft in mir auf. Er schlang einen Arm um mich, küsste mich auf die Haare und drückte mich fester an seinen Körper.

»Das fühlt sich gut an«, sagte ich träge.

»Das ist mehr als gut. Das ist perfekt.«

Ich küsste ihn noch mal auf seine warme Haut und war dankbar, diesen Moment zu erleben.

Mit Julian Sloan an meiner Seite.

RILEY 51.

Ich saß mit Julians *Les-Mis*-Shirt und meinem Slip bekleidet vor den bodentiefen Fenstern in der Sitzecke, wo ich *One Last Song* weitergeschrieben hatte, und blickte auf die Stadt, die heute Morgen im Nebel versunken war. Nur einige Hochhäuser reckten ihre Köpfe aus dem Dunst und zeichneten die Konturen Manhattans nach. Mein Herz war leicht und gleichzeitig voller Wehmut.

Die Nacht mit Julian war unglaublich gewesen, und ich konnte mich nicht erinnern, wann ich mich je so geborgen und wohl gefühlt hatte wie in seinen Armen. Diese Ruhe fand ich nur, wenn ich Musik machte, mich darin verlor und alles andere in den Hintergrund rückte. Wenn ich das tat, wofür ich geboren worden war, nach dem meine Seele schrie und was ich ihr vorenthielt, weil ich dachte, es wäre besser, ein Versprechen zu halten, statt meinen Träumen zu folgen.

Ich zog die Brille ab und rieb mir über die Stirn. Auf der einen Seite war ich voller Ruhe, auf der anderen tobte noch dieser Sturm in mir. Die Aussicht, zurück nach Denver zu müssen, etwas zu tun, woran mein Herz niemals so hängen würde wie an der Musik.

Hit The Road war hart gewesen, ohne Frage, und ich hatte mich danach gefragt, ob dieser Job überhaupt etwas für mich sein konnte, aber ich wurde ins kalte Wasser geworfen. Ich hatte keine Möglichkeit gehabt, in diese Produktion hineinzuwachsen und mir die Zeit zu nehmen, die ich gebraucht hätte.

Ich hatte mich zu sehr drängen lassen, genau wie ich mich zu sehr von meinem Dad drängen ließ. Er forderte etwas von mir, was ich in dem Rahmen nicht erfüllen konnte. Ich musste in meinem eigenen Tempo voranschreiten.

Ich stand auf, lief zu meiner Tasche, die noch auf Julians Couch lag, und kramte nach meinem Handy. Langsam tapste ich damit zurück zur Fensterfront, während ich Dads Nummer wählte.

Zuletzt hatten wir vor einer Woche gesprochen, als ich ihm erklärte, dass ich es in New York nicht schaffen würde und nach Hause käme. Er war ziemlich beschäftigt und würde ebenfalls bald mit Ajden aus dem Kongo zurückkehren. Sie steckten in den letzten Vorbereitungen für die Abreise.

Es dauerte ein wenig, ehe er abnahm.

»Riley, alles klar?«

»Ja. Stör ich?«

»Nein, es ist sogar gut, dass du anrufst, ich wollte mich auch bei dir melden.«

Ich holte noch mal tief Luft, schloss die Augen, sammelte alles zusammen, was ich in mir hatte. Meine Kehle wurde eng, und all der Schmerz und Kummer der letzten Monate stiegen in mir hoch. Ich legte die Hand auf den Mund, weil ich auf einmal einen Schluchzer zurückhalten musste und ich nicht vor Dad weinen wollte, doch ich konnte es kaum stoppen.

»Riley? Bist du noch dran?«

Ich atmete tief ein und aus und ließ die Hand wieder sinken. »Ja. Ja, bin da.«

»Was ist denn los, Kind?«

»Alles. Ich bin … ich will …« Gott, was sollte ich tun? Wie sollte ich das sagen? Ich sah auf Julians Gitarre, die an dem Hocker lehnte, wo er gerne komponierte, ich sah auf die Stadt, die sich langsam in der Morgensonne abzeichnete, den East River, die Brooklyn Bridge, meine Träume, meine Ängste und meine Hoffnungen, die dort drüben zwischen den Bauten aus Metall und Stein warteten.

Ich sah auf meine Zukunft.

»Ich will nicht zurück nach Hause. Ich möchte hierbleiben«, sprudelte es auf einmal aus mir heraus.

Dad atmete hörbar aus.

»Lass mich erst reden, bevor du was sagst, ja?«, fuhr ich dazwischen, denn ich konnte mich nicht mehr bremsen. »Ich weiß, dass ich es dir versprochen habe und dass du es hasst, wenn man sein Wort bricht, aber ich kann es einfach nicht. Ich bin so glücklich in New York, auch wenn es nicht immer leicht ist, doch ich will für meinen Traum kämpfen. Du hast uns zu eigenständigen, selbstbewussten Menschen erzogen, und ich bin dir mehr als dankbar, dass du mir diese Chance gegeben hast, aber zwei Jahre in New York sind einfach nicht genug. Ich brauche mehr. Mehr Ausbildung, mehr Zeit, mehr von dieser Stadt. Ich bin dafür geboren worden, um auf der Bühne zu stehen, und ich weiß, dass ich den Menschen so auch helfen kann. Einen ersten Schritt kann ich sogar schon selbst gehen, denn ich hab gestern Geld bekommen. Viel Geld, Dad. Es sind meine Anteile an einem Lied, das gerade in den Charts ist.« Es ergab keinen Sinn, Dad von *Beyond Sanity* zu erzählen, er verfolgte diese Art von Musik gar nicht. »Ich werd dir alles schicken, oder Ajden. Dann kann er ein Hilfsprojekt damit aufziehen, eine Schule bauen, zwei Schulen oder drei oder viele Brunnen oder Bäume pflanzen, egal, aber das, was ich hier mache, hat Hand und Fuß. Du kannst alles haben und musst mich nicht weiter finanziell unterstützen. Ich werde für meine eigene Wohnung zahlen.« Wenn ich Dad meine Tantiemen überschrieb, hätte ich zwar nichts mehr von *One Last Song*, aber das war okay. Ich könnte bestimmt wieder im Bistro jobben und hoffentlich auch ein paar Kurse an der

NYMSA belegen. Ich wusste nicht, wie ich das alles stemmen sollte, aber es würde gehen. Es musste.

»Riley«, setzte er an.

»Bitte hass mich nicht, weil ich mein Wort nicht halte, aber ich kann nicht etwas tun, was mich unglücklich macht, und das würde es, wenn ich mich von diesem Traum hier abwende.«

»Ich könnte dich niemals hassen, egal was du tust. Du bist meine Tochter, ich liebe dich von Herzen. Deshalb hab ich dich auch darin unterstützt, nach New York zu gehen.« Er schwieg einen Moment, genau wie ich. »Mir ist klar, dass diese Frist sehr viel Druck auf dich ausgeübt hat, und es tut mir leid, falls das zu viel war. Ich dränge euch oft zu sehr, aber diese Welt ist manchmal so ... anstrengend. Ich wollte nicht, dass du in der Großstadt versackst, wenn du alle Zeit der Welt hast. Ich wollte, dass du in Bewegung kommst und für deinen Traum kämpfst.«

»Das tue ich.«

»Ich weiß. Ich habe mich lange mit Ajden darüber unterhalten, oder eher: Er hat geredet, ich musste schweigen. Seit einer Woche muss ich mir anhören, dass ich einen großen Fehler mache, wenn ich dich zurück nach Hause hole.«

»Weil es stimmt«, hörte ich Ajden im Hintergrund rufen. »Riley gehört auf die Bühne.«

»Auch das wiederholt er seit einer Woche. Außerdem hat mir eine junge Frau namens Ally geschrieben.«

»Bitte was? Woher hat sie denn deine Kontaktdaten?«

»Ajden hat sie ihr gegeben.«

Klar, ich hatte Ally irgendwann Ajdens Nummer gegeben, weil sie darauf bestanden hatte, jemanden kontaktieren zu können, falls mir etwas passieren sollte. Sie dachte einfach an alles.

Es raschelte kurz, und Dads Stimme wurde leiser, anscheinend legte er die Hand über das Telefon. »Du wolltest noch die Impfstoffe einpacken und die Kühlaggregate kontrollieren. Scher dich an deine Arbeit, und lass mich in Ruhe mit Riley reden.«

»Ich liebe dich, Riley!«, rief Ajden noch mal. »Und dich auch, Dad. Wir sehen uns später.«

»Dieser Junge«, sagte mein Vater und kehrte zurück zu mir. »Ally ist übrigens genauso hartnäckig wie dein Bruder.«

»Ja, das … tut mir leid, wenn sie dich belästigt hat. Was wollte sie denn?«

»Sie hat mir ein Video geschickt. Mehrere. Von dir, wie du singst.«

»Sie hat was?«

»Das letzte ist von vorgestern, als du im Central Park mit deiner Gitarre unterwegs warst.«

»Das ist … Oh, Gott, Dad. Das tut mir leid. Ich wusste nicht mal, dass sie davon ein Video hat!«

»Anscheinend haben dich Leute gefilmt und es online gestellt. Ally meinte, ich muss es mir ansehen. Sie hat sogar heute Morgen noch mal angerufen, um sicherzugehen, dass ich es getan hab, und dann meinte sie, dass ich taub und blind sein muss, wenn ich von dir verlange, nach Hause zu kommen.«

»Ich rede mit ihr, damit sie dich in Ruhe lässt.«

»Du singst ganz großartig, Riley.«

»Was?« *Was hat er eben gesagt?*

»Deine Mutter wäre unglaublich stolz auf dich.«

Mir blieb die Luft weg, denn das war das erste Mal, dass er so etwas aussprach. Dad hatte meinen Wunsch immer als Spinnerei abgetan und nie gesehen, wie viel es mir bedeutete, auf einer Bühne zu stehen.

»Ich habe mir das Video drei Mal angesehen. Na, gut vier Mal. Ajden hat es mir vorhin beim Essen noch mal unter die Nase gehalten.«

Ich rieb mir über die Stirn, weil ich mir gut vorstellen konnte, wie sehr ihn das nervte. Dad war ein Pragmatiker, der sich definitiv keine YouTube-Videos anschaute.

»Die Leute, die dir zugehört haben, sahen glücklich aus.«

»Das hoffe ich.«

»Du berührst Menschen. Nicht auf die Art, wie ich es mir von dir gewünscht hätte oder wie ich es tun würde, aber dennoch schaffst du es, anderen etwas zu geben. Durch deine Musik.«

»Ja.«

»Ich will nicht sagen, dass ich es nachvollziehen kann, und vermutlich wird es mir schwerfallen in deinem Berufswunsch einen richtigen Sinn zu sehen, aber du hast sehr zufrieden gewirkt.«

»Das war ich.«

»Ich möchte dir dieses Glück nicht nehmen, Riley. Nicht indem ich von dir verlange, etwas aufzugeben, was dir so viel bedeutet.«

»Das heißt, du hast nichts dagegen, dass ich hierbleibe?«

»Das habe ich nicht.«

Mir wurde schwindelig. Auf einmal schien sich der gesamte Raum zu drehen. In meinem Herzen löste sich etwas, was sich in den letzten zwei Jahren dort festgesetzt hatte. »Ich bin … Danke. Danke, Dad!«

»Ich wünsche mir nichts sehnlicher, als dass meine Kinder ihre Berufung finden und diese Welt ein Stück besser machen. Wenn du es auf der Bühne kannst und den Menschen so Frieden bringst, dann soll es so sein.«

»Dad.« Ich fasste an meine Brust und bemühte mich, ruhig zu atmen.

»Bleibe in New York, so lange, wie du musst.«

»Ja!«, rief auf einmal Ajden im Hintergrund. »Ich wusste, dass du ein Herz hast!«

Ich lachte, Dad schnaubte. »Ajden!«

»Ist ja gut! Ich habe den Wagen schon lange vollgepackt, alles dreimal gecheckt und warte nur, bis du fertig bist. Riley! Du wirst New York beben lassen, ich weiß es.«

Ich schüttelte den Kopf und stellte mir meinen Bruder und meinen Vater vor, wie sie auf der anderen Seite der Welt standen und sich ankeiften.

»Schick mir nicht all dein Geld«, wandte sich mein Vater wieder an mich. »Behalt einen Teil, und finanziere dir die Wohnung weiter. Es ist in Ordnung.«

»Es wäre aber kein Problem.«

»Für mich schon. Wir bauen ein neues Projekt für dich auf. Ajden soll es übernehmen, und ich werde den Anteil, den ich bisher an dich überwiesen habe, dorthin fließen lassen. Wir geben dir Bescheid, sobald alles steht.«

»Ich danke dir. Danke für dein Verständnis.«

»Mach das Beste aus deinem Leben, dann ist alles gut. Ich muss jetzt los. Wir wollen vor Sonnenuntergang im Dorf sein.«

»Ja, klar. Umarme Ajden von mir.«

»Das überleg ich mir noch, aber ich richte ihm deine Grüße aus. Bis dann, pass auf dich auf.«

»Ihr auch!«

Ich legte auf und lehnte mich im Sessel zurück. Auf einmal stiegen mir die Tränen in die Augen. Ich bedeckte mein Gesicht mit den Händen und ließ der Erleichterung freien Lauf. Es kam einfach so über mich, rauschte durch mich hindurch mit einer Intensität, die ich nicht erwartet hätte. Ich bebte, zitterte, schluchzte. Der ganze Druck dieser letzten zwei Jahre, die Angst, es nicht rechtzeitig zu schaffen, die Sorge, was danach käme – all das fiel von mir ab. Es fühlte sich an, als hätte jemand in meinen Brustkorb gegriffen und ihn mit Licht und Liebe gefüllt. Ich atmete in diese Stelle hinein, gab mich diesem Rausch hin und verlor mich in meinen Tränen.

Ich hatte es geschafft.

Ich hatte es geschafft.

Ich hatte es geschafft.

Die Stadt gehörte mir. Meine Träume gehörten mir. Mein Leben gehörte mir.

»Riley, ist alles klar?«, hörte ich Julian auf einmal hinter mir. Ich schreckte hoch, denn ich hatte gar nicht mitbekommen, dass er sich genähert hatte. Er trug nur seine Boxershorts und einen sorgenvollen Ausdruck. »Was ist passiert?«

Ich richtete mich auf, wischte die Tränen weg und sah ihn einfach nur an. Er war wunderschön, drahtig, muskulös, und er gehörte an meine Seite.

»Red mit mir, verdammt. Was ist los?«

»Das Beste ist los. Ich hab mit meinem Dad gesprochen.«

»Und?«

Ich lächelte, richtete mich auf und kam auf ihn zu. Julians Blick wanderte nicht wie letzte Nacht über meinen Körper, sondern blieb fest auf meinen Augen haften, als könnte er dort die Antwort herauslesen.

»Und er hat mich gesehen. Mich. Meine Musik, meine Seele. Er hat gesehen, was ich tun kann, und er ist einverstanden, dass ich weitermache.« Während ich auf ihn zulief, erzählte ich ihm von dem Gespräch.

Julians Miene entspannte sich mit jedem Wort, das ich von mir gab, und mein breites Lächeln steckte seine Lippen an.

Ich blieb vor ihm stehen und verschränkte die Hände in seinem Nacken. Sofort packte er mich an der Hüfte und drückte mich mit einem leisen Knurren an sich.

»Schätze, jetzt haben wir noch mehr Grund zum Feiern«, sagte er und lehnte sich nach vorne, um meinen Hals zu küssen.

»Ja, das glaube ich auch.« Ich drehte den Kopf, sodass ich ihn besser spüren konnte, und rieb meine Brust gegen seinen Oberkörper. Seine Hände schoben sich über meinen Hintern und packten gleichzeitig zu. Wir stöhnten gemeinsam auf.

»Du trägst mein Shirt«, sagte er und küsste mich am Übergang von Hals zu Schulter.

»Mh. Ich liebe *Les Mis*, das weißt du doch.«

Er lachte leise und hob mich erneut hoch, so wie er es gestern getan hatte. Ich umschlang ihn fester, grub meine Finger in seine Haare und suchte seine Lippen. Wir küssten uns auf dem Weg zurück ins Schlafzimmer. Ich hörte, wie er die Tür aufkickte, und kurz darauf lag ich schon wieder in seinem Bett. Julian rollte sich über mich. Ich glitt unter den Saum seiner Boxershorts, schob sie ein Stück weg und strich über seine warme Haut.

»Du hast mich übrigens angelogen«, sagte ich.

Er hielt sofort inne und richtete sich auf. In seinen Augen lag eine Mischung aus Verwunderung und steigender Lust.

Ich grinste und kniff in seine Pobacke. »Da ist gar kein Tattoo.«

Er rollte mit den Augen und zog das Shirt nach oben über meinen Bauch. »Ich wollte nur, dass du mir auf den Arsch glotzt.«

»Das ist dir gelungen. Ich hab mir noch ziemlich lange Gedanken darüber gemacht.«

»Gut.« Er küsste mich an der Stelle zwischen meinen Brüsten und arbeitete sich langsam und gemächlich weiter nach unten. »Und die Lüge tut mir leid, ich werde es wiedergutmachen.«

Mehr Küsse, noch tiefer.

»Da musst du dich aber extrem anstrengen«, keuchte ich, als er die Finger zu Hilfe nahm und mit zweien durch meine Mitte strich.

»Zum Glück haben wir den ganzen Morgen Zeit.«

Ich schloss die Augen und verlor mich in Julians Berührungen, die zwischen sanft und intensiv hin- und herwechselten.

Ich war wirklich angekommen.

JULIAN

52.

»Da sind sie«, sagte Riley und starrte auf die Briefe vor ihr auf dem Tisch.

»Wir sollten sie aufmachen«, erwiderte Ally, die ihr gegenüber saß.

Ich trat zur Tür hinein und wuchtete den letzten Karton, der noch im Auto gewesen war, auf die Küchentheke. »Was habt ihr da drin, Backsteine?«

»Bücher«, sagte Ally, ohne von den Kuverts aufzublicken. »Danke fürs Hochtragen.«

»Bitte.« Ich rieb mir die Hände an den Hosenbeinen ab, trat neben Riley und gab ihr einen Kuss auf die Stirn. Ihre Haut fühlte sich kalt an, obwohl die Heizung funktionierte und es angenehm warm im Loft war.

Ich nahm ihre Kaffeetasse, die vor ihr stand, und trank einen Schluck. »Worauf starrt ihr so gebannt?«

»Die sind von der NYMSA«, sagte Riley. »Da drin steht, ob wir aufgenommen wurden oder nicht.«

»Ah, endlich!«

Die Auditions für das Frühjahrsemester waren schon im Dezember gewesen, aber durch die Feiertage und Silvester hatte sich die Bekanntgabe verschoben. Ich hatte sogar letzte Woche bei Gillian angerufen und nachgehakt, wie es aussah, aber sie hatte mir nichts verraten.

Ich zog einen Stuhl vor und setzte mich zu den beiden, die aussahen, als läge vor ihnen ein Heiligtum, das bei der kleinsten Bewegung explodieren könnte.

»Soll ich das vielleicht für euch …?«, fragte ich und streckte meine Hand nach einem der Briefe aus.

»Finger weg!«, sagte Ally und schlug nach mir. »Wir schaffen das.«

Ich schmunzelte. Vor ein paar Monaten war sie noch vor Ehrfurcht erbebt, wenn sie einen von uns aus der Band getroffen hatte, und hätte sich das nie getraut. Es freute mich, dass sie auftaute, wobei sie in einen kurzen Moment der Angststarre verfallen war, nachdem wir von der Grammy-Verleihung mit der Trophäe zurückgekehrt waren. *One Last Song* hatte alle Erwartungen erfüllt und noch übertroffen. Er stand nach wie vor weit oben in den Charts und hatte schon etliche Rekorde gebrochen. Wir arbeiteten bereits an der neuen Platte, bei der ich noch versuchte, Riley mit ins Boot zu bekommen, aber sie zögerte. Es machte ihr zwar Spaß, Musik zu komponieren, doch sie wollte sich auf ihre Ausbildung bei der NYMSA konzentrieren, falls sie genommen werden sollte. Natürlich respektierte ich ihren Wunsch, aber noch hatte ich die Hoffnung nicht aufgegeben, ihr zumindest dieses eine Lied abzukaufen, das sie an dem Abend in der Schule gespielt hatte, als ich sie zum ersten Mal hörte.

Sowieso müsste erst Ethan aus dem Entzug zurückkehren, den er um zwei Wochen bis Mitte Februar verlängert hatte. Sogar die Grammy-Verleihung hatten wir ohne ihn durchgezogen, was okay war, solange es ihm besser ging, und das tat es. Wir telefonierten nur einmal die Woche, aber da klang er jedes Mal aufgeräumt und ruhig. Es schien ihm gutzutun, Abstand zu allem zu gewinnen.

Ich lehnte mich im Stuhl zurück und blickte zwischen Ally und Riley hin und her. Keine sagte ein Wort oder bewegte auch nur einen Muskel.

»Kann ich euch irgendwie unterstützen?«, fragte ich.

»Wenn sie mich nicht aufnehmen, werde ich sterben«, erklärte Ally ernst.

»Sie nehmen dich ganz bestimmt«, erwiderte Riley. »Die Masterclass lief doch so gut.«

»Ja, aber der reguläre Unterricht ist anders. Außerdem hat Melissa ihren Bescheid schon letzte Woche bekommen, und sie wurde abgelehnt, obwohl sie auch mit mir in der Klasse war.«

Gillian hatte mir gesagt, dass sie die Auswahlkriterien noch mal angezogen hatten und die Studiengebühren erhöhen mussten. Die Schule war mittlerweile fast viermal so teuer wie zur Zeit meines Abschlusses, aber sie bot auch viermal so viele Möglichkeiten. Das Programm wurde von Jahr zu Jahr besser, und die Lehrer wurden hochkarätiger.

»Oder was, wenn nur eine von uns aufgenommen wird?«, redete Ally weiter.

»Das ändert nichts an unseren Zukunftsplänen. Das haben wir doch schon besprochen«, sagte Riley. »Wir sind erst letzte Woche eingezogen, und so schnell bekommt mich niemand mehr aus dieser Bude raus.«

Ich sah mich in dem geräumigen Loft um, das schon ziemlich an Charme gewonnen hatte. Ally und Riley hatten ihr Hab und Gut verteilt und die ersten Bilder aufgehängt. Die Wohnung war möbliert gewesen, weshalb die beiden kaum etwas hatten neu kaufen müssen. Zudem wollten sie es spartanisch halten, um das offene Wohnflair nicht zu beeinträchtigen, was ich sehr schön fand. Die Backsteinwände und die hohen Fenster schrien geradezu nach dem New Yorker Lifestyle.

Es war schwer gewesen, die Wohnung hier zu finden. Riley hatte in Manhattan bleiben wollen, damit sie es nicht so weit zur Schule hatte, in der sie entweder arbeiten oder studieren würde. Zudem hatte sie sich vehement geweigert, sich von mir helfen zu lassen, aber ich hatte ihre Einwände überhört und einfach Caroline beauftragt, etwas für sie und Ally zu finden. Das Ganze war nicht billig, doch Rileys Tantiemen zu *One Last Song* wuchsen beständig, wobei sie den Großteil ihrem Vater zukommen ließ und nur das Nötigste für sich behielt. Ajden und ich hatten sie regelrecht überreden müssen, sich mit Ally eine größere Wohnung zu leisten und die Studiengebühren von dem Geld zu bezahlen, falls sie aufgenommen werden würde.

Wovon ich ausging.

Nicht, weil Riley und Gillian sich so gut kannten, sondern weil sie es verdient hatte. Auch hier hatte Riley lange mit sich gehadert, denn sie wollte keinen Vorteil daraus ziehen, dass sie im Bistro gearbeitet hatte. Gillian hatte ihr garantiert, dass dies nicht der Fall sei, denn die Studenten wurden nicht von ihr ausgewählt, sondern von einem Lehrerkomitee. Gillian hatte zwar ein letztes Vetorecht, aber im Grunde segnete sie nur ab, wer vorgeschlagen wurde, und da Riley niemanden vom Lehrpersonal kennengelernt hatte, konnte sie gar nicht bevorzugt werden. Nach wie vor saß diese Angst in ihr, dass sie nur wegen ihrer Kontakte weiterkam und nicht um ihrer selbst willen. Sie würde hoffentlich mit der Zeit darüber hinauswachsen und mehr Vertrauen zu sich finden, aber ich wusste aus eigener Erfahrung, wie lange man an solchen Dingen zu knabbern hatte.

Genauso wusste ich, wie es sich anfühlte, vor diesem elenden Brief zu hocken, ohne ihn öffnen zu wollen. So ungefähr hatte ich meinen damals auch angestarrt.

Ich beugte mich erneut nach vorne und sah zwischen den beiden hin und her. »Ladys, es wird nicht besser, je länger ihr damit wartet.«

»Ich weiß«, sagte Ally. »Wir machen es auf drei, ja?«

»Okay.«

»Eins«, begann Ally und nahm ihren Brief, genau wie Riley.

»Zwei«, rief Riley, und beide rissen ihre Kuverts auf.

»Drei«, sagte Ally, ehe sie den Zettel herauszog und darauf starrte.

Wir hielten alle die Luft an, und eine unangenehme Spannung legte sich über uns. Ich schluckte hart, weil ich auf einmal genauso nervös wurde wie die beiden, die einfach nur auf ihre Zettel glotzten, ohne auch nur den Hauch einer Emotion zu zeigen.

»Wie sieht es aus?«, fragte ich und trommelte mit den Fingern auf dem Tisch herum.

»Oh, mein Gott«, sagte Riley.

»Ich fass es nicht«, brachte Ally hervor.

»Und das heißt jetzt was?«, fragte ich.

Riley blickte hoch. Ally blickte hoch. Ich blickte zur Rechten, zur Linken, runzelte die Stirn.

»Das ist ja schlimmer als bei den Grammys!«, sagte ich, und da waren wir alle völlige Nervenbündel gewesen.

»Aufgenommen!«, brüllten Riley und Ally zugleich.

Ich ließ die Luft aus den Lungen, die beiden warfen die Briefe weg, sprangen von den Stühlen auf und fielen sich in die Arme. Ich erhob mich ebenfalls, wartete, bis sie sich losließen, und packte Riley von hinten.

»Ich gratuliere!«, rief ich, wirbelte sie kurz herum, ehe ich sie richtig in meine Arme zog und sie küsste.

»Oh, bitte!«, sagte Ally schließlich. »Macht das in eurem Schlafzimmer! Wobei wir dafür noch eine Regel treffen müssen. Ich hab keine Lust, euch beim Sex zuzuhören.«

Ich brummte, löste mich von Riley und strich ihr über die Wange. »Ich hab gewusst, dass du es schaffst.«

»Ich nicht, die Aufnahmeprüfung war echt hart.«

»Ich bin stolz auf dich.« Ich küsste sie ein letztes Mal, dann nahm ich auch Ally in die Arme. »Und auch Gratulation an dich. Ihr werdet das rocken.«

»Danke!«, sagte sie und tätschelte mir den Rücken.

»Und was das mit dem Sex angeht«, sagte ich und ließ sie los. »Noch habe ich eine Suite. Wir werden dir schon nicht auf die Nerven gehen.« Wobei ich mich durchaus in einer Wohnung wie dieser wohlfühlen könnte, aber ich hatte keine Ahnung, was in den kommenden Monaten auf mich zukommen würde.

Daniel hatte in den Raum gestellt, dass wir auf Welttournee gehen könnten, aber wir mussten abwarten, wie Ethan sich schlug. Uns allen tat diese Zeit des Innehaltens sehr gut, und auch bei den anderen aus der Band fiel langsam der ganze Stress ab, den wir uns über die letzten Jahre zugemutet hatten.

»Darauf müssen wir anstoßen«, sagte ich und lief zur Küche. Der Kühlschrank war gut bestückt. Casey und Breeze hatten den beiden eine Grundausstattung zukommen lassen, mit der sie sich über zwei Monate hinweg versorgen könnten. Ich blickte ins Getränkefach und fand den Champagner, den Riley und ich schon öfter hatten trinken wollen, es aber nie geschafft hatten. Ich zog ihn heraus und drehte die Flasche in der Hand.

Aus dem Augenwinkel bemerkte ich, wie Riley auf mich zukam, sich an der Kühlschranktür festhielt und auf den Schampus schaute.

»Mutig«, sagte sie und grinste. Sie spielte mit einer ihrer Haarsträhnen, die mittlerweile länger geworden waren, und sah mich unter halb gesenkten Lidern an.

Ich schluckte trocken und blickte zu Ally, die wieder ihren Brief las. Vielleicht konnten wir doch keine Rücksicht auf ihre Anwesenheit nehmen. Ehe ich den Gedanken weiterspinnen konnte, legte Riley ihre Hand auf meine und nahm mir die Flasche ab.

»Lass es uns tun!«, sagte sie und funkelte mich herausfordernd an.

»Was jetzt genau? Die Flasche öffnen oder im Bett verschwinden?«

Sie lachte nur, drehte den Korken heraus und zwinkerte mir zu, als er sich mit einem leisen Plopp löste. Warum zum Teufel machte mich das scharf?

Ich schloss den Kühlschrank, während Ally sich zu uns gesellte und Gläser aus dem Schrank holte.

Riley goss jedem ein, und wir stießen an.

»Auf euch«, sagte ich.

»Auf New York«, sagte Ally.

»Auf die Musik«, sagte Riley.

Auf neue Abenteuer.

DANKSAGUNG

Wie immer, wenn ich ein Buch fertig habe und an diesen Punkt gelange, fühle ich mich leer und erfüllt zugleich. Es ist jedes Mal eine große Freude, aber auch ein gewisser Schmerz, das Wort *Ende* zu schreiben. Ich hoffe, dir hat Rileys und Julians Geschichte genauso viel Freude beim Lesen gemacht wie mir beim Schreiben, denn mit dieser Reihe verbinde ich eine sehr besondere Zeit in meinem Leben, die gleichermaßen anstrengend, kräfteraubend, lehrreich und wunderschön war. New York war einer meiner Lehrmeister, der mich an meine Grenzen getrieben hatte. Als ich mit Anfang zwanzig in die Stadt kam, war alles aufregend und wild und bunt. Ich bin oft an dem Leben dort verzweifelt, aber nun umso dankbarer, dass ich es auf mich genommen habe, sonst gäbe es heute wohl diese Geschichte nicht.

Genauso, wie es sie nicht gäbe, ohne die vielen Helfer im Hintergrund, allen voran mein Mann, Andreas. Du bist immer da, wenn ich was brauche, du lässt mir allen nötigen Freiraum, wenn ich in Ruhe schreiben will, du versorgst mich mit Kaffee und Schokolade und ganz viel Liebe. Danke, dass du seit zwanzig Jahren an meiner Seite stehst.

Ein großes Danke geht ebenfalls an meine wundervolle Agentur Langenbuch & Weiß. Kristina, Gesa und Mathilda: Ihr seid ein Dreamteam, und ich bin so unglaublich glücklich darüber, dass ihr an meine Geschichte und mich geglaubt habt und wir zusammenarbeiten dürfen. Ich freue mich auf viele weitere Projekte mit euch.

Tausend Dank an den Mira Verlag, allen voran meiner genialen Lektorin Anna Hoffmann. Danke für die hilfreichen Anmerkungen und das offene Ohr, wenn ich mal nicht weiterkam. Ich liebe unsere entspannte und offene Zusammenarbeit und freue mich schon jetzt auf alles, was noch kommen soll.

Ein weiterer sehr besonderer Dank geht an Denis, Flo und Sarah, denen ihr die wundervollen Songs zu verdanken habt. Ihr seid einfach unglaublich, und ich bin so dankbar, dass ihr Teil dieses Projekts geworden seid. Denis, gerade du hast mit deiner Geduld, deinem Engagement und deiner Leidenschaft den Songs etwas ganz Besonderes verliehen. Julian hätte keine Stimme bekommen ohne dich. Wenn ihr Denis mal auf einer Bühne seht, feuert ihn extra an.

Ganz besonders freut es mich auch, dass Alexander Kopainski das Cover gestalten durfte. Ich danke dir, Alex! Du hast meine Erwartungen mal wieder übertroffen und genau den perfekten Stil für diese Reihe gefunden.

Auch ein großes Dankeschön geht an meine Testleser, Jule, Beate und Saskia. Ihr wart wieder eine großartige Hilfe, und euer Feedback hat mir die letzten Zweifel genommen, die ich noch an der Geschichte hatte. Gerade dir, Saskia, danke ich von Herzen für die langen Plottingsessions zu Beginn der One-Last-Reihe. Rileys medizinisches Backgroundwissen hat sie dir zu verdanken.

An dieser Stelle danke ich auch meiner Schwägerin Bettina, die mir den Trick mit der Bluse bei der Wiederbelebung verraten hat. Danke, dass du und Michael immer da seid und mich unterstützt.

Ein weiterer Shoutout und eine fette Umarmung geht an meine Squad, die PJs. Leute, was wäre ich ohne euch? Danke an Marie,

Alex, Anabelle, Ava, Bianca, Klaudia, Jesus (aka Laura), Laura, Tami und Nina. Danke für eure Unterstützung, das immer offene Ohr und die vielen schönen Stunden. Ich freue mich auf das nächste PJs-Event.

Und zum Schluss geht ein Dank natürlich wie immer an dich, meinen Leser. Ohne dich wäre nichts hiervon möglich, und ich freue mich von Herzen, dass ich meine Geschichten mit dir teilen darf. Wir lesen uns wieder in *One Last Dance*, an dem ich gerade schreibe, während ich diese Danksagung verfasse.

Bleib gesund! Deine Nicole

DIE SÄNGERINNEN UND SÄNGER HINTER DEN SONGS AUS DEM BUCH

Denis:

- 24 Jahre alt
- Schauspieler und Singer/Songwriter aus Berlin
- Abschluss an der UdK 2020
- weitere Infos unter: Instagram @denisriffel

Floriana:

- deutsch-italienische Sängerin
- verbringt selbst viel Zeit in New York, beruflich und privat
- singt alles von Operngesang bis Jazz, von Pop bis Hip-Hop
- weitere Infos unter: Instagram: @florianamaiello und Twitter @FlorianaMaiello

Sarah:

»Was vor uns liegt und was hinter uns liegt, ist nichts im Vergleich zu dem, was in uns liegt. Und wenn wir das, was in uns liegt, nach außen in die Welt tragen, geschehen Wunder.«

Henry David Thoreau

SARAH REITER

- Künstlerseele
- Zehenakrobatin
- Systemische Querdenkerin
- Visions-Unterstützerin
- weitere Infos unter: info@sarahreiter.at

Teil 2 der Trilogie

Nicole Böhm
One Last Dance
€ 12,99, Klappenbroschur
ISBN 978-3-7457-0123-4

Gillian wollte schon immer nur eines: Tänzerin werden. Doch nun vertritt sie ihren kranken Vater als Rektorin der renommierten New York Music & Stage Academy. Ihr Leben scheint vorgezeichnet, für große Träume gibt es darin keinen Platz mehr. Dann läuft ihr eines Tages Jaz über den Weg – ein junger Streetdancer, bettelarm, aber mit unglaublichem Talent – und sie erkennt, dass es nie zu spät ist, für seine Träume zu kämpfen.